Ashley Carrington

Jessica
Was bleibt, ist die Hoffnung

Roman

Weltbild

Besuchen Sie uns im Internet:
www.weltbild.de

Genehmigte Lizenzausgabe für
Verlagsgruppe Weltbild GmbH, Steinerne Furt, 86167 Augsburg
Die Originalausgabe des Romans *Was bleibt, ist die Hoffnung*
von Ashley Carrington erschien 1988 in der Droemerschen Verlagsanstalt
Th. Knaur Nachf. GmbH & Co. KG, München

Umschlaggestaltung: *zeichenpool, München
Umschlagmotiv: mauritius images, Mittenwald (© Urbanlip, © Cusp)
Druck und Bindung: CPI Moravia Books s.r.o., Pohorelice
Printed in the EU
ISBN 978-3-86800-432-8

2014 2013 2012 2011
Die letzte Jahreszahl gibt die aktuelle Ausgabe an.

Für R. M. S.,
in der Hoffnung und dem Bemühen,
seinem Streben nach Vortrefflichkeit
eines Tages gerecht zu werden.

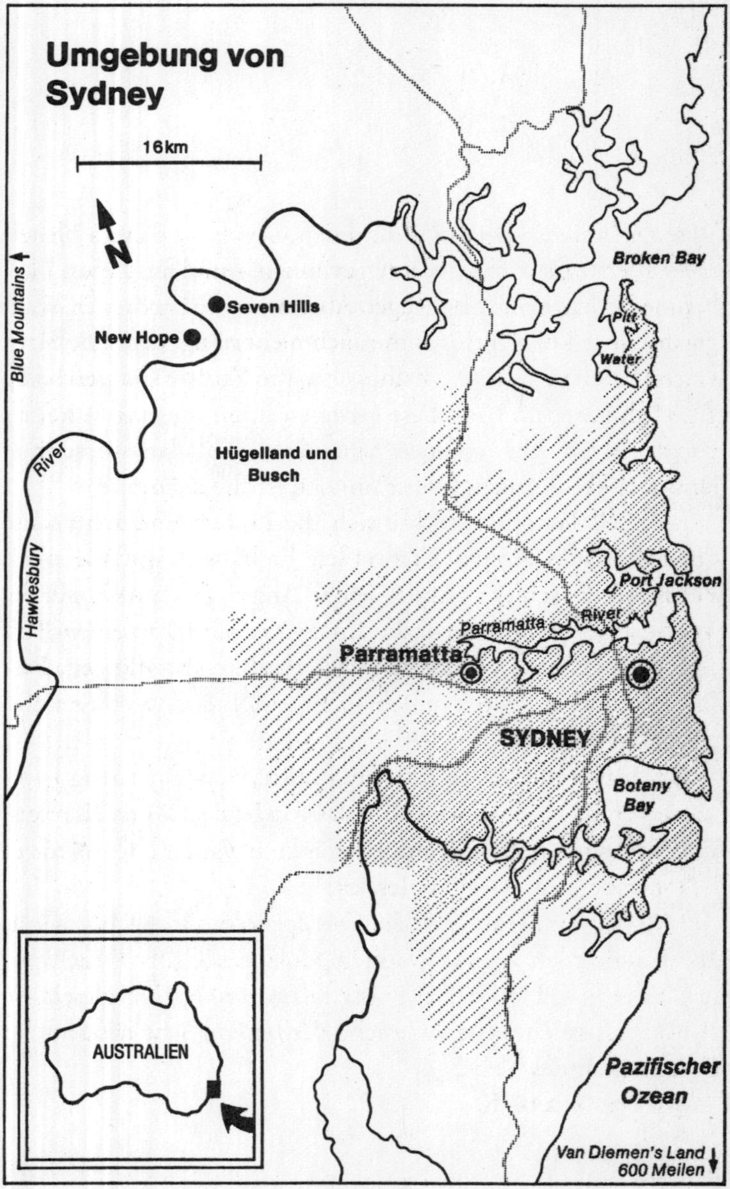
Umgebung von Sydney
16km
N
Blue Mountains
Seven Hills
New Hope
Hügelland und Busch
Hawkesbury River
Broken Bay
Pitt Water
Port Jackson
Parramatta River
Parramatta
SYDNEY
Botany Bay
Pazifischer Ozean
Van Diemen's Land 600 Meilen
AUSTRALIEN

1

Wer das bessere Auge besaß und den Gegner in diesem Nebelmeer zuerst ausmachte, würde gewinnen – und am Leben bleiben. Jeder hatte nur eine Kugel. Aber mehr war in diesem Wald gigantischer Eukalyptusbäume auch nicht nötig, denn die Sicht betrug kaum mehr als ein halbes Dutzend Yards. Sie waren beide gute Schützen, und auf diese geringe Entfernung würde keiner von ihnen sein Ziel verfehlen. Es kam nur darauf an, wer schneller war und zuerst den Finger um den Abzug krümmte.

Mitchell Hamilton leckte sich die Lippen und schmeckte das Salz seines eigenen Schweißes. Er hatte Angst wie noch nie zuvor in seinem Leben. Mehr Angst als damals, als die TRADEWIND im Sturm vor der Küste Australiens an einem Riff zerschellt war und Hunderte von verbannten Sträflingen, Passagieren und Seeleuten in den aufgepeitschten Fluten den Tod gefunden hatten.

Doch was ihm die Kehle zuschnürte, war nicht Angst um sein eigenes Leben, sondern um das von Jessica. Wenn Kenneth Forbes ihn in diesem nebeldurchtränkten Wald tötete, würde er bekommen, was er wollte: Jessica.

Mitchell umklammerte die Duellpistole mit solcher Kraft, als wollte er im blank polierten Holz des Griffs Druckspuren hinterlassen. Sein Herz raste, als würde es ihm gleich die Brust sprengen, und sein Gesicht glänzte von Schweiß und der Feuchtigkeit des Nebels.

Wo war Ken bloß?

Der Waldboden unter seinen Füßen war wie aus Daunen. Er verschluckte jedes Geräusch. Nirgends schien es noch Leben in diesem Wald zu geben. Nicht der entfernteste Laut eines Tiers war zu vernehmen. Als hätte der Atem des Hasses und des drohenden Todes jedes Geschöpf vertrieben.

»Jessica gehört mir, Mitchell Hamilton!«, rief eine Stimme plötzlich, und sie schien aus allen Richtungen gleichzeitig zu kommen. »Jessica hat von Anfang an mir gehört … und jeder, der sich mir in den Weg stellt, wird sterben. So wie du jetzt, Mitchell Hamilton!«

Mitchell fuhr gehetzt herum, versuchte das wabernde Meer des Nebels mit seinen Augen zu durchdringen und den verhassten Gegner zu entdecken.

»Elender Feigling!«, brüllte er in den Wald. »Komm heraus und stell dich!«

Ein knarrendes, ächzendes Geräusch drang an Mitchells Ohr. Und fast im selben Moment sagte eine Stimme hinter ihm: »Ich bin schon da, mein Freund!«

Zu Tode erschrocken wirbelte Mitchell herum – und blickte direkt in die schwarze Mündung einer Pistole. Jenseits des Laufes sah er das höhnisch verzerrte Gesicht von Kenneth Forbes. Triumph lag in seinen Zügen, und Mordlust loderte in seinen Augen.

»Es ist soweit, mein Freund!«

»Nein!«, schrie Mitchell in panischem Entsetzen auf und riss abwehrend die Hände hoch. Das durfte nicht das Ende sein. Wenn er starb, war Jessica ihrem Peiniger schutzlos ausgeliefert. Es musste einen Ausweg geben, um der tödlichen Kugel zu entkommen. Es musste!

Der Schuss krachte, und vor seinen Augen explodierte eine blendende Helligkeit. Er schrie. Dann war es vorbei.

2

Keuchend richtete sich Mitchell Hamilton auf, die Augen mit einer Hand beschattend. Der grässliche Albtraum hielt ihn noch immer gefangen, wenn auch die einzelnen Traumbilder schnell an Lebendigkeit, an Kontur und Tiefe verloren und fast augenblicklich zu einer vagen Erinnerung verblassten. Was sich jedoch nicht verflüchtigte, war sein Gefühl der Angst und das Wissen um seine eigene Ohnmacht.

»Tut mir leid, wenn ich Sie mit der Laterne geblendet habe, Mister Hamilton«, sagte eine kräftige, sonore Stimme jenseits der blendenden Helligkeit. »Ich dreh' die Flamme etwas runter. Ist es so besser?«

Mitchell brauchte einen Moment, ehe er sich wieder erinnerte, wo er sich befand und wer dieser große, breitschultrige Mann mit dem wildgelockten Haar und dem rotbraunen Bart war. Dann vernahm er das inzwischen vertraute Knarren von Masten, Spanten und Tauwerk, und die Benommenheit wich von ihm. Er wusste wieder, wo er war und was es mit diesem engen, dunklen Raum auf sich hatte, der nach Teer und leicht fauligem Wasser roch.

»Oh, Captain Rourke«, murmelte er und rieb sich über die Augen. Dann zog er seine Taschenuhr hervor und ließ den Deckel aufspringen. Die Zeiger wiesen auf zwanzig vor vier. Er hatte also über sechs Stunden geschlafen. Und doch fühlte er sich so ausgelaugt und zerschunden, als hätte er zwei Nächte lang kein Auge zubekommen. Aber das lag vermutlich daran, dass er die Schussverletzung, die Lieutenant Forbes ihm bei ihrem wirklichen Duell vor drei Wochen zugefügt hatte, immer noch nicht völlig auskuriert hatte. »Ja, danke ...« Seine eigene Stimme klang ihm fremd. Sie krächzte, und er räusperte sich.

Patrick Rourke hängte die abgeblendete Laterne an einen Deckenhaken, setzte sich auf einen dreibeinigen Schemel und schob sich die Mütze aus Kängurufell in den Nacken, während er beobachtete, wie sein Passagier die Beine über den Rand der Koje schwang. Das dünne Baumwollhemd klebte Mitchell wie ein nasser Lappen am Leib.

»Müssen einen verdammt wüsten Albtraum gehabt haben«, sagte Rourke mitfühlend, »so wie Sie geschrien haben. Fast wären Sie mir an die Kehle gesprungen.«

Mitchell nickte. »Hab' schon mal besser geschlafen. Muss an der drückenden Hitze liegen«, sagte er ausweichend und wusste, dass der Captain der COMET ihm das nicht abnahm. Dafür war er zu gut über alles informiert. Schließlich unternahm er einzig und allein wegen ihm diese gefährliche Reise nach Van Diemen's Land. Wegen ihm und wegen Jessica, die an Patrick Rourkes Schoner zur Hälfte beteiligt war und seine tiefe Freundschaft errungen hatte.

Doch Patrick Rourke beließ es dabei. »Ich hätte Sie schlafen lassen sollen, doch Sie baten mich, Sie zu wecken, wenn es soweit ist.«

Mitchell hob die Augenbrauen. »Haben wir die Mündung des Hawkesbury River erreicht?«

»Schon vor ein paar Stunden«, sagte der bärtige Captain, der eine ärmellose Schaffelljacke über der schweißglänzenden muskulösen Brust trug. »Wir sind in einer kleinen Bucht vor Anker gegangen.«

»Aber weshalb? Könnten wir nicht jetzt schon sicher auf hoher See sein? Warum die Verzögerung?«, fragte Mitchell.

Patrick Rourke fuhr sich durch sein zerzaustes Haar, das die Farbe dunklen Brandys hatte und nie mit einem Kamm in Berührung kam. »Weil ich die frühen Morgenstunden nutzen möchte, um mich mit dem Schoner aus den Fluss zu schleichen. Erfahrungsgemäß lässt die Konzentrationsfähigkeit eines Wachpostens zwischen drei und fünf Uhr, also kurz vor Sonnenaufgang, am meisten zu wünschen übrig. Und warum soll das bei den Soldaten vom New South Wales Corps anders sein?«

Mitchell lächelte anerkennend. »Entschuldigen Sie meine dumme Frage. Sie haben sich wirklich Gedanken gemacht, Captain.«

»Wenn ich das nicht täte, wäre ich vermutlich schon als Sträfling auf der Überfahrt nach Australien vor die Hunde gegangen«, brummte der Ire, der in die britische Strafkolonie, offiziell New South Wales genannt, verbannt worden war, weil er seinem Bruder bei einem Aufstand gegen die britische Besatzungsmacht in Irland Unterschlupf gewährt hatte. Das lag nun schon viele Jahre zurück.

»Habe ich noch Zeit, mich etwas frisch zu machen?«, wollte Mitchell wissen und wischte sich den Schweiß mit dem Handrücken von der Stirn. Die Kabine mit der niedrigen Decke war ihm noch nie so erdrückend vorgekommen wie in dieser Stunde. Die Luft war verbraucht, und jede Bewegung verursachte bei ihm einen Schweißausbruch.

»Sicher.« Patrick Rourke erhob sich. »Ich sehe Sie dann gleich an Deck, Mister Hamilton.« Er nickte ihm freundschaftlich zu und verließ die schmale Kabine, deren winziges Bullauge aus Sicherheitsgründen geschlossen und mit dunklem, dickem Sackleinen verhängt war.

Mitchell stemmte sich hoch und trat an die kleine Kommode, auf der eine Waschschüssel mit einer schon reichlich zerbeulten Wasserkanne stand. Er trank drei Hände voll, wusch sich schnell und stöhnte leise auf, als ihm das einigermaßen kühle Wasser über Gesicht und Brust rann. Einen Augenblick starrte er in das Wasser, was sein Abbild im Licht der Laterne verzerrt zurückwarf.

»Ich hätte ihn töten sollen, als ich die Chance und das Recht dazu hatte«, murmelte er vor sich hin. »Gleich dort auf der Lichtung vor den Augen der Sekundanten. Er hatte es verdient … und ich Narr habe mir in der Rolle des Gentleman gefallen und ihm Pardon gewährt!«

Es kam ihm wie ein schlechter Traum vor, dass er nun schon mehrere Tage an Bord dieses Schiffes, ja, dass er auf der Flucht war. Er, der als stolzer und freier Siedler nach New South Wales gekommen war und ein großes Landgut bei Parramatta, sechzehn Meilen nordwestlich von Sydney, sein eigen nannte. Es war geradezu absurd: Er lief vor einer Verbrecherbande davon, die den Rock des Königs entehrte.

Doch noch mehr quälte ihn der Gedanke, dass er sieben schrecklich lange Jahre auf die Erfüllung seiner Liebe zu Jessica hatte warten müssen.

Sieben endlos lange Jahre, in denen die Frau, die er liebte, die Frau eines anderen Mannes gewesen war. Eines Mannes, der Jessica vor dem Galgen bewahrt und sie zur Herrin von Seven Hills gemacht hatte, der größten und ertragreichsten Farm am Hawkesbury.

Wie hatte er diesen Mann beneidet, dem Jessica zwei prachtvolle Kinder geschenkt hatte. Und wie sehr hatte er sein Verlangen bekämpft, sie wenigstens einmal zu sprechen und in ihren Augen zu forschen, ob sie vielleicht nicht doch noch tief in ihrem Innersten etwas von der Liebe und Leidenschaft für ihn bewahrt hatte, die sie nach dem Schiffbruch vor sieben Jahren an der unwirtlichen Küste gemeinsam entdeckt hatten. Doch er hatte es sich versagt, um Jessicas willen. Bis dann ihr Mann,

Steve Brading, von der Kugel eines skrupellosen Sträflings hinterhältig niedergestreckt worden war.

Und auch dann hatte er noch Monate verstreichen lassen, weil er wusste, wie stark Schmerz und Trauer bei ihr sein mussten. Viele Monate hatte er gewartet, bis er wieder in ihr Leben getreten war, und fast noch einmal so lange hatte es gedauert, bis er sie wieder für sich gewonnen und ihre Liebe zu ihm wieder entfacht hatte.

Einige wenige Wochen leidenschaftlicher Hingabe waren ihnen danach vergönnt gewesen – bis dann Lieutenant Kenneth Forbes ihn als Widersacher hatte ausschalten wollen und ihn zu einem Duell herausgefordert hatte. Er hätte ihn töten können, hatte sich jedoch damit begnügt, ihn zu blamieren. Eine noble Geste, die den Lieutenant in England ein für allemal deklassiert und unschädlich gemacht hätte. Doch nicht hier in Australien, wo die wahre Macht nicht vom Gouverneur der Kolonie ausging, sondern von den korrupten Offizieren der New South Wales Corps.

Ja, er hätte Kenneth Forbes wirklich besser getötet. Das hätte ihm weniger Schwierigkeiten gebracht – und Jessica für immer von seinen Nachstellungen befreit. Doch er hatte noch nie einen Menschen kaltblütig getötet und spürte einfach zu viel Skrupel. Vielleicht hätte er es in diesem Fall aber dennoch getan, wenn es da nicht die Tatsache gäbe, dass Kenneth, mochte er so rücksichtslos sein, wie er wollte, Jessicas Halbbruder war.

Wie auch immer. Es war zu spät.

Mitchell schob die Schüssel mit einem Ruck zurück, dass Wasser über den Rand schwappte, und wandte sich von der Kommode ab. Es brachte nichts, Dingen nachzuhängen, die seiner Einflussnahme längst entzogen waren. Entscheidungen, die einmal getroffen waren, ließen sich nicht rückwirkend wieder aufheben. Nur noch Gegenwart und Zukunft ließen sich beeinflussen.

Er entnahm seiner Seekiste ein frisches Hemd und stieg den Niedergang hoch. An Deck war es um einige Grad kühler als unten in der stickigen Kabine, doch warm war es immer noch in dieser Januarnacht des Jahres 1808.

Mitchell Hamilton, ein stattlicher Mann von siebenunddreißig Jahren, streckte seine große, schlanke Gestalt und atmete die Luft, die schon vom salzigen Geruch des nahen Meeres erfüllt war, tief ein. Sein Blick glitt über den breiten Hawkesbury River, an dessen Ufer mehrere Tagesreisen flussaufwärts Jessicas Farm SEVEN HILLS lag. Eine Ewigkeit von ihm entfernt, wie ihm jetzt schien.

Nebelschwaden trieben über den Fluss und ließen die Ufer nur erahnen. Leise klatschten die Wellen gegen den Rumpf der COMET. Die Seeleute huschten mit nackten Fußsohlen fast lautlos über das Deck. Alle Segel waren eingeholt. Kahl und starr wie Lanzen ragten die Masten in den dunklen Himmel. Der Mond war ebenso wenig zu sehen wie das Kreuz des Südens, das sich hinter Wolken verbarg.

Patrick Rourke trat auf ihn zu, ein Fernrohr unter dem Arm und zwei Blechbecher in der Hand. »Besser?«. fragte er knapp.

Mitchell nickte nur.

»Hier, trinken Sie das. Das bringt Sie wieder auf die Beine«, sagte Patrick Rourke und hielt ihm einen Becher hin. »Gegen Hitze und Katzenjammer jeder Art gibt's nichts Besseres als heißen Tee mit einem kräftigen Schuss Rum. Es hilft, Sie werden's sehen!«

»Danke«, murmelte Mitchell, und umfasste den Becher mit beiden Händen und nahm vorsichtig einen Schluck. Der stark mit Rum versetzte Tee, dem ein wenig Eukalyptusblätter beigemischt waren, rann ihm heiß durch die Kehle und belebte ihn tatsächlich. »Danke«, sagte er noch einmal. »Diesen Muntermacher habe ich wirklich nötig gehabt.«

Der Captain deutete mit dem Fernrohr über den Bug des Seglers hinweg. »Da vorn, etwa zwei Meilen voraus, verengt sich der Hawkesbury noch einmal, bevor er in die Broken Bay und dann in den Pazifischen Ozean mündet. Haben wir diesen Engpass hinter uns, kann uns niemand mehr aufhalten. Dann haben wir den gefährlichsten Teil der Reise geschafft.«

»Untertreiben Sie nicht ganz gewaltig?«, meinte Mitchell skeptisch. »Bis nach Van Diemen's Land sind es dann noch gut und gern fünfhundert Meilen. Und diesen Ozean pazifisch zu nennen, dürfte ja zu den herausragenden Fehlleistungen der Entdeckungsgeschichte zählen.«

Ein wissendes Lächeln huschte über Patrick Rourkes Gesicht. »Machen Sie sich keine Sorgen über die Fahrt nach Hobart.« Das war die Hauptsiedlung dieser Insel, die der Südostspitze Australiens vorgelagert war. »Die COMET kommt auch in rauen Gewässern klar, wenn das auch so mancher bezweifelt. Sie ist zwar nicht der schnellste unter den Seglern, dafür aber zäh und ausdauernd. Drücken Sie uns lieber die Daumen, dass die verfluchten Rotröcke da vorn am Flaschenhals ihren Dienst so nachlässig verrichten, wie sie das sonst auch tun.«

»Sind Sie sich sicher, dass das Corps dort überhaupt Soldaten stationiert hat?«, fragte Mitchell und versuchte vergeblich, an Steuerbord irgendwelche Konturen von Land auszumachen.

»Todsicher! Es gab dort schon immer einen Beobachtungsposten«, informierte der Captain ihn. »Aber seit dieses Rebellenpack in Sydney die Macht an sich gerissen hat, ist das Camp verstärkt worden. Sie haben sogar einen kleinen Kutter mit einem Drehgeschütz am Bug. Das Rum-Corps hat verständlicherweise ein starkes Interesse daran, zu kontrollieren, was aus dieser Kolonie hinausgelangt – an Menschen und an Nachrichten. Wir müssen also höllisch auf der Hut sein, denn ich bin nicht scharf darauf, von diesen Mistkerlen unter Beschuss genommen zu werden.«

»Und wie bringen Sie die Comet durch den Engpass? Unter Segeln?«

»Nein. Rudernd und im Schutz von Morgennebel und Dunkelheit. Das muss reichen.«

Lew Kinley, Patricks Steuermann, trat zu ihnen, wie immer auf einem Holzspan kauend. »Die Leute sind im Boot, Captain. Es kann losgehen, wenn Sie wollen.«

»Sind die Riemen auch umwickelt?«, fragte Patrick und leerte seinen Becher mit einem Schluck.

Der Steuermann sah ihn regelrecht empört an. »Captain! … Noch hab' ich mein Gehirn nicht in Rum ersäuft! Als ob ich die Jungs mit nackten Riemen losschicken würde!«

Patrick grinste, wusste er doch, dass auf seinen Steuermann Verlass war. »Schon gut, Lew. Dann sollen sie sich also ins Zeug legen, dabei aber absolut das Maul halten. Wir haben zwar Glück mit dem Nebel, aber laute Flüche schluckt er nicht, wenn wir durch den Flaschenhals müssen. Und nach Fluchen wird ihnen zumute sein, wenn sie die Comet erst mal zwei Meilen gerudert haben.«

»Aye, aye, Captain. Werd' ihnen sagen, dass ihnen die Rotröcke gehörig Feuer unterm Arsch machen und sie mit Blei spicken werden, wenn sie nicht so leise sind wie ein Mönch im Nonnenkloster auf Brautschau«, nuschelte der Steuermann und huschte zum Bug zurück.

»Lew Kinley fehlt es manchmal an Schliff und Umgangsformen«, sagte Patrick entschuldigend zu seinem Passagier, während ein verstecktes Lächeln seine Mundwinkel umspielte. »Aber sonst ist er ein wahres Juwel … nur eben ein ungeschliffenes.«

»Keine Angst, Captain. Ich erwarte an Bord Ihres Schiffes keine Umgangsformen, wie sie bei Hofe üblich sind«, erwiderte Mitchell spöttisch. »Das müssten Sie doch schon längst gemerkt haben. Und die Männer auf meiner Farm bedienen sich auch nicht gerade der gepflegtesten Sprache.«

Patrick lachte gedämpft. »Ich bin sicher, Sie wissen sich bei ihnen Gehör zu verschaffen und sich durchzusetzen.« Er wurde augenblicklich ernst, als ihm bewusst war, welch ungewisses Schicksal vor Mitchell Hamilton lag – und was er in New South Wales zurückließ, von Jessica einmal ganz abgesehen. »Es muss Ihnen schwergefallen sein, Ihrer Farm nicht noch einmal einen Besuch abgestattet zu haben. Sicherlich hätten Sie für die doch … unbestimmte Dauer Ihrer Abwesenheit so einige Regelungen und Vorkehrungen treffen wollen, nicht wahr?«

Der Gedanke an MIRRA BOOKA schmerzte Mitchell. Sieben entbehrungsreiche, knochenbrechende Jahre hatte er in dieses herrliche Land, in die Aufzucht der Schafe und in die Kultivierung des Bodens investiert. Sein Herzblut steckte in dieser Farm, die »Kreuz des Südens« hieß – in der Sprache der Aborigines, der wilden Eingeborenen des sonnenglühenden Landes.

»Leider haben Sie nur zu recht, Captain«, räumte Mitchell düster ein, während ein kaum merklicher Ruck durch den Schoner ging und das Schiff sich zu bewegen begann. »Ich kann nur hoffen, dass mein Partner, John Hawkley, Ersatz für mich findet. Er ist nämlich an den Rollstuhl gefesselt.«

»Das zu hören tut mir leid.«

Mitchell zuckte die Achseln. »Es ist die Gicht. Aber so sehr mich die Frage, was aus der Farm wird, beschäftigt, so zählen diese Sorgen doch nichts im Vergleich zu denen, die ich mir um Jessica mache.«

»Quälen Sie sich nicht damit, Mister Hamilton. Jessica Brading ist alles andere als eine gewöhnliche Frau … und ich muss es wissen, hat sie mich doch dazu gebracht, sie als gleichberechtigte Geschäftspartnerin und Miteignerin der COMET zu akzeptieren«, meinte Patrick Rourke mit einer Mischung aus gespieltem Groll und echter Bewunderung. »Dabei hatte ich mir geschworen, mich niemals geschäftlich mit einem Weiberrock einzulassen und lieber bankrott zu gehen als das Angebot einer Frau anzunehmen.«

Mitchell lächelte unwillkürlich. »Und wie ist ihr das gelungen?«

»Ich wollte sie zuerst nicht mal ausreden lassen und sie von Bord schmeißen lassen. Doch da hat sie mir die Muskete auf die Brust gesetzt und mich gezwungen, sie anzuhören. Dann haben wir uns unten in meiner Kabine an den Tisch gesetzt und um ihr Geld und mein halbes Schiff gespielt. Ich habe versucht, sie mit gezinkten Würfeln zu betrügen. Doch das ist mir nicht gelungen, der Teufel weiß warum.« Er kratzte sich unter seiner Fellmütze den Kopf. »Ich glaube, sie hat irgendwie davon gewusst und mich mit meinen eigenen faulen Tricks geschlagen. Na, ich will's heute gar nicht mehr wissen. Auf jeden Fall: Jessica ist keine Frau, die sich so leicht in die Defensive drängen lässt. Sie weiß schon auf sich aufzupassen. Und sie hat ja auch noch einige gute Freunde.«

»Lieutenant Forbes ist nicht irgendjemand«, wandte Mitchell ein. »Ein Offizier vom New South Wales Corps war schon immer ein gefährlicher Gegner in dieser Sträflingskolonie. Doch seit der Rebellion ist er zugleich auch ein erschreckend machtvoller Gegner, vergessen Sie das nicht, Captain!«

Patrick Rourke verzog das Gesicht. »Wie könnte ich das vergessen, Mister Hamilton. Die Pest über diese ehrlose Bande, die am nächsten Ast aufgeknüpft gehört.«

»Doch sie haben die Macht übernommen, sonst wäre ich nicht auf der Flucht.«

Patrick blickte finster drein. »Zur Hölle mit diesen Blutsaugern! Zur Hölle mit dem gesamten Rum-Corps! Wenn es sie nicht gäbe, ginge es uns allen, der ganzen Kolonie, zehnmal besser! Eine Schande, dass Bounty-Bligh gescheitert ist, diesen Saustall mit eisernem Besen auszukehren!«

Das Rum-Corps, so nannten die Sträflinge, die Emanzipisten und sogar diejenigen, die als Freie nach New South Wales gekommen waren, die korrupte Offiziersclique. Die Männer mit den goldbetressten Uniformen hatten sich nicht darauf beschränkt, die junge Kolonie vor Gefahren von außen zu schützen und die innere Sicherheit und Ordnung in diesem riesigen Gefängnis ohne sichtbare Mauern zu gewährleisten. Schon von Anfang an hatten sie die Macht an sich gerissen und bisher noch jedem Gouverneur ihren Willen aufgezwungen. Sie hatten Rum zur Währung der Kolonie gemacht – und sich kraft ihrer militärischen Macht das Handelsmonopol darauf gesichert. Sie bestimmten den Preis des von ihnen importierten Rums, den sie für ein paar Schilling pro Gallone einkauften und für das Zehnfache und mehr wieder verkauften. Planmäßig hatten sie die Sträflinge und Emanzipisten, wie die Freigelassenen genannt wurden, nach diesem billigen Fusel süchtig gemacht und dem gesamten Handel ihren Stempel aufgedrückt. Die Siedler, die fast ausnahmslos mit ihnen zugewiesenen Sträflingen Äcker, Felder und Weiden bestellten, waren gezwungen, den unverschämt überteuerten Rum zu kaufen, denn jedem Sträfling stand sein wöchentliches Quantum zu. Ohne Rum gingen sie nicht an die Arbeit.

Zwanzig Jahre lang hatte dieses korrupte System funktioniert, und drei Gouverneure hatte dieses Rum-Corps schon verschlissen. Ob Arthur Phillip, John Hunter oder Gidley King, sie alle waren an der Macht der Offiziere gescheitert und hatten letztendlich aufgegeben.

Und dann hatte das Kolonialamt in London William Bligh nach Australien geschickt, den berühmten und berüchtigten Captain der Bounty, der zum Volkshelden geworden war, als die Mannschaft gegen sein strenges Regiment meuterte, ihn mit einigen wenigen Getreuen im Pazifik in einem Ruderboot ohne genügend Brot und Wasser aussetzte – und er das fast Unmögliche schaffte, mit dieser kleinen Nussschale ohne Karten und Navigationsgeräte das viertausend Seemeilen entfernte Batavia zu erreichen.

William Bligh war der Mann, der dem Rum-Corps endlich und für alle Zeiten das Rückgrat brechen sollte, als er im August 1806 sein Amt als neuer Gouverneur der ungeliebten Kolonie im fünfzehntausend Meilen entfernten Australien antrat. Und mit der für ihn typischen Entschlossenheit und Kompromisslosigkeit ging er auch ans Werk.

Doch auch er war dem vereinten Widerstand der Offiziere nicht gewachsen. Ganz besonders einem nicht: John MacArthur. Dieser Mann, der einst als Lieutenant nach New South Wales gekommen und einer der Begründer des Rum-Monopols gewesen war, hatte sich mit jedem Gouverneur angelegt – und gesiegt. Längst hatte MacArthur, ein herrschsüchtiger und aufbrausender Mann mit einem Geschick für die Intrige, den Rock des Königs ausgezogen. Doch deshalb hatte er nichts von seinem Einfluss verloren. Ganz im Gegenteil. John MacArthur war nicht nur der mächtigste Großgrundbesitzer unter den Farmern und Schafzüchtern, sondern auch der Wortführer des Rum-Corps.

Er benötigte keine Uniform, um die Geschicke in der Kolonie nach seinem Gutdünken zu steuern.

William Bligh war entschlossen gewesen, das für die Offiziere einträgliche Rum-Monopol zu zerschlagen, ganz besonders aber John MacArthur in den Staub zu drücken. Und als sich dieser Ende des Jahres 1807 eine Blöße gab, packte Bligh die Gelegenheit beim Schopfe und stellte ihn im Januar in Sydney vor Gesicht. Die Anklage lautete unter anderem auf aufrührerische Umtriebe gegen die Krone.

Nach einem turbulenten ersten Prozesstag am 25. Januar holte John MacArthur, der seine Felle und die seiner Offizierskameraden davonschwimmen sah, zum Gegenschlag aus: Am 26. Januar, an dem die junge Kolonie den zwanzigsten Jahrestag ihrer Gründung feiern wollte, stachelte er das New South Wales Corps zur Rebellion gegen den Gouverneur auf. Dreihundert Soldaten umstellten die Amtsresidenz von Gouverneur Bligh, entmachteten ihn und setzten ihn unter Arrest. Zum zweiten Mal in seinem Leben war Bligh das Opfer einer Meuterei geworden. Damit hatte die Herrschaft der Rum-Rebellen begonnen. Und Lieutenant Kenneth Forbes gehörte zu ihnen. Die Macht dieser Männer war nun unbegrenzt.

»Man wird sie zur Rechenschaft ziehen«, brummte Patrick. »Früher oder später.«

Mitchell Hamilton schrak aus seinen trüben Gedanken auf. »Sicher, aber bis dahin ist Jessica ohne Schutz. Ich hätte nicht flüchten dürfen«, warf er sich vor. »Gerade jetzt hätte sie meines Beistandes und Schutzes bedurft. Und was tue ich? Ich mache mich bei Nacht und Nebel davon!

»Unsinn, was Sie da sagen!«, erwiderte der Captain barsch und direkt, wie es seine Art war. »Forbes wird Sie unter einer fadenscheinigen Beschuldigung verhaften und ins Gefängnis werfen lassen, wenn er Sie in die Finger bekommt … falls er Sie nicht schon gleich, angeblich auf der Flucht, erschießen lässt. Und jetzt erklären Sie mir mal, wie Sie als Leiche oder als Häftling in einem dreckigen, fauligen Kerkerloch Jessica eine Hilfe sein wollen?«

Mitchell schwieg. Gleichmäßig glitt die COMET nun durch das dunkle, unergründliche Wasser auf die Flussenge zu. Die Männer hatten ihren Rhythmus gefunden, und bis auf ein leises Rauschen war vom Bug her nichts zu hören. Lew Kinleys Warnung musste die gewünschte Wirkung erzielt haben. Bald würde sich entscheiden, ob seiner Flucht Erfolg beschieden war.

»Auf Van Diemen's Land sind Sie dagegen einigermaßen sicher«, fuhr Patrick Rourke energisch fort und zog ihn zur Steuerbordreling. »MacArthurs Anhänger sind dort nicht halb so stark wie hier, und es verkehren nur selten Schiffe zwischen Sydney und Hobart. Dort werden Sie die Zeit, bis wieder geordnete Verhältnisse in New South Wales herrschen, leichter und vor allem sicherer überstehen. Und dass Jessica das weiß, ist in dieser Situation der größte und einzige Dienst, den Sie ihr erweisen können.«

»Aber wie lange wird das dauern?«, murmelte Mitchell niedergeschlagen.

»Das wird die Zukunft zeigen«, antwortete Patrick leise. »Und nun gehen Sie runter. Es ist soweit. Bauen wir darauf, dass die Posten hier ihren Teil von den Rummengen bekommen haben, die das MacArthur-Gesindel kostenlos verteilt, um sich beim Pöbel beliebt zu machen. Und gebe Gott, dass der Nebel so prächtig dicht bleibt!«

Fast lautlos glitt der Marssegelschoner auf die Enge zu, hinter der die weite Broken Bay und der offene Pazifik lagen. Wie von Geisterhand geführt wallten einzelne Nebelbänke über das Schiff und schienen die Masten zu umwogen.

Mitchell hörte keinen Laut. Der Nebel schien alles zu ersticken. Er merkte gar nicht, dass auch er den Atem anhielt.

Plötzlich rissen die milchigen Schleier auf, und der Blick konnte ungehindert ans rechtsseitige Ufer wandern. Es war wie ein kurzer Blick durch einen Tunnel.

Mitchell glaubte, die scharfen Silhouetten von vier, fünf Zelten und einer Lehmhütte ausmachen zu können. Doch dann schloss sich das Loch in der Nebelbank wieder, und die COMET glitt ungehindert in die weite Bay. Kein Alarmruf schallte durch die Nacht, kein Schuss zerriss die trügerische Stille.

Captain Patrick Rourke richtete sich auf, gab einen gedämpften Stoßseufzer der Erleichterung von sich und raunte: »Wir haben es geschafft, mein Freund. Vor Ihnen liegt die Freiheit!«

Mitchell Hamilton dachte an diesen Satz des Captains, als die COMET anderthalb Stunden später im strahlenden Licht der Morgensonne mit windgeblähten Segeln durch die blaue See schnitt. Der Captain stand selbst am Ruder und steuerte den Schoner auf das offene Meer hinaus.

Mitchell stand am Schanzkleid und ließ die Küste nicht aus den Augen. Sie schrumpfte immer mehr zusammen, wurde zu einem dünnen, dunklen Strich am glitzernden Horizont und war bald nur noch eine Ahnung.

Wann würde er wieder nach New South Wales, das seine Heimat und sein Schicksal geworden war, zurückkehren können? Und wann würde er Jessica wieder sehen?

3

Kenneth Forbes tauchte die Feder in das kleine Tintenfass aus geschliffenem Kristall und setzte die Kolonne schwungvoller Zahlen fort, mit denen er schon seit geraumer Zeit das Blatt Papier vor sich auf der Schreibunterlage seines Rosenholzsekretärs bedeckte.

Ein versonnenes Lächeln lag auf seinem Gesicht. Wie er es auch drehte und wendete, seine Berechnungen ergaben immer wieder, dass er bald ein gemachter Mann sein würde. Schon vor der Entmachtung von Gouverneur Bligh hatte er das Angebot des Rum-Monopols angenommen, einen Gutteil seines Geldes bei ihnen anzulegen. Ein schneller Profit war ihm damals schon sicher gewesen. Doch nun, da die Macht gänzlich in ihren Händen lag, sah die Zukunft geradezu berauschend aus. Er erinnerte sich noch ganz genau, was einer seiner Offizierskameraden am Tag des Umsturzes in Sydney gesagt hatte: »Diese paradiesischen Zustände werden zwar nicht ewig dauern. Aber bis hier wieder ein neuer Gouverneur einzieht, haben wir alle so viel Geld gescheffelt, dass wir für alle Zeiten ausgesorgt haben und nichts zu fürchten brauchen. Wer jetzt nicht mit beiden Händen zugreift, gehört mit der Neunschwänzigen zur Besinnung gebracht.«

Kenneth Forbes hielt im Schreiben einen Augenblick inne und lachte leise auf. Ihn brauchte niemand erst dazu zu überreden, mit beiden Händen zuzugreifen. Er hatte schon längst damit begonnen, in die Tat umzusetzen, was er sich geschworen hatte, als er letztes Jahr mit seiner Frau in New South Wales angekommen war: In fünf Jahren würde er die Sträflingskolonie als reicher Mann verlassen und nach England zurückkehren! Ja, fünf Jahre, aber keinen Tag länger würde er es in diesem sonnendurchglühten, primitiven Land aushalten – wie es sein Vater, Sir Wesley Forbes, von ihm verlangt hatte. Unter Androhung, ihn andernfalls zu enterben, hatte er ihn gezwungen, zu heiraten, ein Offizierspatent zu erwerben und fünf Jahre lang quasi am Ende der Welt auszuharren. Zeit genug, um Gras über den Skandal wachsen zu lassen, den er sich in Eton geleistet hatte. Es war einer der vielen amourösen Fehltritten gewesen, der jedoch das Fass zum Überlaufen gebracht hatte.

Zorn wallte in ihm auf, als er daran dachte, dass er sich fast widerspruchslos dem Diktat seines Vaters gebeugt hatte. Dass er das Offizierspatent für das New South Wales Corps erworben hatte, hatte sich im Nachhinein ja als hervorragende Fügung des Schicksals herausgestellt. Doch was den Abschied von seinem abwechslungsreichen Junggesellenleben und die Wahl seiner Ehefrau betraf, so hätte er gar keinen größeren Fehler machen können.

Rosetta! Eine billige Rum-Hure in den *Rocks,* dem Lasterviertel von Sydney, war zu mehr echter Leidenschaft fähig als seine eigene Frau. Steif wie ein Brett und mit unverhohlenem Ekel hatte sie ihn ertragen, wenn er sich ihr im Bett genähert und auf Einhaltung ihrer ehelichen Pflichten gedrungen hatte. Ja, *ertragen* war das richtige Wort für ihr demütigendes Verhalten. Nie würde er begreifen, wie ihm das hatte passieren können, ausgerechnet ihm, dem Liebling und Herzensbrecher aller Frauen, der von Jugend an keine Schwierigkeiten gekannt hatte, die Unersättlichkeit seines Triebes mit immer neuen willigen Geschöpfen lustvoll zu befriedigen. Die Frauen waren ihm zu Füßen gelegen, und oft hatte nur ein Lächeln gereicht, um bei einer erwachsenen Frau alle Zurückhaltung schwinden zu lassen.

Ein grimmiger Ausdruck trat auf sein Gesicht, und er verlor

jede Lust an seinen Berechnungen, mit denen er den Tag begonnen hatte. Mit einer heftigen Bewegung schob er den Stuhl zurück, stand auf und verließ sein Arbeitszimmer.

Die Sonne stand im Osten erst eine Handbreit über den Hügeln, als er aus dem Wohnhaus von THREE WELLS in die Morgensonne trat. Das Gras, von der Gluthitze des australischen Hochsommers ausgedörrt und gewöhnlich von einem stumpfen Graubraun, leuchtete in der Lichtflut des jungen Tages wie mit Gold überzogen. Die Luft war erfüllt vom intensiven Duft der Eukalyptusbäume, die in New South Wales in verschiedensten Arten den Großteil des Baumbestandes ausmachten.

Kenneth Forbes ließ den Blick über den Hof der Farm schweifen, die nur zwei Meilen östlich von Parramatta lag, wo er stationiert war. Vierzig fruchtbare Acres gehörten zu seiner Farm, die er nicht aus Liebe zur Landwirtschaft und Tierhaltung gekauft hatte, sondern auf Anraten seiner Offiziersfreunde. Sieben Sträflinge bearbeiteten das Land und kümmerten sich um den Viehbestand, den er noch vergrößern wollte.

Wenn er THREE WELLS in fünf Jahren verkaufte, würde er mit Sicherheit einen hübschen Gewinn machen. Was ihm neben der günstigen Geldanlage an THREE WELLS noch gereizt hatte, war das geräumige Haupthaus, das im Gegensatz zu den meisten anderen Gebäuden in der jungen Kolonie nicht aus Lehm erbaut war, sondern aus soliden Ziegelsteinen. Auf dem Land war das immer noch eine Seltenheit.

Calvin Henders, der Stallknecht, kam aus der gegenüberliegenden Scheune. »Tag, Lieutenant!«, rief der Sträfling beflissen und lüftete seinen ausgefransten Strohhut. »'n herrlicher Morgen, dem 'n höllisch heißer Tag folgen wird, wenn Sie mich fragen.«

Kenneth ging nicht darauf ein. Er hielt prinzipiell Distanz

zu den Sträflingen, die für ihn nichts weiter als Abschaum waren. Man bediente sich ihrer. Doch solange sie taten, was man von ihnen verlangte, beachtete man sie nicht weiter.

»Sieh zu, dass mein Pferd nachher bereitsteht und die Satteltaschen gefüllt sind!«, wies er ihn an.

»Ich kümmere mich sofort darum. Sie können sich auf mich verlassen, Sir!«, versicherte Calvin.

Kenneth sparte sich eine Erwiderung und entließ ihn mit einer knappen, herrischen Handbewegung. Er hörte hinter sich das Knarren von Dielenbrettern und drehte sich um.

Kate Mallock, die langjährige Zofe und Vertraute seiner Frau, stand in der Tür. Sie war erst Anfang Vierzig, doch wer das nicht wusste, konnte sie leicht für zehn Jahre älter halten. In ihrem schmalen, abgehärmten Gesicht spannte sich bleiche Haut über hohe Wangenknochen. Spitz wie die Nase war auch ihre Kinnpartie. Unter dünnen Brauen lagen Augen, die von einem stechenden, durchdringenden Grau waren. Über ihrer zerfurchten Stirn lag sprödes, aschgraues Haar, das streng nach hinten gekämmt und im Nacken zu einem Knoten zusammengesteckt war.

»Was willst du?«, fragte Kenneth barsch. Er hasste diese dürre Zofe, die Rosetta schon als Kindermädchen gedient hatte, mit derselben Intensität, wie sie ihn verabscheute. In ihrer Gegenwart hatte er immer ein ungutes Gefühl. Nie hörte er sie kommen. Lautlos wie eine Hexe und mit leicht gekrümmtem Rücken bewegte sie sich durch das Haus, und sie hob die Stimme nie über ein Flüstern, als wäre jedes Wort von ihren Lippen mit etwas Geheimnisvollem, Drohendem behaftet. Und in ihren Augen lag ein Blick, der ihn beunruhigte. Als wüsste sie mehr als er. Manchmal verspürte er das wütende Verlangen, ihr diesen arroganten Ausdruck aus dem Gesicht zu schlagen. Doch er hütete sich, die Hand gegen sie zu erheben, als wüsste er, dass er bitter dafür bezahlen würde. Und dies gab seinem Hass nur neue Nahrung.

»Der Tisch ist gerichtet … Lieutenant«, flüsterte Kate. Und wie immer lag ein Anflug von Geringschätzigkeit in ihrer heiseren Stimme. Sie war sich ihrer Macht in diesem Haus sehr wohl bewusst. Vergeblich hatte Kenneth Forbes schon in England versucht, einen Keil zwischen sie und ihre Herrin zu treiben und sie loszuwerden. Sie hatte das zu verhindern gewusst. Niemand würde sie mehr aus diesem Haus und von der Seite von Rosetta vertreiben. Jetzt nicht mehr! Sie wusste einfach zu viel.

»Gut«, sagte Kenneth knapp und erwartete, dass Kate sich wieder lautlos wie ein Schatten entfernen würde. Doch sie verharrte in der Tür. Ungehalten furchte er daraufhin die Stirn. Sie wusste doch, dass er es nicht mochte, wenn sie sich länger als unbedingt nötig in seiner Nähe aufhielt. »War das alles, oder ist noch was?«, fragte er schroff.

»Ihre Frau erwartet Sie.«

Kenneth konnte seine Überraschung nicht verbergen. Es war nicht üblich, dass Rosetta mit ihm am Morgen zu Tisch saß. Gewöhnlich lag sie noch im Bett, wenn er morgens das Haus verließ und nach Parramatta ritt. Und es war nicht selten, dass sie auch gegen Mittag ihr Schlafzimmer noch nicht verlassen hatte. Sie entschuldigte das mit ihrer schwächlichen Konstitution, aber er wusste, dass sie bewusst versuchte, sich von der Außenwelt so gut wie möglich abzukapseln. Nur einmal war es ihm gelungen, Rosetta zu bewegen, das Haus zu verlassen und mit ihm zu einer Gesellschaft zu gehen. Das war vor gut vier Wochen gewesen. Mitchell Hamilton und sein Partner John Hawkley hatten auf MIRRA BOOKA einen Ball zum Jahreswechsel gegeben. Er hatte dort Jessica wiedergesehen – am

Arm seines verhassten Konkurrenten, der ihn beim Duell so schändlich bloßgestellt hatte. Das Fest und das Duell waren eine Katastrophe gewesen. Doch er hatte geschworen, sich zu rächen!

»Was soll ich Rosetta sagen?«, drängte Kate, als sie keine Antwort von ihm bekam.

»Dass ich ihr sofort Gesellschaft leisten werde, verdammt noch mal. Und nun geh mir aus dem Weg!«, fuhr er sie an und stieß sie grob zur Seite, fuhr in seinen roten Offiziersrock und knöpfte ihn gewissenhaft zu. Dass Rosetta zum Frühstück erschien, ließ ihn grübeln. War das nur eine Laune von ihr, oder gab es einen besonderen Grund? Nun, er würde es sicherlich gleich erfahren. Es passte ihm eigentlich ganz gut, dass sie an diesem Tag schon so früh auf und bereit war, mit ihm zu sprechen. Zwischen ihnen gab es noch so Einiges, was der Klärung bedurfte.

Als Kenneth das Esszimmer betrat, saß Rosetta schon am gedeckten Tisch, dessen dunkles Holz blank poliert war. Es versetzte ihm einen schmerzhaften Stich, als ihm bei ihrem Anblick noch einmal nachdrücklich zu Bewusstsein kam, wie sehr er sich in ihr getäuscht hatte. Auf ihre Art war sie eine begehrenswerte Schönheit – und begehrt hatte er sie in der Tat, wenn auch niemals so sehr wie Jessica, die ihn mit Besessenheit erfüllte. Rosetta war eine zarte Erscheinung mit schlanker Figur, und kupferbraunes Haar umfloss ein feingeschnittenes Gesicht mit einem Mund, den Kenneth vor ihrer ersten gemeinsamen Nacht für den Ausdruck von Sinnlichkeit gehalten hatte. An diesem Morgen trug sie über ihrem cremefarbenen Nachtgewand einen Überwurf aus karmesinroter Seide, die mit goldenen Borten verziert war.

Er ging um den Tisch, nahm ihre Hand und hauchte einen

Kuss auf ihre zarten Finger. »Die Farbe steht dir gut zu Gesicht. Sie gibt deinem Teint Frische. Du siehst ausgesprochen reizend aus, meine Liebe«, sagte er mit dem unverbindlichen Tonfall, den er sich in letzter Zeit ihr gegenüber angewöhnt hatte. »Und das so früh am Morgen.«

»Ich darf das Kompliment erwidern«, gab Rosetta ebenso unverbindlich zurück und musterte ihn kühl, während er ihr gegenüber Platz nahm. Kenneth als ausgesprochen schönen Mann zu bezeichnen war keine Übertreibung. Er hätte einem Aktzeichner oder Bildhauer gut als makellos gebauter Adonis von achtundzwanzig Jahren Modell stehen können. Seine Gesichtszüge waren von geradezu klassischer Prägung. Nichts brach in seinem Gesicht die Harmonie der Linien. Schmale, schwungvolle Brauen wölbten sich über tiefbraunen Augen. Dicht und lang waren seine Wimpern, wie sie sich eine Frau nicht schöner hätte wünschen können, rein und glatt seine Haut.

Rosetta fragte sich im Stillen zum wiederholten Mal, wie viele Frauen seinem betörenden Charme schon zum Opfer gefallen sein mochten. Ein Hohn des Schicksals, das sie beide aneinandergekettet hatte! Sie beide frönten dunklen, triebhaften Neigungen – die jedoch von so gegensätzlicher Natur waren, dass ihre Ehe für beide zwangsläufig die Hölle auf Erden sein musste. Ein Schauer durchfuhr sie, wenn sie daran dachte, wie er sie noch bis vor Kurzem immer wieder gezwungen hatte, sich ihm zur Befriedigung seiner fleischlichen Gelüste hinzugeben. Mit brutaler Gewalt hatte er sie genommen, wenn sie es gewagt hatte, sich ihm zu verweigern und ihn des Bettes zu verweisen. Nur in der Zeit ihrer Schwangerschaften hatte er sie in Ruhe gelassen, weil er darauf brannte, dass sie ihm einen Sohn und Erben gebar. Doch alle drei bisherigen Schwangerschaften hatten mit Fehlgeburten geendet, und das hatte ihr immer wieder den verächtlichen Vorwurf von ihm eingebracht, noch nicht einmal zum Austragen von Kindern zu taugen, geschweige denn als Ehefrau, die ihrem Mann die erwünschte Erfüllung schenkte.

Harte Linien traten um ihren Mund, der sofort wieder ein wenig weicher wurde, als Maneka das Zimmer betrat, das zauberhafte indische Mädchen, das Kenneth auf der Überfahrt nach Sydney von einem Geschäftsmann beim Kartenspiel gewonnen hatte. Maneka hätte seine Geliebte werden sollen, doch das hatte sie vereitelt.

Rosetta bemerkte mit Genugtuung, dass Kenneth sich an ihre Vereinbarung hielt und Maneka kaum mehr als einen flüchtigen Blick und ein knappes Kopfnicken schenkte, als sie Tee aus der silbernen Kanne in die Tassen goss.

Rosetta dagegen bedachte sie mit einem warmen Lächeln. »Danke, Maneka. Lass uns jetzt bitte allein und schließ die Tür hinter dir.«

»Sehr wohl«, sagte das siebzehnjährige Mädchen mit dem blauschwarzen Haar und der getönten olivfarbenen Haut devot, stellte die Kanne auf eine Silberschale auf den Tisch und schloss die Flügeltüren zum Salon hinter sich.

Kenneth hob erwartungsvoll die Augenbrauen. »Das alles …« Er machte eine vage Handbewegung, die sowohl die geschlossenen Türen als auch ihre ungewohnte Anwesenheit am Frühstückstisch einschließen sollte. »Das scheint ja so, als hättest du etwas von Bedeutung mit mir zu besprechen, Rose.«

Das hatte sie in der Tat, doch sie wusste nicht so recht, wie sie es anfangen sollte. Sie bewegte sich auf sehr unsicherem, gefährlichem Boden. Aber tat sie das nicht schon, seit sie auf Kates Vorschlag eingegangen war und Kenneth gegenüber eine erneute Schwangerschaft vorgetäuscht hatte?

Ihr Gesicht verriet nichts von dem, was sich in ihr abspielte, als sie ihre Tasse absetzte, die Mundwinkel mit der Serviette abtupfte und scheinbar seine Frage mit einer Gegenfrage überging: »Ist es nötig, was du da vorhast, Ken?«

In gespielter Ahnungslosigkeit sah er sie an. »Ich weiß nicht, wovon du sprichst.«

»Ich spreche von dem dicken Sergeant, der gestern Abend auf Three Wells aufgetaucht ist und dir Meldung gemacht hat«, sagte sie ungehalten. »Wenn ich mich recht entsinne, sagte er, deinem Antrag sei stattgegeben worden und du könntest über eine Abteilung Soldaten verfügen, um die Sache am Hawkesbury zu bereinigen. Sie stände dir heute zur Verfügung. Waren das nicht seine Worte, oder habe ich mich vielleicht doch verhört?«

»Bei Sergeant Purdey kann man sich nicht verhören, auch wenn man fünfzig Yards von ihm entfernt steht«, räumte er verdrossen ein. »Dafür hat er ein zu lautes Organ. Als Marktschreier wäre er konkurrenzlos. Kate und er würden sich prächtig ergänzen. Vielleicht sollten wir die beiden mal miteinander bekannt machen?«

Rosetta ließ sich von seiner leichten Art nicht vom Thema abbringen. »Eine Abteilung Soldaten für eine Mission am Hawkesbury River. Ich nehme nicht an, dass ihr loszieht, um Kängurus im Dutzend zu jagen?«, fragte sie spitz.

»Nein«, räumte er einsilbig ein und gab vor, sich mit seinem Frühstück zu beschäftigen.

»Warum sagst du nicht offen, was du vorhast?«

»Weshalb sollte ich, wenn du es offenbar schon längst weißt?«, fragte er ärgerlich zurück.

»Ja, ich weiß genau, was du planst, Ken!«, erwiderte sie unbeeindruckt. »Du willst dich an diesem Mister Hamilton rächen!

Mir ist zwar nicht bekannt, was sich zwischen euch am Morgen des Duells abgespielt hat, doch dass er dein Leben verschont hat und du nicht gerade eine heldenhafte Figur abgegeben hast, das ist mir schon zu Ohren gekommen!«

»Ich an deiner Stelle würde vorsichtig sein mit dem, was ich sage!«, zischte er warnend.

»Warum gibst du nicht zu, dass es dir in Wirklichkeit überhaupt nicht um diesen Mister Hamilton geht, sondern um jemand anderen.«

Er kniff die Augen zusammen. »Und um wen soll es sich da handeln?«

»Um Jessica Brading!«, sagte sie ihm auf den Kopf zu.

Feuerröte überzog sein Gesicht, und seine Gestalt versteifte sich unwillkürlich, als sie den Namen seiner Halbschwester aussprach, die für ihn zur Obsession geworden war. »Du redest dummes Zeug!«, herrschte er sie an. »Mitchell Hamilton gehört zu Blighs Anhängern. Er hat sich zahlreicher Vergehen schuldig gemacht, auf die ich jetzt weder eingehen kann noch möchte …«

»Das wundert mich nicht!«

»Auf jeden Fall ist er eine Gefahr für unsere neue Ordnung. Er gehört hinter Gitter, und ich werde dafür sorgen, dass er genau dort hinkommt!«

Rosetta fragte sich mit Bangen, was Ken wohl tun würde, wenn er erfuhr, dass sie Jessica und Mitchell Hamilton vom Vorhaben ihres Mannes schon längst informiert hatte. Sie konnte nur hoffen, dass die beiden ihr Versprechen der Verschwiegenheit halten würden und schon Vorsorge getragen hatten, die Verhaftung unmöglich zu machen.

Sie hatte damit schon viel riskiert, doch sie quälte das Gefühl, dass sie immer noch nicht genug getan hatte, um Ken von seinem teuflischen Plan abzubringen. Irgendwie glaubte sie, dieser tapferen Frau Jessica etwas schuldig zu sein. Zudem erfüllte es sie mit Abscheu, wie Ken skrupellos seine Macht einsetzte, um eine Frau gefügig zu machen. Zu frisch waren die Wunden, die er ihr schon in den wenigen Jahren ihrer unglückseligen Ehe zugefügt hatte, um nicht Mitgefühl für diese andere Frau zu haben, die ihre Verbannung ihrem Halbbruder zu verdanken hatte.

»Hältst du mich für dumm?«, rief sie nun erbost. »Glaubst du, ich hätte nicht gesehen, wie du Jessica Brading auf dem Neujahrsball mit den Augen geradezu ausgezogen und verschlungen hast? Und dieses Duell fand doch auch bloß wegen ihr statt? Mir kannst du doch nichts vormachen! Du willst mit deiner hasserfüllten Jagd auf Mister Hamilton doch nur deinen Nebenbuhler aus dem Weg schaffen! Du willst sie zwingen, wieder deine Geliebte zu werden … und dabei ist dir jedes Mittel recht, um zum Ziel zu kommen!«

Ken donnerte die Faust auf den Tisch. »Genug davon, Rose! Ich verbitte mir diesen Ton!«, schrie er, um seine Stimme aber sofort wieder zu dämpfen. »Es steht dir nicht zu, mir Moral zu predigen! Du, die du in der Kirche das Gelübde abgelegt hast, mir treu und ergeben zu sein und deine Pflichten zu erfüllen!« Erregt stand er auf und ging vor dem Tisch auf und ab.

Rosetta fürchtete, den Bogen diesmal überspannt zu haben, und sagte daher einlenkend: »Ich habe nicht behauptet, frei von jeglicher Schuld zu sein. Gewiss habe ich meine Schwächen …«

»Die hast du, weiß Gott!«, warf er grimmig ein. »Und diese deine Schwächen sind es, die mich in die Arme anderer Frauen treiben. Ja, hör es dir nur an! Du verweigerst dich mir …«

»Ich … ich bin schwanger!«, verteidigte sie sich, vermochte

es aber nicht, ihm dabei in die Augen zu blicken. O Gott, worauf hatte sei sich bloß eingelassen! »Wir haben eine Verabredung getroffen!«

Geringschätzig verzog er das Gesicht. »O ja, das haben wir! Du schenkst mir einen Sohn, und ich werde dich dafür nie mehr berühren. Das ist unsere Vereinbarung. Aber das ist auch alles. Doch das bedeutet nicht, dass ich von nun an wie ein Eunuch lebe! Oder hast du geglaubt, ich würde dir zuliebe allen körperlichen Freuden entsagen?«

»Diese Sorge hatte ich nicht einen Augenblick«, antwortete Rosetta bitter.

Er lächelte kühl. »Dann wissen wir ja, was wir von dem anderen zu erwarten haben, Rose.« Er machte eine Pause, und sein Gesicht entspannte sich auf einmal, zeigte ein schwaches Lächeln, während er zu seinem Platz am Kopf der Tafel zurückkehrte und sich wieder setzte. »Weißt du, ich bin dir jetzt sogar recht dankbar, dass du das Thema angeschnitten hast. Wir haben uns lange genug etwas vorgemacht und vom anderen Dinge erwartet, die unmöglich waren.«

Seine Worte lösten Erstaunen bei Rosetta aus. Ihr lag ein Einwurf auf der Zunge. Sie hielt sich jedoch zurück und verzichtete darauf, seinen Redefluss mit einer spöttischen Frage oder einer anderen Bemerkung zu unterbrechen. Sie spürte, dass sich womöglich eine entscheidende Veränderung in ihrer zerrissenen, aufzehrenden Beziehung anbahnte. Vielleicht war dies die Möglichkeit, auf die sie gewartet hatte, um Kenneth ein nicht gerade billiges Zugeständnis abzuringen. Deshalb legte sie nur leicht den Kopf auf die Seite, um ihm zu verstehen zu geben, dass sie ihm zuhörte und gespannt war, worauf er hinauswollte.

»Mir scheint, wir sollten klare Fronten ziehen und unsere

Vereinbarung noch um einige Punkte erweitern«, fuhr er fort, von ihrer interessierten Miene ermuntert.

»Und um welche?«, fragte sie vorsichtig.

Er räusperte sich und suchte nach den passenden Worten, die seinem Anliegen die nötige Sachlichkeit gaben und Rosetta nicht verletzten, zumindest nicht mehr als unbedingt erforderlich.

»Wir hätten einander niemals heiraten dürfen«, sagte er nach einer Weile des Zögerns und sah sie direkt an. »Sind wir uns darin einig?«

Sie hielt seinem Blick stand. »Ohne jede Einschränkung«, pflichtete sie ihm bei.

»Gut, darin sind wir uns also einig. Doch wie die Dinge nun mal liegen, gibt es für uns keine Möglichkeit, diese beidseitige Fehlentscheidung wieder rückgängig zu machen. Eine Trennung kommt für mich nicht infrage«, erklärte er kategorisch.

»Für mich auch nicht.«

Er lächelte jetzt. »Erstaunlich, wie viel Übereinstimmungen wir auf einmal finden, nachdem wir doch gemeint haben, wie Feuer und Wasser zu sein.«

»Vorerst noch«, dämpfte sie seinen Überschwang. »Du hast von einer Erweiterung unserer Vereinbarung gesprochen. Du solltest darauf zurückkommen, bevor Sergeant Purdey mit seiner Abteilung Marineinfanteristen dem friedlichen Morgen ein jähes Ende bereitet.« Spott, dem jedoch die Schärfe früherer Auseinandersetzungen fehlte, schwang in ihrer Stimme mit.

»Die Regelung, die mir vorschwebt, ist eigentlich ganz einfach«, kam er zur Sache, »und wird deiner … deiner Veranlagung sicher entgegenkommen. Ich biete dir an, dich nie wieder mit körperlichen Begierden zu belästigen, sofern du mir den gewünschten Sohn und Erben schenkst, und dir in allen Dingen, die nicht meine Geschäfte betreffen, völlig freie Hand und Entscheidungsgewalt zu lassen. Zudem werde ich dich finanziell großzügig ausstatten, sodass dir wohl kaum ein Wunsch verwehrt bleiben wird.«

»Ich müsste lügen, würde ich sagen, dass dein Angebot nicht seine verlockenden Seiten hat«, erklärte Rosetta und wunderte sich über sich selbst, dass sie so kühl über die künftige Gestaltung ihrer Ehe mit ihm reden konnte, als handle es sich um ein Geschäft, bei dem es nur darum ging, für sich selbst die günstigsten Konditionen herauszuschlagen. Aber genau darauf lief es ja wohl tatsächlich hinaus: auf ein Geschäft auf Gegenseitigkeit. »Doch ob es mich auch wirklich interessiert, werde ich erst sagen können, wenn ich auch weiß, was du im Gegenzug für deine Großzügigkeit verlangst.«

»Eigentlich denkbar wenig«, erwiderte er. »Ich erwarte nur, dass du nach außen hin die Rolle der glücklichen und liebevollen Ehefrau und hoffentlich auch bald Mutter spielst. Ich erwarte, dass du endlich deine Rolle als Gastgeberin ausfüllst und meinen Freunden und Geschäftspartnern zumindest das Gefühl *vortäuschst,* willkommen zu sein. Dies ist unsere Chance, Rose! Bounty-Bligh ist endlich entmachtet, und wir vom Rum-Monopol können nun ungehindert schalten und walten und unsere florierenden Geschäfte noch weiter ausbauen. Wir können ein Vermögen machen! Aber dazu gehört auch die Pflege gesellschaftlicher Kontakte. Eine Frau, die ihre weiblichen Waffen geschickt einzusetzen weiß, kann ihrem Mann eine kostbare Hilfe sein und seine Geschäfte positiv beeinflussen.«

»Was ihr mit Gouverneur Bligh gemacht habt, war schlicht und einfach Meuterei«, wandte sie trocken ein. »ihr glaubt doch nicht im Ernst, dass der König euch dafür in den Adelsstand erhebt. Er wird euch für eure Rebellion zur Verantwortung ziehen, und es würde mich nicht wundern, wenn Männer wie MacArthur und Major Johnstone für ihr Tun am Galgen enden!«

»Sicher, in unseren ehemaligen amerikanischen Kolonien oder in England hätte man für solch einen Umsturz todsicher mit dem Strick zu rechnen«, räumte Kenneth bereitwillig ein. »Aber hier in New South Wales gehen die Uhren anders. Wir sind eine ungeliebte Kolonie, und Bligh war in letzter Zeit auch bei den hohen Herren im Kolonialamt in London ein ungeliebter Gouverneur, weil er Schwierigkeiten machte, statt wie erwartet gewissen Schwierigkeiten ein Ende zu bereiten. Er hatte seinen Bonus als Volksheld schon längst verspielt. Auf der anderen Seite ist MacArthur ein Mann, der nicht nur in der Kolonie eine starke Anhängerschaft besitzt. Er hat Freunde und Gönner auch in England, die dort einflussreiche Positionen in Industrie und Politik besetzen. Wenn es zu einer Untersuchung und Schuldzuweisung kommt, wird MacArthur ganz bestimmt nicht derjenige sein, der das kürzere Ende zieht. Möglich, dass Major Johnstone mit einer empfindlichen Strafe zu rechnen hat, aber keinesfalls mit einer langen Gefängnis- oder gar der Todesstrafe. Aber bis es erst einmal zu einer solchen Untersuchung kommt, werden Jahre vergehen. Frühestens in sechs, sieben Monaten wird man in London davon erfahren, dass Gouverneur Bligh seines Amtes enthoben worden ist. Weitere Monate werden ins Land gehen, bis nähere Einzelheiten in der Heimat bekannt werden – so zum Beispiel die schon vorbereiteten Verteidigungsschriften von Major Johnstone und MacArthur. Also vor anderthalb bis zwei Jahren wird sich nichts daran ändern, dass wir, das Offizierscorps, die uneingeschränkte Macht in dieser Kolonie ausüben. Und diese Zeit reicht völlig aus, um einen jeden von uns zum reichen und damit auch mächtigen Mann zu machen! Wenn du mir zur Seite stehst, wird es dein Schaden ganz sicherlich nicht sein! Dies ist unsere große Chance, Rose!«

Er hatte sich von Begeisterung förmlich mitreißen lassen und sich außer Atem geredet. Sein Gesicht war gerötet, und in seinen Augen stand ein leidenschaftliches Feuer, als er Rosetta nun anblickte und gespannt auf ihre Reaktion wartete.

Rosetta neigte nachdenklich den Kopf. »Was du sagst, macht Sinn, auch wenn ich noch nicht weiß, ob ich mich darüber freuen soll oder nicht. Doch wir sind weit von dem abgekommen, was wir eigentlich besprechen wollten.«

Er runzelte die Stirn. »So?«

»Ja, du wolltest mir sagen, was du als Gegenleistung verlangst. Und ich habe das Gefühl, dass du mit der Aufzählung deiner Forderungen noch nicht zu Ende warst. Täusche ich mich, oder ist da nicht noch ein entscheidender Punkt, den du zur Bedingung machen möchtest?«

»Du hast recht«, gestand er. »Meine letzte Bedingung betrifft mein intimes Leben außerhalb unserer Ehe.«

»Womit du zum Ausdruck bringen möchtest, dass du deine Gunst einer oder mehreren Geliebten schenken wirst und von mir erwartest, dass ich das stillschweigend dulde und dir nicht mit Vorwürfen das süße Leben schwermache«, sagte sie mit einem Anflug von Sarkasmus.

»Ja, so ist es«, bestätigte er kühl. »In Anbetracht deiner Abneigung gegenüber … nun, du weißt schon, halte ich das nicht nur für unausweichlich, sondern in Form dieser Regelung sogar für die Beste aller möglichen Lösungen. Sie bewahrt uns beiden unsere Selbstachtung.«

Rosetta verbarg ihre wahren Regungen hinter einer Maske skeptischer Nachdenklichkeit. Selbstachtung! Was für hehre

Worte aus dem Mund eines Mannes, der sie geschlagen und gedemütigt hatte, um seinen Trieb an ihr zu befriedigen, und der nicht das Geringste um ihre Selbstachtung gegeben hatte. Würde er so auch zu Jessica Brading reden, nachdem er ihren Geliebten rücksichtslos vernichtet oder in ein stinkendes Kerkerloch geworfen hatte?

Sie zwang sich, die Verlogenheit ihres Mannes nicht weiter zu bedenken. Jetzt galt es, ihren eigenen Vorteil im Auge zu behalten. Sie hatte ein Recht darauf nach all dem, was sie unter ihm schon hatte erdulden müssen.

»Was ist, wenn ich wieder eine Fehlgeburt erleide … oder ein Mädchen zur Welt bringe?«, wollte sie wissen.

Er sah sie nicht an, als er nach kurzem Schweigen antwortete: »Ich brauche einen Sohn und Erben, das wirst du einsehen.«

»Ja.«

»Sollte die Natur uns auch diesmal den Sohn versagen, sehe ich keinen anderen Weg, als die Zeugung so lange zu wiederholen, bis uns Erfolg beschieden ist«, erklärte er gedrechselt. »Doch ich verspreche dir, dass dann unser … eheliches Zusammensein jeder erniedrigender Aspekte entbehren wird. Es wird ein einer Akt der Zeugung sein.«

Rosetta überlegte eine geraume Weile. In die Stille drang von Ferne das Trommeln von Pferdehufen. Sergeant Purdey mit seiner Abteilung. Sie verdrängte dieses Geräusch und konzentrierte sich auf das, was Kenneth ihr angeboten hatte. Dass er auf einen Sohn in jedem Fall bestehen würde, war vorauszusehen gewesen. Doch alles andere war akzeptabel, wenn auch mit einem bitteren Beigeschmack behaftet, was die mögliche Aussicht auf weitere notwendige Vereinigungen mit ihrem Mann betraf. Doch es musste nicht dazu kommen, wenn eintraf, was Kate ihr versprochen hatte – nämlich das Kind einer anderen, die bereit war, ihr noch ungeborenes Kind schon im Mutterleib zu verkaufen. Wenn es ein Junge war …

Sie atmete tief durch, als laute Rufe und schrilles Pferdewiehern auf dem Hof erklangen. Kenneth zeigte jedoch kein Anzeichen von Unruhe. Diese Vereinbarung, die zur Entscheidung stand, war ihm wichtiger als seine Rache. Zumindest für diesen Augenblick.

»Ich könnte mich unter Umständen damit arrangieren«, antwortete sie nun bedacht auf seinen Vorschlag.

Seine Augenbrauen bewegten sich nach oben. »Gedenkst jetzt du, weitere Forderungen zu stellen, die über das hinausgehen, was ich dir angeboten habe?«, fragte er irritiert.

Rosetta schüttelte den Kopf. »Du hast mir Großzügigkeit angeboten …«

»In der Tat!«

»… und davon gesprochen, dass du dabei bist, gemeinsam mit deinen Offizierskameraden ein Vermögen zu machen.«

»Sicher, das habe ich. Doch worauf willst du hinaus?«, fragte er und schaute ungehalten auf, als es kurz klopfte und Kate den Kopf zur Tür hereinsteckte.

»Lieutenant! Eine Abteilung Soldaten ist eingetroffen, und ein Sergeant Purdey …«

»Meinst du, ich wäre taub?«, schnitt er ihr, ärgerlich über die Störung, das Wort ab. »Sag dem Sergeant, er soll seine Leute absitzen lassen und die Pferde in den Schatten führen. Ich komme schon, wenn ich fertig bin! Das wär's!«

Kate Mallock senkte scheinbar servil den Kopf in einer Art Geste stummer Entschuldigung. Doch aus den Augenwinkeln schoss sie ihm einen flammenden, hasssprühenden Blick zu. Bevor sie sich wieder zurückzog und die Tür schloss, blickte sie schnell noch zu Rosetta hinüber.

Rosetta suchte nicht den Blick ihrer Zofe, spürte ihn aber. »Ich will dir sagen, worauf ich hinaus will«, sagte sie, nachdem Kate die Tür zugezogen hatte. »Ich möchte einen handfesten Beweis für deine Großzügigkeit.«

»Du willst Geld zu deiner freien Verfügung?«

»Ja, das auch, aber nicht mehr, als meiner Herkunft und meiner gesellschaftlichen Stellung angemessen ist«, sagte sie selbstsicher und hatte zum ersten Mal in den zweieinhalb Jahren ihrer Ehe das Gefühl, ihm gewachsen zu sein, ja Oberwasser zu haben. Was andere Frauen auch immer ihm bieten konnten, was sie ihm zu geben nicht fähig war, so gab es doch einige Dinge, die für ihn von großer Wichtigkeit waren – und die er nur von ihr erhalten konnte: einen legitimen Sohn und Erben sowie ihr Wohlverhalten und ihren Beistand als schmückende Ehefrau in der Gesellschaft, die ihm so sehr am Herzen lag.

»Und was ist es, was du darüber hinaus möchtest?«, drängte Kenneth.

»Ein Haus in Sydney!«

Verblüffung zeichnete sich auf seinem Gesicht ab. »Ein Haus in Sydney?«, echote er.

»Ja, keinen großartigen Palast, aber doch etwas Ansprechendes. Keineswegs eines dieser primitiven Lehmhäuser.«

»Aber was willst du mit einem Haus in Sydney? Ich dachte, du würdest dich auf THREE WELLS recht wohl fühlen? Ich habe die Farm eigentlich nur wegen dir gekauft, weil ich meinte, dir würde das Wohnhaus gefallen«, sagte er mit leicht vorwurfsvoller Stimme und nicht ganz der Wahrheit entsprechend. »Man beneidet uns darum, weißt du das überhaupt? Es ist eines der schönsten Landhäuser weit und breit!«

»Ja, weil es weit und breit nichts als staubigen Busch und elende Lehmhütten gibt«, sagte sie verächtlich. »THREE WELLS ist so gesehen ein Ort, wo man es ertragen kann. Doch ich bin nicht auf dem Land aufgewachsen wie du und fühle mich zu so einem abgeschiedenen Leben nicht berufen. Ich habe auch nie ein Hehl daraus gemacht, dass ich diese Kolonie verabscheue und es nicht erwarten kann, nach England zurückzukehren …«

»Ja, das hast du wirklich nicht«, murmelte er grimmig.

»Aber wenn ich hier schon fünf Jahre meines Lebens vergeuden muss, dann will ich zumindest einen Teil des Jahres in Sydney leben, wo ich mich wenigstens der Illusion hingeben kann, in einer Stadt zu wohnen und von einem gewissen Maß an Zivilisation umgeben zu sein.«

»Ein Haus in Sydney! Wo es doch schon ein kleines Wunder ist, wenn du einmal dein Zimmer verlässt oder gar für ein paar Minuten ins Freie trittst«, meinte er knurrig und überschlug im Geiste schon, wie viel ihn Rosettas Wunsch kosten mochte und ob er sich diese Extravaganz leisten sollte.

»Wohin soll ich hier auch schon gehen?«, hielt sie ihm vor.

»Du weißt, dass ich in Parramatta stationiert bin.«

Sie zuckte die Achseln. »Ich habe nicht vor, das ganze Jahr in Sydney zu verbringen. Du weißt, ich liebe die Abwechslung. Und ich glaube nicht, dass du dich nach mir unsäglich verzehren wirst, wenn wir uns mal für einige Wochen nicht sehen. Ich glaube vielmehr, dass dies unserem restlichen Zusammenleben gut tun wird. Also überlege es dir, Ken. Der Unterhalt eines Hauses in Sydney wird schon nicht so sehr zu Buche schlagen, dass ein erfolgreicher Mann wie du es sich nicht leisten könnte. Es sei denn …«, fügte sie mit einem spöttisch-herausfordernden Unterton hinzu, »es sei denn, du hast maßlos übertrieben, was deine Erfolge und Zukunftsaussichten betrifft.«

»Es ist so, wie ich es sagte!«, erwiderte Kenneth knurrig. Er hasste es, in die Defensive gedrängt zu werden.

Sie lächelte ihn an und erhob sich, einer spontanen Eingebung folgend. Instinktiv spürte sie, dass der Druck von ihr ausgehen musste, wollte sie weiterhin die Oberhand behalten. »Gut, dann dürfte unserer … Vereinbarung ja nichts mehr im Wege stehen, sofern du *meiner* Bedingung zustimmst. Ich nehme an, du wirst ein, zwei Tage fort sein, nicht wahr?«

»Das kommt darauf an. Es können auch mehr sein«, sagte er und fühlte sich tatsächlich ein wenig aus dem Gleichgewicht gebracht, dass sie nun das Gespräch abbrach.

»Zeit genug also, um dir meine Bitte durch den Kopf gehen zu lassen und zu einer Entscheidung zu kommen«, sagte sie diplomatisch. »Ich erwarte deine Antwort bei deiner Rückkehr, Ken.« Sie öffnete die Flügeltüren.

Ein anerkennendes Lächeln huschte über sein Gesicht. So kannte er sie gar nicht. Vielleicht war es doch möglich, mit ihr eine Ehe zu führen, die für beide Seiten erträglich war und sich zumindest auf gegenseitigen Respekt gründete.

Er nickte zustimmend. »Ich werde es mir durch den Kopf gehen lassen, Rose. Wenn ich zurückkomme, wirst du meine Antwort erhalten.« Damit ging er hinaus zu den Soldaten, die im Schatten der Scheune warteten. Die meisten von ihnen machten einen verdrossenen Eindruck und hätten viel lieber Routinedienst in der Garnison in Parramatta gemacht, was auch nicht verwunderlich war. Ein Ritt ins Siedlungsgebiet am Hawkesbury River war im Hochsommer nichts, worum man sich riss. Für die Soldaten und Siedler der größeren Ortschaften war das da draußen der wilde, lebensfeindliche Busch, den man mied, wenn man es einrichten konnte. Schon bei forciertem Tempo brauchte man gut einen Tag zu Pferd für eine Wegstrecke, und das bei der sengenden Gluthitze, die die Erde aufplatzen ließ und das Unterholz in pulvertrockenen Zunder verwandelte.

Rosetta stand am Fenster und beobachtete, wie ihr Mann auf den dickleibigen Sergeanten zuging, sich kurz mit ihm unterhielt und sich dann auf sein Pferd schwang, das der Stallknecht ihm aus den schattigen Stallungen zuführte.

»Aufsitzen, Männer!«, brüllte Sergeant Purdey über den Hof, auf dem die Schatten sichtlich kürzer wurden. Die Sonne stieg jetzt rasch höher und gewann mit jeder Minute an Kraft. Noch waren die Temperaturen erträglich, aber noch war der Tag jung.

Lieutenant Kenneth Forbes setzte sich mit Sergeant Purdey an die Spitze der kleinen Kolonne. »Abteilung… marsch!«, schrie der Dicke und ritt seinem Vorgesetzten nach, der sein Pferd schon angetrieben hatte.

Rosetta verfolgte, wie die Männer in den leuchtendroten Uniformen aus dem Hof galoppierten und schnell in einer Staubwolke verschwanden, die sich in den Himmel hob und lange dort stehen blieb.

Sie wünschte, sie hätte Ken zur Vernunft bringen und etwas für Jessica Brading und Mitchell Hamilton tun können. Doch das war ihr nicht vergönnt gewesen. Diese Seite ihres Mannes würde ihr vermutlich immer verschlossen bleiben.

»Ich habe getan, was in meiner Macht stand«, versuchte sie ihr Gewissen zu beruhigen. Mehr sogar. Ich habe sie gewarnt und dabei das Risiko auf mich genommen, ertappt und zur Rechenschaft gezogen zu werden. Warum habe ich es überhaupt getan?«

Ja, warum hatte sie es nur getan? Warum meinte sie, etwas gutmachen zu müssen? Wollte sie sich durch ihre scheinbar selbstlose Hilfe einen moralischen Ausgleich für das schaffen, was sie Abscheuliches zu tun im Begriffe stand?

Verstört wandte sie sich vom Fenster ab – und erschrak, als

sie Kate keine zwei Schritte vor sich stehen sah. Sie hatte weder gehört, dass die Zofe hinter sie getreten war, noch dass sie die Türen wieder verschlossen hatte. In Augenblicken wie diesen war Kate ihr geradezu unheimlich.

»Ich hasse es, wenn du dich so anschleichst wie eine Katze!«

»Ich wollte Sie nicht stören. Sie waren so in Gedanken versunken«, sagte die Zofe mit ihrer unangenehm leisen, leicht rauen Stimme.

»Mach dich nächstens bemerkbar«, verlangte Rosetta ungehalten und wandte sich dem Tisch zu. Der Tee war noch warm in der schweren Silberkanne.

Kate folgte ihr und musterte sie mit ihren stechenden Augen, denen so leicht nichts entging. »Sie haben mit ihm darüber gesprochen, nicht wahr?«

Rosetta nickte. Das mit dem Haus in Sydney hatte Kate ihr in den Kopf gesetzt. »Ich bin sicher, er wird es mir zubilligen.«

Ein merkwürdiges Lächeln, das nicht direkt Freude ausdrückte, sondern eher Genugtuung und Hohn, trat auf das zerfurchte Gesicht der Zofe. »Sehr gut. Ein zweites Haus wird es ihnen leichter machen, vor Ihrem Mann zu verbergen, dass Sie ihn zum Narren gehalten haben«, raunte sie und nahm unaufgefordert an Rosettas Seite Platz. Früher, in England, hätte sie das nicht gewagt. Doch sie war längst nicht mehr nur eine Bedienstete, die allein aufgrund ihrer jahrelangen Treue einige Vorzugsrechte bei ihrer Herrin genoss. Früher hatte Sie Einfluss auf Rosetta gehabt – jetzt hatte sie Macht über sie erlangt. Und so wie Rosetta und Kenneth durch die Ehe aneinandergekettet waren, so waren sie aufgrund ihrer geheimen Komplizenschaft einander auf Gedeih und Verderb ausgeliefert.

»Ich hätte es nicht tun sollen. Es kann so vieles schief gehen«, sage Rosetta beklommen.

»Gar nichts kann schief gehen«, widersprach Kate Mallock heftig. »Sie können nur gewinnen – auch diese Frau kann nur gewinnen. Sie wird ihrem Kind, wenn sie es behält und allein aufzieht, nichts als Elend bieten können. Sie ist dankbar, dass so gut für das unerwünschte Baby gesorgt wird, hat sie so doch wieder Hoffnung einen Mann zu finden. Doch mit einem Kind hat sie diese nicht.«

»Wer ist diese Frau überhaupt, die bereit ist, ihr Baby für ein paar Pfund zu verkaufen?«, fragte Rosetta in selbstquälerischer Neugier.

Die Zofe dachte an das verdreckte Zimmer der üblen Rum-Taverne in den Rocks, wo sie mit Sophie Ballard den Menschenhandel geschlossen hatte. Kost und Logis für die restlichen sechs Monate ihrer Schwangerschaft sowie eine einmalige Zahlung von fünf Pfund für einen Jungen und drei Pfund für ein Mädchen.

»Sie sollten sich nicht dafür interessieren, Rosetta. Es ist ein unglückliches, junges Mädchen, das in einer feindlichen Welt ohne Mann und Ernährer dasteht, völlig verzweifelt war, bis ich ihr meinen Vorschlag unterbreitete, und in dieser Regelung das Beste sieht, was sie für ihr Kind tun kann«, log sie. »Es soll Ihnen reichen, zu wissen, dass Sophie ansprechend aussieht, gesund ist und alles hat, was sie braucht. Es ist für Sie nicht gut, mehr über die Frau zu wissen, deren Kind Sie als Ihr eigenes ausgeben wollen, glauben Sie mir.«

»Aber einen Jungen kann sie mir auch nicht garantieren«, murmelte Rosetta.

»Nein, aber wenn es ein Mädchen ist, bekommt sie ihre drei Pfund und kann das Baby behalten, falls Ihnen das lieber ist«, sagte Kate eifrig. »Dann täuschen wir eine weitere Fehlgeburt vor.«

»Ich habe Angst, dass Ken uns auf die Schliche kommt«, sorgte sich Rosetta. »Wenn er darauf besteht, dass ein Arzt sich meiner annimmt und eine Hebamme bei der Geburt zugegen ist …«

»Gerade deshalb brauchen wir das Haus in Sydney!«, sagte die Zofe nachdrücklich. »Ist Ihr Mann zur Zeit der Geburt hier auf THREE WELLS, dann richten wir es so ein, dass wir in Sydney sind. Hält er sich in der Stadt auf, machen wir es umgekehrt. Und was den Zeitpunkt der Niederkunft angeht, so sagen Sie ihm, dass Sie das Kind im August erwarten. Sophie wird jedoch im Juli schon niederkommen, und so werden Sie einfach eine glückliche oder tragische Frühgeburt haben, je nachdem, ob es ein Junge oder ein Mädchen ist. Einen Arzt dürfen Sie jedoch nicht in Ihre Nähe lassen. Ich bin sicher, dass Ihr Mann nicht darauf bestehen wird, wenn Sie ihm immer wieder versichern, wie gut Sie sich fühlen und dass die Schwangerschaft diesmal völlig problemlos verlaufe. Das ist Ihre Aufgabe. Alles andere können Sie getrost in meine Hände legen.«

Rosetta starrte vor sich hin. Es machte ihr Angst, wenn sie daran dachte, auf was sie sich da eingelassen hatte. »Aber wenn ich will, kann ich von diesem … Handel noch zurücktreten, nicht wahr?«

Ein verächtlicher Ausdruck huschte für einen winzigen Augenblick über Kate Mallocks Gesicht. Doch Rosetta bemerkte es nicht; sie hatte den Kopf nicht gehoben. »Sicher können Sie zurück. Jederzeit. Nach den drei wirklichen Fehlgeburten, die Sie schon erlitten haben, wirkt eine vierte nicht weniger glaubwürdig. Aber wohin zurück wollen Sie dann? Zurück zu den erniedrigenden Szenen in Ihrem Schlafzimmer? Zurück zu jahrelanger Willfährigkeit? Ihr Mann wird sie nicht eher von

Ihren ehelichen Pflichten entbinden, bevor Sie ihm nicht den Sohn geschenkt haben.«

Rosetta schlug die Hände vors Gesicht. Verflogen war die euphorische Stimmung, in die Kens Angebot sie gesetzt hatte. Verflogen war auch das Gefühl, die Kontrolle über ihr Leben zurückgewonnen zu haben. Dafür stellten sich Kopfschmerzen bei ihr ein. »Ich weiß, ich weiß. Es war ja auch nur so dahergesagt«, sagte sie erschöpft. Sie atmete tief durch und erhob sich. »Der Morgen hat mich ausgelaugt. Ich brauche jetzt Ruhe. Sieh zu, dass ich nicht gestört werde. Und schick Maneka zu mir. Es wird mir gut tun, wenn sie mich massiert.«

»Ganz wie Sie wünschen, Rosetta«, sagte Kate mit einem leicht spöttischen, wissenden Lächeln, das ihre kühlen Augen jedoch nicht erreichte. »Doch denken Sie daran, dass Sie schon bald damit beginnen müssen, ein Kissen unter den Kleidern auf dem Leib zu tragen.«

»Später, Kate«, wehrte Rosetta ab, die darüber nicht mehr nachdenken wollte. Ihre Energie war verbraucht. Sie wollte nur ihren Frieden und ihre Träume – und Manekas Hände. »Ich bin doch erst im dritten Monat.«

Sie begab sich in ihr Schlafgemach und holte nach kurzem Zögern ihre Opiumpfeife aus dem geheimen Versteck. Seit Kate ihr in den Rocks neuen Schlafmohn besorgt hatte, brauchte sie nicht mehr so sparsam mit ihren »Traumperlen« zu sein, wie sie die kleinen klebrigen Opiumkugeln nannte, deren Rauch sie inhalierte und der sie in eine sorglose Welt davontrug.

Als Maneka ihr Zimmer betrat, lag Rosetta auf dem Bett, nur noch mit ihrem zarten Nachtgewand bekleidet, das ihren Körper kaum verhüllte.

»Du hast mir die letzten Tage gefehlt, meine Liebe«, sagte sie zärtlich und legte die Opiumpfeife aus der Hand.

»Mir ist es nicht anders ergangen, Rosetta«, erwiderte das indische Mädchen ruhig.

»Schließ die Tür und komm zu mir.«

Maneka legte den Riegel vor und kam um das breite Bett mit dem Baldachin aus glänzendem Satin herum. »Sie sollten sich das nicht antun«, sagte sie mit sorgenvoller Miene und deutete auf die Pfeife. »Es ist Gift und verzehrt Ihren Körper von innen, raubt Ihnen alle Lebenskraft.«

Rosetta lächelte. »Für mich ist dieses Gift eine wunderbare Medizin. Es ist ein ganz anderes Gift, das mich von innen verzehrt.«

»Es macht mir Angst, wenn Sie so sprechen«, sagte Maneka bedrückt.

»Du hast recht. Wir sollten uns freuen, haben wir doch einige ungestörte Tage vor uns.« Und mit veränderter Stimme, aus der unverhohlenes Begehren klang, sagte sie: »Ich kann es nicht erwarten, dich endlich wieder in meinen Armen zu halten. Komm, lass mich nicht zu lange auf dich warten, mein Liebling.«

Ein zärtliches Lächeln verzauberte das ebenmäßige Gesicht der jungen Frau, deren Augen wie dunkle polierte Jade leuchteten. Ohne falsche Scham schlüpfte sie aus ihrem einfachen Kattunkleid, entledigte sich des Leibchens und stand dann splitternackt vor ihrer Herrin und Geliebten.

Rosetta war immer wieder aufs Neue von der Vollkommenheit von Manekas Körper fasziniert und von der Natürlichkeit, mit der sie sich auch nackt bewegte.

Stumm streckte sie die Hände nach ihr aus, und Maneka kam zu ihr, setzte sich zu ihr auf das Bett, ein verträumtes Lächeln auf den Lippen, das von sinnlichem Begehren und vorbehaltloser Hingabe sprach.

Behutsam legte Rosetta die Hände auf die schmalen Hüften der Inderin und umfasste liebevoll die prallen, festen Hälften ihres Gesäßes.

Maneka warf den Kopf in den Nacken, dass ihr schwarzes Haar flog, und beugte den Körper wie einen gespannten Bogen, als Rosetta sich aufrichtete und Manekas linke Brust mit ihren warmen, feuchten Lippen umschloss. Ein leiser Seufzer entrang sich ihrer Kehle, als Rosettas Zunge kundig um ihre Brustspitze tänzelte, während ihre Hände sie streichelten.

Rosetta war trunken von Zärtlichkeit. Mit Maneka hatte sie ihre Erfüllung gefunden, und sie war nach ihr so süchtig geworden wie nach ihren Traumperlen. Manekas Sanftmut und Zärtlichkeit und ihre Unschuld waren die Quelle, aus der sie die Kraft schöpfte, die ihr ein Mann nicht zu geben vermochte. Wer sie vernichten wollte, brauchte ihr nur Maneka zu nehmen, und nichts fürchtete sie mehr.

Doch dieser Gedanke, der kurz in ihr aufflackerte, erlosch sogleich wieder, wurde erstickt von der zärtlichen Leidenschaft und der auflodernden Lust, die Maneka nun in ihr entfachte, als sie ihr das hauchdünne Nachtgewand von den Schultern streifte und ihre nackten Körper in inniger Umarmung verschmolzen.

4

Das staubtrockene Feld lag keine fünfzig Schritte vom Ufer des in weiten Schleifen dahinfließenden Hawkesbury River entfernt. Träge und dunkel glitten die Fluten dahin, strebten dem fernen Meer entgegen. Trotz der Gluthitze, die das Land schon seit Monaten heimsuchte, führte der breite Fluss noch genügend Wasser. Sogar ein Schoner mit dem Tiefgang der COMET konnte den Hawkesbury noch befahren. Seine schier unerschöpflichen Quellen lagen in den kühlen, zerklüfteten Höhen der Blue Mountains, die sich fern im Westen als bisher unüberwindliche Barriere in den hitzeflirrenden Horizont erhoben.

Über ein Dutzend Männer in ausgebleichten Hosen und mit nackten, schweißüberströmten Oberkörpern bearbeiteten den ausgedörrten Boden, zogen mit Spitzhacken und Spaten tiefe Rillen. Kaum ein Wort fiel zwischen den Männern, als hätten sie für unnötige Worte nicht mehr die Kraft unter der brennenden Sonne, die fast senkrecht am Himmel stand. Wie ein blendendweißes Tuch spannte sich das Firmament über das Land.

Jenseits des Feldes zeichnete sich das Farmhaus ab, eine armselige Lehmhütte mit einem reparaturbedürftigen Dach, sowie mehrere nicht minder unansehnliche Schuppen und Nebengebäude. Das Blöken einiger Schafe klang wie verlorenes Rufen vom Osten her, wo hohe Bäume kostbaren Schatten warfen, zu den Männern auf dem Feld hinüber.

Etwas abseits von den Männern, mehr in der Nähe des Flussufers, ging Jessica ihrer Arbeit nach. Sie trug ein einfaches Arbeitskleid aus flaschengrünem Leinen, das in der schlanken Taille von einem geflochtenen Ledergürtel zusammengehalten wurde. Der einfache Schnitt des Kleides vermochte jedoch nicht über die anmutigen Formen dieser jungen Frau hinwegzutäuschen. Rotbrauner Staub bedeckte das blonde, lockige Haar, das im Nacken von einem Haarband zusammengehalten wurde und ihr bis über die schlanken Schultern fiel. Staub und Schweiß vermischten sich auch auf ihrem zartgeschnittenen Gesicht, das wenig über die Stärke ihres Charakters aussagte, dafür aber dem Betrachter das eigentümliche Gefühl vermittelte, in ein Antlitz zu schauen, das eine ganz besondere Ausstrahlung besaß, eine Schönheit, die sich nicht allein in äußeren Attributen niederschlug, sondern von innen kam. Und in ihren Augen, die so geheimnisvoll grün wie das Wasser einer stillen Lagune in tropischen Gefilden leuchteten, lagen Sanftmut und Härte zugleich.

Einen Augenblick hielt Jessica in ihrer Arbeit inne, fuhr sich mit dem Unterarm über die schweißnasse Stirn und blickte zum Hawkesbury hinüber, der ihr in den vergangenen sieben Jahren so vertraut geworden war wie früher der kleine Park von Madam Blakleys vornehmem Mädchenpensionat in London. Die Erinnerung daran schien einer anderen Person aus einer anderen Welt zu gehören. Selten einmal verirrten sich ihre Gedanken jetzt noch in jene Zeit zurück, als sie noch nichts von der Unberechenbarkeit des Schicksals, der Grausamkeit der Welt und der Härte des Lebens geahnt hatte, als Körper und Geist noch unschuldig gewesen waren. Die Erinnerungen an jene Zeit waren von Jahr zu Jahr in dem Maße verblasst und unwirklich geworden, wie ihre Liebe und Zugehörigkeit zu diesem Land gewachsen waren, das sie nun als ihre Heimat und die ihrer beiden Kinder Edward und Victoria betrachtete.

Eine einzelne Wolke zog jenseits des Flusses, wo hinter Hügeln und dichtem Eukalyptuswald ihre geliebte Farm SEVEN HILLS lag, am Himmel dahin. Und unwillkürlich fühlte sie sich bei ihrem Anblick an ein Schiff erinnert, das mit windgeblähten Segeln einsam einem fernen Ziel entgegenstrebte.

»Mitchell! O Mitchell!«, flüsterten ihre Lippen. »Wie mag es dir gehen, mein Geliebter? … Und wo bist du? Spürst du, wie sehr ich mich nach dir sehne?«

Vier Tage war es erst her, seit er, kaum dem Krankenbett entstiegen, mit der COMET davongesegelt war. Doch ihr erschien es wie eine Ewigkeit. Doch noch qualvoller als die Trennung von ihm war die Ungewissheit seines Schicksals. So vieles konnte passieren auf dem Weg vom Hawkesbury River nach Van Diemen's Land.

Der Gedanke an Mitchell Hamilton war wie ein schmerzhafter Stich, ein scharfes Brennen in ihrer Herzgegend, und ihr Mund wurde noch trockener.

Schnell wandte sie den Blick von der Wolke und nahm ihre Arbeit wieder auf. Sie durfte nicht ständig an ihn denken und sich quälen, wenn sie nicht verrückt werden wollte. Sie brauchte Kraft, um die Prüfungen zu bestehen, von denen sie sicher war, dass sie ihrer harrten.

Mit verbissenem Gesicht schwang Jessica die Axt und ließ den scharfen Stahl immer wieder auf die armdicken Wurzeln niedersausen, die den steinharten Boden durchzogen. Und obwohl sie viel Kraft in jeden Hieb legte, spaltete die Schneide jedes Mal doch nur kleine Späne aus der Wurzel. Einen Eukalyptusbaum mit seinem eisenharten Stamm zu fällen war eine Schinderei, bei der so manche frisch geschliffene Axt gegen eine neue ausgetauscht werden musste. Den Stumpf aus dem harten Erdreich zu reißen und die Wurzeln zu durchtrennen konnte auch einen erfahrenen Siedler schier zur Verzweiflung bringen.

Doch es war nicht Jessicas Art, den Mut zu verlieren und eine einmal begonnene Arbeit nicht zu vollenden. Sie hatte in den sieben Jahren, die ihr wie ein ganzes Leben vorkamen, gelernt, niemals aufzugeben und ihr Ziel mit unbeirrbarer Entschlossenheit und einem Willen zu verfolgen, der so hart war wie geschmiedeter Stahl. Nur so konnte man seinen Platz in diesem Land behaupten, das immer wieder von extremen

Trockenperioden, unvorstellbaren Buschbränden und verheerenden Hochwasserkatastrophen heimgesucht wurde und das einem nichts schenkte. Nur wer die Herausforderung nicht nur annahm, sondern auch liebte und sie zum Maßstab für seine eigenen Ziele machte, vermochte in New South Wales zu bestehen, seine Selbstachtung zu bewahren und nicht das Schicksal so vieler Siedler zu teilen, die ganz allmählich von der Natur aufgerieben wurden wie Muscheln am Strand, die unter der steten Brandung langsam, aber unaufhaltsam zu Staub zerfallen. Hatte man das gelernt, dann wurde der Blick frei für die ganz eigene Schönheit und die einzigartigen Möglichkeiten, die dieses größtenteils noch wilde Land New South Wales bot.

»Wirklich beachtlich, was Sie leisten, Jessica. Aber meinen Sie nicht, dass Sie sich ein bisschen zu viel zumuten? Warum überlassen Sie diese elende Knochenarbeit nicht einem Mann wie Tim Jenkins oder mir?«, fragte plötzlich eine vertraute Stimme vorwurfsvoll hinter ihr und riss sie aus ihrer Trance, in die sie sich geflüchtet hatte, um der nerven- und kräftezehrenden Monotonie des Axtschwingens zu entfliehen.

»Weil ich Lydia versprochen habe, ihr zu helfen, Ian«, antwortete Jessica, ohne sich umzusehen und ihren gleichmäßigen Rhythmus zu unterbrechen. »Und wenn ich jemandem mein Wort gebe, dann stehe ich auch dazu. Das sollten Sie inzwischen wissen.«

Ian McIntosh gab sich mit dieser Antwort nicht zufrieden. »Ich meine, dieses Versprechen haben Sie voll und ganz gehalten, Jessica. Sie haben Lydia einen Teil unserer Arbeiter zur Verfügung gestellt. Das sollte doch eigentlich vollauf genügen.«

»Mir nicht«, widersprach sie ruhig. »Ich möchte selbst etwas dazu beitragen, dass die Erde hier eines Tages wieder gute Früchte trägt.«

Ian seufzte. »Himmel, Sie können wirklich störrischer sein als ein alter Esel, der unverhofft auf einen Sack Mais gestoßen ist!«

»Ich habe eben viel von Ihnen gelernt«, gab Jessica schlagfertig zurück und vertiefte die Kerbe in der Wurzel. Ein Schweißtropfen rann ihr über den Nasenrücken und löste sich dann von der Spitze. Er fiel auf einen flachen Stein zu ihren Füßen, hinterließ für wenige Sekunden einen feuchten Fleck auf der stumpfen Oberfläche und verdunstete dann, als hätte es ihn nie gegeben.

»In der Tat. Aber einige eherne Regeln lassen Sie offenbar vorsätzlich außer acht!«

»Finden Sie?«

»O ja! Als Ihr Verwalter hätte ich mich Ihrer Anordnung eigentlich mit aller Kraft widersetzen müssen Bei dieser verdammten Trockenheit hätten wir auf SEVEN HILLS eigentlich niemanden entbehren können, was Sie genau wissen.«

Jessica zuckte nur die Achseln. Er hatte zwar recht, aber danach ging es eben nicht immer.

»Und Sie haben gleich zwölf unserer besten Arbeiter von SEVEN HILLS abgezogen und sie zu Lydia hierher auf NEW HOPE geschickt, um diese heruntergekommene Farm wieder einigermaßen auf Vordermann zu bringen.«

Jessica unterbrach ihre Arbeit nun doch und drehte sich zu Ian McIntosh um. Er war ein hochgewachsener, kräftig gebauter Mann mit einem offenen, sympathischen Gesicht, das vom Leben unter freiem Himmel gezeichnet war. Seine blassblauen Augen bildeten einen interessanten Kontrast zu seiner sonnengebräunten Haut und seinem gleichfalls dunklen Haar. Von seinen achtunddreißig Jahren hatte er über ein Drittel in Australien verbracht und war beim Aufbau von SEVEN HILLS in der Wildnis am Hawkesbury River von Anfang an mit dabei gewesen. Die ersten fünf Jahre als irischer Sträfling und Zwangsarbeiter, nach seiner vorzeitigen Begnadigung dann als Aufseher und später sogar als Verwalter. Sie verdankte diesem Mann, der schon der Freund ihres Mannes gewesen war, sehr viel. Ian war weitaus mehr für sie als nur ein fähiger Verwalter, dessen eigene geschäftliche Unternehmungen ihn längst in die Lage versetzten, sich selbst eine Farm zu kaufen und sein eigener Herr zu sein. Er war ein verlässlicher Freund und eine unverzichtbare Stütze. Ohne seinen moralischen und tatkräftigen Beistand hätte sie nach dem Tod ihres Mannes, der nun schon ein Jahr zurücklag, den Boden unter den Füßen verloren – und vielleicht sogar SEVEN HILLS.

»Sie haben recht, Ian. SEVEN HILLS kann jedes Paar Hände gut gebrauchen, und ich wünschte, ich bräuchte nicht einen Mann von unseren Feldern und Weiden abzuziehen. Nur: für eine Zeitlang kommen wir auch ohne diese Männer zurecht, auch wenn es schwierig wird. Doch auf NEW HOPE trifft das nicht zu. Ohne unsere Hilfe ist dieser Farm erledigt – und mit ihr Lydia, und das hat sie wirklich nicht verdient. Ich könnte einfach nicht mit ansehen, wenn sie nach all dem, was sie schon hat erdulden müssen, auch noch diese Farm aufgeben müsste. Und dass NEW HOPE so heruntergekommen ist, können Sie ja wohl schlecht ihr anlasten«, nahm Jessica ihre Freundin in Schutz, die mit ihr an Bord der TRADEWIND nach Australien gekommen war. Sie hatten sich aus den Augen verloren, sich nach dem Untergang des Schiffes gegenseitig für tot gehalten. Bis dann der Zufall Jahre später Lydia mit ihrem Mann, George Randell, einem freien Siedler, zum Hawkesbury River geführt hatte. Nach einem Misserfolg auf Norfolk Island hatten die Randells hier einen neuen Versuch unternommen, sich eine

Existenz aufzubauen – und ihre Farm daher auch New Hope genannt. Es wäre ihnen wohl auch gelungen, wenn George Randell die Kraft und Beharrlichkeit aufgebracht hätte, die der Aufbau einer Farm verlangt. Statt sich an seiner arbeitsamen Frau ein Beispiel zu nehmen und sich durchzubeißen, hatte er nach den ersten Schwierigkeiten innerlich schon aufgegeben und sich von da an mehr und mehr dem Rum hingegeben. Von da an war der Niedergang von New Hope nicht mehr aufzuhalten gewesen, wie sehr Lydia auch gekämpft hatte. Doch nicht einmal sie hätte geglaubt, dass George sich, von billigem Fusel und Neid zerfressen, an einem verbrecherischen Komplott gegen Jessica beteiligen würde, die stets alles nur Menschenmögliche getan hatte, um ihnen zu helfen. Der Anschlag, der der Comet gegolten hatte, war glücklicherweise gescheitert – durch das beherzte Eingreifen von Lydia. George hatte seine gerechte Strafe erhalten, und New Hope gehörte nun Lydia allein. Aber an der Tatsache, dass hier so vieles im Argen lag, änderte das nichts.

»So habe ich es auch nicht gemeint«, erwiderte Ian besänftigend. »Sie wissen genau, wie sehr ich Lydia schätze. Sie ist eine tapfere, starke Frau, die ein besseres Los verdient hätte. Das Schicksal hat sie mehr als einmal wahrhart hart gestraft, und ich wäre der Letzte, der ihr seine Hilfe versagen würde.«

»Ich weiß, Ian.«

»Aber ich halte es für unklug, dass Sie sich hier abrackern und in glühender Hitze auf dem Feld stehen, während Ihre Anwesenheit auf Seven Hills in diesen unsicheren Tagen zehnmal wichtiger wäre«, gab er zu bedenken, und ein sorgenvoller Ausdruck trat in sein Gesicht. »Sie könnten die Aufsicht Tim Jenkins übergeben und wären sicher, dass die Arbeit gut erledigt wird, auch ohne Ihre Gegenwart. Er ist zuverlässig und versteht sich auch darauf, die Männer anzuleiten, ohne sie zu knechten.«

»Da gebe ich Ihnen recht. Dennoch bin ich gerade jetzt gern hier«, erwiderte Jessica, die genau wusste, worauf Ian hinauswollte.

»Mein Gott, Jessica!«, entfuhr es dem Verwalter ärgerlich. »Nehmen Sie doch Vernunft an! Ihr Platz ist jetzt drüben auf Ihrer Farm! Haben Sie denn vergessen, was in Sydney passiert ist? Gouverneur Bligh von den Rum-Rebellen gestürzt, und die Macht in den Händen dieser Halunken in Uniform! Und einer von diesen machthungrigen Umstürzlern ist Lieutenant Forbes!«

»Ich weiß«, sagte Jessica äußerlich ruhig.

»Ja, und Sie wissen auch ganz genau, dass er stündlich auf SEVEN HILLS auftauchen kann – mit einer Abteilung Soldaten und der Absicht, Mister Hamilton nach Sydney zu bringen«, fuhr Ian McIntosh erregt fort. »Der Himmel mag wissen, was seine Frau bewogen hat, uns über sein schändliches Vorhaben früh genug zu unterrichten, sodass wir Vorsorge für Mister Hamiltons Flucht treffen konnten. Aber ich nehme nicht an, dass Lieutenant Forbes sein plötzliches und spurloses Verschwinden mit einem Achselzucken hinnehmen und so ohne Weiteres wieder abziehen wird!«

»Möglich. Ich weiß nicht, was Ken tun wird, wenn er kommt«, räumte sie ein.

»Er wird kommen, Jessica! Und er wird verdammt wütend sein, wenn er merkt, dass er zu spät gekommen ist!«

»Soll er nur kommen, Ian!«, rief sie mit beherrschtem Zorn. »Wenn es soweit ist, werde ich mich schon darum kümmern. Ich fürchte mich nicht vor seiner Wut, wenngleich ich dieser Begegnung wahrlich mit gemischten Gefühlen entgegensehe.

Aber ich denke nicht daran, auf SEVEN HILLS zu bleiben und auf sein Eintreffen zu warten! Es würde mich verrückt machen, ständig nur daran denken zu müssen, was wohl geschehen mag, wenn der Augenblick gekommen ist. Das kann ich einfach nicht, verstehen Sie das denn nicht?«

Ian McIntosh sah sie einen Moment lang verdutzt an und begriff dann, weshalb Jessica sich ausgerechnet jetzt in die Arbeit auf NEW HOPE gestürzt hatte. Sie hatte mehr Angst, als sie zuzugeben bereit war, und kämpfte auf ihre Art dagegen an.

Er bereute jetzt, das Gespräch darauf gebracht zu haben. Es schmerzte ihn, Jessica so leiden zu sehen, brachte er ihr doch nicht nur Respekt, sondern auch Zuneigung entgegen.

»Na, vielleicht ist es wirklich besser, etwas Sinnvolles zu tun und den Laden hier für Lydia wieder in Schwung zu bringen, als ständig Ausschau nach dem Soldatenpack zu halten«, brummte er und verbarg seine innere Betroffenheit hinter einer mürrischen Miene, als gäbe er nur ungern nach. »Ich hoffe nur, dass der Ausguck auf Jubilee Peak auch rund um die Uhr besetzt ist.«

»Dafür wird der alte Baker schon Sorge tragen«, meinte Jessica zuversichtlich. Jubilee Peak war eine Anhöhe fünf Meilen nordöstlich von SEVEN HILLS. Von dort aus hatte man einen ungehinderten Rundblick, der bei klarerer Sicht fast die halbe Wegstrecke bis Parramatta reichte. Doch auch bei der flirrenden Hitze konnte man immer noch weit genug blicken, um eine Reiterschar, die auf SEVEN HILLS zuritt, früh genug ausmachen zu können. Ein einzelner Reiter mochte dem menschlichen Auge im Busch entgehen, zumal wenn er unbemerkt bleiben wollte und die entsprechenden Vorsichtsmaßnahmen traf. Doch bei einer mehrköpfigen Reiterschar war das nicht möglich. Ihre Staubwolke würde sie schon verraten, bevor sie noch auf eine Stunde an SEVEN HILLS herangekommen waren.

»Das rate ich ihm auch«, knurrte der Verwalter. »Und jetzt geben Sie mir endlich die verfluchte Axt. Es gibt immer noch einige Dinge, wenn auch nicht viele, die ich besser beherrsche als Sie … und dazu gehört der Umgang mit einer solchen Baumfälleraxt.«

Diesmal sträubte sich Jessica nicht. Ein verstecktes Lächeln huschte über ihr müdes Gesicht, als Ian ihr die Axt abnahm und auf die Wurzel eindrosch, als hinge sein Leben davon ab. Er war schon ein merkwürdiger Mann, doch sie wusste keinen, den sie im harten Farmleben am Hawkesbury lieber an ihrer Seite gehabt hätte.

Ian McIntosh hatte die dicke Wurzel gerade mit einem wuchtigen Hieb durchtrennt, als vom Hof der Farm ein helles, blechernes Scheppern kam. Die Männer auf dem Feld legten daraufhin sofort die Arbeit nieder und strebten dem armseligen Lehmhaus zu.

»Das ist Lydia mit dem Essen. Zeit für die Mittagspause«, sagte Jessica, erleichtert, einen kühlen Schluck trinken und sich für zwei Stunden in den Schatten zurückziehen zu können. Vielleicht gelang es ihr sogar, die Augen zu schließen und etwas Schlaf zu finden.

In der Mittagsglut des Hochsommers auf freiem Feld zu arbeiten wäre fast einem Selbstmord gleichgekommen, und da kein wirklicher Notfall vorlag, war das niemandem zuzumuten. Es hätte dem Fortgang der Arbeiten auch eher geschadet als genutzt, denn ein Hitzschlag setzte einen Arbeiter länger außer Gefecht als die zwei Stunden Mittagsrast. Diese Atempause zur heißesten Zeit des Tages musste einfach sein. Dafür begann der Arbeitstag auf der Farm im Sommer ja auch schon vor dem Morgengrauen und zog sich notfalls bis in den späten Abend hinein.

»Sie hätte mich auch nicht mehr länger warten lassen dürfen, wollte sie sich nicht meine Sympathie verscherzen«, sagte Ian mit gespieltem Ernst. Er ließ die Axt noch einmal kraftvoll durch die Luft sausen, und der scharfe Stahl bohrte sich in den Stumpf des Eukalyptusbaumes. »Kommen Sie, Jessica. Wir können eine Stärkung jetzt alle gut vertragen.«

Jessica hatte während der Arbeit keinen Hunger gehabt, höchstens Durst. Doch als sie sich nun dem Wohnhaus von New Hope näherten und ihnen der Duft von Lydias Essen entgegenkam, machte sich ihr leerer Magen bemerkbar, und sie wusste, dass sie sich mit gesundem Heißhunger über das hermachen würde, was Lydia angerichtet hatte.

Lydia, eine sehnige schlanke Frau Ende Zwanzig mit pechschwarzem Haar und kaum weniger dunklen Augen, hatte das Essen schon am Abend zuvor vorbereitet. Es wäre ihr nie in den Sinn gekommen, sich im relativ kühlen Haus aufzuhalten und sich mit Essensvorbereitungen abzugeben, während Jessica und die Männer sich unter der glühenden Sonne quälten. Sie hatte wie alle anderen vom Morgengrauen an auf dem Feld geschuftet und war dann nur ins Haus geeilt, um den vorbereiteten Eintopf aufzuwärmen und geschwind Maisfladen zu backen.

Während Lydia den schweren Kessel ins Freie trug und an den Haken eines Dreibeins hängte, kühlten sich die Männer am Brunnen ab, der sich links vom Farmhaus im Schatten eines dickstämmigen Baumes mit ausladender Krone befand. Sie gossen sich das kühle Nass eimerweise über den Kopf.

Jessica machte da keine Ausnahme, war sie doch nicht weniger verschwitzt. Welch herrliches Gefühl, das kühle Wasser über Kopf, Gesicht und Nacken rinnen zu lassen und den gröbsten

Dreck wegzuwaschen! Sie achtete jedoch sorgfältig darauf, dass das Vorderteil ihres Kleides nicht durchnässt wurde. Das war ihr einmal passiert, und sie hatte nicht vergessen, wie die Männer immer wieder verstohlen zu ihr hingeblickt hatten, auf ihre vollen Brüste, die sich unter dem nassen Stoff abgezeichnet hatten.

Ian und Jessica waren die Letzten, die zu Lydia ans Dreibein traten und sich ihren Blechteller mit herzhaftem Eintopf füllen ließen, in dem dicke Stücke Hammelfleisch schwammen.

»Es riecht köstlich, Lydia, und bestimmt wird es auch so schmecken, wie immer«, sagte Ian und nahm sich drei Maisfladen.

Lydia errötete leicht und sah ihn dankbar an. »Danke, Mister McIntosh.«

»Sagen Sie, würden Sie mir einen Gefallen tun?«

»Sofort und jederzeit, Mister McIntosh!«, versicherte Lydia eifrig.

Ian beugte sich vertraulich zu ihr vor, deutete auf die dicken Fleischstücke und raunte: »Die Männer werden natürlich nichts dagegen einzuwenden haben, aber weniger hätte auch gereicht. Gehen sie nächstens ruhig etwas sparsamer damit um. Sonst sind wir nachher auf SEVEN HILLS noch gezwungen, die Fleischrationen unserer Leute drastisch zu erhöhen, weil Sie sie so verwöhnt haben. Versprechen Sie mir das?«

Lydia musste unwillkürlich lachen. Es war ein warmes, herzliches Lachen, das ihrer zurückhaltenden Art entsprach, was Gefühle betraf, die sie gern für sich behielt. »Das kann ich Ihnen nicht versprechen, Mister McIntosh.«

Der Verwalter seufzte und gab sich enttäuscht. »Tja, das habe ich fast befürchtet«, sagte er und begab sich zu seinen Männern in den Schatten des Baumes beim Brunnen.

Mit einem versonnenen Lächeln blickte Lydia ihm nach. »Er ist ein guter Mann«, sagte sie.

Jessica nickte und setzte sich auf die wackelige Bank unter dem kurzen Vordach des Farmhauses. Auch der Tisch war so nachlässig zusammengezimmert, dass man es nicht wagen konnte, ihn einer Belastung auszusetzen. Auf NEW HOPE waren wahrlich an allen Ecken und Enden Arbeiter nötig, die ihr Handwerk nicht nur verstanden, sondern es auch mit Stolz und Freude ausübten. Doch diese Dinge um das Haus würden warten müssen. Erst musste das Überleben gesichert sein.

»Ian ist wirklich eine Seele von einem Menschen, auch wenn er sich manchmal gern grimmig gibt«, pflichtete Jessica ihrer Freundin bei und begann mit großem Appetit zu essen. »Und was deine Kochkünste betrifft, da hat er auch recht. Es schmeckt ausgezeichnet.«

»Das ist doch das Mindeste, was ich für euch tun kann«, erwiderte Lydia, und eine bedrückte Miene vertrieb das Lächeln von ihrem Gesicht, während sie sich zu Jessica setzte. »Ich weiß nicht, wie ich dir das jemals vergelten soll. Immer wenn ich in Not war, hast du mir selbstlos geholfen. Wenn du nicht gewesen wärst, hätte ich alles verloren und würde mich jetzt irgendwo auf einer Farm als Tagelöhnerin verdingen. Manchmal weiß ich vor Scham gar nicht, ob ich dir noch in die Augen blicken kann.«

»Lydia! Bitte!«, wehrte Jessica ab. Sie mochte es nicht, wenn ihre Freundin so zu ihr sprach. Es machte sie nicht nur verlegen, sondern bewirkte in ihr auch ein unbestimmtes Gefühl von Unbehagen dass es ihr so gut ging. Auf den Weiden von SEVEN HILLS grasten tausende von Schafen, während Lydia kaum noch vier Dutzend hatte. Und in diesem krassen Missverhältnis standen auch alle anderen Dinge, ob es sich nun um die Größe der Farmen handelte, die Zahl der Arbeiter oder die Erträge pro Acre.

»Doch, ich muss es loswerden!«, bestand Lydia. »Meinst du, ich weiß nicht, dass ihr auf Seven Hills bei dieser verfluchten Dürre nicht auch jeden Mann bitter nötig habt?«

›Ja, aber nicht um unser Überleben zu sichern, sondern um den erhofften großen Profit nicht um hundert oder dreihundert verdurstete Schafe oder ein vertrocknetes Maisfeld geschmälert zu sehen, was wir aber dennoch ohne mit der Wimper zu zucken finanziell verkraften könnten. Während du um dein Überleben kämpfst. Das ist ein himmelweiter Unterschied, Lydia‹, dachte Jessica im Stillen, sprach es jedoch nicht aus. Es wäre unnötig gewesen und hätte nur etwas bestätigt, was ihre Freundin schon längst wusste. Doch nie hatte sie ihr den Erfolg geneidet, der ihr selbst nicht vergönnt gewesen war.

»Ich hätte mich bestimmt nicht darauf eingelassen, wenn ich es nicht gern täte *und* nicht auch verantworten könnte«, erklärte Jessica energisch. »Außerdem habe ich ein recht egoistisches Interesse daran, dass New Hope endlich das wird, was es sein kann – nämlich eine blühende, ertragreiche Farm! Oder hast du vergessen, dass du bei mir ganz schön tief in der Kreide stehst?«

Als Lydias Mann sich letztes Jahr mit dem verbrecherischen Flussschiffer Jonas Duckworth verbrüdert hatte, der die Partnerschaft zwischen Patrick Rourke und Jessica Brading als Bedrohung seines fast monopolistischen Handels auf dem Hawkesbury River erkannt hatte, die unbedingt und ohne Skrupel aus der Welt zu schaffen war, und sie mit ihrem Anschlag gescheitert waren, hatte Jessica George als Teil seiner noch glimpflich ausgefallenen Strafe gezwungen, ihr die Farm zu verkaufen. Er hatte zwar einen fairen Kaufpreis erhalten, doch die Hälfte davon hatte sie gleich einbehalten und an Lydia weitergegeben, damit sie New Hope wieder von ihr zurückkaufen konnte und nun alleinige Eigentümerin der Farm war. Doch Lydia hatte darauf bestanden, ihr auch die andere Hälfte des Geldes, das ihr Mann eingestrichen hatte, nach und nach zurückzuzahlen. Jessica hatte sich dagegen gesträubt, letztlich aber nachgeben müssen – jedoch mit ihr vereinbart, dass das Darlehen nicht nur zinslos und zeitlich unbefristet sein, sondern auch nur dann in kleinen Raten zurückgezahlt werden sollte, wenn genug Überschuss erzielt worden war. Und bis dahin war es noch ein langer, mühsamer Weg für Lydia und die wenigen ihr zugeteilten Arbeiter.

Lydia schüttelte deshalb den Kopf über Jessicas törichten Versuch, sich in ein anderes Licht zu stellen. »Du kannst sagen, was du willst, aber du wirst es bei mir nicht schaffen, deine Hilfsbereitschaft als Geldgier erscheinen zu lassen. Du hast dafür gesorgt, dass die Farm jetzt mir allein gehört. Und wenn du wirklich egoistisch gewesen wärst, hättest du mir auf den Rest der Kaufsumme bestimmt kein zinsloses und unbefristetes Darlehen gewährt. Und statt per Handschlag hättest du das dann schriftlich festgehalten!«

Jessica mochte nicht länger darüber reden und lenkte das Thema nun geschickt in eine andere Richtung. »Fest steht doch, dass New Hope ohne ein halbwegs vernünftiges Bewässerungssystem eine zweite Trockenperiode nicht übersteht«, erklärte sie, zwischendurch kauend. »Wenn wir das erst einmal geschafft haben, ist alles andere halb so schlimm. Dann kommst du auch allein zurecht. Doch ohne Wassergräben und ein System archimedischer Schrauben, die das Wasser vom Flussufer aus auf höher gelegenes Land fördern, wirst du dem Boden nicht mal genug abringen, um ein Hungerleben zu führen.«

»Das ist leider nur zu wahr«, pflichtete Lydia ihr bei. »Mit Wasserschleppen kommt man dieser schrecklichen Trockenheit nicht mehr bei. Es wird schön sein, nur die Kurbel drehen zu müssen und zu sehen, wie das Wasser hochgesprudelt kommt.«

Jessica sah sie aufmunternd an. »Der alte Fassbinder ist schon fleißig bei der Arbeit.«

»Wie geht es Joshua Chowning überhaupt?«, fragte Lydia interessiert. »Wie hat er den Umzug von Parramatta nach SEVEN HILLS überstanden?«

»Blendend. Er hat seine Werkstatt so bekommen, wie er es verlangt hat, und tut schon so, als gehörte er zu denjenigen, die schon seit Jahren auf der Farm sind und was zu sagen haben«, berichtete Jessica belustigt.

»Und Ruth, seine Tochter, die doch unter seiner Tyrannei so gelitten hat?«

»Aufgeblüht ist sie! Du erkennst sie kaum wieder. Nicht dass sie sich zu einer Schönheit entwickelt hätte, das nicht, aber sie ist fraulich geworden und strahlt eine Frische und Lebensfreude aus, die geradezu ansteckend ist. Ich würde mich gar nicht wundern, wenn ihr Traum, einen guten Mann zu finden, zu heiraten und eine Familie zu gründen, bald in Erfüllung gehen würde. Gibt schon genug Männer, die um sie herumschwirren und ihr schöne Augen machen. Aber sie ist klug genug, um sich nicht mit dem erstbesten Verehrer einzulassen.«

»Ich gönne es ihr. Es wäre schön, wenn sie einen Mann fände, der sie liebt und zu ihr steht. Das hat sie verdient«, sagte Lydia ehrlich erfreut und fügte dann mit einem Seitenblick auf Jessica hinzu: »Aber das hat nicht nur Ruth verdient.«

Jessica tat so, als hätte sie die Anspielung nicht verstanden, und redete schnell weiter: »Der Wechsel war für sie beide gut. Der Fassbinder hat viel von seiner Verbitterung und Galligkeit verloren und geht wieder ganz in seiner Arbeit auf. Es erscheint mir immer wieder wie ein Wunder, wenn ich sehe, wie exakt seine Hände arbeiten, während seine Augen doch kaum noch genug Sehkraft haben, um ein Haus auf zwanzig Fuß Entfernung zu erkennen.«

»Er sieht eben mit seinen Händen.«

»Richtig. Und zwar so gut, wie kein noch so scharfes Auge sehen kann. Sie entdecken eine winzige Kerbe im Holz, eine Unebenheit, die mir auch bei genauem Hinsehen noch verborgen bleibt.«

Sie machte eine Pause und blickte nachdenklich vor sich hin, während Fliegen penetrant um ihre Teller summten und sich nicht verscheuchen ließen. »Aber was ich eigentlich sagen wollte: Nächste Woche dürften alle Schrauben und auch die Gehäuse fertig sein. Dann wird hier Wasser in Hülle und Fülle fließen«, übertrieb sie ein wenig, denn welch großen Fortschritt dieses System auch für NEW HOPE bedeuten mochte, die Bewässerungskanäle würden erst einen doch sehr bescheidenen Teil der Äcker und Felder erreichen, von den Weiden ganz zu schweigen. Jahre würden noch vergehen, bevor es hier ein Bewässerungssystem gab, das sich auch nur annähernd mit dem auf SEVEN HILLS vergleichen ließ.

Doch der Anfang war gemacht und die technische Grundlage mit dem baldigen Einbau der archimedischen Schrauben gelegt, was das Wichtigste dabei war. Später konnte man daran denken, auf den Weiden ein System von Zisternen anzulegen und den Betrieb der Schrauben von einem Muli ausführen zu lassen. Aber das war für Lydia vorerst noch Zukunftsmusik. Doch Jessica zweifelte nicht einen Augenblick daran, dass ihre Freundin mit nicht erlahmendem Eifer und Ehrgeiz weiterführen würde, was sie gemeinsam in diesen Tagen begonnen hatten. Sie war sicher, dass Lydia es schaffen würde, New Hope dem Niedergang zu entreißen und es zu einer Farm aufzubauen, die ihrer Besitzerin und ihrem viel versprechenden Namen alle Ehre machte.

»Ja, ich freue mich schon sehr darauf, Jessica. Aber entschuldige, wenn ich noch einmal auf Ruth zu sprechen komme«, sagte Lydia.

»Was ist mit Ruth?«, fragte Jessica vorsichtig.

»Ach, warum soll ich lange um den heißen Brei herumreden«, sagte Lydia und beschloss impulsiv, ganz offen zu ihrer Freundin zu sein. »Ich mache mir einfach große Sorgen um dich … und um *dein* privates Glück.«

»Das ist lieb von dir, aber das solltest du wirklich nicht. Ich hab' zwar meine Ängste, und die will ich vor dir auch gar nicht verschweigen, aber sie erscheinen mir doch im Verhältnis zu dem, was ich gewonnen habe, als nicht so schwerwiegend«, wiegelte sie ab.

»Was hast du denn gewonnen?«, wollte Lydia wissen und sah sie dabei skeptisch an.

Jessica schwieg einen Augenblick und sah über den Hof. »Das lässt sich schwer in Worte fassen«, sagte sie schließlich zögernd. »Mit Mitchell hat sich in meinem Leben viel verändert …«

»Ich weiß«, sagte Lydia sanft. »Nach Steves jähem Tod hattest du dich in dich selbst zurückgezogen und dich in die Arbeit vergraben. Ich erinnere mich noch sehr gut daran. Und dann trat Mitchell wieder in dein Leben.«

Jessica runzelte die Stirn. »Du sagst das so seltsam, als hättest du einige Vorbehalte.«

»Bitte versteh mich, um Gottes willen, nicht falsch! Ich weiß, dass du Mitchell liebst, und ich weiß auch, dass er ein wunderbarer Mann ist, ein Gentleman …«

Jessica lächelte und fiel ihr überschwänglich ins Wort. »Ja, das ist er wirklich. Doch er ist mehr als nur das, Lydia. Die Jahre mit Steve waren gute Jahre, und er war mir ein liebevoller Ehemann. Ich habe ihn geachtet und gelernt, ihn zu lieben, und ich bin stolz, dass er der Vater von Edward und Victoria ist. Solange ich lebe, werde ich sein Andenken in Ehren halten und an ihn mit tiefer Dankbarkeit und Zuneigung denken. Doch Mitchell … Mitchell hat mir eine ganz andere Welt der Gefühle eröffnet.«

»Die der bedingungslosen Hingabe und Leidenschaft, nicht wahr?«

Jessica sah sie erstaunt an und spürte, wie ihr eine leichte Röte ins Gesicht stieg. Mit ihrer Freundin hatte sie immer über alles offen reden können. Doch solch intime Gespräche waren auch zwischen ihnen eine Seltenheit.

»Ja, so könnte man es nennen.«

»Glühende Leidenschaft ist etwas Wunderbares.« Lydia lachte kurz auf, als sie Jessicas überraschen Ausdruck sah. »Du brauchst mich nicht so verwundert anzuschauen. Es mag dich zwar überraschen, aber ich weiß sehr wohl, wovon du sprichst. Du hast nur eine Seite meines Mannes kennengelernt, Jessica. Die dunkle, die abstoßende. Doch so ist er nicht von Anfang an gewesen. Als ich George auf Norfolk Island kennenlernte und seine Frau wurde, war er ein ganz anderer Mensch. Lebensfroh und voller Zuversicht, tatkräftig und hingebungsvoll. Seine Frau zu sein kam mir als das größte Glück auf Erden vor, und trotz des Misserfolges auf Norfolk Island war unser Zusammenleben sehr schön, schöner hätte ich es mir gar nicht wünschen können. Er … er war verrückt nach mir … und ich nach ihm. Leidenschaft und Hingabe, mit George habe ich sie zum ersten Mal erlebt.« Ein trauriges Lächeln huschte über ihr

Gesicht. »Aber wie ja jeder weiß, hat sich das dann bald ins Gegenteil verkehrt. Das Land hat ihn innerlich zerbrochen, und die dunkle Seite hat in George Oberhand gewonnen. Mit einem Mann wie Steve wäre das nie geschehen. Er war einfach aus einem ganz anderen Holz geschnitzt.«

Mit wachsender Beklommenheit hatte Jessica ihrer Freundin gelauscht. »Worauf willst du hinaus?«, fragte sie. »Fürchtest du vielleicht, Mitchell könnte George nachschlagen? Das ist wirklich unsinnig.«

»Das habe ich lange Zeit auch geglaubt«, erwiderte Lydia und fügte rasch hinzu: »Natürlich ist Mitchell nicht George. Mitchell Hamilton ist ein erfolgreicher Farmer, der sich zu behaupten weiß. Aber manchmal frage ich mich, ob ihr trotz der Liebe, die ihr zweifellos füreinander empfindet, zusammen glücklich werden könnt.«

»Ich muss schon sagen, du überraschst mich«, sagte Jessica, die nicht so recht wusste, wie sie auf Lydias Besorgnis reagieren sollte. »Wenn du die Schwierigkeiten meinst, die Mitchell zur Flucht bewogen haben …«

»Nein, nein, das ist es nicht«, beteuerte Lydia. »Es ist einfach die Tatsache, dass du eine so eigenständige, erfolgreiche Frau bist, Jessica. Du hast nicht nur bewiesen, dass du eine so große Farm wie Seven Hills leiten kannst, sondern du hast es auch geschafft, mit Captain Rourke eine gewinnbringende Partnerschaft auszuhandeln. Dazu hast du die Simontons an die Wand gespielt und bist nun auch noch Besitzerin des feinsten Geschäftes für Stoffe und Kolonialwaren in Sydney …«

»Nicht ganz! Die Simontons halten immerhin noch gut ein Drittel an dem Geschäft!«

»Bestimmt nicht mehr lange, so wie ich dich kenne«, meinte Lydia. »Du bist einfach zu geschäftstüchtig, und du wirst natürlich versuchen, das Geschäft ganz in deine Hände zu bekommen. Diese arroganten Leute werden ihr restliches Drittel Beteiligung auch noch verlieren, und das haben sie verdient. Du wirst einfach nicht eher zufrieden sein.«

»Nun mal langsam!«, protestierte Jessica. »Du stellst mich da in ein Licht, dass ich vor mir selbst Angst kriegen könnte. So rücksichtslos bin ich ja nun doch nicht, obwohl ich zugeben muss, dass ich mit den Simontons nicht eben sanft umgesprungen bin. Aber das hatte ganz persönliche Gründe.«

»Es gibt nichts, wofür du dich entschuldigen müsstest«, versicherte Lydia. »Das mit den Simontons hast du ausgezeichnet gemacht. Du hast sie mit ihren eigenen Waffen geschlagen. Ich bewundere dich dafür. Aber eben das ist es, was ich sagen will: Du bist anders als ich, anders auch als andere erfolgreiche Farmersfrauen. Du bist ehrgeizig und sinnst ständig nach neuen geschäftlichen Herausforderungen. Es macht dir einfach Spaß, etwas Neues anzufangen und es zum Erfolg zu führen. Ist es denn nicht so?«

Jessica lächelte verlegen. »Nun ja, da muss ich dir recht geben. Ich finde in der Tat Gefallen an geschäftlichen Dingen.«

»Und du würdest dieses Leben bestimmt nicht aufgeben wollen, nicht wahr?«, bohrte Lydia nach. »Für keinen. Auch nicht für Mitchell, oder?«

Jessica musste insgeheim zugeben, dass Lydia da einen wunden Punkt in ihr mit fast traumwandlerischer Sicherheit getroffen hatte. Sie dachte unwillkürlich an das Gespräch, das sie kurz vor Neujahr mit Mitchell geführt hatte und das ähnlichen Inhalts gewesen war. Mitchell hatte ihr einen Heiratsantrag gemacht und dabei durchblicken lassen, dass er davon ausging, dass sie zu ihm nach Mirra Booka ziehen und die Verwaltung von Seven Hills völlig in fremde Hände legen würde. Dieses

Ansinnen hatte sie energisch zurückgewiesen, worauf Mitchell das Thema schnell fallengelassen hatte.

»Du brauchst gar nicht zu antworten«, sagte Lydia. »Dein Schweigen sagt mir genug. Es ist so, wie ich gesagt habe. *Nur* die Frau eines Mannes zu sein, und wenn es auch noch so sehr die große, leidenschaftliche Liebe ist, wirst du nach dem, was du dir eigenhändig aufgebaut hast, niemals sein können – zumindest würdest du nicht glücklich sein können. Und das ist es, was mich mit Besorgnis erfüllt, wenn ich an dich und Mitchell denke.«

Jessica war von den Worten ihrer Freundin so verwirrt, dass sie einen Moment lang nichts zu erwidern wusste. »Ich … ich will nicht abstreiten, dass Mitchell und ich in diesem Punkt wohl verschiedene Ansichten haben«, räumte sie schließlich widerstrebend ein. »Aber du überbewertest das.«

»Das glaube ich nicht.«

»Wir haben noch nicht einmal die Zeit gehabt, in aller Ruhe darüber zu reden, Lydia! Mitchell will mein Glück. Er würde nie etwas tun, was mich unglücklich machen könnte.«

Ein wehmütiger Ausdruck flog über Lydias Gesicht. »Nein, das würde er bestimmt nicht … zumindest nicht bewusst. Nur versteht wohl jeder etwas anderes unter Glück. Und ich bezweifle, dass er weiß, wie viel dir die Farm, die Partnerschaft mit Captain Rourke und das Geschäft in Sydney bedeuten.«

»Ich möchte bloß wissen, was heute in dich gefahren ist!«, sagte Jessica verwundert und verspürte einen Anflug von Ärger. Dass Lydia es nur gut mit ihr meinte, wusste sie. Aber ihr stand in diesen Tagen, wo sie um Mitchells Leben bangte, der Sinn nicht danach, mit ihr über derart nebensächliche Dinge ihrer Beziehung zu Mitchell zu streiten.

Lydia war die unwillige Reaktion ihrer Freundin nicht verborgen geblieben. Sie bemerkte auch das ungehaltene Stirnrunzeln und schien ihre Gedanken erraten zu haben, als sie nun erwiderte: »Ich weiß, wie unsinnig dir meine Bedenken erscheinen mögen, wo du dir solche Sorgen um sein Leben machst ...«

»Ja, sie erscheinen mir tatsächlich unsinnig«, gab Jessica unumwunden zu. »Du zerbrichst dir den Kopf über Kleinigkeiten, die in dieser Situation geradezu lächerlich sind. Ich wünschte, das, was du da angesprochen hast, wäre alles, was ich an Problemen habe. Doch leider bedrücken mich ganz andere Ängste. Ich weiß nicht, wo er sich zu diesem Zeitpunkt befindet, ob ihm die Flucht geglückt ist ... und wann ich ihn wieder sehen werde. Alles andere interessiert mich vorerst nicht.«

Lydia lächelte zurückhaltend. »Wenn das so wäre, wärst du nicht auf NEW HOPE.«

»Das ist etwas anderes«, meinte Jessica. »Ich kann meine Hände doch nicht einfach in den Schoß legen und alles andere sich selbst überlassen. Das Nichtstun würde mich krank machen. Ich brauche die Arbeit, um mich abzulenken, um nicht ständig daran denken zu müssen, dass sicherlich viele Monate vergehen werden, bevor ich Mitchell endlich wieder sehe ... wenn alles gut geht.«

»Nein, das allein ist es nicht«, widersprach Lydia energisch. »Es stimmt, dass du die Arbeit brauchst ... aber deine Sorge um Mitchell, die ich zutiefst mit dir teile, ist nicht der alleinige Grund, nicht einmal der Hauptgrund. Ja, das wage ich zu behaupten.«

»Du behauptest heute eine ganze Menge«, brummte Jessica, »und ich muss zugeben, dass mir das Meiste davon nicht gefällt.«

Lydia ließ sich nicht beirren. »Du hast immer gewusst, was

du willst, und hast dich nie deinen Gefühlen untergeordnet, sondern du hast sie den Dingen *nachgestellt*, die dir wichtig waren – und das waren und sind immer noch deine Arbeit und deine Kinder. Warum bist du denn nicht wieder nach England zurückgekehrt, obwohl du frei bist und das Geld dafür hast?«

Jessica blickte über das trockene Feld zum Hawkesbury hinüber. »Weil dieses Land meine Heimat geworden ist. Hier sind meine Kinder zur Welt gekommen. England wäre für sie die Fremde.« Vielleicht nicht so sehr für ihre verträumte Victoria, dachte sie im Stillen, aber ganz sicher für Edward. Das Leben auf der Farm war für den Sechsjährigen sein ein und alles. Er verabscheute die Stadt und konnte es nie erwarten, wieder aufs Land zurückzukommen, wenn sie die Kinder mal mit nach Sydney nahm. Dabei war Sydney verglichen mit London oder anderen großen Städten in England ein todlangweiliges Dorf. Er war wie sein Vater, fest mit der Scholle dieses Landes verbunden und nur glücklich, wenn sein Auge über Felder, Äcker und Weiden schweifen konnte. Und es musste dieses wilde, menschenleere Land sein mit seinem endlosen Himmel.

Lydia riss sie aus ihren Gedanken, die sich selbstständig gemacht hatten. »Richtig, dieses Land ist deine Heimat geworden. Aber du hast vergessen, dass du damit ein ganz bestimmtes Stück Land meinst, nämlich SEVEN HILLS.«

Jessica, die gerade nach der Teekanne gegriffen hatte, um ihren Becher zu füllen, hielt nun mitten in der Bewegung inne. Sie drehte sich auf der Bank nun ganz ihrer Freundin zu und sah sie forschend an. »Was ist es wirklich, was du mir sagen willst, Lydia?«, fragte sie. »Du hast doch etwas auf dem Herzen? Ich kenne dich nun schon lange genug, um das zu wissen. Rede also nicht um den heißen Brei herum und sag, was du sagen willst!«

Lydia zögerte kurz und strich sich eine Strähne ihres pechschwarzen Haares zurück. »Ach, mir war einfach nur nach ein bisschen Reden zumute. Entschuldige, wenn ich dich damit belästigt habe«, sagte sie und wich damit nicht nur Jessicas Blick aus, sondern auch ihrer Frage.

Jessica packte sie am Handgelenk. »Lydia! Ich *weiß,* dass du etwas auf dem Herzen hast! Sag ehrlich, was es ist! Oder willst du unsere Freundschaft aufs Spiel setzen?«

Lydia verzog das Gesicht. »Genau das will ich eben vermeiden. Ich hätte erst gar nicht davon anfangen sollen, das wäre klüger gewesen.«

»Nichts kann unsere Freundschaft trüben, solange wir offen und ehrlich zueinander sind.«

»Ich glaube, du wirst es nicht gern hören, was ich dir zu sagen habe«, befürchtete Lydia. »Du hast es gerade ja selber zugegeben.«

»Ich werde mich bemühen, es mit Fassung zu tragen«, versicherte Jessica und schenkte ihr ein Lächeln, das sie zum Reden auffordern sollte.

Lydia seufzte. »Ganz wie du willst. Aber tu mir den Gefallen und lass mich zumindest ausreden, bevor du mir sonst was an den Kopf schmeißt.«

»Ich höre!«, drängte Jessica.

Lydia holte tief Atem. »Also … Wir haben vorhin von Hingabe und Leidenschaft gesprochen, und ich hab' dir erzählt, dass ich mit George eine wunderbare Zeit erlebt habe, die ich nicht missen möchte. Aber ich habe auch einige bittere Erfahrungen gemacht, und ich wünsche so sehr, dass sie dir erspart bleiben. Mitchell Hamilton ist …«

»Lydia, willst du jetzt wieder davon anfangen? Das kannst du dir und mir aber wirklich ersparen.«

»Himmeldonnerwetter, lass mich doch ausreden! Da du ja sowieso tust, was du für richtig empfindest, brauchst du dich ja auch vor ein paar Gedanken einer gut meinenden Freundin nicht zu fürchten!«, reagierte Lydia temperamentvoll auf Jessicas Unterbrechung.

Ein Lächeln flog über Jessicas Gesicht. Sie waren sich in vieler Hinsicht ähnlich, ganz gleich aber, was Temperament und Stolz betraf. »Entschuldige. Ich werde mich bemühen, dich nicht mehr zu unterbrechen.«

»Dafür wäre ich dir sehr dankbar«, brummte Lydia, denn es fiel ihr ganz und gar nicht leicht, ihrer Freundin, der sie so vieles zu verdanken hatte, so zuzusetzen. Aber sie fühlte die Verantwortung, dass sie ihre Überzeugung nicht für sich behalten durfte.

»Mitchell Hamilton ist ein Gentleman«, nahm sie nun ihren Faden wieder auf. »Ein erfolgreicher freier Siedler … und zudem ein überaus attraktiver Mann. Du sagst, er liebt dich, und ich will dir glauben. Aber von den über sieben Jahren, die wir nun schon in dieser Kolonie sind, hast du deinen eigenen Worten zufolge nur wenige Wochen mit ihm verbracht. Ja, ich weiß, was du sagen willst, Jessica. Es waren wunderbare Wochen, die in euch die Überzeugung gebildet haben, füreinander bestimmt zu sein.«

»Ja, das sind wir auch!«, warf Jessica ein.

Lydia sah sie ernst an. »Liebe und Leidenschaft sind eine Sache. Gemeinsam etwas aufzubauen und Ziele zu verfolgen, die beiden wichtig sind, ohne dass dabei Liebe und Leidenschaft eine untergeordnete Rolle spielen, ist eine völlig andere … Wer könnte das besser beurteilen als ich? Du magst mich für verrückt erklären, Jessica, aber ich kann nicht glauben, dass du mit Mitchell glücklich wirst. Halt! Lass mich ausreden! Sein Stolz wird es niemals zulassen, dass du als seine Ehefrau weiterhin auf

Seven Hills den Ton angibst, mit Captain Rourke gewinnbringende Geschäfte planst und in Sydney den Handel mit Stoffen und Kolonialwaren ausbaust, wie du es dir vorgenommen hast. Er mag dich noch so lieben, aber das ändert nichts dran, dass er von dir erwarten wird, so zu leben und zu handeln, wie man es von der Ehefrau eines Mannes wie Mitchell Hamilton erwarten kann. Sicher, er wird dich kaum drängen, die Farm und deine anderen Geschäftsbeteiligungen zu veräußern. Doch sein Selbstverständnis und sein Stolz werden es genauso wenig zulassen, dass du weiterhin deinen Geschäften nachgehst und ihn so zum Gespött der Gesellschaft machst.«

»Lydia!«

»Tut mir leid, wenn ich dir weh tun muss, aber es ist nun mal die Wahrheit«, fuhr Lydia fort. »Du weißt selber, dass es ein Unding ist, wenn die Frau in die Geschäftswelt der Männer einzudringen und mit ihnen zu konkurrieren versucht.«

»Das ist mir schon längst gelungen, und Mitchell bewundert meine Erfolge!«, sagte Jessica stolz.

»Sicher tut er das, solange du nicht seine Frau bist. Aber genauso sicher wird er darauf bestehen, dass du nach einer Eheschließung damit aufhörst. Jetzt kümmert es die freien Siedler kaum, dass du, eine Frau, ihnen geschäftlich das Wasser reichen kann. Es gibt zwar viele, die dir den Erfolg neiden und dich liebend gern ruiniert sähen, aber diesen Geschäftsneid gibt es auch unter den Männern. Du bist so etwas wie ein Exot, Jessica, eine Emanzipistin, die es zu was gebracht hat und sich unter cleveren Geschäftsleuten zu behaupten weiß. Aber das wird sich ändern, wenn du die Frau eines freien Siedlers werden solltest. Dann wird man dich mit einer ganz anderen Elle messen. Nicht nur die anderen, sondern auch Mitchell selbst.«

»Das glaube ich nicht!«, widersprach Jessica heftig.

»Kannst du es nicht glauben oder willst du es nicht?«, fragte Lydia ruhig und fuhr fort, ohne eine Antwort von ihr abzuwarten. »Möglicherweise hätte er genug Kraft und Charakter, um sich über die Häme der Gesellschaft hinwegzusetzen und darüber, dass fast jeder ihn meiden und für einen Schwächling halten wird, der nicht einmal in der Lage ist, seine Frau zu zähmen und ihr ein Minimum an Anstand, so wie sie es sehen, beizubringen. Möglich, dass er ein so außergewöhnlicher Mann ist, um sich davon nicht beirren zu lassen. Was er aber ganz bestimmt nicht wird ertragen können, ist, dass es noch etwas in deinem Leben gibt, das dir wichtiger als alles andere ist – nämlich die Liebe zu deinem Land, zu deiner Farm, die Edward doch eines Tages als blühendes Unternehmen von dir übernehmen soll, obwohl ich mir gut vorstellen kann, dass du auch noch im Alter mit fester Hand auf SEVEN HILLS regierst. So ist es doch, nicht wahr? Oder habe ich mich in dem Punkt etwa geirrt? Dann sage mir das bitte.«

Jessica sah sie betroffen an. »Da gibt es nicht viel zu sagen!«, erklärte sie ungewohnt schroff. »Du weißt, was SEVEN HILLS für mich bedeutet …«

»Ja, das weiß ich sehr wohl. Es fragt sich nur, ob auch Mitchell das weiß«, gab Lydia sanft zu bedenken.

»Er würde nie von mir verlangen, dass ich die Farm aufgebe!«, versicherte Jessica.

»Das habe ich auch nicht behauptet. Die Frage, die du dir stellen musst, lautet ganz anders: Wird er bereit sein, nicht nur mit dir auf SEVEN HILLS zu leben, sondern auch ohne jede innere Einschränkung zu akzeptieren, dass du die Entscheidungen triffst?«

»Wir können alles zusammen besprechen. Mitchell ist selber ein erfolgreicher Siedler.«

»Zusammen besprechen ja. Aber es gibt immer nur einen, der letztendlich die Entscheidungen fällt. Einer muss das letzte Wort haben, und das nicht nur in Krisensituationen.«

Jessica biss sich auf die Lippen. »Mag sein, dass es schwierig wird«, räumte sie dann zögernd ein und hatte Mühe, sich ihre Verunsicherung nicht anmerken zu lassen. »Ja, es wird ganz bestimmt schwierig sein. Aber wir lieben uns, und wir werden schon einen Weg finden, davon bin ich felsenfest überzeugt!«

»Es gibt viele Arten von Liebe«, sagte Lydia mit einem merkwürdigen Unterton.

»Was willst du damit sagen?«

»Mitchell ist nicht der einzige Mann, der dich liebt und der deiner Liebe wert ist«, sagte Lydia vorsichtig.

Jessica runzelte die Stirn. »Von wem redest du?«

»Von Ian McIntosh.«

Sprachlos und mit einem Ausdruck, als zweifelte sie an ihrer Zurechnungsfähigkeit, schaute Jessica ihre Freundin an. »Lydia, ich glaube, jetzt reicht es«, sagte sie schließlich. »Wir sollten das Gespräch über dieses … Thema besser abbrechen.«

»Warum? Ist es dir unangenehm?«

»Unangenehm? Warum sollte es mir unangenehm sein?«, fragte Jessica erregt zurück.

»Das musst du schon dich selber fragen, Jessica«, erwiderte Lydia gelassen. »Ich jedenfalls wüsste nichts, was ich gesagt habe, das dich so wütend machen könnte.«

Jessica stellte zu ihrer eigenen Verwunderung fest, dass sie wirklich wütend war, und das brachte sie gänzlich aus dem Gleichgewicht. Wie konnte sie ihre Freundin, die es ohne Zweifel nur gut mit ihr meinte, so barsch anfahren? Die einzige Erklärung dafür war, dass Lydia bei ihr einen Nerv getroffen hatte, von dessen Empfindsamkeit sie selber noch gar nichts gewusst hatte. Und das war das Beunruhigendste an der ganzen Sache.

Sie riss sich zusammen. »Kann sein, dass ich heute keinen guten Tag habe, aber das mit Ian ist ja wirklich sehr weit hergeholt.«

»Ganz und gar nicht«, beharrte Lydia. »Ian bewundert dich nicht nur, sondern er liebt dich.« Sie sagte das in einem Ton, wie man feststehende Tatsachen ausspricht.

»So, und das hat er dir gebeichtet, ja?«, fragte Jessica spöttisch und verbarg dahinter ihre wachsende Verunsicherung.

»Nein, das hat er nicht. Aber das ist auch nicht nötig. Um zu erkennen, ob ein Mann eine Frau liebt, braucht man ihn nur aufmerksam genug zu beobachten. Nun ist Ian nicht der Mann, den man leicht durchschauen kann. Aber sosehr er sich auch in der Gewalt hat und seine Gefühle verbirgt, immer gelingt es ihm doch nicht. Ich gebe zu, dass ich ihn in letzter Zeit sehr genau beobachtet habe, und ich habe gesehen, wie er *dich* angeschaut hat. Ian McIntosh liebt dich, daran gibt es keinen Zweifel. Er liebt dich sehr, Jessica, und ich bin mir sicher, das schon lange.«

Jessica wollte gerade zu einer recht scharfen Erwiderung ansetzen, als sie sich an das Fest erinnerte, das sie letztes Jahr für ihre Nachbarn und Freunde am Hawkesbury gegeben hatte, und an die Worte von Sara Stuart, einer resoluten Farmersfrau mit schon ergrauten Haaren. Sara Stuart hatte fast dasselbe gesagt wie Lydia soeben, doch sie hatte den Worten der älteren Frau keine ernsthafte Bedeutung beigemessen. Dass Ian McIntosh ihr eine starke Zuneigung entgegenbrachte und sie respektierte, hatte sie immer gewusst und sie mit Stolz und Freude erfüllt, denn sie empfand dasselbe für ihn. Sie hatte deshalb angenommen, dass Sara Stuart die sicherlich spürbare Zuneigung ihres Verwalters überbewertet hatte, und ihren Hinweis mit einem stillen Lächeln nicht weiter ernst genommen, beiseite geschoben und vergessen – bis zu diesem Moment.

Unsicherheit erfüllte sie nun. »Ich verdanke Ian eine Menge, Lydia. Ohne ihn wäre vieles anders gekommen«, antwortete sie nun zurückhaltend und ihre Worte sorgfältig abwägend. »Ich habe ihn in mein Herz geschlossen, und ich weiß natürlich auch, dass ich mir seiner Zuneigung sicher sein kann …«

»Es ist nicht nur Zuneigung. Es ist mehr als das, Jessica. Er liebt dich«, unterbrach Lydia; sie klang regelrecht ungeduldig.

»Mein Gott, Ian war der Vertraute meines Mannes, sein bester Freund! Steve hätte die Hand für ihn ins Feuer gelegt!«, erwiderte Jessica heftig.

Lydia legte ihr eine Hand auf den Arm. »Ich habe nur gesagt, dass er dich liebt, Jessica. Nicht, dass er deinen Mann betrügen wollte. Er ist ein Ehrenmann. Aber das ändert doch nichts an seinen Gefühlen für dich.«

Jessica fühlte sich plötzlich entsetzlich müde, und es war nicht die Arbeit auf dem Feld, die ihr jetzt das Gefühl gab, völlig ausgelaugt zu sein. »Ian ist ein wunderbarer Mensch, den ich schätze und sehr mag, Lydia. Was genau er für mich empfindet, weiß ich nicht, und ich möchte es auch gar nicht wissen, wenn ich ganz ehrlich sein soll. Denn der Mann, den ich liebe, heißt Mitchell.«

Lydia erhob sich, als wollte sie Jessica beruhigen und ihr zu verstehen geben, dass sie sie nun endlich zufrieden lassen würde. »Ich kann dich verstehen, und ich wünsche keinem mehr Glück und Liebe als dir, Jessica, denn du hast es wirklich verdient – weiß Gott, das hast du. Und nur deshalb habe ich es gewagt, so offen mit dir über diese höchst private Angelegenheit zu reden, die mich und auch sonst keinen Außenstehenden etwas angeht«, sagte sie leise, aber eindringlich. »Und ich wünschte, ich könnte an eine glückliche Zukunft für dich und Mitchell glauben. Doch es wird sie nicht geben. Denn es geht hier nicht allein um Liebe und leidenschaftliche Hingabe, sondern auch um die Kraft und den Beistand, den du brauchst, und all das zusammen kann dir nur ein Mann geben, der dich liebt, so wie du bist, und der dieses Land mit derselben Leidenschaft liebt wie deinen Körper. Und ich kenne nur einen Mann, der diese Bedingungen erfüllt – und das ist Ian McIntosh.« Damit verschwand sie im Innern der Lehmhütte, denn sie erwartete keine Antwort darauf – und sie hätte auch keine erhalten.

Jessica saß einen Augenblick wie gelähmt am wackeligen Tisch unter dem Schatten des kurzen Verandadaches. Sie hörte nicht das kehlige Lachen der Männer, die sich unter dem Baum auf der Erde ausgestreckt hatten und sich nun über irgendetwas amüsierten. Sie hatte noch immer die Stimme ihrer Freundin im Ohr, ihre klaren, eindringlichen Worte, die von echter Anteilnahme und Besorgnis geprägt waren. Was Lydia ihr mit der ihr eigenen unverblümten Offenheit gesagt hatte, hatte sie zutiefst betroffen gemacht.

Dass Lydia nun, ohne es zu ahnen, Sara Stuarts Ansicht teilte, dass Ian McIntosh bedeutend mehr als nur Respekt und freundschaftliche Zuneigung für sie empfinden sollte, brachte sie nicht einmal so sehr aus der Fassung, obwohl es sie natürlich berührte, denn Ian war ihr nicht gleichgültig, ganz im Gegenteil. Aber wenn es wirklich so war und er sich nach ihr insgeheim verzehrte, dann würde diese seine Liebe unerfüllt bleiben, so schmerzlich das für ihn auch sein mochte, denn ihre Liebe galt einem anderen Mann.

Nein, was Ian McIntosh und seine verborgenen Gefühle ihr gegenüber betraf, war sie nicht im Mindesten beunruhigt, sondern höchstens betrübt, weil sie die Ursache von Schmerzen war, die sie nicht zu lindern vermochte. Sie konnte nur hoffen, dass Sara und Lydia sich getäuscht hatten. Doch wenn sie recht hatten, konnte sie daran auch nichts ändern. Sie wusste, dass Ian damit auf seine Art fertig werden und niemals zulassen würde, dass ihre Beziehung darunter litt. Und das war ein tröstlicher Gedanke, denn für sie gehörten Ian McIntosh und SEVEN HILLS genauso untrennbar zusammen wie sie und SEVEN HILLS.

›Gebe Gott, dass sie sich geirrt haben … oder dass Ian so schnell wie möglich darüber hinwegkommt. Er hat es verdient, dass seine Liebe auch erwidert wird‹, dachte Jessica inständig.

Es war etwas ganz anderes, was sie mit Beklemmung erfüllte, nämlich die Erkenntnis, dass Lydia in der Tat den Finger auf einen wunden Punkt gelegt hatte. Sie hatte etwas offen und schonungslos angesprochen, was sie selbst verdrängt hatte. Möglich, dass es ihr nicht wichtig erschienen war. Möglich auch, dass sie Angst gehabt hatte, diesen Fragen, die Lydia angesprochen hatte, nachzugehen. Wie auch immer, es war falsch gewesen, wie sie jetzt erkannte, dass sie mit Mitchell nicht darüber gesprochen hatte, als Zeit dazu gewesen war. Jetzt würde die Ungewissheit sie quälen wie schmerzhafte Geschwüre, die nicht verheilen wollen.

Würde Mitchell wirklich so reagieren, wie Lydia es prophezeit hatte? Erwartete er, dass sie all das aufgab, für das sie so hart gearbeitet, gekämpft und mit Blut und Schweiß bezahlt hatte?

Ja, sie liebte Mitchell Hamilton, verzehrte sich nach ihm mit jeder Faser ihres Körpers, der seine berauschende Leidenschaft und Zärtlichkeit mit derselben stürmischen Hingabe erwidert hatte. Sie hatte in seinen Armen eine Glückseligkeit erfahren, von der sie bis dahin nicht gewusst hatte, dass es sie gab.

O ja, sie liebte ihn bedingungslos.

Doch kannte sie ihn auch?

Wer war Mitchell Hamilton überhaupt, dieser ihr eigentlich doch fremde Mann, dem ihre Liebe galt?

Was wusste sie über ihn? Über seine Herkunft? Über sein Leben, bevor er nach New South Wales gekommen war? Über das, was er vom Leben erwartete – und von seiner Ehefrau?

Viele Fragen und so gut wie keine Antworten.

Sie verspürte plötzlich das dringende Bedürfnis, sich zu bewegen. Schnell stand sie auf, überquerte den staubigen Hof und folgte hinter der Scheune dem sandigen Pfad, der zum Ufer des Hawkesbury führte. Obwohl die Luft über dem ausgedörrten Boden flirrte und die drückende Hitze mit den Händen greifbar schien, wurde Jessica immer schneller. Das letzte Stück rannte sie förmlich, als wäre sie vor etwas auf der Flucht. Erschöpft und schweißüberströmt sank sie schließlich in das struppige Gras am Ufer des breiten Flusses. Eine Echse, von ihr aufgescheucht, huschte blitzschnell von einem flachen Stein in ihrer Nähe und suchte Schutz unter einer alten Baumwurzel, die im Laufe der Jahre von der Sonne so ausgedörrt und gebleicht war, dass das Holz wie mit Salz bestreut erschien.

Jessica zog die Beine an, legte den Kopf auf die Knie und weinte lautlos, ohne dass es ihr richtig bewusst wurde.

So fand Lydia sie zehn Minuten später. Zögernd kam sie näher. Sie hockte sich zu ihr ins Gras und legte ihr eine Hand auf die Schulter. Jessica zuckte unter der Berührung nicht zusammen, als hätte sie gewusst, dass Lydia ihr folgen würde.

»Es tut mir leid, Jessica. Ich weiß nicht, welcher Teufel mich vorhin geritten hat«, sagte sie zerknirscht. »Ich wollte dir nicht weh tun.«

Jessica schüttelte nur den Kopf.

»Ich habe eine Menge dummes Zeug geredet. Bestimmt

kommt zwischen dir und Mitchell alles in Ordnung. Er ist ja ein so feiner Gentleman. Es war idiotisch von mir, ihn mit meinem George auf eine Stufe zu stellen. Himmel, was bin ich doch für ein Quatschkopf. Das muss mit der entsetzlichen Hitze zusammenhängen«, sprudelte Lydia hervor, als wollte sie alles, was sie vorhin gesagt hatte, in Windeseile wieder vergessen machen. »Ihr beide werdet schon einen Weg finden. Außerdem wirst du dir ja nichts aufzwingen lassen, was du selbst nicht möchtest. Und ich tue so, als müsste ich dich bemuttern und mit guten Ratschlägen versorgen. Dabei bist du immer diejenige gewesen, die einen klaren Kopf bewahrt und alle Schwierigkeiten mit Bravour gemeistert hat. Ich hab' mich ganz schön zum Narren gemacht, nicht wahr? Kannst du mir verzeihen?«

Jessica hob nun den Kopf und wischte sich die Tränen aus den Augen. »Bitte, tu das nicht«, sagte sie leise, doch ihre Stimme war fest. Sie hatte einen Moment der Schwäche gehabt, doch das war vorbei.

»Was soll ich nicht tun?«

»Du sollst jetzt nicht so tun, als wäre es dir mit all dem, was du gesagt hast, nicht ernst gewesen. Es gibt nichts zu verzeihen, und du weißt ganz genau, dass das mit der Hitze überhaupt nichts zu tun hat. Du hast jedes Wort so gemeint, wie du es gesagt hast, nicht wahr?«

Lydia zögerte kaum merklich. »Ich habe mir einfach nur Gedanken gemacht«, antwortete sie, was einer Bestätigung gleichkam. Sie hatte ihre Freundin noch nie angelogen, und das würde sie auch in Zukunft nicht tun. »Doch das heißt ja noch lange nicht, dass ich damit richtig liege.«

Ein schmerzliches Lächeln trat auf Jessicas Gesicht. »Eigentlich brauche ich dir darauf gar nicht mehr zu antworten, denn meine unbeherrschte Reaktion vorhin hat dir ja gewiss genug gesagt. Aber ich will es dennoch aussprechen: Ich fürchte, dass du mit deinen Bedenken nur zu richtig liegst.«

Lydia schwieg, hob einen Kiesel auf und warf ihn ins Wasser.

»Mir ist zu Bewusstsein gekommen, dass ich kaum etwas über Mitchell weiß«, sagte Jessica beklommen und fügte dann leise hinzu: »Das Einzige, was ich wirklich weiß, ist, dass ich ihn liebe.«

»Vielleicht ist das auch das einzig Wichtige dabei«, sagte Lydia versonnen.

»Ja, vielleicht«, sagte Jessica, doch es klang nicht überzeugt. Auch Lydia und George hatten sich einmal leidenschaftlich geliebt. Und es war nicht diese Art Liebe gewesen, die ihre Ehe mit Steve so erfüllt und glücklich gemacht hatte. Es war mehr gewesen ...

Mehr? Gab es mehr als Liebe? Oder hatte Liebe für sie, ganz wie Lydia es angedeutet hatte, einen anderen Stellenwert, als es gewöhnlich der Fall war?

Jessica erschrak bei diesem Gedanken.

Lydia hatte auf den Hawkesbury geblickt und nicht gemerkt, wie Jessica blass im Gesicht geworden war. Mit einem schweren Seufzer stemmte sie sich hoch und klopfte sich den Sand vom Kleid. »Wir sollten zu den anderen zurückgehen«, schlug sie vor. »So wie die Dinge liegen, kannst du nichts weiter tun als abwarten und hoffen. Alles andere wird die Zukunft zeigen. Es war dumm von mir, dass ich dir all das ausgerechnet jetzt gesagt habe.«

»Das war es nicht, Lydia«, widersprach Jessica und erhob sich ebenfalls. »Es würde mich zehnmal mehr schmerzen, wenn ich wüsste, dass du mit deiner ehrlichen Meinung hinterm Berg hältst. Tu mir das nie an.«

Lydia machte eine unwillige Geste. »Das wird es bei mir

nicht geben, Jessica. Aber es gibt für alles seine Zeit. Und es ist unvernünftig, sich schon den Kopf über den Verkauf der Ernte zu zerbrechen, bevor das Korn gereift und sicher eingebracht ist. Und jetzt kein Wort mehr darüber!« Energischen Schrittes ging sie voraus.

Jessica blickte noch einmal über den Fluss, als suchte sie etwas. Irgendwo auf der anderen Seite des Hawkesbury hockten mehrere Kookaburras in der Krone eines Eukalyptusbaumes mit flammendrotem Blätterkleid. Die Vogelstimmen hörten sich wie menschliches Gelächter an, das klar und deutlich vom jenseitigen Ufer zu ihr herüberschallte. Abrupt wandte sie sich um und beeilte sich, um Lydia einzuholen.

5

Als sie zum Hof der heruntergewirtschafteten Farm zurückkehrten, waren die Gespräche zwischen den Männern verstummt. Alle lagen sie im Schatten des Baumes und dösten vor sich hin. Einige waren sogar eingeschlafen und gaben laute Schnarchgeräusche von sich.

Ian McIntosh gehörte nicht dazu. Er saß gegen den Stamm gelehnt und studierte die provisorischen Skizzen, die er von dem zukünftigen Bewässerungssystem von NEW HOPE angefertigt hatte. Er schien mit irgendetwas nicht zufrieden zu sein, denn auf seiner Stirn zeigte sich eine steile Falte, und er schüttelte immer wieder den Kopf.

Jessica blickte zu ihm hinüber und dachte unwillkürlich daran, was Lydia vorhin behauptet hatte. Ob er sie wirklich liebte? Ian hatte etwas Besseres verdient als eine unerfüllte

Liebe. Nein, sie mussten sich wirklich getäuscht haben. Doch andererseits: Er war noch immer unverheiratet.

Sie zwang sich, diesen Gedankengang nicht weiter zu verfolgen. Ian war ein gestandener Mann, der wusste, was er tat – und der auch wusste, dass seiner Liebe zu ihr keine Zukunft beschieden war, wenn er sich denn so verhielt, wie Lydia behauptet hatte.

Gerade wollte sie zur Scheune hinübergehen, um es sich dort im Schatten bequem zu machen und sich etwas Ruhe zu gönnen, als sich trommelnder Hufschlag in das laute Zirpen der Zikaden mischte. Das Geräusch wurde schnell lauter.

Jessica fuhr herum. Ein Reiter, der sich im Galopp New Hope aus Nordosten näherte! »Das muss Frederick sein!«, rief sie Lydia zu, die gleichfalls stehen geblieben war und mit angespanntem Gesicht in die Richtung geblickt hatte, aus der der Hufschlag kam.

Ian McIntosh war augenblicklich auf den Beinen. Er stand schon neben Jessica, als der Reiter zwischen den mannshohen Büschen auftauchte.

Es war tatsächlich Frederick, der blondhaarige junge Mann, der auf Seven Hills als Stallbursche arbeitete. Er verstand sich nicht nur auf die sachkundige Pflege der Pferde, sondern war auch im Sattel von kaum einem anderen zu übertreffen. Wie angegossen lag er über dem langgestreckten Hals des Rotfuchses, der im gestreckten Galopp aus dem Busch hervorschoss und nun auf die Männer, die aus ihrer Mittagsruhe aufgefahren und zusammengelaufen waren, zujagte, als wollte er sie über den Haufen reiten. Vorsichtshalber machten sie eine breite Gasse frei, um dem Pferd nicht im Wege zu stehen. Nur Ian rührte sich nicht von der Stelle. Er kannte Frederick, und er kannte Alexander, den Rotfuchs.

Frederick brauchte nicht brutal an den Zügeln zu zerren und dem Tier mit der Bissstange das Maul blutig zu reißen, um es rechtzeitig zum Stehen zu bringen. Er und der Rotfuchs waren ein perfekt aufeinander eingespieltes Team, und aus diesem Grund hatte Ian McIntosh ihnen auch diese wichtige Aufgabe zugeteilt.

Der Stallbursche richtete sich nun halb im Sattel auf, ruckte kurz an den Zügeln und stieß einen scharfen, knappen Befehl hervor, auf den Alexander auch augenblicklich reagierte. Aus dem vollen Galopp heraus stoppte er ab. Die Hufe wirbelten dabei eine mächtige Staubwolke auf. Sie umhüllte die Männer von SEVEN HILLS und NEW HOPE sowie Lydia und Jessica.

»Der Teufel soll mich holen, wenn ich nicht bereit gewesen wäre, 'ne ganze Guinee darauf zu wetten, dass er den Gaul erst drüben beim Brunnen zum Stehen bringen würde!«, stieß einer von Lydias Männern mit ungläubigem Staunen hervor.

»Der Kerl ist auf dem Pferd genauso gut wie ich auf Mary-Jane«, rief ein anderer spöttisch.

Ian und Jessica achteten nicht auf die derben Bemerkungen der Sträflinge, die Lydia für die Bewirtschaftung von NEW HOPE zugeteilt waren. Es waren raue Männer, und rau waren auch ihre Scherze.

»Missis! … Das Signal!«,stieß Frederick hervor. Er war völlig außer Atem. Er war so schnell geritten, wie er konnte. Die dunklen, schweißnassen Flanken des Pferdes, dem der Schaum in dicken Flocken vor dem Maul stand, sagten genug.

»Was ist mit dem Signal?«, fragte Ian McIntosh knapp.

»Pete Cowley … hat sie … gesichtet!«, antwortete Frederick stoßweise. »Vom Jubilee Peak! … Die Rotröcke!«

Jessica schluckte unwillkürlich. Sie hatte schon seit Tagen damit gerechnet und geglaubt, sich darauf eingestellt zu haben.

Aber nun, da es soweit war, hatte sie doch ein flaues Gefühl im Magen. Ken war mit den Soldaten im Anmarsch auf SEVEN HILLS. »Wie weit waren sie noch von der Farm entfernt, als Cowley sie gesichtet hat?«, wollte sei wissen.

Frederick zuckte bedauernd mit den Achseln. »Ich weiß nicht, Missis. Als das Signal vom anderen Ufer kam, bin ich sofort losgeritten. Mister McIntosh hat mir aufgetragen, nicht eine Sekunde zu vertrödeln. Ich bin so schnell geritten, wie ich konnte. Ich glaube, Alex und ich haben noch nie so schnell vier Meilen hinter uns gebracht«, fügte er mit einem Anflug von Stolz hinzu.

Ian nickte. »Das hast du ausgezeichnet gemacht, Frederick. Du hast dir eine Belohnung verdient. Aber darüber reden wir später. Jetzt sieh zu, dass du Alexander ordentlich abreibst und ihn gut versorgst.« Keine Minute Zeit war jetzt zu verlieren. Wer weiß, wie nahe die verfluchten Rotröcke schon an SEVEN HILLS herangekommen waren. Ein Glück, dass sie darauf vorbereitet waren. »Parson! ... Darley! Ihr holt die Pferde und kommt mit uns!«

Die beiden Männer, ehemalige Sträflinge, die aber längst ihre Strafe verbüßt hatten, schon seit Jahren als Emanzipisten auf SEVEN HILLS arbeiteten und zu den zuverlässigsten zählten, wussten, wie eilig Ian und Jessica es jetzt hatten, nach SEVEN HILLS zurückzukommen. Sie ersparten sich deshalb eine Antwort. Sie bestätigten den Befehl des Verwalters mit einem knappen Nicken und liefen dann zum Stall hinüber, der sich in einem nicht weniger erbarmungswürdigen Zustand befand als alle anderen Gebäude auf NEW HOPE. Sattel und Zaumzeug lagen griffbereit. Ian McIntosh hatte an alles gedacht.

Tim Jenkins, ein Bulle von einem Mann mit Pranken so groß wie Kuhfladen und einem fast kahlen Schädel, löste sich aus der Gruppe der Männer. »Soll ich nicht auch mitkommen?«, fragte er. »Wo es doch nach Ärger mit den verfluchten Rum-Soldaten riecht?«

Ian verkniff sich ein Lächeln. »Ich bin sicher, du würdest es leicht mit einem Dutzend von ihnen aufnehmen, Jenkins …«

»Ohne ins Schwitzen zu kommen, Mister McIntosh!«, versicherte Tim Jenkins.

»Das glaub' ich dir gern, aber diese Art Ärger ist genau das, was wir unter keinen Umständen brauchen können. Außerdem wirst du hier gebraucht. Einer muss sich ja darum kümmern, dass alles nach Plan weiterläuft, und wer könnte das besser als du?«, fragte Ian und schmeichelte ihm nicht einmal, denn so wie Tim in einer Schlägerei seinen Mann stehen konnte, so ausdauernd und gewissenhaft war er auch bei der Arbeit.

Ein breites Grinsen zeigte sich auf Tim Jenkins' Gesicht. »Schätze, dann werde ich um das Vergnügen kommen, dem Soldatengesindel zu zeigen, was ich von ihm halte.«

Ian nickte. »Ja, das wirst du … aber dafür ersparst du dir auch einen blutigen Schädel und die Hölle von Norfolk Island, Jenkins.« Das Sträflingslager auf Norfolk Island, in das nur Wiederholungstäter gebracht wurden, war bei den Verbannten noch mehr gefürchtet als Coal Harbor an der Mündung des Hunter River, gut siebzig Meilen oberhalb von Sydney gelegen. Wer dort bei der Salzgewinnung oder aber im Bergbau arbeiten musste, hatte die Hölle auf Erden, wie es hieß. Doch Norfolk Island übertraf Coal Harbor noch bei Weitem. Die Zeiten, wo die Insel nur ein weiterer Bezirk der Kolonie war wie etwa Hobart auf Van Diemen's Land, waren längst vorbei. Wer jetzt als Sträfling auf die Insel gebracht wurde, dem stand ein Martyrium bevor.

Tim Jenkins verlor sein Grinsen nicht, doch es wirkte schon

längst nicht mehr so fröhlich. »Wenn ich es mir so recht überlege, dann ist dieses Pack es gar nicht wert, dass ich mir die Finger an ihm schmutzig mache. Gibt hier wirklich Sinnvolleres zu tun.«

»Mit sauberen Fingern kommst du hier aber auch nicht weg«, warf ein Spötter ein, doch das Gelächter, das er damit hervorrief, war in Anbetracht der Situation recht dünn und gequält. Vor allem bei den Männern von SEVEN HILLS.

James Parson und Christian Carley kamen mit den Pferden. Jeder führte zwei hinter sich her.

»Ihr Pferd, Missis«, sagte James Parson, ein sehniger Mann in den Dreißigern mit dem hageren Gesicht eines Asketen, und brachte ihr Adrian, ihren dreijährigen Wallach, den niemand außer ihr reiten durfte.

»Danke, Parson.« Jessica streichelte Adrian fast abwesend über die samtenen rotbraunen Nüstern und stellte den Steigbügel gerade, um sich in den Sattel zu schwingen. Ian war schon aufgesessen.

Lydia berührte sie am Arm. »Ich wünschte, ich könnte etwas für dich tun.«

»Er wird nicht viel ausrichten können«, versuchte Jessica ihre Freundin, gleichzeitig aber auch sich selbst zu beruhigen. »Er kommt einfach ein paar Tage zu spät, das ist alles.«

»Hoffentlich hast du recht«, sagte Lydia mit bedrückter Miene.

»Sei unbesorgt, ich werde schon mit ihm fertig«, versicherte Jessica und fügte sarkastisch hinzu: »Immerhin ist er ja mein Halbbruder.«

»Jessica!«, drängte Ian. »Sie sollten jetzt aufsitzen. Wir haben noch eine gute Strecke Weges vor uns. Vier Meilen, um genau zu sein.«

»Wir können, Ian. Ich bin bereit.«

»Viel Glück, Jessica. Und pass auf dich auf!«

Jessica schenkte ihrer Freundin ein gezwungenes, aufmunterndes Lächeln, schwang sich in den Sattel und zog Adrian auf der Hinterhand herum, als Ian sein Pferd antrieb und in Richtung Fluss lospreschte. Sie setzte sich hinter ihn, gefolgt von Darley und Parson.

New Hope lag am linken Ufer des Hawkesbury River und Seven Hills am rechten, vier Meilen weiter flussabwärts. Früher hatten sie mit dem Boot übersetzen müssen, was immer eine sehr langwierige und schweißtreibende Angelegenheit gewesen war, ganz besonders die Strecke stromaufwärts, denn der Fluss hatte eine mächtige Strömung. Und es hatte in den vergangenen Jahren immer wieder Wochen gegeben, wo der Fluss zu reißend gewesen war und zu viele entwurzelte Bäume als gefährliches Treibgut mit sich geführt hatte, als dass man sich mit einer kleinen Nussschale ihm hätte anvertrauen können, nämlich im Spätherbst und Frühjahr, wenn der Regen, den sie in den langen trockenen Sommermonaten so bitter nötig gehabt hätten, in wahren Sturzfluten über das Land niederging und den Hawkesbury weit über die Ufer treten ließ.

Doch die primitiven Zeiten, wo sie sich eines Ruderbootes bedient hatten, gehörten glücklicherweise der Vergangenheit an – seit William Howard sich nämlich die Sache mit der Fähre nicht nur ausgedacht, sondern sie auch in die Tat umgesetzt hatte. Jetzt war es entschieden leichter geworden und ging schneller, von Seven Hills nach New Hope zu kommen und umgekehrt.

Der Weg, der von Lydias Farm zur diesseitigen Anlegestelle der Lady Jane führte, denn so hatte William Howard seine praktische Konstruktion genannt, schlängelte sich immer in

Ufernähe entlang, anfangs durch spärlich bewachsenes Buschland, das mit dornigen Sträuchern und verfilztem Gestrüpp bewachsen war, dann mehr und mehr durch dichten Eukalyptuswald. Die Bäume standen jedoch häufig so weit auseinander, dass sie immer wieder das helle Band des Flusses hindurchschimmern sahen.

Die Pferde waren ausgeruht, sodass Ian McIntosh keine Bedenken hatte, sie hart zu fordern. Er trieb sein Tier mit kehligen Rufen und gelegentlichen Stößen in die Flanken zu Höchstleistungen an.

Jessica vermochte ihm ohne Mühe zu folgen. Sie war nicht nur eine leidenschaftliche Reiterin, sondern auch eine routinierte. Sooft es ihr möglich war, bestieg sie Adrian zu einem Ausritt, und sie liebte den fliegenden Galopp genauso wie den beschaulichen Trab. Deshalb war es ihr nun ein Leichtes, den Anschluss nicht zu verlieren. Sie genoss die rasende Jagd, die ihre blonden Haare wild wehen und ihr Kleid flattern ließ. Der schmale Pfad, den Tim Jenkins und die anderen Männer aus der Wildnis geschlagen hatten, war noch immer voller Gefahren und erforderte daher von Pferd und Reiter vollste Konzentration.

Vier rasende, trommelnde Meilen lang vergaß Jessica ihren Kummer und ihre Ängste. Sie dachte weder an Mitchell noch an Ken. Es gab nur das dahinfliegende Tier unter ihr und ihren angespannten Körper, der sich den geschmeidigen und doch so kraftvollen Bewegungen des Pferdes so gut wie möglich anzupassen versuchte. Ihr war, als würde sie das Muskelspiel des Pferdes bis zur letzten Sehne spüren. Ihre Ohren waren erfüllt vom donnernden Hufschlag und vom schnellen Atmen ihres geliebten Adrian. Sie verschmolz mit ihrem Wallach, nahm den Blick nicht vom schmalen Weg und war gänzlich davon in Anspruch genommen, nur keine gefährliche Bodenunebenheit zu spät zu bemerken. Ein Fehler bei diesem Tempo konnte das Leben kosten.

Jessica und ihr Verwalter hängten Parson und Darley ab, die zwar nicht das erste Mal auf dem Rücken eines Pferdes saßen, dieses wahnwitzige Tempo jedoch nicht mithalten konnten. Sie fielen mehr und mehr zurück. Als Jessica einmal einen schnellen Blick über ihre Schulter warf, war von den beiden auf dem gewundenen Pfad nichts mehr zu sehen.

Als die Bäume schließlich vor ihnen zurückwichen und den Blick auf die Anlegestelle freigaben, war es Jessica, als erwachte sie aus einem tranceähnlichen Zustand. Wie lange sie für die vier Meilen gebraucht hatten, vermochte sie nicht abzuschätzen, da ihr Gefühl für die Zeit völlig verloren gegangen war. Doch sie wusste, dass sie nicht viel langsamer als Frederick gewesen sein konnten.

Die Lady Jane lag im seichten Uferwasser an einem kurzen, provisorischen Steg, der eines Tages einer mehr dauerhaften und weiter aufs Wasser hinausführenden Konstruktion weichen sollte – so wie es drüben auf der anderen Seite des Flusses bereits der Fall war. Dort war der Anlegesteg so breit und massiv, dass ein beladener Ochsenkarren gefahrlos und bequem darauf Platz fand und ein Schiff wie die Comet längsseits vor Anker gehen konnte, ohne mit Heck oder Bug über die Enden der Anlegestelle hinauszuragen.

Die Lady Jane war ein plumpes, schwerfälliges Gefährt und hatte so gar nichts an sich, was man gemeinhin mit einer Lady in Verbindung bringen konnte. Tim Jenkins hatte spaßeshalber vorgeschlagen, die Konstruktion aus versiegelten Fässern, roh behauenen Baumstämmen und gehobelten Brettern doch auf den eher passenden Namen Fat Molly zu taufen. Doch es war bei LADY JANE geblieben, bei dem Namen desjenigen Schiffes, das William Howard vor siebzehn Jahren sicher nach New South Wales gebracht hatte.

William Howard lehnte mit Sean Keaton, einem jungen stämmigen Rotschopf, am Brettergeländer der LADY JANE, als Ian und Jessica aus dem Wald geprescht kamen und ihre Pferde auf dem freien Platz zum Stehen brachten. Howard sprang sofort von der Fähre und kam ihnen entgegen. Er war ein hochgewachsener, knochiger Mann Ende Fünfzig. Die siebzehn Jahre in der Sträflingskolonie hatten ihre Spuren in seinem Gesicht hinterlassen, das von tiefen Furchen durchzogen war. Doch seine Augen, die unter struppigen grauen Brauen lagen, blickten klar und ungebrochen tatkräftig.

»Jesus! ... Mister McIntosh und Missis Brading!«, rief er überrascht und schob sich den ausgefransten Strohhut in den faltigen Nacken. »Sie müssen ja wie der Teufel geritten sein! Mir kommt es so vor, als wäre Frederick erst vor ein paar Minuten losgaloppiert.«

»Ein gemütlicher Ausritt war es ganz sicher nicht«, meinte Ian trocken, sprang ab und tätschelte liebevoll das Tier, das mit zitternden Flanken dastand.

Jessica glitt aus dem Sattel und fühlte sich nach diesem Gewaltritt ein wenig unsicher auf den Beinen. Doch sie ließ sich nichts anmerken. Sie tätschelte Adrian liebevoll am Hals und führte den Wallach über den Steg auf die Fähre.

»Sind die Soldaten schon da?«, fragte sie Howard mit beherrschter Stimme, während sie die Zügel um das Geländer wickelte.

»Ich habe nichts bemerkt, Missis Brading, und ein Signal ist von drüben auch nicht gekommen.«

Jessica wurde etwas ruhiger. »Gut.«

»Sieht so aus, als hätte sich unter Warnsystem bewährt«, sagte Ian zufrieden.

Jessica warf ihr Haar zurück. »Was ist mit Parson und Darley? Sollen wir auf sie warten?«

Ian richtete seinen blick auf den Einschnitt im Wald, wo der Weg von NEW HOPE in die Wiese am Flussufer mündete. »Sie sind keine schlechten Reiter, aber wir haben sie doch weit zurückgelassen. Es kann noch fünf, zehn Minuten dauern, bis sie hier auftauchen, und das ist mir zu lang, Jessica. Die Rotröcke können jeden Moment auf SEVEN HILLS auftauchen, und wenn ich mich nicht irre, möchten Sie vor Lieutenant Forbes und seinen Männern auf der Farm sein.«

»Ja, das wäre mir lieber«, gab sie zu.

»Dann sollten wir nicht länger warten. Howard! ... Keaton! Werft die Leinen los!«

Augenblicke später löste sich die LADY JANE vom Anlegesteg. Zwei dicke Seile, die quer durch Führungstaljen liefen, verhinderten, dass die Fähre, einmal von der Strömung des Flusses gepackt, meilenweit stromabwärts getrieben wurde. Die Seile spannten sich, und die Fähre überquerte den Hawkesbury innerhalb von wenigen Minuten. Als sie auf der anderen Seite anlegte, war von Parson und Darley noch immer nichts zu sehen.

Ian McIntosh erteilte Howard und Keaton den Auftrag, die Fähre wieder zurückzubringen und auch die beiden Nachzügler überzusetzen. Dann schwang er sich in den Sattel und ritt an Jessicas Seite den breiten Weg hoch, der sich in sanften Serpentinen vom Ufer des Hawkesbury den Hang des weitgestreckten Hügels hinaufschlängelte. Auf dessen flacher Kuppe erhoben sich das massive Wohnhaus mit den zwei mächtigen Kaminen und ein Großteil der Nebengebäude von SEVEN HILLS.

Stolz erfüllte Jessica, als ihr Blick über das weite hügelige

Land ging. SEVEN HILLS war mit seinen über dreitausend Acres fruchtbarer Felder, Äcker und Weiden ein stattlicher Besitz, der größte und ertragreichste am Hawkesbury. Aus diesem Boden zog sie die Kraft und die Zuversicht, die nötig waren, um in diesem Land zu bestehen.

Als sie mit Ian die Kuppe erreichte, lagen vor ihr die Schuppen und Scheunen, die einen weiten Halbkreis auf der dem Fluss abgewandten Seite um das Haupthaus bildeten. Dahinter befand sich die stetig wachsende Siedlung der Arbeiter, deren Unterkünften aus einfachen, aber soliden Lehmhütten bestanden. Die Zahl der Arbeiter war mittlerweile auf über dreißig gestiegen, und gut ein Drittel davon waren Emanzipisten, die nach der Verbüßung ihrer Strafe nur zu gern auf SEVEN HILLS geblieben waren. Dazu kamen noch acht Kleinkinder, die alle hier zur Welt gekommen waren. Jessica atmete tief durch, während sie Adrian vor dem Haupthaus zügelte. Es war ein langgestrecktes Gebäude ohne Obergeschoss, das auf einem massiven Steinfundament ruhte. Die Wände bestanden aus schweren Balken, die roh behauen waren. Die Zwischenräume waren mit Lehm ausgefüllt. Die beiden Kamine, die sich nach oben hin verjüngten und aus rotbraunen Backsteinen errichtet waren, ragten weit über das Dach aus Holzschindeln hinaus. Es war das schönste, größte und bestgebaute Farmhaus am Hawkesbury und führte jedem Besucher deutlich vor Augen, welch bedeutende Rolle SEVEN HILLS in diesem entlegenen Siedlungsgebiet spielte.

Lisa Reed, die stämmige, schon völlig ergraute Köchin, die in der Küche mit eiserner Hand regierte, trat auf die Veranda hinaus.

»Gott sei's gedankt, dass Sie wieder zurück sind!«, rief sie erleichtert. »Soldaten …«

»Schon gut, Lisa«, unterbrach Jessica sie mit einem Lächeln. »Ich weiß Bescheid. Es besteht kein Grund, beunruhigt zu sein.«

Lisa Reed machte ein skeptisches Gesicht. »Wenn Sie damit bloß recht hätten …«

Edward und Victoria kamen mit fröhlichem Geschrei aus dem Haus gestürmt. Jessica drückte sie an sich und war von dem Gefühl der Liebe, das in ihr aufwallte, als sie ihre Kinder umarmte, einen Moment lang überwältigt.

Edward befreite sich aber schnell aus der mütterlichen Umarmung, immerhin war er ja mit seinen sechs Jahren schon fast ein junger Mann! So etwas war für kleine Mädchen wie seine Schwester.

»Stimmt es, dass Soldaten zu uns kommen und dich mitnehmen wollen, Mami?«, fragte er aufgeregt, denn in der Werkstatt beim alten Baker hatte er ein paar Wortfetzen aufgefangen.

»Es ist gut möglich, dass nachher Soldaten bei uns auftauchen«, antwortete Jessica so unbeschwert wie möglich. »Doch dass sie kommen, um mich mitzunehmen, ist dummes Zeug.«

»Hab keine Sorge. Ich werde das auch nicht zulassen, Mami!«, versprach Edward ernst.

»Das ist lieb von dir. Doch jetzt möchte ich, dass du mit deiner Schwester ins Haus gehst und erst wieder herauskommst, wenn ich es sage«, trug Jessica ihm auf.

Edward zog eine Schnute. »Ich mag aber nicht ins Haus gehen!«

»Keine Diskussion jetzt!«, sagte Jessica energisch und wandte sich an die Köchin. »Lisa, bringen Sie die Kinder bitte in ihr Zimmer und sorgen Sie dafür, dass sie auch dort bleiben.«

»Sie können sich auf mich verlassen, gnädige Frau«, versprach Lisa Reed, nahm Edward und Victoria bei der Hand und ging mit ihnen hinein.

Inzwischen hatten sich auf dem Hof ein gutes Dutzend Männer eingefunden. Schweigend und mit angespannten Mienen kamen sie näher und bildeten einen kleinen Halbkreis. Sie warteten offensichtlich auf nähere Instruktionen. Pete Cowley gehörte auch zu dieser Gruppe. Er stand in der vordersten Reihe, ein gedrungener Mann mit kurzen Beinen und einem kantigen Schädel.

Er war äußerlich keine ansprechende Erscheinung, doch auf ihn war in jeder Hinsicht Verlass. Was man ihm auftrug, erledigte er gewissenhaft. Er zählte zu den Wenigen, die sich nichts aus Rum machten, und das war eine Seltenheit, sogar unter den Emanzipisten.

Ian McIntosh sah ihn an. »Berichte, was du gesehen hast!«, forderte er ihn auf.

Pete Cowley trat einen halben Schritt vor. »Eine ganze Abteilung verdammter Rotröcke, Mister McIntosh. Sie kamen über die Greystone Hills, als ich sie klar im Fernrohr hatte. Hab' die Staubwolke natürlich schon viel eher gesehen.«

»Hast du auch feststellen können, wie viele es sind?«, fragte der Verwalter.

Pete Cowley sah ihn fast beleidigt an, war er doch auf seine guten Augen sehr stolz. Deshalb war er ja auch für die besonders anstrengende Mittagsschicht auf dem Jubilee Peak eingeteilt worden. »Es sind genau vierzehn, Mister McIntosh, und einer davon trägt das Goldlametta eines Offiziers am Rock.«

»Mit vierzehn Mann rücken sie an!«, sagte McIntosh grimmig. »Das ist ja wohl ein Witz!«

»Ob vier, vierzehn oder vierzig, es macht keinen Unterschied«, sagte Jessica. »Sie werden unverrichteter Dinge wieder abziehen müssen.«

Ian warf ihr einen düsteren Blick zu. »Da würde ich mir aber nicht so sicher sein, Jessica. Aber lassen wir das.« Er wandte sich wieder Pete Cowley zu. »Wann genau hast du sie gesichtet?«

»Vor nicht ganz zwei Stunden.«

»Dann müssen sie ja jeden Augenblick hier sein«, meinte Ian.

»Nicht unbedingt«, wandte Pete Cowley ein. »Sie machten mir nämlich nicht den Eindruck, als hätten sie es besonders eilig. Ich kann mich auf die Entfernung auch getäuscht haben, aber die Kerle sahen mir nicht sehr frisch aus.«

»Kein Wunder bei der Bullenhitze«, sagte jemand hinter ihm schadenfroh.

»In der Hölle sollen sie schmoren!«, rief ein anderer.

Jessica hielt es für angebracht, jetzt selber zu den Männern zu sprechen. »Wir wissen, dass sie auf dem Weg nach SEVEN HILLS sind, und das genügt. Ich möchte, dass ihr jetzt wieder an eure Arbeit zurückkehrt und nachher, wenn die Soldaten hier sind, alles unterlasst, was sie reizen könnte. Ich brauche euch ja wohl nicht zu sagen, dass es nicht nur sinnlos, sondern sogar höchst gefährlich ist, sich mit ihnen anzulegen, wo sie die Macht in der Kolonie übernommen haben.«

»Das war doch schon immer so«, warf einer der Männer grimmig ein.

»Ihr habt gehört, was ich gesagt habe!«, rief Jessica mit scharfer, befehlsgewohnter Stimme. »Ich verlasse mich darauf, dass ihr euch zurückhaltet.«

Die Gruppe löste sich auf, und widerwillig gingen die Männer wieder an ihre Arbeit zurück.

»Kommen Sie, Ian«, sagte Jessica. »Gehen wir ins Haus. Wir werden es früh genug erfahren, wenn sie SEVEN HILLS erreicht haben.«

6

»Bei allem, was recht ist, Sir, aber diese Farm da kann sich wirklich sehen lassen«, sagte Sergeant Donald Purdey beeindruckt, während er mit dem Fernrohr gemächlich einen weiten Bogen vollführte.

Der Schweiß rann ihm in Strömen über das schwammige, hochrote Gesicht, und die staubüberzogene Uniform klebte ihm wie ein nasser Lappen am Leib. Doch daran war er schon längst gewöhnt, und es beeinträchtigte nicht sein Wohlbefinden. Im Gegenteil. Wenn die Gluthitze ihm den Schweiß aus allen Poren trieb, hatte er das befriedigende Gefühl, etwas zu leisten. Es machte da keinen Unterschied, ob er sich dabei überhaupt nicht vom Fleck bewegte oder stundenlang durch schattenlosen Busch ritt.

Als die Abteilung der Marineinfanteristen auf Befehl von Lieutenant Forbes vor zehn Minuten auf dieser Anhöhe haltgemacht hatte und die erschöpften Männer dankbar in den Schatten der kleinen Baumgruppe gesunken waren, hatte er darauf verzichtet, wie die anderen aus der Sonne zu flüchten. Stattdessen hatte er sich das Fernrohr geschnappt und einen gut mannshohen Felsbrocken erklommen, der der prallen Sonne ausgesetzt war, von dem aus man aber einen noch besseren Ausblick auf das Land besaß. Daraufhin war ihm sein Vorgesetzter gefolgt, der erst Anstalten gemacht hatte, sich auch in den Schatten zu stellen.

Sergeant Purdey musterte die wohldurchdachte Anordnung der soliden Gebäude, die sich um das Haupthaus der Farm gruppierten, und ließ seinen Blick über die Felder, Äcker und Weiden schweifen, die sich vor ihnen ausdehnten und die sieben Hügel bedeckten, die SEVEN HILLS ihren Namen gegeben hatten. Aus der Ferne wirkten diese Erhebungen wie die gewaltigen Rücken gestrandeter Wale. Im Westen glitzerte der Hawkesbury im grellen Sonnenlicht, während das Farmland im Süden und Osten in eine wellige, scheinbar endlose Ebene überging, in der sich hier und da Eukalyptuswälder verschiedenster Ausdehnung wie graugrüne Inseln aus dem braunen Meer verdörrter Büsche und Gräser heraushoben. »Wirklich, ein prächtiger Besitz. Ich wünschte, ich hätte nur ein Viertel davon. Diese Jessica Brading muss ihr Geschäft schon verstehen.«

»Heben Sie sich Ihre Begeisterung für passendere Gelegenheiten auf, Sergeant!«, fuhr Lieutenant Forbes seinen Untergebenen unwirsch an.

»Ganz wie Sie meinen, Sir«, brummte der schwergewichtige Sergeant und verzog das Gesicht.

Lieutenant Kenneth Forbes war an diesem heißen Februartag äußerst schlecht gelaunt und leicht reizbar, obwohl das Gegenteil eigentlich hätte der Fall sein müssen, nachdem sie Seven Hills endlich erreicht hatten. Doch es hatte auf dem Weg hierher einige Komplikationen gegeben, die seinen ganzen Zeitplan über den Haufen geworfen hatten.

Im Morgengrauen hatte er schon auf Jessicas Farm eintreffen wollen, um das Überraschungsmoment ganz auf seiner Seite zu haben. Aber die drei Schlappschwänze von Soldaten, die gestern Nachmittag aus ihren Sätteln gekippt waren und eine lange Rast nötig gemacht hatten, hatten ihm einen Strich durch die Rechnung gemacht. Am liebsten hätte er sie zurückgelassen oder nach Parramatta zurückgeschickt. Aber ein Blick auf die anderen Jammergestalten hatte ihm bewusst gemacht, dass er damit nichts gewonnen hätte, denn auch sie waren der Erschöpfung nahe gewesen, Sergeant Purdey ausgenommen.

Dieser dicke, redselige Kerl zeigte als Einziger von diesem müden Haufen keinerlei Anzeichen von Erschöpfung, was ihn in Erstaunen versetzte und gleichzeitig auch irgendwie wurmte. Er mochte den Burschen nicht, und mit seiner anerkennenden Äußerung über Jessica Brading und ihre Farm hatte er sich bei ihm gewiss keine Sympathie erworben.

Kenneth Forbes, der neben dem Sergeanten auf dem abgeflachten Felsblock stand und sich gerade das ekelhaft warme Wasser aus seiner Feldflasche über den Kopf gegossen hatte, hatte für die herbe Schönheit der Landschaft, die sich ihm hier am Hawkesbury darbot, kein Auge. Während seine Frau das heiße, wilde Land rundheraus hasste, brachte er der Kolonie nur Verachtung entgegen. Es war die herablassende Geringschätzung eines Mannes, der wusste, dass aus dem Schweiß und Elend anderer Menschen ein Vermögen zu machen war, und dem es auch nichts ausmachte, die Gelegenheit kraft seiner gesellschaftlichen Stellung und Macht skrupellos auszunutzen. Wenn andere so versessen darauf waren, in der Erde zu wühlen und sich auf den Feldern den Rücken krumm zu schuften, gut, sollten sie. Seinetwegen konnten sie das Land sogar geschenkt haben – solange sie nur die vom Rum-Monopol festgesetzten Preise für Rum, landwirtschaftliche Geräte, Saatgut und all die anderen Dinge zahlten, ohne die sie ihre Farmen nicht betreiben konnten.

Kenneth Forbes strich sich die triefenden Haarsträhnen aus dem Gesicht und blinzelte mit verkniffenem Gesichtsausdruck zu SEVEN HILLS hinüber. Er fragte sich, ob man sie schon entdeckt hatte. Aber das verwarf er nach kurzem Überlegen. Jessica konnte nicht ahnen, welchen raffinierten Plan er ausgebrütet hatte, um sie sich zu Willen zu machen. Damit würde er ihre Arroganz hinwegfegen und sie in die Knie zwingen. O ja, sie würde ihm zu Willen sein, wenn er diesen hochnäsigen Mitchell Hamilton erst einmal in seiner Gewalt hatte. Für die Blamage, die Hamilton ihm bei dem Duell zugefügt hatte, würde dieser bezahlen. Und Jessica würde endlich einsehen müssen, dass es geradezu lächerlich war, wenn sie meinte, sich ihm, einem Offizier des Corps und Freund der neuen Machthaber, auf Dauer widersetzen zu können.

Dieser Gedanke besserte seine Laune um einiges, und es klang regelrecht versöhnlich, als er zu Donald Purdey gewandt sagte: »Lassen Sie die Männer aufsitzen, Sergeant. Auf SEVEN HILLS werden sie Zeit genug haben, sich auszuruhen und die besondere Gastfreundschaft von Jessica Brading zu genießen.«

Der dicke Soldat schob das Fernrohr zusammen und drehte sich zu ihm um. »Glaube nicht, dass man uns auf SEVEN HILLS besonders herzlich willkommen heißen wird, Sir«, meinte er skeptisch.

»Lassen Sie das mal meine Sorge sein, Sergeant«, erwiderte Kenneth Forbes mit einem selbstgefälligen Lächeln. »Man muss nur das richtige Wort kennen, Sergeant, dann fressen einem die Leute aus der Hand.«

Donald Purdey zuckte nur mit den Achseln und kletterte mit einer für sein Gewicht verblüffenden Behändigkeit vom Felsen. »Achtung, Männer!«, rief er. »Aufgesessen, aber ein bisschen flott.«

Murrend schwangen sich die Männer auf die Pferde, und Augenblicke später setzte sich die Kolonne in Bewegung. Kenneth Forbes, der es nicht abwarten konnte, Jessica gegenüberzustehen und seinen Triumph auszukosten, setzte sich an die Spitze und ließ sein Pferd in einen schnellen Trab fallen. Der Sergeant hielt sich wie immer an seiner linken Seite, schwitzend, aber ohne Ermüdungserscheinungen.

»Spätestens jetzt werden sie uns von da oben ausmachen«, sagte Donald Purdey, als sie die Anhöhe in einem Bogen umritten hatten und nun auf offenes Land kamen, das ihnen keinen Sichtschutz mehr bot. Sie folgten den tiefen Spurrillen, die Kutschen und schwerbeladene Ochsenkarren in die Erde gegraben hatten und die geradewegs zum Haupthügel von SEVEN HILLS hinaufführten.

»Dann sorgen Sie dafür, dass die Männer nicht wie die nassen Säcke in den Sätteln hängen. Und sie sollen in ordentlichen Doppelreihen reiten!«, befahl Kenneth ihm. »Haben Sie mich verstanden?«

»Yes, Sir!« Sergeant Purdey ließ sich mit einem Kopfschütteln zu seinen Männern zurückfallen und heizte ihnen gehörig ein, wie es der Lieutenant von ihm erwartete. Doch das breite Grinsen, das Kenneth Forbes nicht sah, sagte den Soldaten, wie wenig er selbst von dem Befehl hielt. Immerhin waren sie hier im Busch und nicht bei einer Militärparade.

»Befehl ausgeführt, Sir!«, meldete der Sergeant wenig später.

Kenneth Forbes warf nur einen kurzen Blick zurück und nickte. »So ist es schon besser.« Sie erreichten die ersten Lehmhütten und Lagerschuppen.

Für die Männer und Frauen, die beim Eintreffen der Soldaten ihre Arbeit unterbrachen und zögernd aus den Scheunen, Stallungen und Werkstätten auf den Hof hinaustraten, hatte er keinen Blick.

Er registrierte sie nur im Unterbewusstsein.

Sein Blick war starr auf Jessica gerichtet, die auf der Veranda des Farmhauses stand, bewegungslos und ohne ein äußeres Zeichen von Unruhe. Er hatte sie schon von Weitem erkannt. Er würde sie immer erkennen, sogar in einer großen Menschenmenge, dessen war er sich sicher. Diese stolze Haltung und die leichte Neigung ihres Kopfes! Das war unverkennbar Jessica. *Seine* Jessica!

Am liebsten hätte er sich einen Dreck um seine Soldaten und das Sträflingspack gekümmert, das nun mit abweisenden Gesichtern näher kam, und sich völlig auf Jessica konzentriert, diese Frau, die er wie nichts auf der Welt begehrte. Er verschlang sie förmlich mit seinen Augen, nahm ihren Anblick mit einer innerlichen unersättlichen Gier in sich auf wie ein Verdurstender die ersten Schlucke Wasser. Dieses Gesicht, das seinem verzehrenden Blick so kühl und beherrscht standhielt. Dieser geschmeidige, frauliche Körper mit seinen festen, hohen Brüsten, die sich deutlich unter dem einfachen Kleid abzeichneten!

Er erinnerte sich noch ganz genau, wie wunderbar sich ihre Haut angefühlt hatte, als sie nackt in seinen Armen gelegen hatte. Und ihm war, als schmeckte er wieder die herbe Süße ihrer Brüste, deren weiche Knospen sich unter dem kundigen Spiel seiner Lippen und seiner Zunge zu harten Spitzen verwandelt hatten. Acht Jahre war es her, als er ihren herrlichen Körper gekostet und ihr die Unschuld genommen hatte. Ängstlich und doch zitternd vor Begehren hatte sie seinem Drängen nachgegeben – und war dann nicht mehr von ihm losgekommen. Er hatte sie beherrscht und die himmlischen Wonnen ihrs Körpers Nacht für Nacht genossen. Dass sie Halbgeschwister waren und denselben Vater hatten, was kümmert ihn das. Er hatte in Eton Studienkollegen gekannt, die es mit ihrer Schwester getrieben hatten.

»Was hast du auf meiner Farm zu suchen, Ken?«, drang Jessicas Stimme klar und scharf über den Hof, und sie gab sich keine Mühe, auch nur ein bisschen freundlich zu klingen.

»Jessica!«, raunte Ian McIntosh, der etwas seitlich hinter ihr im Schatten der Hauswand stand. »Passen Sie bloß auf, was Sie sagen, und reizen Sie ihn nicht über Gebühr! Schon gar nicht vor seinen Soldaten!«

Jessica gab weder mit einer Antwort noch mit einer Geste zu verstehen, dass sie ihn gehört hatte und seinen Ratschlag befolgen würde. Reglos stand sie am Rand der Veranda und fixierte ihren Halbbruder, als wollte sie ihn kraft ihres Blickes zwingen, SEVEN HILLS auf der Stelle wieder zu verlassen.

Jessicas scharfe Stimme riss Kenneth aus seinen wollüstigen Gedanken. Er hatte sein Pferd zehn Yards vor den dicken Bohlen der Veranda zum Stehen gebracht, ohne dass er sich dessen bewusst gewesen wäre. Er merkte jetzt, wie ihm das Blut in die Lenden geschossen war. Hart und heiß presste sich sein Glied gegen die Bauchdecke. Er konnte jetzt nicht vom Pferd steigen, wollte er nicht, dass jeder sah, wie sehr es ihn nach dieser Frau verlangte.

Er straffte sich im Sattel und legte die Hände vor sich auf das Sattelhorn, eine Geste lässiger Überlegenheit, die aber gleichzeitig auch seine Erregung verbarg. »Jessica Brading, ich bin im Auftrag der Krone gekommen«, begann er mit gesetzten Worten, die mehr für seine Soldaten und die Leute von SEVEN HILLS gedacht waren als für Jessica. »Und es ist meine Pflicht ...«

»Hast du dich auch an der Meuterei gegen Gouverneur Bligh beteiligt?«, fuhr Jessica ihm respektlos in die Rede.

Ian McIntosh stöhnte unterdrückt auf.

Verblüfft über diese scheinbar zusammenhanglose Frage vergaß Kenneth, was er hatte sagen wollen, und antwortete impulsiv: »Du scheinst nicht sehr gut informiert zu sein, Jessica! Eine Meuterei gegen Bligh hat es nicht gegeben!«

»Was war es dann, was ihr gemacht habt? Eine selbstlose

Großtat zur Rettung der Kolonie?«, fragte sie mit unverhohlenem Sarkasmus.

»Gouverneur Bligh war in höchstem Maße unfähig und seinen Aufgaben nicht gewachsen, sodass sich das New South Wales Corps gezwungen sah, im Interesse der Kolonie, aber auch der Krone einzugreifen und die innere Sicherheit zu garantieren, die Bligh beinahe verspielt hätte!«, verkündete er im Ton einer offiziellen Verlautbarung.

Seine Schutzbehauptungen riefen bei Jessica ein geringschätziges Lächeln hervor. »Es beruhigt mich wirklich ungemein zu wissen, dass wir jetzt wieder das Gefühl von Sicherheit haben können, nachdem sich das New South Wales Corps so beherzt zum Wohl der Allgemeinheit eingesetzt hat. Doch eins würde mich noch interessieren.«

»So! Was denn?«, fragte Kenneth misstrauisch, und er hatte guten Grund dazu.

»Werden die Preise für Rum und all die anderen Sachen, deren Einfuhr und Verkauf das New South Wales Corps kontrolliert – natürlich auch nur zum Wohle der ganzen Kolonie, nicht wahr? –, werden diese Preise nun sinken oder noch mehr steigen, *Lieutenant*?«, fragte sie bissig.

Dieser Hieb saß. Kenneth schoss das Blut ins Gesicht, während seine Erregung jäh in sich zusammenfiel. Dieses Biest hatte sich nicht einen Deut geändert. Doch sie sollte ihn kennenlernen!

»Du scheinst weder zu wissen, mit wem du sprichst, noch was du da sagst!«, herrschte er sie an.

»Oh, das weiß ich sehr wohl!«, erwiderte Jessica aggressiv und funkelte ihn an.

»Das sind verleumderische Reden, die du führst!«, brauste er auf. »Ich warne dich, Jessica!«

Ian McIntosh hielt es nun nicht mehr aus, noch länger tatenlos zuzuhören und zuzusehen, wie Jessica sich um Kopf und Kragen redete. Zwar hatte sie ihn gebeten, sich im Hintergrund zu halten und ihr die Auseinandersetzung mit Kenneth Forbes zu überlassen, doch er fühlte sich nicht länger an das Versprechen gebunden.

Er löste sich nun aus dem tiefen Schatten der Hauswand und trat neben Jessica. »Wir sind Farmer, Lieutenant, und die Politik, wie sie in Sydney oder gar London betrieben wird, ist nicht jedermanns Stärke«, sagte er mit diplomatischer Mehrdeutigkeit. »Was die … Veränderung betrifft, die das New South Wales Corps mit seinem Eingreifen bewirkt hat, so sollten wir das abschließende Urteil darüber dem König überlassen.« Diese Worte, in denen ein warnender Unterton mitschwang, waren ganz deutlich an Jessicas Adresse gerichtet, und er warf ihr auch noch einen schnellen Blick zu, um seiner Aufforderung zu kluger Zurückhaltung Nachdruck zu verleihen.

»Wer ist dieser Kerl?«, fragte Kenneth ungehalten über die Einmischung und deutete auf Ian McIntosh, während er Jessica ansah.

»Mister McIntosh, mein Verwalter.«

»Emanzipist?«, fragte Kenneth knapp.

Jessica zögerte kurz ob der Unverschämtheit dieser Frage, die in dieser Form eine glatt Beleidigung und auch als solche gedacht war. Sie registrierte aus den Augenwinkeln, wie sich Ians Kinnpartie anspannte. Doch er hatte sich unter Kontrolle.

»Ja, Mister McIntosh ist Emanzipist wie ich! Und ich würde ihn nicht gegen einen Freien eintauschen wollen!«

Kenneth verzog den Mund zu einer Grimasse der Verachtung. »Mich interessiert nicht, wen du damit beauftragst, dein Vieh zu zählen und die Stallungen auszumisten … wofür ein Freier sicherlich zu schade wäre. Sag ihm nur, er soll sich nicht in anderer Leute Gespräche einmischen und nur reden, wenn er gefragt ist.«

Jessica hatte das Gefühl, vor Wut explodieren zu müssen. Doch bevor sie etwas Unbedachtes sagen konnte, berührte Ian sie ganz sanft am Arm und murmelte mit gedämpfter Stimme. »Beherrschen Sie sich! Er ist Offizier, vergessen Sie das bloß nicht! Er will Sie und mich provozieren, Jessica! Aber den Gefallen werde ich ihm nicht tun, nicht hier vor einer ganzen Abteilung willfähriger Zeugen. Lassen Sie sich nicht dazu hinreißen. Bitte!«

Sie sah ein, dass er recht hatte, und so schluckte sie ihre scharfe Erwiderung, die sie schon auf der Zunge hatte, hinunter und zwang sich sogar noch zu einem Lächeln. »Stallungen auszumisten ist eine sehr sinnvolle und ehrenhafte Arbeit im Vergleich zu so manch anderer, vorgeblich sauberen Beschäftigung, von denen ich dir einige gleich auf Anhieb nennen könnte«, erwiderte sie nun gelassen und sah, dass der dicke Sergeant sich keine Mühe gab, sein breites Grinsen zu unterdrücken. Er schien an ihren Antworten Gefallen zu finden. »Aber du hast dich sicher nicht der Strapaze eines Rittes von Parramatta nach Seven Hills unterzogen, um mit mir darüber zu reden, nicht wahr?«

»Nein«, gab Kenneth schroff zurück. »Ich bin wegen deines …« Er hätte fast ›Verlobten‹ gesagt, korrigierte sich jedoch noch rechtzeitig. »… dieses Mister Hamilton gekommen. Ich habe einen Haftbefehl für ihn!«

Jessica sah ihn scheinbar verständnislos an. »Was hast du?«

Er lächelte spöttisch. »Einen Haftbefehl. Er wird aufrührerischer Umtriebe beschuldigt. Er wird sich in Syndney vor Gericht verantworten müssen.«

»Aufrührerische Umtriebe? Mitchell? Das kann nicht dein Ernst sein!«, rief Jessica empört und brauchte sich nun nicht mehr zu verstellen. »Das ist ja geradezu lächerlich!«

»Das wird das Gericht entscheiden! Mister Hamilton gehörte bekanntlich zu Blighs Helfershelfern, deren Absicht es war, die Kolonie in ein Chaos zu stürzen. Dafür wird er jetzt zur Rechenschaft gezogen«, beschied Kenneth sie kühl und zog ein Schriftstück hervor. »Hier! Damit du dich mit deinen eigenen Augen überzeugen kannst. Ein Haftbefehl, von Major Robertson und dem Magistrat unterzeichnet!«

»Mir ist es verdammt gleichgültig, wer das da unterschrieben hat!«, fauchte sie ihn an, und aus ihren Augen sprühte ein wildes Feuer. »Was du da aufgeführt hast, sind doch an den Haaren herbeigezogene Lügen. Mitchell hat Bligh nur ein paar Mal auf Gesellschaften getroffen. In Wahrheit geht es doch nur darum, dass du …«

»Genug!«, schnitt Kenneth ihr mit scharfer Stimme das Wort ab. »Ich bin nicht bereit, mir deine Ausfälle noch länger anzuhören, Jessica!«

»Ruhig!«, flüsterte Ian McIntosh neben ihr. »Was ist der Wisch denn schon wert, wo Mister Hamilton längst auf See in Sicherheit ist? Reißen Sie sich zusammen!«

Jessica presste die Lippen zusammen. Ian hatte zwar recht, aber allein die Tatsache, dass Kenneth hier auf der Farm erschien und die Dreistigkeit besaß, ihr diese haltlosen Anschuldigungen ins Gesicht zu sagen, ohne mit der Wimper zu zucken, ließ grenzenlose Wut in ihr aufwallen.

»Ich habe einen Auftrag erhalten«, fuhr Forbes nun selbstbewusst fort, »und den werde ich ausführen. Ich weiß, dass sich

Mister Hamilton bei dir auf SEVEN HILLS aufhält. Ich nehme an, er hat seine Verwundung inzwischen auskuriert und ist transportfähig!«

Jessica musste an sich halten, ihm nicht entgegenzuschleudern, dass er, Kenneth Forbes, jetzt nicht vor ihr stehen und den rücksichtslosen und blasierten Intriganten spielen könnte, wenn Mitchell Hamilton nicht so viel Charakter gehabt hätte, sein Leben bei ihrem Duell vor gut vier Wochen nachweislich zu schonen. Doch sie beschränkte sich darauf, nur mit einem »Du nimmst richtig an!«, zu antworten.

»Dann sag ihm, er soll seine Sachen zusammenpacken und herauskommen, wenn er nicht will, dass ich ihn von meinen Männern holen lasse!«, forderte er sie auf und sah sie mit einem merkwürdig fragenden Blick an, als erwarte er, dass sie jeden Moment einlenken und ihn anflehen würde, doch mit sich reden zu lassen.

»Das wird nicht möglich sein.«

»Was soll das heißen?«, herrschte er sie an. Es verunsicherte ihn, zu sehen, dass sie nach der ersten Überraschung der Verhaftung ihres Geliebten scheinbar tatenlos zuzusehen gedachte. Ihre Begegnung hatte er sich völlig anders vorgestellt. Er hatte fest damit gerechnet, dass sie ihm anfangs zwar mit dem ihr eigenen Trotz und Stolz die Stirn bieten, dann aber entsetzt sein und versuchen würde, die drohende Verhaftung ihres Geliebten mit allen Mitteln abzuwenden. Doch ihr Verhalten war auch jetzt, nachdem sie wusste, dass es ihm mit der Verhaftung ernst war, unverändert feindselig und unzugänglich. Das beunruhigte ihn zunehmend.

»Dass dir dein Haftbefehl auf SEVEN HILLS nicht viel nützen wird«, erklärte Jessica brüsk, während in ihren Augen unverhohlene Schadenfreude aufblitzte. »Mitchell ist nicht hier! Du kommst ein paar Tage zu spät!«

Kenneth starrte sie ungläubig an. »Für wie naiv hältst du mich, dass du glaubst, mich damit abwimmeln zu können?«, stieß er dann halb verärgert, halb belustigt hervor. Er glaubte jetzt zu wissen, welche Taktik sie verfolgte und mit welchem Trick sie die Rettung ihres geliebten Mitchell Hamilton versuchte. Aber diese Illusion würde er ihr schnell nehmen! »Von dir hätte ich mehr Verstand erwartet. So etwas Kindisches! Sag mir, wo er steckt. Damit kommt ihr beide besser weg. Ich finde ihn ja so oder so.«

»Das bezweifle ich«, blieb Jessica kühl. »Ich weiß jedenfalls nicht, wo er jetzt ist.« Und das war nicht einmal gelogen.

Kenneth furchte ärgerlich die Stirn. »Hör zu: Ihn vor mir verstecken zu wollen wäre nicht nur sinnlos, sondern auch eine sehr kostspielige Torheit, Jessica! Wenn du nicht freiwillig damit herausrückst, in welches Loch er sich verkrochen hat, werde ich meinen Männern den Befehl geben, hier alles bis in die letzte Ecke auf den Kopf zu stellen! Ich warne dich! Dabei wird so einiges zu Bruch gehen! Finden werden wir ihn!«

Jessica begegnete seinem warnenden Blick mit feurigem Trotz. »Und wenn du jedes Gebäude zu Kleinholz schlagen lässt, Mitchell wirst du hier nicht finden!«

»Verdammt noch mal, jetzt reicht es mir!«, rief Kenneth erbost und wandte sich zu Sergeant Purdey um.

Doch bevor er einen Befehl geben konnte, rief Ian McIntosh, die Zurechtweisung von vorhin missachtend: »Missis Brading hat wirklich die Wahrheit gesagt, Lieutenant! Sie werden Mister Hamilton auf SEVEN HILLS nicht finden. Er hat sich von seiner Verwundung nämlich so gut erholt, dass er es nicht länger für notwendig hielt, die Gastfreundschaft von Missis Brading in Anspruch zu nehmen. Mister Hamilton ist abgereist. Vor vier Tagen schon.« Es kostete ihn Mühe, in neutralem Ton zu Kenneth Forbes zu sprechen und seinen eigenen Stolz zurückzustellen, während er innerlich schäumte vor kalter Wut und dem Offizier am liebsten an den Hals gesprungen wäre. Aber er beherrschte sich, um Jessica zu schützen, vor ihrer eigenen Gedankenlosigkeit und vor ihrem Temperament, die ihr in dieser Situation gefährlicher werden konnten als ihre Beziehung zu Mitchell Hamilton. Denn war sie gewöhnlich auch noch so beherrscht, so machte sie jetzt den gravierenden Fehler, in Kenneth Forbes nur den verhassten Halbbruder zu sehen, der an ihrer Verbannung nach New South Wales einen Großteil Schuld trug und der nicht aufhörte, ihr nachzustellen und ihr das Leben schwerzumachen. Was sie nicht sah, war die gewichtige Tatsache, dass Kenneth Forbes Lieutenant im New South Wales Corps war und die Macht, die er kraft dieser Stellung auszuüben vermochte, auch für seine ganz private Fehde rücksichtslos einzusetzen gewillt war.

Es bereitete Ian regelrecht Magenschmerzen, zu sehen und zu hören, wie Jessica Forbes mit ihrer Haltung und ihren Antworten reizte. Seiner Ansicht war es das einzig Vernünftige, dem Lieutenant so schnell und sachlich wie möglich klarzumachen, dass Mitchell Hamilton die Farm verlassen hatte und an Bord der Comet davongesegelt war, ohne dabei jedoch sein Misstrauen zu erregen dass sie möglicherweise gewarnt worden waren.

Die Erklärung des Verwalters war ein Schock für Kenneth. Er reagierte wie von einem Peitschenhieb getroffen. Er fuhr im Sattel zusammen, und sein Kopf schoss herum. »Mitchell Hamilton ist mit der Comet …?«, stieß er mit krächzender Stimme hervor, brach dann aber mitten im Satz ab, weil er fürchtete, die Stimme könnte ihm jeden Augenblick den Dienst versagen.

»Es stimmt, was Ian gesagt hat«, bestätigte Jessica mit einem Lächeln, das Kenneth schlimmer als eine Ohrfeige empfand. »Mitchell hält sich schon längst nicht mehr hier auf der Farm auf. Du kommst um Tage zu spät mit deinem ... Haftbefehl. Du hättest dir den langen Ritt sparen können.«

Kenneth starrte sie wie benommen an. Er brauchte ein paar Sekunden, um die Bedeutung der Worte zu erfassen, diese erneute Blamage. Das Blut wich vor ohnmächtiger Wut aus seinem Gesicht, denn in diesem Augenblick verstand er, weshalb Jessica nicht eine Spur von Furcht gezeigt hatte.

»Das glaube ich nicht! ... Du lügst!«, schrie er sie unbeherrscht an, obwohl er insgeheim wusste, dass sie die Wahrheit gesagt hatte. Doch er weigerte sich, jetzt schon seinen Misserfolg vor allen Leuten einzugestehen. Er musste etwas tun, um zumindest sein Gesicht zu wahren.

»Nein, ich lüge nicht, und das weißt du auch ganz genau. Aber du hast einfach nicht genug Charakter, um damit fertig zu werden, dass dieser großartige Auftritt, den du dir hier erhofft hattest, nicht stattfinden wird!«, sagte sie ihm auf den Kopf zu.

Kenneth spürte, wie die Hitze der Wut und Demütigung wie heiße Galle in ihm hochstieg. Er hatte einen entsetzlichen Geschmack im Mund und vermochte nicht länger ruhig im Sattel zu sitzen. Er musste etwas tun, um aus der Defensive zu kommen, in die Jessica ihn manövriert hatte. Er musste ihr und auch dem anderen Pack, das ihn mit höhnischen, schadenfrohen Blicken bedachte, deutlich vor Augen führen, dass man sich nicht ungestraft mit einem Lieutenant des New South Wales Corps anlegte.

»Sergeant Purdey!«

»Sir?«

»Ich glaube nicht, dass sich der Mistkerl, dieser Mitchell Hamilton, mit der COMET abgesetzt hat. Man will uns täuschen. Bestimmt hat er sich hier irgendwo auf der Farm versteckt! Nehmen Sie die Männer und durchsuchen Sie jedes Gebäude!«, befahl er ihm mit wutverzerrtem Gesicht.

Sergeant Purdey nahm den Befehl mit gleichgültiger Miene entgegen. »Wird gemacht, Lieutenant.«

»Und zwar gründlichst!«, fügte Lieutenant Forbes nachdrücklich hinzu. »Ich will, dass Sie alles umkrempeln, Sergeant! Aber auch wirklich *alles!* Sie haben dabei völlig freie Hand. Seien Sie also nicht zimperlich. Ich brauchte Sie ja wohl nicht extra darauf hinzuweisen, Sergeant, dass aufgepflanzte Bajonette sich vorzüglich dazu eignen, in Scheunen und Lagerschuppen die Suche zu vereinfachen, oder?«

»Nein, Sir! Mit dem Einsatz von Bajonetten bei derlei wichtigen Durchsuchungen bin ich sehr wohl vertraut. Ein fürwahr vorzügliches Hilfsmittel zum Zwecke der Zutageförderung, was immer man suchen mag, Sir!«, rasselte Donald Purdey herunter, als repetiere er eine Vorschrift.

Kenneth hatte einen winzigen Moment lang das Gefühl, als machte sich der Sergeant über ihn lustig. Doch dann sagte er sich, dass das unmöglich der Fall sein konnte. Der Dicke war einfach nur ein schwatzhafter und etwas dümmlicher Bursche, der sich jetzt dienstbeflissen zeigte. Und so fuhr er nach einem kurzen Stirnrunzeln fort: »Es wird natürlich kaum zu vermeiden sein, dass dabei Säcke, Fässer und anderes Schaden nehmen. Aber das werden wir in Kauf nehmen müssen. Und wenn Ihnen einer von dem Pack Ärger macht oder Sie sonst wie bei der Ausführung Ihres Befehles behindert, legen Sie ihn in Ketten! Er wird dann die neunschwänzige Peitsche zu spüren bekommen. Habe ich mich klar ausgedrückt, Sergeant?«

»Yes, Sir! … Sehr klar, Sir!«, versicherte der Sergeant, und seinem unbewegten Gesicht war nicht zu entnehmen, was er von diesem Befehl hielt.

»Dann fangen Sie an, verdammt noch mal!«, fuhr Kenneth ihn an. »Um das Farmhaus kümmere ich mich schon selber!«

Sergeant Purdey wandte sich zu den gemeinen Soldaten um, die anfangs viel zu erschöpft gewesen waren, um sich dafür zu interessieren, was der Lieutenant überhaupt von diesem Mitchell Hamilton wollte. Sie waren es gewohnt, die Dreckarbeit für die Offiziere zu machen, während diese die goldenen Eier einkassierten.

Doch dann waren sie hellhörig geworden, und ihre grimmigen Mienen hatten sich aufgehellt, als der Lieutenant den Befehl zur Durchsuchung gegeben und dabei unmissverständlich zum Ausdruck gebracht hatte, dass diese Aktion den Charakter einer Strafe haben sollte. Er hatte ihnen in ihrem Vorgehen völlig freie Hand gegeben. Und das bedeutete, dass nun auch etwas für sie abfallen würde. Diese Durchsuchung würde eine sanfte Plünderung sein.

»Ihr habt gehört, was der Lieutenant befohlen hat, Männer! Also dann, an die Arbeit. Tut eure Pflicht!«, rief Sergeant Purdey ihnen zu und sah in grinsende Gesichter. »Immer zwei Mann nehmen sich ein Haus, einen Schuppen oder sonstiges Gebäude vor!«

»Gesindel in Uniform!«, zischte Ian McIntosh voller Verachtung und ohnmächtigem Zorn, als die Soldaten die Bajonette auf ihre Flinten steckten und lärmend ausschwärmten. »Jetzt gnade uns Gott!«

»Wir haben schon viel mitgemacht, Ian«, sagte Jessica gepresst. »Wir werden auch diese Plage überstehen.«

»Die verdammten Rotröcke werden einen Heidenschaden anrichten«, prophezeite er. »Sie haben doch gehört, was der

Lieutenant seinen Männern befohlen hat! Sie werden wie die Vandalen auf SEVEN HILLS hausen!«

»Und? Was wollen Sie dagegen unternehmen?«, fragte Jessica bitter. »Wollen Sie sich vielleicht mit ausgebreiteten Armen gegen ihre Bajonette stellen und sich in Ketten legen lassen? Nein, Ian. Ich verbiete Ihnen, sich in diese Sache einzumischen und sich auch nur von der Stelle zu rühren. Ich will und brauche es nicht, dass Sie den Kopf für mich hinhalten, wie gut sie es auch meinen mögen. Und versuchen Sie bloß nicht, Ken Vorhaltungen zu machen. Überlassen Sie ihn mir. Er wird es schon nicht auf die Spitze treiben.«

»Es ist mir ein Rätsel, woher Sie Ihre Zuversicht nehmen, Jessica«, sagte er kopfschüttelnd, während er Kenneth Forbes nicht aus den Augen ließ, der sich an einem Lederfutteral zu schaffen machte und ein Bajonett daraus hervorzog.

»Ich kenne ihn eben«, erwiderte Jessica knapp und dachte: ›Er will meinen Willen brechen, nicht jedoch mich vernichten. Und deshalb wird er sich hüten, den Bogen zu überspannen. Er wird es nicht wagen!‹

»Da bin ich mir nicht ganz so sicher«, zweifelte Ian. »Er scheint mir viele mehr zu allem fähig zu sein. Machen Sie bloß nicht den Fehler, seine Bösartigkeit zu unterschätzen.«

Jessica sah ihn an, und ihr Blick war hart und unerbittlich. »Ich tue es äußerst widerwillig, Ian, aber wenn Sie mich dazu zwingen, werde ich Ihnen *befehlen,* sich nicht einzumischen. Ich weiß, dass Sie für SEVEN HILLS mehr getan haben als jeder andere, mich eingeschlossen. Doch die Farm gehört mir! Und ich will zumindest in dieser Frage das letzte und bestimmende Wort haben! *Sie halten sich da heraus, Ian, haben Sie mich verstanden?*«

Ian war einen Augenblick betroffen von ihrer Schroffheit.

Doch er verstand, dass sie es nicht persönlich meinte und nicht die Absicht hatte, ihn damit zu demütigen. Sie wollte diese schwierige Situation allein durchstehen, und wenn sie sich erst einmal etwas in den Kopf gesetzt hatte, dann war auch er machtlos. Deshalb gab er mit einem resignierenden Seufzer auf. »Ich weiß nicht, wen ich lieber als Gegner hätte … Sie oder den Lieutenant. Ich glaube fast, ich würde mich eher mit dem Rotrock anlegen als mit Ihnen, wenn Sie in so reizender Stimmung sind«, brummte er.

Ein flüchtiges Lächeln huschte über ihr angespanntes Gesicht. Es war gut, Ian an ihrer Seite zu wissen. Irgendwie gab seine Gegenwart ihr die Kraft, der Konfrontation mit Kenneth unerschrocken ins Auge zu sehen, auch wenn das in krassem Gegensatz zu dem zu stehen schien, was sie ihm gerade eben aufgetragen hatte.

Kenneth hatte sich indessen vom Pferd geschwungen, die Zügel um einen Verandapfosten gewickelt, sich die eingestaubte Uniform abgeklopft und kam nun gemächlichen Schrittes auf sie zu. Er hatte seine Selbstsicherheit wieder zurückgewonnen und das Gefühl, die Situation voll unter Kontrolle zu haben. Das mit der Durchsuchung war eine gute Idee gewesen, wie er fand, die seine Schlappe fast vergessen ließ. Mitchell Hamilton würde er schon noch bekommen – wie auch Jessica.

Er blieb vor ihr stehen und spielte mit dem Bajonett, dessen blankpolierte Klinge in der Sonne funkelte. Er klatschte das beidseitig geschärfte Metall mit der flachen Seite in seine linke Handfläche.

»Ich denke, das wird deinen Hochmut ein wenig abkühlen«, sagte er zu ihr und deutete mit einer knappen Kopfbewegung auf die Soldaten, die auf der anderen Seite des Hofes die Tore der Scheunen und Lagerschuppen aufrissen. Das Splittern von

Holz drang zu ihnen herüber, begleitet von lautem Gelächter und Gejohle.

»Wie kann man nur so tief sinken!«, zischte Jessica voller Abscheu. »Es ist eine Beleidigung für jeden ehrenvollen Soldaten, dass Männer wie du Uniform tragen! Warum hast du SEVEN HILLS nicht gleich zum Plündern und Niederbrennen freigegeben wie ein Marodeur?«

Er nahm ihren erregten Ausfall mit einem leichten Lächeln hin, das seine Genugtuung ausdrückte. »Du hättest es anders haben können, Jessica«, sagte er und ignorierte den Verwalter völlig, der an ihrer Seite stand. Eindringlich sah er sie an. »Wenn du willst, kann ich meine Männer noch zurückrufen. Noch ist es nicht zu spät. Du brauchst es mir nur zu sagen.«

»Ich lasse mich nicht von dir erpressen, Ken! Niemals!«, fauchte sie.

Er hob die Augenbrauen in gespieltem Erstaunen. »Wer hat denn von Erpressung gesprochen, Jessica? Mir käme so etwas nie in den Sinn. Du weißt doch, dass ich nur das Beste für dich will. Deshalb kann ich es unmöglich zulassen, dass du dich mit diesem Mitchell Hamilton ins Unglück stürzt.«

»Das einzig wahre Unglück, das mir in meinem Leben widerfahren ist, bist du!«

Es zuckte um seine Mundwinkel, und sein überhebliches Lächeln verlor an Überzeugungskraft. »Ich habe dir schon mal gesagt, dass dir dein Hochmut auf Dauer nicht bekommen wird«, antwortete er, und seine leise Stimme hatte einen drohenden Unterton. »New South Wales ist nicht England, und du bist eine Emanzipistin. Vergiss das nicht!«

»Keine Sorge«, erwiderte sie kalt. »Ich werde nie vergessen, was ich bin … und was ich nicht sein möchte!«

Er ging nicht darauf ein. »Sergeant Purdey hat gar nicht mal so unrecht. SEVEN HILLS ist ein recht netter Besitz und macht einen sehr gepflegten Eindruck … jetzt noch. Du hast es wirklich zu was gebracht, wenn man bedenkt, dass du ein Bastard und eine Emanzipistin bist«, höhnte er. »Aber dir mangelt es noch an guten Umgangsformen. Du vernachlässigst nämlich deine Pflichten als Gastgeberin. Warum lädst du mich nicht auf eine Tasse Tee oder einen Drink in dein Haus ein? Da können wir dann ungestört weiterreden, ohne dass uns irisches Sträflingspack die Luft verpestet.«

Ian musste an sich halten, um dem Lieutenant nicht mit seinen Fäusten die einzig passende Antwort zu erteilen. Kenneth Forbes schien förmlich darauf zu warten, dass er nach dieser Beleidigung die Beherrschung verlor. Doch Ian tat ihm den Gefallen nicht, wusste er doch, dass ein tätlicher Angriff auf einen Offizier des Corps für einen Emanzipisten unweigerlich Auspeitschung und Norfolk Island zur Folge hatte.

»Weil ich einen gewissenlosen Lumpen wie dich nie aus freien Stücken über die Türschwelle lasse!«, kam Jessicas heftige Antwort wie aus der Pistole geschossen.

Kenneth sah sie ärgerlich an. Dann packte er sie jäh am Arm und stieß sie auf die Eingangstür des Farmhauses zu. »Ich werde dir schon Manieren beibringen! Los, rein mit dir! Du wirst mir jetzt dein Haus zeigen … und zwar jedes verdammte Zimmer!«

Ian wollte sich ihm spontan in den Weg stellen. »Lieutenant, wenn Sie Missis Brading …«

»Aus dem Weg, Mann!«, brüllte Kenneth ihn an, packte ihn grob am Hemd und setzte ihm blitzschnell die Bajonettspitze an die Kehle, dass sich die Haut unter der Klinge spannte. »Hast du vergessen, dass du dreckiger irischer Mistkerl ungefragt das Maul nicht aufzumachen hast? Beim nächsten Mal werde ich dir den Stahl hier zu fressen geben, ist das klar? Gib eine Antwort, wenn du von einem Offizier gefragt wirst, verdammter Ire!«

Ian McIntosh stand regungslos da, zeigte jedoch keine Angst und zuckte nicht mit der Wimper. Mit kaltem Blick starrte er Kenneth Forbes in die Augen. »Sie können sich sicherlich eine Menge herausnehmen, Lieutenant«, sagte er mit gefährlich ruhiger Stimme. »Aber nicht einmal ein Offizier wie Sie wird es wagen, einen freien Mann, der seine Strafe schon vor Jahren verbüßt hat, einfach niederzustechen. Auf Mord steht immerhin der Strick, Lieutenant, auch wenn ein paar Jahre vergehen mögen, bevor Sie sich dafür zu verantworten hätten. Würden Sie das Bajonett deshalb von meiner Kehle nehmen, ... *Sir!?*«

Kenneth war von der Kaltblütigkeit und Unerschrockenheit des Verwalters einen Moment lang so verdutzt, dass er ihn tatsächlich freigab und das Bajonett sinken ließ. Dann überzog flammende Röte sein Gesicht. »Sergeant!«, brüllte er.

Donald Purdey hatte sich nicht an der so genannten Durchsuchung der Farmgebäude beteiligt, sondern vorgezogen, es sich neben dem Wassertrog vor der Scheune auf einem alten Hauklotz, der im Schatten stand, bequem zu machen. Er sprang nun auf und kam über den Hof geeilt.

»Ja, Sir?«

»Behalten Sie diesen Mann im Auge!«, befahl Kenneth ihm. »Er hat das Haus nicht zu betreten! Wenn er es wagt, sich darüber hinwegzusetzen, schießen Sie ihn nieder, Sergeant!«

Donald Purdey schluckte unwillkürlich. »Wenn Sie meinen, dass das nötig ist ...«, sagte er zögernd.

»Ich *meine* es nicht!«, korrigierte Kenneth ihn scharf. »Das ist ein klarer Befehl, verstanden?«

»Yes, Sir!«

Mit einem höhnischen Lächeln wandte sich Kenneth nun

wieder Jessica zu. »Würdest du jetzt bitte die Freundlichkeit haben, mich durch das Haus zu führen?«, fragte er. »Oder ist es dir lieber, wenn ich es von meinen Männern durchsuchen lasse? Sie würden sich gewiss darum reißen. Entscheide dich!«

Jessica war nicht halb so furchtlos, wie sie sich nach außen hing ab. Die Sache mit Ian gerade hatte sie vor Entsetzen erstarren lassen, was ihm glücklicherweise entgangen war, und ihre Überzeugung, mit Kenneth jederzeit fertig zu werden, erheblich ins Wanken gebracht. Doch sie bewahrte in diesem kritischen Moment die Fassung und ließ sich ihre wachsende Beklemmung nicht anmerken. Sie erkannte, dass sie eigentlich gar keine andere Wahl hatte, als sich in diesem Punkt seinem Willen zu beugen. Denn welche Konsequenzen es haben würde, wenn sie sich seiner Aufforderung widersetzte, sah sie ja drüben bei den Lagerschuppen, wo sich die Soldaten so zügellos gebärdeten wie ein wüster Haufen Plünderer, denen nichts heilig war. Die Soldaten hatten ein Fass Rum aufgeschlagen und ließen einen Eimer voll in ihren Reihen kreisen, während sie Säcke sinnlos aufschlitzten, Saatgut über den Hof verstreuten und Regale zerschlugen, um angeblich dahinter nach geheimen Zwischenräumen zu suchen, wo sich ein Mann verstecken konnte. So würden sie auch in ihrem Farmhaus wüten.

Andererseits würde sie dann mit ihrem Halbbruder, der in seinem wollüstigen Begehren keine Grenzen kannte, allein im Haus sein, seinen Zudringlichkeiten schutzlos ausgesetzt. Denn auf wirkungsvollen Beistand von Lisa Reed, in deren Obhut sich ja ihre Kinder befanden, brauchte sie nicht zu rechnen. Die Köchin würde ihr zwar ohne Zweifel beispringen, aber welche Chance hatte sie gegen einen Mann wie Ken, der die Gelegenheit nützen würde, an ihr seine Macht zu demonstrieren?

Wie sie sich also auch entschied, sie hatte nur die Wahl zwischen zwei Übeln, deren ausmaß sie vorher in keinem Fall abzuschätzen vermochte.

Jessica wandte sich abrupt um und stieß wortlos die Tür zum Farmhaus auf.

Kenneth lächelte. »Allmählich beginnst du zu begreifen«, sagte er spöttisch, folgte ihr in die kleine Vorhalle, die mit einigen wenigen Möbelstücken eher karg ausgestattet war, und schloss die Tür hinter sich.

»Was bezweckst du damit?«, fragte Jessica so ruhig, wie es ihr unter diesen ungewöhnlichen Umständen möglich war. Reden war jetzt ihre einzige Waffe, mit der sie sich ihn vom Leib halten konnte. Zumindest hoffte sie das. »Du weißt doch ganz genau, dass ich dich nicht angelogen habe und dass du Mitchell nicht im Haus und auch sonst nirgendwo auf der Farm finden wirst. Er ist längst weg!«

»So?«, fragte er, während er sich abschätzig umsah und den breiten Gang hinunterschritt, von dem die einzelnen Zimmer abgingen. Seine Stimme klang mäßig interessiert, als würde er dem Haftbefehl in seiner Rocktasche plötzlich keinerlei Bedeutung mehr beimessen. Er stieß die Tür zum Salon auf und trat ein.

Der Salon, wie auch alle anderen Zimmer des geräumigen Hauses, war mehr zweckmäßig als luxuriös eingerichtet. Steve Brading war nicht der Mann gewesen, der allzu viel Geld für exquisite Möbel, Teppiche und andere Einrichtungsgegenstände ausgegeben hätte, obwohl er es finanziell ohne Weiteres gekonnt hätte. Doch er hatte es vorgezogen, sein Geld in noch mehr Land, noch mehr Vieh und noch mehr Gerätschaften zu investieren. Und Jessica hatte daran nichts auszusetzen gehabt, obwohl sie schönen Dingen auch nicht abgeneigt war und dann und wann die Versuchung spürte, Geld für Dinge auszugeben, deren Nutzen allein in der Freude lag, sie zu besitzen und sich mit ihnen zu schmücken. Doch es geschah nur selten, dass sie diesen Regungen nachgab, denn dazu musste man erst nach Parramatta oder Sydney reisen, sodass die Gelegenheiten von vornherein begrenzt blieben.

»So, so, dein angeblicher Verlobter hat sich also noch frühzeitig genug absetzen können«, sagte Kenneth und ging auf einen Eckschrank aus Rosenholz zu, dem wohl teuersten Stück in diesem Raum. Er beugte sich vor und hebelte mit der Spitze seines Bajonetts die untere Tür des schweren Eckschrankes auf, der Gläser und Porzellan enthielt und dessen unterer Teil nicht im Entferntesten groß genug war, um einen erwachsenen Mann zu verbergen. Den Schlüssel, der im verschnörkelten Messingschloss griffbereit steckte, ignorierte er. Im oberen Teil des Schrankes standen Zinnbecher und Teller hinter bleiverglasten Scheiben. Mit einem hässlichen Geräusch brach das Holz über dem Schloss auf, und in dieses Bersten hinein fragte er scheinbar beiläufig: »Und du weißt nicht zufällig, wohin es deinen feinen Verlobten so eilig getrieben hat, nachdem er sich so lange deiner besonderen Pflege erfreut hat?«

Das Splittern des herrlichen Rosenholzes ging ihr durch Mark und Bein. Sie empfand diese sinnlose Zerstörung fast wie einen physischen Schmerz, und genau das hatte Ken wohl auch bezweckt. »Mein Gott, musst du dich wie ein Barbar aufführen?«

»Oh, entschuldige. Ich übersah den Schlüssel«, höhnte er. »Aber zurück zu Mister Hamilton. Wohin, sagtest du, wollte er?«

»Wohin schon?«, rief Jessica erbost. »Natürlich zurück nach Parramatta, auf seine Farm Mirra Booka! Immerhin war er fast vier Wochen krank, und sein Partner, Mister Hawkley ...«

»Ich habe dir schon einmal gesagt, du sollst nicht versuchen, mich anzulügen!«, fiel er ihr in die Rede, stieß die Schranktür mit einem heftigen Stiefeltritt zu und drehte sich dann zu ihr um. »Auf MIRRA BOOKA ist er nicht! Das weiß ich ganz sicher. Er hätte mit der COMET in vier Tagen längst dasein müssen! Wo also ist er wirklich, verdammt noch mal? Sag es!«

Jessica hielt seinem bohrenden Blick stand. »Ich weiß nur, dass er nach MIRRA BOOKA wollte. Das hat er mir gesagt. Wo sollte er sonst auch hin?«

Er starrte sie einen Moment lang an. »Ja, das ist die Frage, nicht wahr? Wo hat sich dein edler Ritter verkrochen? In welchem Loch dieser dreckigen Kolonie?«

»Ich weiß es nicht!«, blieb Jessica standfest.

Er lächelte plötzlich. »Nun, das ist im Augenblick wohl nicht weiter wichtig. Ich bekomme es schon heraus. Der Captain der COMET wird sich bestimmt daran erinnern, wo dein Mitchell von Bord gegangen ist. Ich bin sicher, dass er gar nicht erst versuchen wird, mir eine Lügengeschichte aufzutischen. Wie heißt er, der Captain dieses Kahns, an dem du beteiligt bist?«

Sie zögerte nicht einmal. Den Namen in Erfahrung zu bringen war lächerlich einfach. Weshalb also sollte sie ihn verschweigen. »Patrick Rourke.«

»Oh, noch ein Ire?«, fragte er verblüfft, und sein Lächeln wurde noch eine Spur breiter. »Du scheinst ja eine ausgesprochene Vorliebe für dieses irische Gesindel zu haben, Jessica. Schlechter Umgang, lass dir das gesagt sein, färbt ab. Gehe ich recht in der Annahme, dass auch dieser Captain Rourke ein deportierter irischer Rebell ist wie dein hitzköpfiger Verwalter?«

»Patrick Rourke war Fischer!«, erklärte Jessica wütend. »Er wurde verurteilt und verbannt, weil er seinem Bruder in seinem Haus Unterschlupf gewährte und ...«

»Sagte ich doch: ein irischer Rebell!«, fiel er ihr ins Wort und schlenderte dabei lässig zurück in den Flur. »Mein Vater sagte immer, dass für einen Iren der Strick noch zu schade sei. Eine hohe Klippe täte es bei diesem Gesocks auch. Nun denn, Captain Rourke wird darüber möglicherweise anders denken und wenige meiner Ansichten teilen. Doch er wird gewiss mit mir übereinstimmen, dass die frische Luft an Deck eines Schiffes dem Pesthauch eines Kerkers vorzuziehen ist – wenn man die Wahl hat.« Er drehte sich lächelnd zu ihr um. »Ich verspreche dir, dass ich mich von meiner großzügigen Seite zeigen und ihm diese Wahl lassen werde, obwohl es ja in meiner Macht stünde, ganz anders mit ihm zu verfahren. Doch wer sollte dann deine COMET steuern, nicht wahr? Du siehst, ich behalte dein Wohlergehen und auch deine geschäftlichen Vorteile immer im Auge, auch wenn du es mir gelegentlich nicht sehr leicht machst.« Er öffnete die Tür am Ende des Ganges.

Es war Jessicas Schlafzimmer, dessen Fenster zum Hawkesbury hinausgingen. Die Sonne stand jetzt nur noch drei Handbreit über den dichten Eukalyptuswäldern am jenseitigen Ufer und warf einen blendendhellen Lichtkeil durch den armbreiten Spalt zwischen den schweren Vorhängen aus marineblauem Samt. Ein hübsches Doppelbett mit hohen, geschnitzten Pfosten und einem sanft durchhängenden Baldachin aus lavendelfarbenem Stoff beherrschte das Zimmer und stand an der Wand gegenüber der Tür. Eine schwere Kleiderkommode und ein Waschtisch mit einem Aufsatz, der einen Kippspiegel hielt, vervollständigten die karge Einrichtung. Steve hatte das Bett nach der Geburt seines Sohnes Edward aus England kommen lassen und es ihr mit den dazu passenden Vorhängen und Stoffen ein Jahr später, fast rechtzeitig zur Geburt seiner Tochter, zum Geschenk gemacht. Er war kein Mann großer Worte gewesen, der seine Gefühle auf der Zunge trug. So hatte er ihr nie ausdrücklich gesagt, wie sehr er sie liebte. Doch Worte waren auch nie nötig gewesen, denn er hatte es ihr auf seine Art zu verstehen gegeben – wie mit diesem Geschenk.

»Sieh an! Was haben wir denn hier Anheimelndes«, sagte Kenneth übergangslos, als sein Blick auf das Bett fiel. »Das scheint mir euer Liebesnest zu sein, ja? Hier hast du also mit deinem Mitchell herumgehurt!«

Jessica vermochte sich nicht länger zu beherrschen. Was Kenneth ihr da zumutete, war einfach zu viel, überstieg die Kraft ihrer Selbstkontrolle und Selbstverleugnung. Wut und Abscheu brachen sich Bahn, wie eine alle Dämme niederreißende Sturmflut.

»Genug! Musst du Lump alles in den Dreck ziehen? Es ist genug! Hörst du, genug mit deinen Verleumdungen und Hasstiraden! Genug! Genug!«, schrie sie ihn mit verzerrtem Gesicht an und stürzte sich blindlings auf ihn, das Bajonett in seiner Hand völlig vergessend. Ihre Fäuste, in denen die Kraft einer Frau lag, die schwere Arbeit auf dem Feld gewohnt war, trafen ihn unerwartet und schmerzhaft, schleuderten ihn gegen einen Bettpfosten. Und mit diesem Hagel von Schlägen schleuderte sie ihm Schmähungen entgegen, an die sie sich hinterher nicht mehr erinnern konnte.

Kenneth wurde von ihrem heftigen, gewalttätigen Ausbruch völlig überrascht. Erschrocken riss er den linken Arm hoch, um sein Gesicht vor ihren wütenden Schlägen zu schützen, während er mit der Schulter gegen den Bettpfosten stieß.

»Bist du von Sinnen, verdammt noch mal?«, fluchte er, als Jessica nicht aufhörte, auf ihn einzuschlagen. Schnell ließ er das Bajonett hinter sich auf die Bettdecke fallen. Dann blockte er ihre Schläge ab, packte sie am Handgelenk und riss sie mit einem brutalen Ruck zu sich heran. Als sie gegen ihn prallte, drehte er ihr den Arm so fest auf den Rücken, dass sie sich nicht mehr zu befreien vermochte.

»Lass mich los!«, keuchte Jessica und versuchte mit aller Kraft, sich aus seinem Griff zu befreien, doch ohne Erfolg. Und für einen Augenblick drohte Panik in ihr die Oberhand zu gewinnen, als ihr bewusst wurde, wie nah sie ihm war und wie schutzlos. »Lass mich auf der Stelle los!«

Kenneth lachte nur und lockerte seine Umklammerung nicht um einen Inch. Er spürte ihren Körper durch ihr dünnes Kleid hindurch, ihre Oberschenkel, den sanften Schwung ihres Bauches und ihre Brüste, die sich gegen ihn pressten. Und seine rechte Hand lag auf ihrem Gesäß.

Seine Erregung loderte auf wie eine Flamme aus frischer Glut unter einem heftigen Windstoß. Geradezu schmerzhaft drängte das Blut in seine Lenden, während er sie so an sich gepresst hielt. Wie sehr hatte er sich danach verzehrt, seine Hände über ihren Körper gleiten zu lassen, ihre nackte Haut zu spüren und ihre aufregenden Rundungen mit Lippen und Zunge nachzuzeichnen. Oft hatte er sich in schlaflosen Nächten vorgestellt, wie es sein würde, wenn sie in seinen Armen lag und sich ihm in ihrer Nacktheit darbot, sich ihm öffnete und er schließlich in sie eindrang. Dieses Bild hatte ihn nicht nur nachts gequält, sondern auch tagsüber immer wieder verfolgt.

Und nun trennte ihn kaum noch etwas von seinem Wunsch, der zur Besessenheit geworden war. Nur ein dünner Stoff. Er spürte schon deutlich die Wärme ihres Körpers. Er brauchte ihr jetzt nur die Kleider vom Leib zu reißen und sie zu nehmen, hier in ihrem Schlafzimmer. Er vermochte sich nichts vorzustellen, was ihn noch mehr erregt hätte. Ja, warum nahm er sie nicht jetzt gleich? Sie gehörte ihm!

Ein erstickter Aufschrei, der von der Tür kam, riss Kenneth aus seinem Zustand lüsterner Berauschtheit. Sein Kopf fuhr herum, und er sah eine grauhaarige Frau in einem geblümten Kattunkleid. Entsetzt starrte sie zu ihnen ins Zimmer. Es war Lisa Reed, die Köchin. »O mein Gott, gnädige Frau!«, stieß sie mit zitternder Stimme hervor, die Augen weit aufgerissen. »Was geht hier vor?«

Unwillkürlich lockerte Kenneth seinen Griff. »Verschwinde, Weib!«, herrschte er sie an.

Lisa hatte Angst. Wer als Emanzipist keine Angst vor einem Offizier des Corps hatte, musste schon ausgesprochen töricht sein. Doch sie ließ sich nicht einschüchtern. »Lieutenant! … Sir! … Tun Sie ihr nichts an! … Es gibt auf Seven Hills einige Leute, die ihr eigenes Leben weniger hoch einschätzen als das von Missis Brading!«, warnte sie ihn mit abgehackter Stimme, als müsste sie sich jedes einzelne Wort abringen. »Ihr … Ihr Offiziersrock macht Sie nicht unverwundbar, Sir! … Bitte!«

»Verdammt, willst du elendes Weibsbild mir drohen?«, stieß Kenneth zornig und verblüfft zugleich hervor. Er war jetzt zu irritiert, um Jessica noch festzuhalten.

»Ich bin nur eine alte Köchin, die es gut mit Ihnen meint, Lieutenant«, antwortete Lisa Reed mit schlauer Unterwürfigkeit, die ihrer Drohung nichts von ihrer Deutlichkeit nahm, sie selbst jedoch unangreifbar machte.

Jessica machte sich augenblicklich von ihm los und wich zurück, versuchte jedoch nicht, aus dem Zimmer zu flüchten. Sie spürte instinktiv, dass er das vereitelt hätte. »Es ist schon gut, Lisa«, presste sie hervor und bemühte sich, ihre Selbstbeherrschung wiederzugewinnen. Sie erschrak im Nachhinein über ihre Tollkühnheit, auf Kenneth losgegangen zu sein. »Sorg dich nicht. Es ist schon alles in Ordnung. Bitte geh jetzt wieder zu den Kindern.«

»Sind Sie sich auch sicher?«, fragte die Köchin zweifelnd.

»Zum Teufel, hast du nicht gehört, dass du gefälligst verschwinden sollst?«, fuhr Kenneth sie unbeherrscht an. »Komm mir bloß nicht mehr unter die Augen, sonst lasse ich dich auspeitschen!«

»Geh!«, drängte Jessica.

Lisa Reed zog sich zurück.

Einen Augenblick sahen sich Kenneth und Jessica stumm an. Dann sagte er: »Du weißt, dass ich dich dafür in Ketten legen und auspeitschen lassen könnte. Du hast einen Offizier angegriffen!«

Sie ging nicht darauf ein, sondern wiederholte die Frage, die sie ihm schon einmal gestellt hatte: »Warum tust du das, Kenneth? Warum versuchst du, Mitchell zu vernichten?«

»Ich tue nur meine Pflicht«, begann er. »Der Haftbefehl ist ganz eindeutig und die Anschuldigungen ...«

»Hör doch auf mit dieser Farce!«, fiel sie ihm ins Wort. »Wir sind hier ganz allein. Niemand hört uns. Du brauchst diese lächerlichen Anschuldigungen also nicht zu wiederholen. Wir beide wissen, dass sie aus der Luft gegriffen sind. Mitchell hat dein Leben verschont, Kenneth! Er hätte dich beim Duell, zu dem du ihn herausgefordert hattest, töten können! Hast du denn kein Gewissen?«

Sein Gesicht verzerrte sich vor Hass. »Er hat mich aber nicht getötet! Und das war sein Fehler. Er wird dafür bezahlen, dass er mich hat demütigen wollen! Mich demütigt niemand ungestraft, hast du mich gehört, Jessica? Niemand!«

»Mitchell hat dich nicht gedemütigt, sondern am Leben gelassen, als er dir eine Kugel in den Kopf hätte schießen können.

Dass du dich dabei als Feigling erwiesen hast, war nicht seine Schuld!«, hielt sie ihm entgegen.

Mit einem Satz war er bei ihr und versetzte ihr eine schallende Ohrfeige, die ihren Kopf zur Seite riss. »Sag das nicht noch einmal!«, zischte er, bleich im Gesicht.

Jessica hielt sich die brennende Wange. »Hat man dir das beigebracht, dass man als Offizier und Gentleman eine Frau schlägt, wenn sie etwas sagt, was einem nicht gefällt?«, höhnte sie.

»Du hast es herausgefordert! Ich dulde es einfach nicht, dass du in einem solchen Ton mit mir sprichst!«

»Mein Gott, Kenneth, du bist wirklich tief gesunken, tiefer, als ich es für möglich gehalten hätte«, sagte sie verständnislos. »Dabei ist doch alles so sinnlos. Warum quälst du mich und Mitchell und auch dich für etwas, was du nie erreichen wirst? Wozu das alles? Du willst, dass ich mich dir hingebe, nicht wahr? Du willst mich besitzen!«

Er starrte sie an. »Du gehörst mir!«, stieß er hervor. »Mir allein!«

»Du bist verrückt, Ken! Ich gehöre keinem!«, widersprach sie heftig. »Und es ist nicht nur verbrecherisch, sondern zudem auch noch absolut lächerlich, wenn du meinst, du bräuchtest Mitchell nur aus dem Weg zu räumen, um mich besitzen zu können!«

Er machte eine herrische Geste, mit der er ihren Einwand beiseite wischte. »Wer ist dieser Mitchell Hamilton schon? Ein Farmer! Ein Nichts und ein Niemand! Er ist nicht der Richtige, kann nicht der Richtige für dich sein! Ich war dein erster Mann, Jessica!« Er sagte das im Tonfall einer Beschwörung, einer heiligen Zauberformel. »Und du hast mich geliebt, wie ich dich geliebt habe! Das kannst du nicht vergessen haben!«

Ein bitterer Zug legte sich um ihren Mund. Sie erinnerte sich noch sehr genau daran, wie stark seine Liebe gewesen war, als man das Komplott gegen sie geschmiedet und sie zur Verbrecherin abgestempelt hatte. Tatenlos hatte er zugesehen, wie man sie in das Londoner Gefängnis Newgate gebracht hatte, das auch von den hartgesottensten Verbrechern als Hölle auf Erden gefürchtet wurde. Nicht einmal hatte er sie in jenen entsetzlichen Monaten vor ihrer Verschiffung nach Australien besucht, ihr nicht ein einziges Wort geschrieben und ihr nicht einen Penny zukommen lassen, um sich von den bestechlichen Wärtern ein wenig mehr Brot und eine halbwegs trockene Zelle und somit Hoffnung auf ein Überleben erkaufen zu können. Hatte er all das vergessen?

Sie atmete tief durch. »O ja, du warst mein erster Mann, und ich habe es in der Tat nicht vergessen. Wie könnte ich es auch vergessen haben, wie geschickt du es damals angestellt hast, mich zu verführen.«

»Du wolltest es, so wie ich es wollte!«

Jessica lachte freudlos auf. »Mein Gott, ich war damals erst siebzehn, Ken, hatte gerade meine Mutter verloren und stand allein und ohne Geld in der Welt, wusste nicht, was aus mir werden sollte … und wusste auch nicht, wer ich wirklich war. Was ich damals wollte, weiß ich nicht, zu verworren waren meine Gefühle. Aber ganz sicher suchte ich in jener Zeit Schutz und Wärme und Zuneigung, einen Halt, der mir zeigte, welchen Weg ich einzuschlagen hätte.«

»All das habe ich dir gegeben und mehr!«, behauptete er, und seine Augen leuchteten.

Sie schüttelte den Kopf. »Nein, Ken, du hast mir viel weniger gegeben, was ich aber erst zu spät erkannte. Du hast meine Unerfahrenheit und meine verzweifeltes Suche nach Liebe ausgenützt, mich verführt und mich ins Verderben gelockt. Das Einzige, was du mir gegeben hast, ist die ewige Schuld einer verbotenen und unverzeihlichen Liebe mit meinem Halbbruder.«

Er lächelte spöttisch. »Du machtest mir aber ganz und gar nicht den Eindruck, als wären dir meine Zärtlichkeiten unangenehm. Und auch später dann, als wir ein wirkliches Liebespaar waren, hast du dich nicht gerade über mich beklagt, wenn wir das Bett teilten. Und wie oft hast du mir gesagt, dass du dir ein Leben ohne mich nicht vorstellen könntest. Und dass du dich auch heute noch an unsere Blutsverwandtschaft klammerst und dich dahinter versteckst, ist absurd. Sie stand unserer Liebe nie im Wege! Liebe kann nie falsch sein!«

Jessicas Gesicht zeigte einen Ausdruck von Schmerz und Trauer. »Ja, das habe ich damals als Mädchen wohl geglaubt. Ich habe viel geglaubt, was falsch war, Ken. Ich will mich nicht von aller Mitschuld reinwaschen. Ich hätte deinen Verführungskünsten widerstehen, mehr Widerstand leisten müssen. Doch ich war damals zu jung und zu schwach, und ich gebe zu, dass du sehr wohl wusstest, was du tatest und wie du es tun musstest, um mich alle Schuld und Scham vergessen zu machen.«

Er wertete ihre Worte als Lob seiner Liebeskünste, und das charmante Lächeln, mit dem er schon von Jugend an Frauenherzen erobert hatte, trat auf sein Gesicht. »Das tue ich noch immer, Jessica, und es kann wieder so schön sein wie damals, wenn du nur Vernunft annimmst. Wir sind füreinander bestimmt, ich weiß es!«

»Nein, das redest du dir nur ein! Ich liebe dich nicht, Ken! Wann begreifst du endlich, dass die Jessica, die du vor acht Jahren wie ein Stück Ton in deinen Händen formen konntest, nicht mehr die heutige Jessica ist. Die Jessica, die vor dir steht, ist durch die Hölle von Newgate gegangen, hat die Monate im Unterdeck des Sträflingsschiffes überlebt und hier ihre Bestimmung, ihren Frieden gefunden – bis du kamst. Die Jessica, von der du träumst, gibt es nicht mehr!«, beschwor sie ihn. »Du musst deinen Traum begraben, Ken. Ich weiß heute, was Liebe ist. Steve Brading habe ich geliebt, und seinen Tod habe ich beweint. Ich liebe meine Kinder, und ich liebe Mitchell. Für dich empfinde ich nichts dergleichen. Nichts dergleichen, hörst du? Höchstens Verachtung und Abscheu, wenn du dich so verhältst wie heute. Du wirst mich nicht ins Bett bekommen, hast du mich verstanden? Freiwillig werde ich dir nie zu Willen sein! Wann begreifst du das endlich?«

Sein Gesicht hatte sich mehr und mehr verfinstert und war nun, als Jessica geendet hatte, eine starre Maske mühsam beherrschten Zorns und verletzten Stolzes. »Ich werde dich bekommen!«, stieß er hervor.

»Dann musst du schon Gewalt anwenden!«

»Wenn du es nicht anders willst, kannst du auch das haben!«, zischte er und hielt im nächsten Moment wieder das Bajonett in der Hand.

»Willst du mich vergewaltigen?« Jessica musste sich zwingen, nicht angsterfüllt auf die scharfe Klinge zu starren. Ihr Blick ging schnell zur Tür. Sie stand seitlich vom Bett. Wenn sie einen günstigen Moment abpasste und blitzschnell herumwirbelte, musste es ihr gelingen, vor ihm im Flur zu sein, und dann …

Kenneth war ihr Blick zur Tür jedoch nicht entgangen, und bevor sie noch ihren Gedankengang zu Ende führen konnte, machte er ihre Hoffnung zunichte. Im nächsten Augenblick füllte seine breite Gestalt schon den Rahmen aus. Mit einem spöttischen Lächeln zog er die Tür ins Schloss und schob von innen den Riegel vor.

»So ist es doch viel intimer. Wir wollen doch nicht gestört werden, nicht wahr?«

Jessica gab ihm keine Antwort. Sie stand nur da und wartete. Es gab nichts, was sie in dieser Situation tun konnte. Um Hilfe zu schreien, war das Letzte, was sie tun würde. Niemand sollte ausgepeitscht werden, nur weil er versucht hatte, ihr gegen einen Offizier des New South Wales Corps beizustehen.

Er kam langsam auf sie zu, taxierte sie. »Zieh dich aus!«, forderte er sie dann auf und machte eine ungeduldige Bewegung mit dem Bajonett in seiner Rechten.

»Du scheinst nicht zugehört zu haben«, sagte Jessica kalt. »Freiwillig bekommst du mich nicht, Ken. Du musst schon Gewalt anwenden, um mir deine unsterbliche Liebe zu beweisen!«

Er zeigte sich amüsiert. »Es gibt Menschen, die muss man zu ihrem Glück zwingen, heißt es«, erwiderte er höhnisch. »Mir scheint, auch du gehörst zu dieser außergewöhnlichen Sorte. Also gut, wenn du es nicht anders möchtest …« Er stand keine Armlänge mehr von ihr entfernt, als sich die scharfe Klinge des Bajonetts zwischen Kleid und Gürtel schob. Ein kurzer Ruck, und der Gürtel fiel durchtrennt zu Boden.

Jessica hatte sich nicht von der Stelle gerührt. Sie schaute ihn unbewegt an. Wenn er in ihrem Gesicht nach einem noch so winzigen Anzeichen von Angst suchte, er würde darin nichts weiter als grenzenlose Verachtung finden.

»Ich kann den Haftbefehl gegen Mitchell Hamilton hier vor deinen Augen zerreißen, und es wird nie mehr davon die Rede sein. Ich gebe dir mein Ehrenwort darauf«, bot er ihr an. »Du hast es in der Hand, Jessica. Zieh dich aus und gib mir nur noch einmal das Gefühl, es wäre zwischen uns so wie früher. Nur ein einziges Mal!«

»Nicht einen Finger werde ich für dich rühren!«, blieb sie hart, und in ihren Augen sprühte ein kaltes Feuer. Sie wusste, dass er sich nicht mit einer einzigen Unterwerfung zufrieden geben würde. Er wollte sie als sein willfähriges Geschöpf, als seine Geliebte.

»Dieser Mitchell scheint dir ja nicht sehr viel wert zu sein«, sagte er sarkastisch.

»Er ist mir so viel wert, dass ich nicht zulassen werde, dass unsere Liebe durch dich beschmutzt wird!«

Mit einem glatten, langen Schnitt fetzte Kenneth ihr das Kleid vom Kragen bis zum Saum auf. Mit einer wütenden Bewegung riss er es ihr von den Schultern und schleuderte es hinter sich zu Boden.

Ihr Gesicht nahm eine bleiche Tönung an, doch das war auch alles, was sie an Reaktion zeigte. Sie wich nicht einen Inch vor ihm zurück. Trotzig reckte sie ihm das Kinn entgegen. »Macht es dir Spaß, ja?«

»Warte es ab!«, knurrte er zornig. »Der Spaß fängt erst an.«

»Mach nur weiter, wenn es dich erregt, du Tier!«, schleuderte sie ihm verächtlich entgegen.

Da riss er ihr auch das dünne Mieder vom Körper und die leicht gebauschten Beinkleider, die ihr bis zu den Knien gingen und an den Beinenden von einem kleinen Spitzensaum eingefasst waren. Der kühle Leinenstoff ging wie sprödes Papier in Fetzen, als er den Bund des Unterkleides packte und mit aller Kraft daran zerrte. Er hielt einen Teil des Beinkleides in der Hand, während ihr der Rest über die Füße fiel.

Splitternackt war sie ihm nun preisgegeben.

»So lange …« Seine Stimme kippte über und brach ab. Wie

erstarrt stand er vor ihr. Nur seine weitaufgerissenen Augen, mit denen er sie förmlich verschlang, bewegten sich. Sie zuckten wild hin und her, als hätte er die Kontrolle über sie verloren. Er schien wie unter einem geheimen, magischen Bann zu stehen.

Ein Frösteln durchlief sie, als sie den lüsternen Ausdruck sah, der sein Gesicht völlig beherrschte, und in ihr zog sich alles zusammen. Seine Blickte, die nun wie gehetzt über ihren nackten Körper irrten, empfand sie wie die grapschigen Hände eines Rohlings. Es kostete sie ihre ganze Kraft, sich auch jetzt nicht von der Stelle zu bewegen und nicht zu versuchen, ihre Blößen zu bedecken.

»Ich vergaß, wie schön du bist«, brach er schließlich das lastende Schweigen, und seine Stimme klang heiser vor Erregung, die sich deutlich unter seiner Kleidung abzeichnete. »Es kann gefährlich sein, so schön zu sein … und zugleich auch noch so hochmütig, wie du es bist, Jessica.«

»Worauf wartest du?« Jessica hielt die Spannung nicht länger aus. Er sollte es tun, damit sie es schnell hinter sich hatte. »Warum nimmst du mich nicht? Worauf wartest du noch mit der Vergewaltigung.«

Er streckte die Hand nach ihr aus, umfasste ihre linke Brust, ließ sie dann wieder los, strich mit der Handfläche über ihren flachen, festen Bauch und ließ sie dann zwischen ihre Beine gleiten.

»Du fühlst dich wunderbar an«, flüsterte er. »Ja, ich könnte dich nehmen. Aber ich werde es nicht tun!« Schnell zog er seine Hand zurück, als hätte er sich an ihrem dunkelblonden Vlies verbrannt. »Ich habe es nicht nötig, dich mit Gewalt zu nehmen.«

Jessica hatte Mühe, einen Seufzer der Erlösung zu unterdrücken. Nur ein leichtes Zittern durchlief ihren Körper, und äußerlich bildete sich bei ihr eine Gänsehaut, obwohl der durch die Vorhänge fallende Lichtkeil mit heißer Sonnenkraft ihren Rücken wärmte. Sie wagte nicht, etwas zu erwidern, aus Angst, ihre Stimme könnte durch ein Zittern verraten, wie nahe sie am Rande ihrer Selbstbeherrschung stand.

Er atmete tief durch. »Ich will dich, Jessica, doch ich kann mich gedulden. Denn ich weiß, dass du eines Tages zu mir kommen wirst.«

»Nie!«, stieß sie nun hervor. »Dieser Tag wird nie kommen!«

Er lächelte, und diesmal war sein Lächeln frei von Hohn und jeder Falschheit. Es war das Lächeln eines Mannes, der sein Leben lang bekommen hatte, wonach sein Herz begehrte, und der sich seiner Sache absolut sicher war. »Du bist eine ungewöhnliche Frau, Jessica, doch nicht einmal du bist mir gewachsen. Ich werde dich besitzen, und du wirst vor mir auf den Knien liegen und mich anflehen, dich zu lieben. Genauso wird es sein!« Damit wandte er sich um und entriegelte die Tür. Bevor er im Flur verschwand, drehte er sich noch einmal zu ihr um. »Meine Männer und ich werden die Nacht über auf Seven Hills bleiben und deine großzügige Gastfreundschaft in Anspruch nehmen. Übrigens: Du solltest dir etwas anziehen. Dein irischer Hitzkopf könnte gleich hereingestürzt und bei deinem reizenden Anblick auf den Gedanken kommen, ich hätte dir etwas angetan. Und wir wollen doch beide keine Helden, deren kopfloser Beschützerinstinkt sie an den Galgen bringt, nicht wahr?«

Völlig am Ende mit ihren Nerven sank Jessica auf das Bett, als Kenneth sich entfernte. Einen Augenblick starrte sie auf den kleinen Bettvorleger, ohne wirklich etwas zu sehen. Tränen schossen ihr in die Augen, und sie war einen Moment lang versucht, alle Selbstbeherrschung aufzugeben und sich dem aufsteigenden Weinkrampf zu überlassen. Doch dann hörte sie am anderen Ende des Ganges, wo es in die Küchenräume ging, eine Tür schlagen und die vertrauten Stimmen ihrer Kinder. Wie von der Tarantel gestochen sprang sie vom Bett hoch, stürzte zur Tür und schloss sie hastig. Lisa und ihre Kinder durften sie auf keinen Fall in diesem Zustand sehen!

Schon im nächsten Augenblick pochte es gegen die Tür. »Missis Brading?« Es war Lisa Reed. »Sind Sie da drin, gnädige Frau? Missis Brading? Hören Sie mich? Ihr Pochen wurde mit jeder Frage heftiger und ihre Stimme schriller.

»Ja, ich bin hier!«, antwortete Jessica, immer noch den Tränen nahe. Es fiel ihr schwer, ihrer Stimme einen halbwegs festen Klang zu geben. »Hören Sie auf, solchen Lärm zu machen, Lisa!«

»Brauchen Sie Hilfe, gnädige Frau?«

Jessica kämpfte gegen das Schwächegefühl an und zwang sich zu einem sicheren, fast gebieterischen Tonfall. »Nein, Lisa, ich brauche keine Hilfe, sonst hätte ich dich schon gerufen!« Es klang wie eine barsche Zurechtweisung, und um diese abzumildern, fügte sie hinzu. »Es gibt nichts, worüber du dir Sorgen zu machen bräuchtest.«

»Warum lassen Sie mich dann nicht ein?«

»Weil ich einen Moment allein sein will! Und jetzt geh zurück zu den Kindern!«, befahl sie der Köchin in einem Ton, der keinen Widerspruch zuließ. »Ich komme gleich.«

Ein kurzes Zögern. Dann seufzte Lisa Reed. »Wenn Sie es so wünschen …«

»Ja, das wünsche ich!«

Ohne ein weiteres Wort entfernte sich die Köchin, die von tiefer Sorge um ihre Herrin erfüllt war.

Jessica fühlte sich so schwach auf den Beinen, als hätte sie eine lange Krankheit hinter sich. Am liebsten hätte sie sich wieder auf das Bett geworfen, das Gesicht in die Kissen vergraben und ihren Tränen freien Lauf gelassen. Doch sie wusste, dass sie sich jetzt nicht gehen lassen durfte. Sie musste sich Ian und ihren Arbeitern zeigen, wenn nicht das geschehen sollte, was Lisa zu Ken gesagt hatte.

Schnell raffte sie die zerfetzten Kleidungsstücke zusammen und schob sie unter das Bett. Dann entnahm sie ihrer Kommode neue Unterwäsche, schlüpfte in Beinkleider und Mieder und wählte von ihren Kleidern eines aus, das sie sich aus demselben Stoff geschneidert hatte, aus dem auch das Kleid gewesen war, das Ken zerfetzt hatte.

Ian ließ sich nicht täuschen. Als sie mit bleichem Gesicht, aber beherrschter Miene auf die Veranda hinaustrat, sah er sofort, dass sie ein anderes Kleid trug. Seine Augen verengten sich zu schmalen Schlitzen, hinter denen ein wildes Feuer loderte. Seit Lieutenant Forbes mit Jessica im Haus verschwunden war, stand Ian unter einer enormen inneren Anspannung. Es fehlte nur wenig, um diesen unerträglichen Druck in ihm zur Entladung zu bringen.

»Was hat er Ihnen getan, Jessica?«, stieß er mit heiserer Stimme hervor. »Ich bringe diesen Dreckskerl um, wenn er Sie auch nur …«

»Er hat mir nichts getan!«, fiel sie ihm hastig ins Wort, bestürzt über seine Wildheit. Stimmte es vielleicht doch, was Lydia gesagt hatte? Liebte Ian sie? Nein, das war zu viel. Sie wollte und konnte sich jetzt nicht auch noch damit belasten. Sie wollte nicht einmal darüber nachdenken.

»Sagen Sie mir die Wahrheit!«, raunte er eindringlich und ergriff ihre Hand.

»Beruhigen Sie sich doch, Ian! Es ist die Wahrheit. Ken hat versucht, mich einzuschüchtern und herauszufinden, wohin Mitchell geflüchtet ist. Aber von mir hat er kein Wort erfahren. Das ist alles, glauben Sie mir«, sprudelte sie hervor.

»Ich wünschte, ich könnte Ihnen glauben!«, erwiderte er und sagte dann im Tonfall einer Beschuldigung: »Sie tragen ein anderes Kleid!«

»Ich sagte Ihnen doch, er hat mich einzuschüchtern versucht, Ian. Dabei hat er das Vorderteil meines Kleides mit dem Bajonett aufgefetzt. Er dachte, damit könnte er mich in Angst und Schrecken versetzen. Aber das war auch alles«, log sie ihn an. »Er hat mich nicht berührt!«

Ian McIntosh presste die Lippen aufeinander. Er sah aus, als wollte er jeden Augenblick explodieren und etwas Unvernünftiges tun.

»Mein Gott, Ian! Was ist bloß mit Ihnen los? Glauben Sie, ich stände jetzt so ruhig vor Ihnen, wenn er mich soeben vergewaltigt hätte?«, rüttelte sie ihn auf. »Außer mich zu bedrohen und zu demütigen, hat er mir nichts getan. Also reißen Sie sich gefälligst zusammen und tun Sie um Gottes willen bloß nichts, was dieses Soldatenpack noch mehr reizen könnte.«

Ian blinzelte sie an, als erwachte er aus einem Tagtraum. Dann straffte sich seine Gestalt, und die gefährliche Anspannung löste sich in ihm. »Außer Sie zu bedrohen und zu demütigen, hat er Ihnen nichts getan!«, sagte er wütend. »Wie das klingt!«

»Besser immerhin als das, was Sie befürchtet haben!«, erwiderte sie rundheraus. »Und jetzt lassen Sie uns nicht länger davon reden. Unangenehme Erfahrungen werden nicht angenehmer, indem man ständig darüber redet. Außerdem haben wir jetzt anderes zu tun.«

»Und das wäre?«

»Wir müssen tun, was wir können, um den Schaden, den diese uniformierte Landplage auf SEVEN HILLS anrichtet, so klein wie möglich zu halten!«, sagte Jessica entschlossen und blickte zu einer Gruppe Soldaten hinüber, die offenbar einen Heidenspaß daran hatten, einen Maissack nach dem anderen aus einem der Lagerschuppen zu holen und ihn mit ihren Bajonetten zu durchlöchern. Eine dicke Schicht Mehl bedeckte schon die rotbraune Erde vor dem Schuppen.

»Ich fürchte, dieses Pack wird sich nicht viel darum scheren, was wir sagen«, knurrte der Verwalter.

»Versuchen müssen wir es dennoch!«, sagte Jessica entschlossen und war fast froh, eine Aufgabe zu haben, auf die sie sich konzentrieren konnte.

Energischen Schrittes überquerte sie den Hof und ging auf die Soldaten zu, die schon gut zwei Dutzend Mehlsäcke in sinnloser Zerstörungswut zerfetzt hatten. Und die Geräusche, die aus den anderen Schuppen und Werkstätten drangen, verrieten, dass sich der Schaden, den Kens Marineinfanteristen anrichteten, nicht auf diese Mehlsäcke beschränken würde.

Sie ging geradewegs auf einen Soldaten zu, der noch keine zwanzig Jahre alt war. Er hatte ein schmales Gesicht, das von Pickeln und hässlichen Hitzeflecken übersät war. Blonder Flaum bedeckte seine Oberlippe.

»Ich glaube, hier ist er auch nicht!«, rief der junge Bursche seinen Kameraden mit einem breiten Grinsen zu, nachdem er einen der Säcke mit seinem Bajonett ein halbes Dutzend Mal aufgeschlitzt hatte. Das Mehl strömte nun aus den langen Schlitzen auf die dreckigen Stiefel des Soldaten. »Aber irgendwo wird er ja sein, was? Komm, Joe, bring den nächsten Sack rüber!«

Jessica blieb vor dem jungen Soldaten stehen. »Hast du in

dem Mehlsack nach Mitchell Hamilton gesucht?«, fuhr sie ihn an und wies auf den aufgefetzten Sack zu seinen Füßen.

»Klar doch, Missis«, antwortete er mit einem hämischen Grinsen. »Befehl ist Befehl, und auf mich kann sich der Lieutenant verlassen.«

Jessica schlug ihm mit dem Handrücken so fest sie konnte ins Gesicht. Der Soldat schrie vor Schmerz und Verblüffung gellend auf, während sein Kopf vom Schlag zur Seite geschleudert wurde und er rückwärts wankte. Seine bajonettbewehrte Flinte fiel in das Mehl, als er seine schmerzende rechte Wange mit der Hand bedeckte.

»Sie hat mich geschlagen!«, schrie er. »Dieses Weibsbild hat mich geschlagen! Lieutenant!«

Kenneth Forbes, der drei Schuppen weiter oberhalb in Richtung Weiden gerade Sergeant Purdey den Auftrag erteilt hatte, vier junge Lämmer von seinen Männern schlachten, ausnehmen und häuten zu lassen, fuhr beim schrillen Schrei des jungen Soldaten herum. Er sah, dass zwei seiner Infanteristen Jessica grob gepackt hatten und festhielten.

Augenblicklich war er bei der Gruppe. »Was ist hier passiert?«, fragte er scharf.

»Sir!« Der junge Soldat versuchte Haltung anzunehmen und den Schmerz zu unterdrücken, der sich in seinem Gesicht ausbreitete. Seine Wange begann zu schwellen. »Diese Frau hat mich angegriffen, Sir!«

»Stimmt das?«, fuhr Ken Jessica an.

»Ich hab' ihm eine Ohrfeige verpasst, die er verdient hat… wie jeder andere von diesen Schwachköpfen auch!«, antwortete sie wütend. »Und jetzt sag ihnen, dass sie mich loslassen sollen! Ich werde ihnen nichts tun, obwohl sie alle eine gehörige Tracht Prügel verdient hätten.«

Sergeant Purdey, der neben seinen Vorgesetzten getreten war, konnte sich nur mühsam ein Grinsen verkneifen. »Wirklich eine außergewöhnliche Frau, Sir«, murmelte er, gerade laut genug, dass Ken ihn verstehen konnte.

Ken starrte Jessica an. »Ich könnte dich verhaften lassen!«

Jessica erwiderte seinen Blick voller Verachtung. »Weil ich einem Dummkopf eine Ohrfeige gegeben habe? Mach dich nicht lächerlich. Oder bist du auch der Meinung, dass sich ein ausgewachsener Mann in einem Mehlsack von fünfzig Pfund verstecken kann? Denn genau das hat dieser Bursche behauptet!«

Ken zögerte.

»Oder sollte dieses Auffetzen der Säcke und dieses sinnlose Zertrümmern von Regalen und Kisten in Wirklichkeit gar nicht der Suche nach Mitchell dienen?«, höhnte Jessica. »War es etwa von vornherein deine Absicht gewesen, deine Wut, weil du Mitchell hier nicht mehr angetroffen hast, an mir auszulassen und ein Werk der Zerstörung anzurichten? Steht das vielleicht auch in deinem Befehl, den die neuen Herren der Kolonie unterschrieben haben? Wäre doch mal ganz interessant zu erfahren, ob das, was sich deine Männer hier herausnehmen, auch in ihrem Interesse ist!«

»Dir bin ich keine Rechenschaft schuldig!«, herrschte Ken sie erbost an.

Sergeant Purdey räusperte sich. »Es geht mich ja nichts an, Lieutenant, aber wenn ich mich recht entsinne, war Major Robertson nicht gerade davon angetan, mich mit meiner Abteilung nach Seven Hills zu schicken«, sagte er leise. »Ich glaube, ihm passte das irgendwie nicht. Aber Sie werden schon wissen, ob Sie den Haftbefehl für Mister Hamilton auch auf Missis Brading ausdehnen können. Von Mister Hamilton fehlt übrigens jede Spur. Er scheint sich wirklich nicht auf der Farm aufzuhalten. Soll die Suche dennoch in dieser Form fortgesetzt werden, Sir?«

Lieutenant Forbes bedachte ihn mit einem zornigen Blick. »Ich brauche Sie hier nicht, Sergeant! Nehmen Sie sich zwei Männer und holen Sie sich die Lämmer! Die Dunkelheit wird bald hereinbrechen. Also beeilen Sie sich!«

»Jawohl, Sir.« Er rührte sich jedoch nicht von der Stelle.

Ken fuhr nun ganz zu ihm herum und zischte: »Himmel, worauf warten Sie denn noch? Haben sie nicht gehört, was ich gesagt habe?«

Der dicke Sergeant blieb ganz ruhig. Lieutenant Forbes war zwar sein Vorgesetzter, doch er wusste, dass Major Robertson ihn schätzte. Das stärkte ihm den Rücken in Situationen wie dieser. »Doch, Sir. Aber sie haben sich noch nicht zu meiner Frage geäußert, ob die Durchsuchung in dieser Form so weitergehen soll, Sir.«

Lieutenant Forbes sah ihn wütend an. »Nein!«, antwortete er schließlich barsch. »Die Leute können mit der Durchsuchung aufhören.«

»Sehr wohl, Sir!« Sergeant Purdey eilte nun davon, scheuchte die Soldaten aus Schuppen und Werkstätten und machte ihnen mit seiner Donnerstimme klar, dass die Orgie der Zerstörung nun ein Ende hatte.

»Lasst sie los!«, befahl Ken indessen den beiden Männern, die Jessica festgehalten hatten. »Sucht euch einen Lagerplatz. Rum und Lammbraten gehen auf Kosten der Herrin von Seven Hills, nicht wahr?«

Jessica wusste, dass Ken eine Gegenleistung für sein Einlenken erwartete und sie klug beraten war, sie ihm nicht zu verwehren, wie schwer es ihr auch fallen mochte, diesen dreckigen

Pöbel in Uniform verköstigen zu müssen und die Nacht über auf ihrer Farm zu wissen.

Sie wandte sich zu Ian um. »Sorgen Sie dafür, dass genügend Rum und Lammbraten für Lieutenant Forbes' Männer zur Verfügung stehen. Ich bin sicher, sie werden ihrem Ruf, den sie in unserer Kolonie genießen, alle Ehre machen«, sagte sie sarkastisch und fügte dann noch leise hinzu: »Möge ihnen der Lammbraten im Halse stecken bleiben und der Rum die Gedärme zerfressen!«

7

In dieser Nacht machte Jessica kein Auge zu, und das lag nicht allein an dem Gelächter und Gejohle der Soldaten, die bis tief in der Nacht um die beiden Lagerfeuer saßen, sich am Braten gütlich taten und dem Rum mit einer Ausdauer zusprachen, die sogar Kenneth auf die Nerven ging, obwohl er sich nichts anmerken ließ.

Jessica wälzte sich von einer Seite auf die andere, drehte sich auf den Rücken, starrte mit feuchten Augen in die Dunkelheit und versuchte sich der Gedanken und Ängste zu erwehren, die wie eine dunkle Flut aus der Tiefe ihres Innersten aufstieg und auf sie einstürmte.

Wo war Mitchell jetzt, zu dieser Stunde? Musste die COMET Van Diemen's Land nicht schon erreicht haben? War er auch wohlauf, oder wurde der Schoner von einem Sturm in einem Meer masthoher Wellenberge hin und her geschleudert? Fünfhundert, sechshundert Meilen Wasserwüste lagen zwischen SEVEN HILLS und Van Diemen's Land. Eine entsetzliche Entfernung für zwei Menschen, die sich liebten. Doch war es auch genug, um ihn vor Kens Nachstellungen zu schützen? Wie lange würde es ihnen gelingen, Mitchells Flucht nach Van Diemen's Land vor ihm geheimzuhalten? Würde Patrick Rourke reden? Er würde reden müssen, wenn Ken von seiner Macht Gebrauch machte und ihn verhörte. Patrick würde reden *müssen.* Doch was würde er ihm sagen!

Mit Schaudern dachte sie daran, wie Ken sie erniedrigt und ihr die Kleider mit dem Bajonett vom Leib gefetzt hatte. Sie hatte geglaubt, dass er die Gelegenheit nutzen und sie mit Gewalt nehmen würde, als sie ihm so nackt und ohne Schutz preisgegeben war. Doch er hatte es nicht getan, und sie hatte im Stillen dem Herrn im Himmel dafür gedankt, dass ihr diese grässliche Erfahrung erspart geblieben war. Doch nun, da sie darüber nachdachte, war sie sich nicht mehr so sicher, ob ihr Dankgebet nicht vielleicht zu voreilig gewesen war. Er hatte sie doch nur deshalb nicht genommen, weil er sich seiner Sache absolut sicher war. Er war überzeugt, keine körperliche Gewalt anwenden zu müssen, um sie dazu zu bringen, sich ihm hinzugeben. Und das bedeutete, dass er nichts unversucht lassen würde, Mitchell zu finden und in seine Hände zu bringen, um sie zu erpressen.

Jessica presste die Faust vor den Mund. Sie liebte Mitchell, wie sie noch nie zuvor einen Menschen geliebt hatte. Doch würde sie wirklich zu Ken gehen und ihn auf Knien bitten, Mitchell mit ihrem Körper freikaufen zu dürfen? Würde sie sich selbst so weit erniedrigen können?

Sie hielt es nicht länger im Bett aus, stand auf, warf einen bestickten Morgenmantel über und trat auf die hintere Veranda hinaus.

Sie legte den Kopf in den Nacken, strich sich mit beiden

Händen die Haare an den Schläfen zurück und atmete mit geschlossenen Augen die noch immer warme Nachtluft ein, die ihr aber nach der entsetzlichen Hitze des Tages wie eine erfrischende milde Brise erschien. Die Luft war erfüllt vom Duft der aufgeheizten Erde und der Eukalyptusbäume, und ihr war, als könnte sie deutlich den frischen Geruch des Flusses ausmachen.

Es war still auf SEVEN HILLS, zumindest was menschliche Laute und Geräusche betraf. Auf einer so großen Farm gab es immer ein Pferd, das unruhig auf der Koppel hin und her lief oder im Stall gegen die Wand seiner Box stieß, Schafe, die scheinbar aus Langeweile blökten, grunzende Schweine, herumstrolchende Katzen und Hunde, die in die Nacht kläfften. Dazu kamen die Rufe der Nachtvögel, das laute aufdringliche Gezirpe der Grillen, das Quaken der Frösche am Ufer und das Geheul der Dingos in der Ferne.

Aber all das waren vertraute, lieb gewonnene Geräusche, die schon so sehr zu ihrem Leben gehörten, dass sie sie manchmal gar nicht mehr bewusst wahrnahm und sich in Momenten wie diesem von friedlicher Stille umgeben glaubte.

Das Gelärme der Soldaten war verklungen. Die Infanteristen lagen längst, von Müdigkeit und vom Rum niedergestreckt, auf ihren Decken, die sie mit Stroh und Heu aus Jessicas Scheunen unterfüttert hatten, um die beiden Lagerfeuer, deren Flammen schon vor Stunden in sich zusammengefallen waren. Auch der rote Schein der Glut war längst erloschen, begraben unter einer fingerdicken Schicht Asche.

Tief atmete Jessica durch. Dann öffnete sie wieder die Augen, verschränkte die Arme vor der Brust und wollte die Veranda bis zur oberen Ecke hochgehen, als sie die Umrisse einer Gestalt in einem Rohrsessel nur vier, fünf Schritte rechts von ihr bemerkte und erschrocken zusammenfuhr. Scharf sog sie die Luft ein.

»Ken?«, flüsterte sie beklommen.

Die Gestalt, breitschultrig und stämmig, erhob sich vom Stuhl und wandte sich ihr zu. »Tut mir leid, wenn ich Sie erschreckt habe. Ich dachte nicht, dass Sie diese Nacht aus dem Haus treten würden.« Ian klang eher verlegen als überrascht, so als hätte sie ihn bei etwas ertappt, was er lieber für sich behalten hätte.

»Ian! Gott sei Dank sind Sie es!«, stieß sie erleichtert hervor. »Ich dachte schon …« Sie sprach nicht aus, was sie befürchtet hatte. »Ich konnte einfach nicht einschlafen, nach dem, was heute so alles passiert ist. Ich brauchte einfach ein bisschen Bewegung und frische Luft.«

»Ja, mir ging es ähnlich«, sagte Ian McIntosh und räusperte sich. »Diese korrupte Bande hat mir den Schlaf geraubt. Ich hoffe, Sie haben nichts dagegen, dass ich mich hier auf die Terrasse gesetzt habe.«

Dass Ian an Schlafstörungen litt, verwunderte sie, war ihr Verwalter doch für seine Kaltblütigkeit und innere Ausgeglichenheit bekannt. Schon früher, in Zeiten großer Gefahren, hatte er bewiesen, dass er in der Lage war, völlig abzuschalten und fast augenblicklich einzuschlafen. Was immer an diesem Tag auch geschehen sein mochte, sie hätte nicht gedacht, dass es eine solche Wirkung auf ihn haben würde. Gut, es mochte ihn bedrücken und beunruhigen, aber doch nicht den Schlaf rauben. Es sah ihm so gar nicht ähnlich.

Jessicas Blick fiel im nächsten Augenblick auf die Flinte, die neben dem Sessel aus geflochtenem Rohr an der Hauswand lehnte. Sie stutzte. Was schleppte Ian eine Waffe mit sich herum, wenn er nur kurz an die frische Luft ging, weil er nicht einschlafen konnte? Es geschah äußerst selten, dass er überhaupt einmal mit einer Waffe auf der Farm anzutreffen war. Nur wenn sie in den Busch ritten, nahm er Flinte und Pistole mit.

Sie wollte ihn schon darauf ansprechen, als ihr bewusst wurde, dass der Rohrsessel unweit ihres Schlafzimmerfensters stand, und sie wusste mit Sicherheit, dass er am Abend noch bei den anderen weiter vorn bei der Tür gestanden hatte. Plötzlich kannte sie des Rätsels Lösung.

›Ian ist nicht hier, weil er keinen Schlaf finden kann! Ich wusste es doch, dass es das nicht sein konnte! Er hat hier an meinem Fenster gesessen, um mich im Schlaf zu bewachen … vor Ken oder einem anderen Eindringling!‹, fuhr es ihr durch den Kopf, und tiefe Rührung wallte in ihr auf. Sie spürte das Verlangen, ihm zu sagen, wie sehr sie seine unaufdringliche Fürsorge schätzte, doch sie hütete sich, auch nur ein Wort darüber zu verlieren. Sie hätte ihn damit nur in tiefe Verlegenheit gebracht. Es war besser, Dinge dieser Art blieben zwischen ihnen unausgesprochen.

Sie wandte dem Sessel mit der Flinte den Rücken zu und blickte auf den Hawkesbury hinunter. Hier und da fiel Sternenlicht auf die Wasseroberfläche, die dann glitzerte wie flüssiges Silber. »Welch eine göttliche Stille«, sagte sie versonnen.

»Leider ist es nur eine trügerische Stille«, meinte Ian auf seine nüchterne Art.

»Es hätte schlimmer kommen können.«

»Ich finde, es ist schon schlimm genug«, brummte er. »Ihrer blinden Zerstörungswut sind zweiundzwanzig Säcke Maismehl zum Opfer gefallen sowie vier Säcke Trockenbohnen, acht Kisten mit diversem Inhalt, fünfzehn leere Fässer, die sie dem Fassbinder in seiner Werkstatt zerschlagen haben, dazu ein gutes Dutzend Werkzeug- und Vorratsregale, zwölf Gallonen Rum, eine Menge Stroh und Heu und vier unserer prächtigsten Lämmer! Ich finde, das hätte auch einer Bande Banditen gereicht. Aber was rede ich da. Das sind Banditen in Uniform, zum Teufel! Ein guter Rock macht eben noch lange keinen Ehrenmann aus einem Schurken!«

»Ja, Sie haben recht, Ian, es ist wirklich schlimm genug«, sagte Jessica betroffen über das Ausmaß des Schadens, den Kens Männer in so kurzer Zeit angerichtet hatten. »Aber zum Glück können wir es verschmerzen.«

Ian sah sie von der Seite an. Er schien zu zögern. Dann fragte er: »Ja, das können wir, Jessica. Aber wie oft?«

Verständnislos wandte sie sich ihm zu. »Wie oft?«, wiederholte sie seine Frage. »Ich verstehe Sie nicht, Ian.«

»Wie oft können wir so einen Aderlass verschmerzen?«, fragte er. »Und das nächste Mal werden wir nicht so glimpflich davonkommen.«

Jessica erschrak bei seinen Worten. »Sie meinen, es wird sich alles wiederholen?«

»Hat er Ihnen etwa sein Ehrenwort gegeben, dass das nicht der Fall sein wird?«

»Nein …«, murmelte sie.

»Ich will Sie nicht unnötig beunruhigen, Jessica, das wissen Sie, aber ich glaube einfach nicht, dass Lieutenant Forbes es bei dieser einen Aktion belassen wird. Vor allem dann nicht, wenn es ihm nicht gelingt, Mister Hamilton zu finden und in seine Gewalt zu bringen. Er weiß, wie viel Ihnen SEVEN HILLS bedeutet und dass er Sie hier am empfindlichsten treffen kann. Und genau das wird er dann auch tun.«

»Das kann er nicht! Dazu hat er kein Recht!«, widersprach sie heftig und wusste selbst, wie unsinnig ihr Einwand angesichts dessen, was schon geschehen war, klingen musste.

»Das Rum-Monopol hat sich noch nie einen Deut um Recht und Gesetz gekümmert», entgegnete Ian McIntosh bitter, »und Lieutenant Forbes macht da keine Ausnahme. Eher trifft das Gegenteil zu. Er ist entschlossen, sein Ziel zu erreichen, und die Wahl seiner Mittel wird von Skrupeln gewiss nicht beeinträchtigt. Rechnen Sie also damit, dass er SEVEN HILLS nicht verschonen wird.«

»Die Herrschaft des Rum-Monopols wird nicht von langer Dauer sein!«, versuchte sich Jessica selbst Mut zu machen. »Man wird die Offiziere für ihre Rebellion zur Verantwortung ziehen und wieder ordnungsgemäß einen Gouverneur einsetzen!«

Ian ließ nicht zu, dass sie sich auch nur für einen Augenblick Illusionen hingab. »Keine Frage«, pflichtete er ihr bei. »Aber bis dahin können Sie und SEVEN HILLS schon längst ruiniert sein.«

Bei der Vorstellung zog sich in ihr alles zusammen, und die Angst um Mitchell und ihre geliebte Farm SEVEN HILLS brannte in ihr wie ein offenes Geschwür. »Dazu wird es nicht kommen, Ian!«

»Ja, das hoffe ich auch, aber Hoffnungen haben in New South Wales selten viel mit der Wirklichkeit gemein gehabt«, gab er zu bedenken.

»Keiner wird mir SEVEN HILLS anrühren! Auch kein noch so hoher Offizier!«, stieß sie entschlossen hervor. »Ich werde nicht zulassen, dass wir verlieren, was wir in so langen, harten Jahren aufgebaut haben.«

»Es gibt nur eine Möglichkeit, um das zu erreichen«, sagte Ian mit leiser, ernster Stimme.

»Und zwar?«, fragte sie hoffnungsvoll.

»Er muss sterben!«

Jessica glaubte, sich verhört zu haben. »Was?«, hauchte sie.

»Er muss sterben!«, wiederholte er.

Sie erschrak. »Mein Gott, Ian! Was reden Sie da? Das können Sie doch unmöglich ernst meinen!«

Ian schaute sie offen an, und trotz der Dunkelheit konnte Jessica sehen, dass sein Gesicht einen ungewöhnlich harten Ausdruck hatte. »Leider ist es mein bitterer Ernst, Jessica, und ich sage es bestimmt nicht leichtfertig! Nur wenn er tot ist, haben Sie Ruhe.«

»Aber nicht um den Preis eines Mordes!«, rief sie erregt, aber mit gedämpfter Stimme.

»Es wäre kein Mord, sondern Notwehr!«, widersprach er heftig. »Sehen Sie denn nicht, dass er nicht die geringsten Skrupel kennt? Er ist entschlossen, zu zerstören, woran Ihr Herz hängt, und er macht dabei keinen Unterschied zwischen Menschen und Dingen, Jessica. Mister Hamilton steht ihm im Weg, also nutzt er seine Macht, um ein verbrecherisches Komplott gegen ihn zu schmieden und ihn zu vernichten. Und so macht er es mit jedem, der sich ihm zu widersetzen wagt. Er ist so verdorben, wie er schön ist, und kein Verbrecher könnte gemeiner handeln. Leute wie Sie und ich sind für wesentlich geringere strafbare Taten verbannt worden. Ihn zu töten wäre ein Akt der Gerechtigkeit!«

»Mord kann nie Recht sein!«

»Zum Teufel, wir sind in New South Wales, Jessica!«, beschwor er sie. »Und das, was Sie Recht nennen, existiert nicht einmal mehr in seiner dürftigsten Form. Das einzige Recht, das uns nach der Rebellion des Corps noch geblieben ist, ist das Recht, uns zu wehren! Und gegen die teuflische Entschlossenheit eines Lieutenant Forbes gibt es nur ein Gegenmittel – und das ist eine Kugel in seinen Schädel oder ein Stück geschliffener Stahl zwischen seine Rippen!«

Sie war regelrecht benommen von der Ungeheuerlichkeit seiner Worte. »Ich soll also einen Meuchelmörder dingen, ja?«, keuchte sie verstört.

»Das brauchen Sie nicht, Jessica. Ich würde es für Sie tun. Ich verabscheue Gewalt und vor allem Blutvergießen kaum weniger als Sie, doch in diesem Fall würde ich nicht zögern, diesen Mann zu töten!«, sagte er kalt. »Damit die Quälerei endlich ein Ende hat und Sie wieder Frieden bekommen, Jessica. Sagen Sie nur ein Wort, und ich werde dafür sorgen, dass er Sie nie mehr belästigt.«

Sie war so verstört, dass sie einen Moment lang nicht fähig war, etwas zu erwidern.

»Man würde ihn eines Morgens in Parramatta finden und ihn für das Opfer eines …«, wollte er fortfahren, ihr seinen Plan auseinanderzulegen.

»Hören Sie auf!«, fiel Jessica ihm bestürzt in die Rede. »Kein Wort mehr davon, Ian! Ich will nie wieder etwas davon hören, haben Sie mich verstanden? Er kann noch so schlecht und skrupellos sein, ich könnte ihn doch nie kaltblütig ermorden … und schon gar nicht ermorden *lassen*! Mein Gott, wie konnte Ihnen nur dieser ungeheuerliche Gedanke kommen?«

»Ein Blick in Ihr Gesicht heute Abend hat dafür völlig ausgereicht, Jessica«, antwortete er mit veränderter, nun fast sanfter Stimme. »Und so ungeheuerlich erscheint er mir gar nicht, wenn man bedenkt, mit welcher Menschenverachtung dieser Mann vorgeht.«

»Ich sagte doch, ich will kein Wort mehr davon hören!«, fuhr sie ihn schroff an.

»Gut, ich werde nicht noch einmal davon anfangen, aber Sie wissen jetzt, dass ich bereit bin, es zu tun … sollten Sie sich eines Tages meinem Urteil anschließen«, sagte er ruhig. »Ein Wort von Ihnen genügt.«

»Von mir werden Sie es nie hören, Ian!«, stieß Jessica mit zitternder Stimme hervor und zog den Morgenrock enger um ihre Schultern, als ein Frösteln durch ihren Körper ging.

Mehrere bedrückend lange Sekunden standen sie schweigend nebeneinander, ohne sich anzublicken. Es war Jessica, die das Schweigen schließlich brach, und ihre Stimme hatte all ihre Schroffheit verloren, mit der sie ihren treuen Verwalter noch vor wenigen Augenblicken in ihrer Erregung angefahren hatte.

»Ich werde Ihr Angebot niemals annehmen können, weil ich es nie mit meinem Gewissen vereinbaren könnte, Ian, doch ich danke Ihnen, dass Sie so etwas für mich zu tun bereit sind. Ich weiß, was es für Sie bedeutet, solch eine … Tat überhaupt in Erwägung zu ziehen.«

»Ich würde es für keinen anderen tun«, gab er leise zurück und wagte es nicht, sie anzublicken, aus Angst, seine Augen könnten noch mehr verraten, als seine Zunge es schon getan hatte.

Jessica musste augenblicklich an Lydias Worte denken. »Ich weiß, dass ich auf Sie immer zählen kann, Ian, und es ist mir eine große Beruhigung, Sie in dieser schweren Zeit an meiner Seite zu haben«, sagte sie, ihre Worte mit Bedacht wählend. »Welche Schwierigkeiten auch immer noch auftreten mögen, wir werden gemeinsam sicherlich einen Weg finden, mit diesen Problemen fertig zu werden … einen Weg, der auch vor unserem Gewissen bestehen kann.«

»Ich wünschte, ich könnte Ihre Zuversicht teilen«, seufzte Ian, doch sein Tonfall verriet, dass er nicht gedachte, das Gespräch noch einmal auf seinen schockierenden Vorschlag zu bringen.

Ein schmerzliches Lächeln trat auf ihr Gesicht. »Ja, in dieser Hinsicht unterscheiden wir uns wohl, Ian. Ich habe eigentlich nie die Hoffnung aufgegeben, wie aussichtslos die Situation, in der ich mich befand, auch schien. Weder im Kerker von Newgate noch im Zwischendeck des Sträflingsschiffes, das mich nach Australien brachte. Ich bin auch nicht bereit, es jetzt zu tun. Ohne Hoffnung hat das Leben keinen Sinn, Ian.«

»Wem sagen Sie das«, murmelte der Verwalter, hatte sich aber im nächsten Moment wieder in der Gewalt und fügte mit fester Stimme hinzu: »Vielleicht sehe ich wirklich zu schwarz, und Sie haben mal wieder recht. Es wäre ja nicht das erste Mal.«

Jessica atmete tief durch. »Ich glaube, ich versuche jetzt, doch noch ein wenig Schlaf zu finden.«

»Haben Sie etwas dagegen, wenn ich noch eine Weile hier auf der Terrasse sitzen bleibe?«, fragte er scheinbar beiläufig.

»Sie sollten sich auch etwas Schlaf gönnen.«

»Alles zu seiner Zeit, Jessica, und nach Schlafen ist mir in dieser Nacht nicht zumute.«

›Sondern nach Wachen neben meinem Fenster, bis der neue Tag anbricht‹, führte sie seinen Satz in Gedanken zu Ende und sagte, während sie sich zur Tür wandte: »Bleiben Sie, so lange Sie möchten, Ian. Und danke für alles.«

»Ich wüsste nicht, wofür Sie dankbar sein müssten«, brummte er.

»Nein, natürlich nicht«, sagte sie mit einem leichten, warmen Lachen in der Stimme und ging dann ins Haus.

Sie lag noch lange wach im Bett, lauschte auf die vertrauten Geräusche der Nacht und das gelegentliche Knarren des Rohrsessels unweit ihres Fensters. Es ging schon auf den Morgen zu, als sie endlich in einen unruhigen Schlaf fiel. Albträume, in denen sie Ken niedergestreckt und blutüberströmt am Boden liegen und Ian am Galgen hängen sah, quälten sie.

Obwohl sie kaum zwei Stunden Schlaf gefunden hatte, erwachte sie wie immer schon vor dem ersten Tageslicht. Sie fühlte sich ausgelaugt und wie mit Blei ausgegossen, so schwer fiel es ihr aufzustehen. Ihr Nachtgewand war völlig durchgeschwitzt, und sie trat an den Waschtisch, um sich von Kopf bis Fuß zu waschen.

Als sie ihr Mieder zuband, hörte sie auf der Veranda die überraschte Stimme ihrer Köchin: »Oh, einen guten Morgen, Mister McIntosh!«

»Morgen, Lisa«, kam Ians gedämpfte Antwort.

»Was machen Sie denn hier mit der Flinte?«

»Darauf warten, dass du mich in die Küche bittest und mir eine Tasse heißen Tee vorsetzt.

»Aber gern doch, Mister McIntosh. Wenn ich das geahnt hätte…« Eine Tür klappte, und es war wieder still auf der Veranda.

Sergeant Purdey hatte an diesem Morgen Schwierigkeiten, seine Männer zum Aufstehen zu bewegen. So manch einer litt unter einem gewaltigen Kater und wünschte sich nichts sehnlicher, als seinen Rausch bis in den späten Morgen auszuschlafen. Doch Lieutenant Forbes kümmerte sich nicht darum, dass es üblich war, den Soldaten auf einer anstrengenden Patrouille im Busch nach einem derartigen Besäufnis einen längeren Schlaf zu gönnen, sondern er befahl dem Sergeant, die Männer auf die Beine zu scheuchen und dafür zu sorgen, dass sie so schnell wie möglich zum Aufbruch bereit waren.

Und Sergeant Purdey kam diesem Befehl nur zu gern nach. Er hatte dem Rum zwar auch tüchtig zugesprochen, doch so wie er die Strapazen eines langen Rittes unter glühender Sonne klaglos ertrug, so machte ihm auch eine durchzechte Nacht nicht viel aus. Er konnte in dieser Hinsicht eine Menge verdauen. Er jagte die Soldaten nun mit derben Stiefeltritten hoch, und seine voluminöse Stimme schallte dabei über den weiten Hof.

»Hoch mit euch, ihr Schlappschwänze! Na wartet, ich werde euch schon in Bewegung bringen! Willy, dir werde ich den glasigen Blick aus den Augen treiben! Schau an, wie gut du noch springen kannst! Roney! … Custer! … Dinkens! Auf die Beine! Wer so maßlos saufen kann, muss am nächsten Morgen auch Manns genug sein, sich zusammenzureißen und seine verdammte Pflicht zu tun!«

Eine knappe Stunde später hatte der Sergeant die Männer in den Sätteln. Einige sahen so elend aus, dass man fast Mitleid mit ihnen hätte haben können. Dem jungen Burschen, den Jessica am Abend zuvor geohrfeigt hatte, war vom vielen Rum so übel, dass er sich noch vom Pferd aus erbrach und sich dabei kaum im Sattel halten konnte.

Die Sonne kam hinter den Hügeln im Osten hervor, als die Abteilung Marineinfanteristen sich in Bewegung setzte. Schweigend und mit verschlossenen Gesichtern verfolgten die Bewohner der Farm, wie die verhassten Rotröcke SEVEN HILLS endlich verließen.

Kenneth lenkte sein Pferd zu Jessica herüber, die vor ihrem Haus stand, mit Ian an ihrer Seite. Kühl blickte sie ihm entgegen, als er seinen nervösen Hengst vor ihr zügelte.

Er schaute sie einen Augenblick lang schweigend an, ein Lächeln auf den Lippen. Er schien darauf zu warten, dass sie etwas sagte. Doch Jessica dachte nicht daran. Stolz und stumm stand sie vor ihm. Was sie ihm zu sagen hatte, fand er in ihren seegrünen Augen, die ihm ihre Verachtung und ihren Abscheu unverhohlen entgegenschleuderten.

Sein Lächeln verstärkte sich, während seine Augen ihren eisigen, durchdringenden Blick behielten, als er sagte: »Du wirst kommen, Jessica. Du wirst kommen!« Dann riss er seinen Hengst herum und galoppierte davon.

Jessica wagte nicht, Ian anzusehen. Sie befürchtete, er würde dann unweigerlich die Angst, dass Ken mit seiner Prophezeiung recht behalten könnte, in ihren Augen lesen.

8

Angestrengt starrte Mitchell Hamilton über die Bucht zum Land hinüber und versuchte die Dunkelheit zu durchdringen. Er vermochte so gut wie keine Einzelheiten auszumachen. In der regendurchtränkten Schwärze konnte er die bewaldeten Bergzüge, von denen Captain Rourke gesprochen hatte, nur erahnen.

Van Diemen's Land!

Mitchell stand an Steuerbord am Schanzkleid und musste sich mit beiden Händen festhalten, um nicht das Gleichgewicht zu verlieren. Ihm war elend zumute, und er wünschte sich nichts sehnlicher, als endlich von Bord des Schoners gehen zu können und wieder festen Boden unter den Füßen zu haben. Es kostete ihn größte Selbstbeherrschung, sich nicht in Lee über die Reling zu beugen und sich zu erbrechen. Die COMET rollte und schlingerte heftig in der unruhigen Dünung der Bucht und zerrte an ihrer Ankerkette. Weder Mond noch Sterne waren zu sehen. Dunkle Wolkenfelder bedeckten den nächtlichen Himmel und jagten tief, scheinbar direkt in Mastspitzenhöhe, dahin. Und aus diesen dunklen Wolken ergoss sich der Regen.

Mitchell fuhr sich mit der Hand über das nasse Gesicht und zog das Ölzeug fester um seine Schultern. Wo, zum Teufel, blieb Captain Rourke bloß? Waren nicht schon Stunden vergangen, seit er ins Ruderboot gestiegen und an Land gerudert war?

Lew Kinley, der beste Rudergänger der COMET, kam über das Deck. Er hielt sich nirgends fest, sondern fing jede bockende Bewegung des Schiffes mit einer geschmeidigen Verlagerung seines Körpers ab.

Er trat neben Mitchell Hamilton und sagte, ohne den Holzspan, auf dem er kaute, aus dem Mund zu nehmen: »Schon ungeduldig, was?«

»Ich müsste lügen, wollte ich das Gegenteil behaupten«, gab Mitchell zu. »Dabei hatte ich mich für seefest gehalten. Auf dem Ostindienfahrer, der mich nach Australien brachte, war ich nicht einmal so seekrank wie auf dieser Reise.«

Der Rudergänger lachte. »Eine Nussschale wie unsere kleine COMET tanzt nun mal ausgelassener in stürmischer See als ein Prachtexemplar von einem Dreimaster, Mister Hamilton.«

Mitchell verzog im Dunkeln das Gesicht und versuchte den Aufruhr in seinem Magen zu ignorieren, was ihm aber von Minute zu Minute schwerer fiel. »Möchte bloß wissen, wo der Captain so lange bleibt«, sagte er unruhig. »Er wollte doch schon längst zurück sein.«

»Aber da kommt er doch«, erwiderte Lew Kinley.

»Wo?«

Der Rudergänger wies in die Dunkelheit. »Sehen Sie den Landvorsprung querab? Von da hat der Captain abgelegt. Er hält jetzt genau auf die COMET zu.«

Mitchell gab sich alle Mühe, etwas in der regenverschleierten

Nacht zu erkennen, doch er vermochte das Ruderboot beim besten Willen nicht auszumachen. Erst gute fünf Minuten später sah er die Umrisse des Bootes.

»Ich lasse Ihr Gepäck an Deck bringen«, sagte Lew Kinley.

»Warten Sie, Lew.« Mitchell steckte ihm schnell eine Münze zu. »Tut mir leid, dass Sie Ihre Kabine für mich räumen mussten.«

Der Rudergänger warf einen schnellen Blick auf die Münze und grinste mit dem Holzspan zwischen den Zähnen. »Verbindlichsten Dank, Mister Hamilton. Hätte nichts dagegen, wenn Sie öfter auf der COMET mitreisen und meine Kabine belegen würden«, scherzte er.

Mitchell hob abwehrend die Hand. »Gott bewahre!«

Wenig später ging das Ruderboot längsseits. Patrick Rourke blieb gleich darin sitzen. »Wir können sofort los!«, rief er seinem Passagier zu. »Wo ist Ihr Gepäck?«

»Hier, Captain!«, antwortete Lew Kinley. Er ließ den Seesack, der die wenigen Dinge enthielt, die Mitchell auf dieser Reise ins Ungewisse hatte mitnehmen können, zu Patrick Rourke ins Boot.

»Und jetzt Sie, Mister Hamilton!«, rief Patrick Rourke, nachdem er den Seesack verstaut hatte.

Bei der unruhigen See vom Schoner ins Ruderboot umzusteigen war für eine Landratte keine leichte Sache. Mitchell Hamilton war kein ungeschickter Mann, doch als er endlich im Beiboot der COMET saß, war er von Regen, Schweiß und Gischt durchnässt.

Patrick Rourke stieß sich von der Bordwand des Schoners ab und legte sich gehörig in die Riemen, trieb das Ruderboot mit gleichmäßigen und kraftvollen Schlägen über die Bucht. Der Regen rann aus seinem zerzausten Haar.

»Was hat er gesagt?«, fragte Mitchell erwartungsvoll.

»Es ist alles in Ordnung, Mister Hamilton. Er nimmt Sie bei sich auf, wie ich es erwartet habe. Bei Cedric Blunt sind Sie sicher, soweit es in New South Wales oder auf Van Diemen's Land überhaupt ein sicheres Versteck gibt«, schränkte der Captain der COMET ein.

»Was ist dieser Cedric Blunt für ein Mann? Sie haben mir nicht viel über ihn erzählt.«

Patrick Rourke zuckte die Achseln. »Manchmal ist es ganz gut, wenn man nicht zu viel weiß, Mister Hamilton. Sie sollten besser nicht zu neugierig danach fragen, wer er ist, woher er kommt und warum er so zurückgezogen an diesem menschenleeren Ort wohnt. Sollte Cedric Blunt Ihnen einmal seine Geschichte erzählen, so ist das seine Sache. Es muss Ihnen reichen, zu wissen, dass er mir noch einen Gefallen schuldig ist und deshalb bereit ist, Sie bei sich aufzunehmen und notfalls für einen anderen auszugeben. Leider steht er aber nicht so hoch in meiner Schuld, dass er Sie ohne Bezahlung aufnehmen würde.«

»Wie viel verlangt er?«

»Zwölf Shilling im Monat. Das ist nicht zu viel. Ein fairer Preis für Kost, Logis und Schutz.«

Mitchell nickte zustimmend. Er hatte genug Geld dabei, um diesen Cedric Blunt für lange Zeit zu bezahlen. »Er soll sie bekommen.«

»So wie ich Ihnen nichts über Cedric sage, so habe ich ihm auch nichts von Ihnen erzählt, Mister Hamilton. Er kennt weder Ihren Namen, noch weiß er, warum Sie sich bei ihm verstecken müssen. Er weiß nur, dass Sie kein entlaufener Sträfling sind, das ist alles.«

»Ich kann ihm also vertrauen.«

Patrick Rourke lachte spöttisch. »Sie können Jessica vertrauen und auch mir, Mister Hamilton, aber ob Cedric Blunt auch dazugehört, das muss sich erst zeigen. Er ist in diesem Spiel auf jeden Fall Ihre beste Karte, und ich wüsste kein besseres Versteck als die abgelegene Töpferei von Cedric Blunt. Doch das enthebt Sie nicht der Vorsicht.«

»Reizende Aussichten«, brummte Mitchell, und ein Frösteln durchlief seinen Körper. »Sie machen mir wirklich Hoffnungen, Captain.«

Sie schwiegen, bis sie das Ufer erreicht hatten und Sand unter dem Kiel knirschte. Patrick Rourke sprang ins Wasser, zog das Ruderboot auf den Sand und vertäute das Bugseil an einem beindicken Baumstamm in Ufernähe.

»Lassen Sie mich das tragen, Sie sind dafür immer noch nicht kräftig genug«, sagte der Captain, als Mitchell nach dem Seesack greifen wollte, und legte ihn sich über die linke Schulter. »Wir haben noch einen Fußmarsch von einer guten halben Stunde vor uns.«

Sie ließen den schmalen Streifen sandigen Ufers hinter sich, wandten sich nach rechts und folgten einem schmalen Pfad, der stetig anstieg und sich durch einen fast subtropisch anmutenden Wald wand. Es regnete noch immer.

Mitchell war von der Andersartigkeit und Üppigkeit der Vegetation überrascht. Zwar hatte er gewusst, dass Van Diemen's Land in einer anderen Klimazone lag und erheblich mehr zu verzeichnen hatte als New South Wales. Aber er hatte sich nach all den Jahren in Parramatta, die immer wieder von extremer Trockenheit geprägt gewesen waren, nicht mehr so recht vorstellen können, mit welch verschwenderischer Vielfalt und Fülle Bäume, Sträucher und andere Gewächse in einer Umgebung wucherten, in der häufige Niederschläge und hohe Temperaturen vorherrschten.

Zwischen schlank gewachsenen Karribäumen, die hoch aufragten, wuchsen buschige Sträucher mit dichtem Blattwerk. Farne, die streckenweise übermannshoch waren und sich unter der Nässe des unablässigen Regens bogen wie reife Ähren im Wind, bildeten wogende Felder. Und der Boden unter ihnen war weich und von dicken Mooskissen bedeckt.

Mitchell hatte geglaubt, das Gefühl des Elends würde ihn verlassen, wenn er wieder an Land war. Doch das Gegenteil war der Fall. Er fühlte sich so kraftlos und erschöpft, dass es ihm Mühe bereitete, Patrick Rourke zu folgen, der noch dazu seinen Seesack trug. Hitzewellen, die Schweißausbrüche verursachten, wechselten sich mit Kälteschauern ab.

›Ich brauche nur eine trockene Bettstelle, warme Sachen und Ruhe!‹, sagte er sich, während er hinter Patrick Rourke herstolperte.

Der Captain legte eine Rast ein. Er hörte, wie kurzatmig Mitchell nach Luft rang. »Fühlen Sie sich nicht wohl?«, fragte er besorgt.

»Es geht schon«, murmelte Mitchell und lehnte sich gegen einen Eukalyptusbaum. Am liebsten wäre er ins weiche Moos gesunken.

»Jetzt haben Sie das Schlimmste hinter sich. Nun geht es nur noch abwärts. Da unten im Tal hat Cedric Blunt seine Töpferei.«

Sie stiegen die Hänge der Hügelkette hinunter, die das abgeschiedene Tal von der Küste trennte. Erleichterung überkam Mitchell, als Lichter vor ihnen in der Nacht aufleuchteten. Und dann standen sie endlich auf der großen Lichtung, auf der Cedric Blunt mehrere Gebäude errichtet hatte.

»Ich sag' dem Töpfer Bescheid, dass Sie hier sind. Es ist Ihre Sache, welchen Namen Sie benützen, Mister Hamilton. Es dürfte ratsam sein, sich einen falschen zuzulegen. Vermutlich wird Cedric Blunt Ihren wirklichen auch gar nicht hören wollen. Also überlegen Sie sich einen«, riet der Captain ihm und ging auf das niedrige, L-förmige Wohnhaus zu. Die Fenster waren weder verglast noch mit Wachspapier bespannt. Vor den quadratischen Öffnungen in der Lehmwand hing verschlissenes Sackleinen. Das Licht der Öllampe sickerte gelblich durch den Stoff in die Nacht.

›Was für ein elender, gottverlassener Ort!‹, dachte Mitchell deprimiert, als die Tür hinter Captain Rourke zuschlug und er hinter den verhängten Fenstern die Silhouetten zweier Gestalten erkennen konnte.

Wenig später kehrte Patrick Rourke mit dem Töpfer zurück. Er hielt eine primitive Laterne, in der eine dicke, kurze Kerze brannte.

Cedric Blunt war ein mittelgroßer, sehniger Mann in derber Kleidung. Schwarzes, schütteres Haar bedeckte seinen Schädel, und ein schwarzer Bart umrahmte sein schmales Gesicht, das asketische Züge trug. Es war schwer, sein Alter zu schätzen. Er konnte genauso gut Anfang Vierzig wie Anfang Fünfzig sein.

Captain Rourke stellte die beiden Männer einander vor. »Mister Cedric Blunt«, sagte er und deutete mit leicht ausgestreckter Hand auf Mitchell, »das ist …« Er zögerte, um ihm Gelegenheit zu geben, seinen falschen Namen zu nennen.

»James Prescott«, sagte Mitchell.

Der Töpfer hob die Laterne, sodass ihr Licht auf Mitchells Gesicht fiel. Er musterte ihn einen Augenblick, ohne etwas zu sagen. Dann ließ er die Laterne wieder sinken und sagte bedächtig, als müsste er jedes Wort genau bedenken: »Sie werden also mein Gast sein, Mister Prescott.« Seine Stimme hatte weder einen freundlichen noch einen argwöhnischen Klang. Es war eine ruhige, sachliche Feststellung.

Mitchells Unbehagen wuchs. »Ja, ich wäre Ihnen sehr dankbar, wenn ich eine Weile bei Ihnen bleiben könnte.«

»Hat der Captain meinen Preis genannt?«, fragte der Töpfer teilnahmslos.

»Ja, ich habe nichts daran auszusetzen«, bestätigte Mitchell.

Der Töpfer nickte. »Gut, dann sind wir handelseinig.«

Captain Rourke räusperte sich. »Nun, dann ist ja alles in bester Ordnung, Cedric«, sagte er und wandte sich Mitchell zu. Er drückte ihm herzlich die Hand. »Alles Gute, Mister … Prescott. Passen Sie auf sich auf.«

»Danke für alles, Captain!« Mitchell spürte einen Kloß im Hals. »Und bitte, denken Sie an die Briefe, die ich Ihnen gegeben habe!«

»Ich werde persönlich dafür sorgen, dass sie ihre Empfänger erreichen!«, versprach der Captain. »Sie werden von mir hören, und sicherlich nicht nur von mir. Nochmals alles Gute!«

Mitchell sah dem bärtigen, breitschultrigen Captain nach, wie er eiligen Schrittes auf den Wald zuging und Augenblicke später von der Schwärze der Nacht aufgesogen wurde.

»Kommen Sie, Ihre Kammer ist schon hergerichtet. Sie werden sicherlich müde sein«, machte sich der Töpfer bemerkbar.

»Ja, das bin ich«, murmelte Mitchell.

Cedric Blunt führte ihn in sein Haus. Als er die Tür aufstieß, bemerkte Mitchell, dass sie keine Scharniere aus Metall besaß, sondern in Lederschlaufen hing. Hinter dem Hauseingang lag ein kleiner Vorraum, der mit Töpferwaren vollgestellt war. Rechts ging es in den großen Wohnraum, der auch die Herdstelle mit dem Rauchabzug einschloss.

Mitchell spähte in das Zimmer, vermochte bei dem spärlichen Licht jedoch nicht viel zu erkennen, denn der Töpfer hatte den Docht der Öllampe auf allerkleinste Flamme gestellt, bevor er mit Captain Rourke in die Nacht hinausgetreten war. Aus dem Wohnraum drang jetzt nur noch ein schwaches Leuchten, das kaum ausreichte, um einen klobigen Tisch mit einfachen Stühlen, einen Lehnstuhl und die vagen Umrisse von zwei Schränken im hinteren Teil des Raumes ausmachen zu können. Der Raum schien leer, aber er hatte das Gefühl, aus der Dunkelheit aufmerksam beobachtet zu werden. Und bewegte sich dahinten zwischen den Schränken nicht etwas?

Cedric Blunt öffnete auf der linken Seite des Vorraumes eine schmale Tür. »Ihr Zimmer«, sagte er und machte eine auffordernde Bewegung, die Mitchell zwang, seine Aufmerksamkeit seiner Unterkunft zuzuwenden. »Mehr kann ich Ihnen leider nicht bieten, Mister Prescott.« Er stellte die Handleuchte mit der Kerze auf einen kleinen Tisch, der gleich neben der Tür stand.

»Ein Bett ist alles, was ich brauche, Mister Blunt«, erwiderte Mitchell.

»Sie finden einen Krug mit Wasser auf dem Tisch«, sagte der Töpfer.

»Danke.«

Cedric Blunt sah ihm ins Gesicht. Sein Blick war kühl und auf eine gewisse Art auch warnend. »Ich hoffe, wir kommen gut miteinander aus.«

Mitchell nickte. »Das hoffe ich auch, Mister Blunt. Ich werde bemüht sein, Ihnen durch meinen Aufenthalt so wenig Unannehmlichkeiten wie möglich zu machen«, versicherte er und fügte scherzhaft hinzu: »Man sagt mir ja nach, ich sei ein verträglicher Mensch.«

Das asketische Gesicht des Töpfers zeigte nicht den Anflug

eines Lächelns. Es blieb reserviert und kühl. »Dann eine gute Nachtruhe, Mister Prescott.«

»Ihnen auch«, erwiderte Mitchell.

»Vergessen Sie nicht, das Licht zu löschen«, ermahnte Cedric Blunt ihn noch.

»Seien Sie unbesorgt.«

Mitchell zerrte seinen Seesack durch die Tür und blickte sich um. Die Kammer maß kaum fünf Schritte in der Länge und etwa die Hälfte in der Breite. Eine einfache Bettstelle nahm den größten Teil des Raumes ein. Der Tisch neben der Tür und ein Stuhl waren die einzigen anderen Möbelstücke. Über dem Kopfende des Bettes waren ein paar Bretter an der Wand angebracht, die so etwas wie ein kleines Regal darstellen sollten. Einen Schrank für seine Kleider gab es nicht, dafür aber eine Holzstange, die in der hintersten Ecke von Wand zu Wand ging. Dort würde er seine Sachen aufhängen können, sofern es in diesem Haus Kleiderbügel gab. Der Boden bestand aus festgetretener Lehmerde.

Er schob den Seesack in die Ecke unter die Kleiderstange, zog den regennassen Umhang aus, fuhr aus den nicht weniger durchnässten Stiefeln, blies die Kerze aus und sank dann mit einem schweren Seufzer auf das Bett.

Der Regen prasselte in einem wilden Stakkato auf das Dach, und die Dunkelheit umhüllte ihn wie ein feuchtes, atemnehmendes Tuch, das auf sein Gesicht gepresst wurde.

Ein erdrückendes Gefühl der Trostlosigkeit griff nach ihm, als ihm nachhaltig zu Bewußtsein kam, dass diese winzige Kammer von nun an sein Lebensraum und er vielleicht Monate dazu verdammt sein würde, sich an diesem abgelegenen Ort versteckt zu halten. Er war auch hier kaum mehr als ein Gefangener, wo konnte er denn schon hin? Er durfte sich ja nicht einmal aus der sicheren Nähe der Töpferei entfernen, wollte er nicht Gefahr laufen, von jemandem entdeckt zu werden und Fragen nach seiner Person und dem Grund seines Aufenthaltes auszulösen.

Er fror und wickelte sich in die Decken, die am Fußende des Bettes lagen. Die Kälte, die ihn durchschüttelte, kam von innen.

›Nur schlafen, dann komm' ich schon wieder in Ordnung‹, sagte er zu sich selbst. ›Es ist nur ein leichtes Unwohlsein nach der langen Reise. Ich brauche nichts als Ruhe.‹

Er fiel in einen unruhigen Schlaf, aus dem er am nächsten Morgen erwachte. Das Fieber war gestiegen, sodass er fantasierte.

Er hörte Stimmen, doch er vermochte sie keinen Gesichtern zuzuordnen. Alles, was er sah, waren verschwommene Grimassen, die sich über ihn beugten.

»Er ist krank! Fühlen Sie doch, wie seine Stirn glüht! Er hat hohes Fieber!«

»Das hat mir gerade noch gefehlt! Zum Teufel mit dem Captain! Mir einen Kranken ins Haus zu bringen!«

»Wir müssen einen Arzt holen!«

»Was redest du da? Wer weiß, was dieser Mann zu verbergen hat! Nein, ein Arzt kommt nicht in Frage. Das können wir nicht riskieren!«

»Aber ohne Medizin wird er womöglich sterben!«

»Sterben müssen wir alle mal! Also pfuschen wir dem Herrgott nicht ins Handwerk. Wenn er ihn leben lässt, wird er bekommen, wofür er bezahlt … prall genug ist seine Geldbörse ja. Stirbt er, bekommt er ein anständiges Begräbnis. Mehr kann ich nicht für ihn tun.«

»Ich werde ihn pflegen!«

»Das ist deine Sache, aber glaub ja nicht, dich um deine Arbeit in der Töpferei drücken zu können!«

Die Stimmen lösten sich auf in Morgennebel im Sonnenlicht. Glühende Hitze durchströmte ihn und dörrte seinen Körper aus.

Er hörte nicht, wie er nach Wasser keuchte.

Dann eine Stimme, sanft und weich wie das Flüstern des Windes in hohem Farn: »Ganz ruhig, ich bin ja da ... hier, trinken Sie.«

Ein Gesicht, von blonden Haaren umrahmt. Braune Augen unter hübschen Brauen. Ein Mund, so weich geschwungen wie die Stimme sanft.

Jessica?

Kühles Wasser auf seinen Lippen und auf seiner Stirn. Dann zog das Fieber ihn wieder hinab in die düstere Welt der Albträume.

Tag und Nacht lösten sich auf, wie auch Traum und Wirklichkeit sich vermischten, wurden zu einer fieberglühenden Ewigkeit.

»So ... kalt ... so kalt ...« Seine eigene Stimme war die eines Fremden.

»Ich bin ja da ... Seien Sie ganz ruhig.«

Weich und warm die Stimme, die ihn tröstete, weich und warm auch die Hände, die ihn berührten, und der Körper, der ihn wärmte.

Ein Sonnenstrahl, der durch einen Spalt drang. Dann wieder Dunkelheit. Das unruhige Flackern einer Kerze im Luftzug. Das Plätschern von Wasser. Eine Hand auf seiner Stirn. Ein feuchter Lappen.

Jessica, wo bist du?

Nichts. Dunkelheit. Schmerzen. Hitze. Stimmen in weiter

Ferne. Was redeten sie da, Kenneth und Jessica? Warum streiten sie?

»Er fantasiert. Er erkennt uns nicht. Wenn ich doch nur mehr für ihn tun könnte. Es ist so schrecklich, ihn so leiden zu sehen und machtlos zu sein. Er verfällt immer mehr.«

»Und du bist bald bloß noch ein Schatten deiner selbst! Das werde ich nicht zulassen! Alles hat seine Grenzen! Er ist ein Fremder!«

»Er ist krank, und er hat nur uns! Einer muss ihn doch pflegen!«

»Gott weiß, dass ich kein hartherziger Mann bin. Aber dass dieser Mann da nicht mehr zu retten ist, sieht doch ein Blinder. Dem Tod hat sich noch keiner erfolgreich in den Weg gestellt. Du verlängerst sein Leiden womöglich nur noch.«

»Und wenn Sie dort lägen? Wollten Sie, dass man Sie einfach aufgäbe?«

»Zum Teufel noch mal, tu, was du nicht lassen kannst!«

Eine Tür knallte wie ein Donnerschlag.

Ein Schrei in der kältestarrenden Schwärze, die ihn von Kopf bis Fuß durchdrang. »Nein! … Nicht! … Du darfst mich nicht verlassen! … Du darfst nicht, hörst du? … Verlass mich nicht!«

Wieder die sanfte, tröstende Stimme, die wie Balsam war. »Sei ganz ruhig, ich bleibe. Niemand verlässt dich. Es wird alles gut. Du musst nur gesund werden, du musst es wollen und gegen das Fieber in dir ankämpfen, hörst du mich? Du musst gesund werden wollen! Wir müssen zusammen gegen das Fieber kämpfen!«

»Ja, zusammen …«

Und wieder die warmen, empfindsamen Hände, die seinen zitternden, schweißnassen Körper wuschen, ihm zu trinken gaben und ihm durch ihre Berührung das Gefühl der Verlassenheit nahmen.

Und immer wieder Jessica.

Sie schmiegte sich in seine Arme, und er zog ihren festen erregenden Leib an sich. Nur die Liebe konnte ihn retten. Sie durfte sich nicht wieder in nichts auflösen! Er brauchte die Süße ihres Fleisches, um die Dämonen zu bekämpfen, die in ihm tobten.

»Liebe mich! … Geh nicht von mir! … O mein Gott, nicht jetzt! … Bitte!«

Warmes, feuchtes Fleisch umfing ihn. Der sanfte Druck zaghafter Lippen. Brüste, die über seine Haut streichelten. Ein Rausch der Bilder und Empfindungen, dann eine Explosion in seinen Lenden.

»Jetzt … ist … alles gut.«

»Ja, ich weiß.«

Eine salzige Träne, die auf seine Lippen fiel. Dann sank er in einen tiefen, traumlosen Schlaf. Als er achtzehn Stunden später erwachte und seine Umgebung zum ersten Mal seit fünf Tagen wieder bewusst wahrnahm, blickte er in das Gesicht einer jungen Frau, die an seinem Bett saß. Es war ein ihm fremdes und zugleich doch so vertrautes Gesicht.

»Ich bin Sarah Blunt.« Sie lächelte.

9

Es war ein Morgen, wie Glenn Pickwick ihn liebte. Der Himmel war von einem sanften Blau, in das sich das cremige Weiß einiger weniger Wolkenfelder mischte, eine milde Brise kam vom Wasser herüber und trug den frischen Geruch des nahen Meeres mit sich, und eine friedvolle Trägheit, aus der Sydney jedoch schnell zu lärmender Geschäftigkeit erwachen würde, lag noch über der Stadt.

Forschen Schrittes, wie es seine Art war, jedoch nicht ohne eine gewisse Geschmeidigkeit in seinem ausschreitenden Gang, eilte er die Kent Street hinunter und sog genüsslich den berauschenden schweren Duft ein, als er an einer prächtigen Hecke Jakarandabüsche vorbeikam, die von blühendem Jasmin und Oleander durchsetzt war.

Glenn Pickwick, geschäftsführender Verkäufer von BRADING & SIMONTON, war ein dunkelhaariger, mittelgroßer Mann von schlanker Gestalt. Man sah ihm nicht an, dass er schon zweiunddreißig Jahre alt war. Sein Gesicht hatte ein angenehm jugendliches Aussehen und täuschte über sein wahres Alter hinweg. Gewöhnlich hielt man ihn für Anfang zwanzig, ganz selten auch mal für fünfundzwanzig. Er verstand es jedoch, durch die geschmackvolle, aber doch konservative Wahl seiner Kleidung einen Ausgleich zu schaffen. Wer ihn kannte, wusste seine berufliche Erfahrung und Ernsthaftigkeit zu schätzen. Doch er wusste zu gut, wie entscheidend der erste äußerliche Eindruck auf Kunden wirkte. Deshalb verwandte er größte Sorgfalt darauf, durch Auftreten, Sprache und Kleidung wettzumachen, was sein jugendliches Äußeres ihm verwehrte – nämlich den Eindruck von Reife und Seriosität, der in seinem Beruf notwendig war, wollte er von der Kundschaft respektiert werden und sichergehen, dass seinem fachlichen Urteil auch Gewicht zugemessen wurde.

Als er sich mehrere Häuserblocks vor dem Paradeplatz nach rechts wandte und in die King Street einbog, verlangsamte er sein Tempo und näherte sich den beiden älteren Damen, die vor einem offenen Landauer standen und in ein freundschaftliches Gespräch vertieft waren, gemessenen Schrittes.

Galant zog er vor den Damen den Hut und schenkte ihnen sein scheinbar unbeschwertes, jungenhaftes Lächeln, das ihm schon so manche Sympathien gebracht hatte, besonders bei der älteren weiblichen Kundschaft, die längst wusste, wie gut sie bei ihm bedient wurde. Aber auch die jungen Frauen zeigten nicht selten eine verräterische Röte auf dem Gesicht und ein Glänzen in den Augen, wenn er sie so anlächelte.

»Einen prächtigen guten Morgen, Missis Breely, und einen wunderschönen Tag, Missis Rutherford!«, grüßte er freundlich und achtete darauf, jede der matronenhaften Damen dabei gleich lang anzublicken. Er wusste um die Macht des direkten Augenkontaktes. »Darf ich Ihnen mein Kompliment zu Ihrem zauberhaften Taftkleid aussprechen, Missis Breely? Ihre Schneiderin versteht ihr Handwerk ausgezeichnet.«

Missis Breely, eine breitgebaute, mollige Person, errötete über das Lob, nähte sie doch ihre Kleider alle selber, was Glenn längst wusste. »Oh, ja … danke, das Kleid ist ganz gut gelungen«, sagte sie mit freudiger Verlegenheit.

Glenn Pickwick fand auch an Missis Rutherford Lobenswertes. »Vorzüglich die Wahl Ihrer Haarbänder, genau passend zum besonderen Ton Ihrer Augen. Ich hätte Sie nicht besser beraten können«, sagte er anerkennend und bekräftigte seine Worte mit dem ersten Gesichtsausdruck des Fachmannes.

»Verbindlichsten Dank, Mister Pickwick«, sagte die Angesprochene geschmeichelt und tastete unwillkürlich nach den Samtbändern, die ihr Haar schmückten. »Ich war lange Zeit unschlüssig, welche ich wählen sollte.«

»Sie haben eine glückliche Hand, Missis Rutherford, Sie wissen, was Ihnen am besten zu Gesicht steht. Sie gehören nicht zu denjenigen, die sich bei der Wahl ihrer Garderobe auf ihr Glück verlassen müssen«, versicherte er.

»Ich wünschte, mein Mann sähe das auch so, statt mir jedes Mal vorzuwerfen, ich könnte mich nie entscheiden und bräuchte zum Ankleiden zu viel Zeit«, machte sie sich über sich selbst lustig.

»Bei aller Hochachtung für Ihren Gatten, aber er könnte mich nicht dazu bringen, ihm in diesem Punkt zuzustimmen«, erklärte er.

Glenn Pickwick verstand sich auf die Kunst des Komplimentes, und das bedeutete, dass er sich nicht zu plumpen Schmeicheleien hinreißen ließ, die sofort als solche zu durchschauen waren.

Frauen, die es verstanden, fehlerlos das Beste aus sich zu machen, waren eine Rarität. Er hegte jedoch die feste Überzeugung, dass so gut wie jede Frau in zumindest *einer* Sache mit geradezu traumwandlerischer Sicherheit wusste, was für sie am vorteilhaftesten war. Die eine hatte ein Auge für Stoffe und Farben, die andere für Frisuren und wieder eine andere für Schminke. Wenn man diese Stärke bei einer Frau erst einmal erkannt hatte, was für einen Fachmann wie ihn keiner besonderen Anstrengung bedurfte, dann war es ein Leichtes, auch Frauen mit kritischer Selbsteinschätzung ein Kompliment zu machen, das sie als zutreffend erkannten und somit zu schätzen wussten. Denn so naiv die eine oder andere auch sein mochte, so merkten sie zumeist doch instinktiv, wenn ein Lob nicht gerechtfertigt war. Und für einen Verkäufer von Stoffen und Modeartikeln konnte es kaum etwas Schlimmeres geben, denn man würde auf sein Wort bald kaum noch etwas geben.

»Sie verstehen es, einer Dame das Gefühl zu geben, für den

Tag gerüstet zu sein, Mister Pickwick!«, rief Missis Breely mit ihrer Fistelstimme amüsiert und zugleich voller Genugtuung.

Missis Rutherford nickte. »Ja, in der Tat. Aber ich wusste gar nicht, dass Sie sich schon so früh ins Geschäft begeben.«

»Öffnen Sie nicht erst in einer Stunde?«

»Die Arbeit beginnt schon lange, bevor der erste unserer geschätzten Kunden den Laden betritt, Missis Breely«, erwiderte Glenn Pickwick mit gewandter Bescheidenheit. Und mit der Routine eines Mannes, dem das Verkaufen schon vor vielen Jahren in Fleisch und Blut übergegangen war, nahm er augenblicklich die Gelegenheit wahr, die beiden Frauen durch eine geschickt eingestreute Bemerkung zu animieren, dem Geschäft doch demnächst wieder einmal einen Besuch abzustatten.

»Erst gestern hatten wir das Glück, einen Sonderposten feinster Chinaseide zu erstehen. Wirklich prächtige Stoffe. Sie würden überrascht sein von der Brillanz der Farben, Missis Breely. Ein Nussbraun, wie Sie es mit Ihrem ausgeprägten Sinn für Farben und Qualität so sehr schätzen, fiel mir dabei gleich ins Auge. Es wird bestimmt viel Anklang finden. Ich werde es heute sofort auszeichnen und in die Regale räumen.«

»Oh, dann sollte ich wohl mal einen Blick darauf werfen«, ging sie bereitwillig auf die versteckte Anregung ein.

Glenn Pickwick deutete eine Verbeugung an. »Es ist mir jederzeit ein ausgesprochenes Vergnügen, Ihnen zu Diensten zu sein«, versicherte er, vergaß aber auch nicht die gedrungene Missis Rutherford, die ihr fülliges, rosiges Gesicht mit dem Parasol vor der Sonne schützte. Er wandte sich ihr zu. »Auch zartes Blau, das doch Ihre Lieblingsfarbe ist, wenn ich mich recht entsinne, mit einem wunderbaren Muster, ist unter den neuen Stoffen. Der Ballen wird kaum Staub im Regal ansetzen, dessen bin ich mir sicher.«

Missis Rutherfords Gesichtsausdruck verriet, dass auch sie es sich nicht entgehen lassen würde, sich die blaue Seide von ihm im Geschäft vorlegen zu lassen.

»Aber nun entschuldigen Sie mich, meine Damen. So reizend es auch ist, mit Ihnen zu plaudern, so erledigt sich meine Arbeit doch leider nicht durch Reden. Missis Breely, Missis Rutherford, es war mir ein Vergnügen, und einen angenehmen Tag noch!«, verabschiedete er sich und nahm seinen forschen Gang wieder auf.

Missis Rutherford blickte ihm mit einem Seufzer nach. »Was für ein zuvorkommender, reizender junger Mann«, schwärmte sie und drehte ihren Parasol.

»Ja, und so ausgesprochen tüchtig«, pflichtete ihre Freundin ihr bei. »Er ist sicherlich ein großer Gewinn für die Simontons.«

»Wohl doch eher für diese Missis Brading«, korrigierte Helen Rutherford sie. »Die Simontons halten an dem Geschäft gerade noch ein Drittel, wie es heißt, und Mister Pickwick ist von dieser Brading eingestellt worden.«

»Wissen sie, was das für eine Frau ist?«, fragte Mary Breely interessiert. Sie war längst nicht so gut über den Klatsch informiert, der in der Kolonie kursierte, wie ihre Freundin, die einen großen Bekanntenkreis hatte und diesen auch mit Hingabe pflegte.

»Wenn man Deborah Simontons Reden Glauben schenkt, handelt es sich bei dieser Jessica Brading um eine Emanzipistin, um ein verkommenes, verbrecherisches Subjekt, das ihr und ihrem Mann Albert das Geschäft auf betrügerische Art und Weise abgenommen hat, zumindest zu zwei Dritteln«, sagte Helen Rutherford und lachte spöttisch auf. »Jedenfalls ist es das, was sie bei jeder passenden und unpassenden Gelegenheit verbreitet.«

»Was aber nicht der Wahrheit entspricht, hm?«

»Sie wissen, was ich von Deborah Simonton von Anfang an gehalten habe, nämlich herzlich wenig«, sagte Helen Rutherford mit gedämpfter Stimme. »Sie war mir zu hochnäsig, und diese Art von Arroganz vertrage ich nicht. Als ob sie blaues Blut in ihren Adern hätte, so ein Benehmen hat sie doch an den Tag gelegt. Aber zurück zu ihr und dieser Brading, die eine tüchtige Frau sein muss, wie man mir erzählt hat, und am Hawkesbury eine Farm bewirtschaftet, die zu den größten der Kolonie zählt.«

»Aber sie ist eine Emanzipistin, nicht wahr?«, hakte Mary Breely nach.

»Ja, und daran scheint sich auch alles entzündet zu haben«, berichtete Helen Rutherford. »Sie wissen doch, wie verhasst der Simonton Emanzipisten sind.«

»O ja, das ist mir wohl bekannt. Nicht einen davon hat sie über die Schwelle ihres Geschäftes gelassen. Ich habe mich schon immer gefragt, wieso sie dann mit ihrem Mann dieses Geschäft ausgerechnet in einer Sträflingskolonie eröffnet hat, wo sie doch Emanzipisten auf den Tod nicht ausstehen kann.«

»Eine gute Frage, die mich schon immer brennend interessiert hat. Doch ich nehme nicht an, dass Deborah Simonton uns jemals ihre Gründe offenbaren wird, die sie und ihren Mann bewogen haben, der Heimat den Rücken zu kehren«, sagte Helen Rutherford mit einem anzüglichen Unterton. Jeder wusste, dass sich in der Kolonie genug vorgeblich »ehrbare Freie« aufhielten, die nach New South Wales ans Ende der Welt geflüchtet waren, weil sie etwas zu verbergen hatten und sich in der Kolonie vor Gläubigern und Justitia sicher wähnen konnten.

»Was die Emanzipisten betrifft, so gibt es immer solche und solche«, brachte Mary Breely das Gespräch auf das eigentliche Thema zurück, das sie interessierte. Wie ihre Freundin gehörte auch sie zu den Freien, und allzu viel Sympathien für ehemalige Sträflinge hegte auch sie nicht. Doch immerhin scherte sie nicht alle über einen Kamm.

»Nun, für Deborah Simonton gibt es nur solche, die es nicht wert sind, ihr Geschäft betreten zu dürfen«, fuhr Helen Rutherford fort. »Jessica Brading muss das nicht gewusst und gewagt haben, es dennoch zu tun und ihr die Stirn zu bieten. Doch kaufen konnte sie nichts. Deborah Simonton wies sie aus dem Geschäft, was sie besser nicht getan hätte, wie sich hinterher herausstellte. Aber damit noch nicht genug. Einen regelrechten Skandal verursachte die Simonton beim Neujahrball auf Mirra Booka.«

»Mirra Booka?«

»Das ist eine Farm bei Parramatta, die von zwei freien Siedlern geführt wird. Sowohl die Simontons als auch Jessica Brading waren zu diesem Fest geladen gewesen, ohne dass die einen vom Erscheinen der anderen wussten.«

»Merkwürdig«, sinnierte Mary Breely. »Die Gastgeber müssen doch von Deborah Simontons Vorbehalten gewusst haben. Wie kann einem denn nur so ein Missgeschick unterlaufen? Das zeugt aber von einem äußerst mangelhaften Taktgefühl!«

»Wer weiß, vielleicht war dieses Zusammentreffen gar nicht so zufällig, wie es den Anschein hatte«, gab Helen Rutherford zu bedenken.

»Sie meinen, dieser Skandal, von dem Sie sprechen, sei wissentlich herbeigeführt worden?«

»Ich habe nicht die Absicht, mich darauf festzulegen, meine liebe Missis Breely, aber es wird in manchen Kreisen so einiges gemunkelt, das diese Deutung nicht eben ausschließt. Im Gegenteil. Demnach hegt Mister Hawkley genauso wenig Sympathien für Jessica Brading wie Deborah Simonton.«

»Mister Hawkley? Wer ist denn das nun wieder?«, fragte Mary Breely verwirrt.

»Einer der beiden Gastgeber. John Hawkley und seinem bedeutend jüngeren Partner Mitchell Hamilton gehört MIRRA BOOKA. Mister Hawkley hat es nicht gebilligt, dass sein Partner Jessica Brading zum Fest eingeladen und ihr wohl auch sonst seine Aufmerksamkeit geschenkt hat«, sagte Helen Rutherford spöttisch.

»Wie intrigant!«, sagte Mary Breely höchst fasziniert und hing förmlich an den redseligen Lippen ihrer Freundin, die ihr wie ein nie versiegender Quell herrlicher Klatschgeschichten erschien.

»Nun, welche Differenzen auch immer zwischen diesen beiden Männern bestehen mögen, die zwischen Jessica Brading und Deborah Simonton wurden auf diesem Fest ganz offensichtlich«, kam Helen Rutherford wieder zum eigentlichen Skandal des Neujahrsfestes auf MIRRA BOOKA zurück. »Als sie sich da plötzlich gegenüberstanden, ist es dann passiert. Missis Simonton beleidigte diese Frau, bedachte sie mit unflätigen Ausdrücken wie ›Sträflingsgesindel‹ und schüttete ihr zu guter Letzt Wein ins Gesicht – vor allen Leuten!«

Mary Breely riss entsetzt die Augen auf. »Gütiger Gott! Wie kann man so unbeherrscht sein und sich so gehen lassen! So etwas Vulgäres!«

»Tja, kein Wunder also, dass Jessica Brading sich wohl gesagt hat: ›Rache ist süß!‹ Und ihre Rache hat sie bekommen, wenn es sie auch einiges gekostet haben mag. Auf jeden Fall hat das Geschäft der Simontons in der Pitt Street ein neues Ladenschild, wie Sie ja selber wissen«, sagte Helen Rutherford mit unverhohlener Schadenfreude.

Ein leichtes Stirnrunzeln zeigte sich auf Mary Breelys Gesicht. »Aber wie konnte es denn überhaupt dazu kommen, dass sich Jessica Brading ausgerechnet in das Geschäft der Simontons einkaufen konnte, wo Deborah Simonton doch Emanzipisten wie Aussätzige behandelt?«

Helen Rutherford spielte mit dem elfenbeinernen Griff ihres musselinbespannten Parasols. »Das ist eine äußerst delikate Geschichte, Missis Breely …«, sagte sie mit deutlichem Zögern in der Stimme, als wüsste sie nicht so recht, ob sie weiterreden sollte.

»Nun machen Sie es nicht so spannend, Missis Rutherford!«, drängte Mary Breely.

»Sie können nicht wissen, was Sie mir damit zumuten«, tat Helen Rutherford unangenehm berührt, »denn ich müsste von sittlichen Verfehlungen sprechen, die Sie zutiefst schockieren würden. Und so etwas schickt sich eigentlich nicht für Damen wie uns.«

Nun brannte Mary Breely regelrecht vor Neugier. »Um Gottes willen, ist es so schlimm?«, stieß sie hervor. »Doch vielleicht erleichtert es Sie, mit mir darüber reden zu können.«

Helen Rutherford machte nicht den Eindruck, als trüge sie schwer an ihrem Wissen. »Ich weiß, Ihnen kann ich vertrauen, meine liebe Missis Breely. Doch ich warne Sie. Es wird Ihnen die Schamröte ins Gesicht treiben, wenn Sie hören, was da vorgefallen ist!«, sagte sie.

»Nun gut, ich bin gewappnet. Erzählen Sie schon! Wie hat es diese Jessica Brading fertiggebracht, der Simonton so einen vernichtenden Schlag beizubringen? Ich kann mir nicht vorstellen, was bewirkt haben könnte, dass Deborah Simonton eine totale Kehrtwendung gemacht hat.«

Helen Rutherford tat, als gebe sie sich einen Ruck, und vertraulich beugte sie sich zu ihrer Freundin hinüber: »Eigentlich hat Mister Simonton das Kunststück fertiggebracht, seine Frau ausgerechnet mit einer Emanzipistin als Geschäftspartnerin unter einem Dach zusammenzubringen.«

»Was Sie nicht sagen!« Verblüfft sah Mary Breely ihre Freundin an. »Was hat denn ihr Mann damit zu tun? War er denn nicht viel gemäßigter als sie?«

»Gemäßigt schon, was seine Haltung gegenüber Emanzipisten angeht. Doch in anderer Hinsicht scheint er ein nicht gerade gemäßigtes Leben geführt zu haben«, sagte Helen Rutherford geheimnisvoll.

»Das müssen Sie mir näher erklären!«, forderte Mary Breely sie aufgeregt auf.

Helen Rutherford sah sich um, als fürchtete sie, belauscht zu werden. Dann flüsterte sie: »Albert Simonton soll dem Glücksspiel verfallen sein und weit über tausend Pfund Schulden gemacht haben!«

»Welch eine Schande!«, stieß Mary Breely mit aller ihr möglichen Verachtung hervor. Angewidert schüttelte sie den Kopf. »Und dabei macht er einen so ruhigen, gesetzten Eindruck. Ein Glücksspieler!«

»Aber damit noch nicht genug! Es heißt, er soll auch ein häufiger Gast gewisser Etablissements gewesen sein, in denen man sein Geld nicht nur bei Rum und Kartenspiel loswerden kann. Sie wissen schon, was ich meine«, raunte Helen Rutherford ihr verschwörerisch zu.

Mary Breely hielt sich schockiert die Hand vor den Mund. Sie war so bestürzt, dass ihr das Blut aus dem Gesicht wich. »Sie meinen, er hat mit solchen Frauen …?« Sie wagte es nicht auszusprechen.

»Ja, solche Lasterhöhlen, in denen Frauen ohne Ehre sich gegen Geld ihrer sündigen, verderbten … Tätigkeit hingeben, hat er aufgesucht«, bekräftigte Helen Rutherford. »In den Rocks. In diesen Häusern und am Spieltisch hat er sich um sein Geschäft gebracht.«

»Mein Gott, wie abscheulich! Und ich habe Mister Simonton immer für einen gottesfürchtigen Ehrenmann gehalten! Wie man sich doch in einem Menschen täuschen kann!«

»Jedenfalls muss Jessica Brading von seinen Schulden erfahren und die Schuldscheine für mehr als tausend Pfund aufgekauft haben«, fuhr Helen Rutherford genüsslich in ihrem Bericht fort. »Die Simontons konnten die Wechsel natürlich nicht einlösen und waren deshalb gezwungen, ihr zwei Drittel am Geschäft zu überschreiben.«

»Nachdem, was ich da von Ihnen erfahren habe, kann ich für die Simonton kein Mitgefühl mehr empfinden. Geschieht ihnen ganz recht. Wenn ich es recht sehe, haben sie Jessica Brading ja geradezu herausgefordert.«

»Das haben sie ohne Frage.«

»Dann haben sie das auch verdient! Und Mister Pickwick ist auf jeden Fall ein Segen für das Geschäft. Ich werde mich in Zukunft nur noch von ihm beraten lassen!«, beschloss Mary Breely.

»Ja, er ist wirklich ein tüchtiger Mann«, pflichtete Helen Rutherford ihr bei. »Man möchte nicht glauben, dass auch er ein Emanzipist ist. Aber wie sagten Sie eben doch völlig richtig: Es gibt immer solche und solche.«

»Ich wünschte, ich könnte noch länger mit Ihnen plaudern, Missis Rutherford. Doch jetzt wird es Zeit für mich, dass ich mich auf den Weg mache, damit ich noch vor der ärgsten Hitze meine Besorgungen erledigen kann«, sagte Mary Breely voller

Bedauern und verabredete sich mit Helen für den Abend. Es gab doch noch so vieles, was sie, nun neugierig geworden, über Deborah Simonton und das lasterhafte Leben ihres Mannes wissen wollte.

Glenn Pickwick hatte indessen einen freien Platz erreicht, auf dem man tags zuvor mehrere baufällige Hütten niedergerissen hatte, um an dieser Stelle zwei Wohnhäuser aus Ziegelsteinen zu errichten. Das Grundstück, rechts von einer Schreinerei und links vom Schuppen eines Kerzenziehers begrenzt, lag etwas erhöht.

Fast an jedem Morgen blieb er hier für einen kurzen Augenblick stehen, um den Ausblick auf die Stadt, die ihm mittlerweile zur geliebten zweiten Heimat geworden war, und die weite Bucht zu genießen.

An diesem Tag bot sich ihm ein besonders prächtiger Anblick. Zu seiner Rechten erhob sich der Gouverneurspalast auf einem Hügel am Ostufer der Bucht von Sydney. Die Morgensonne schien auf dem Dach des stattlichen Gebäudes zu verweilen, löste sich dann aber von den roten Pfannen und setzte ihren zielstrebigen Aufstieg in den klaren Himmel über der Küste der Sträflingskolonie fort. Weiches Licht überflutete die Stadt, die sich über das Ost- und Westufer von Sydney Cove erstreckte und sich immer weiter ausdehnte.

Vor zwanzig Jahren war in dieser Bucht, die sich wie ein riesiger Keil in das Land bohrte und wegen ihrer geschützten Lage und Schönheit von vielen Seeleuten als der schönste Naturhafen der Welt gepriesen wurde, die erste Sträflingsflotte aus England vor Anker gegangen. Wo Soldaten, Seeleute und Deportierte damals ihre Zelte aufgeschlagen und damit begonnen hatten, primitive Hütten aus Lehm und Flechtwerk zu errichten, fanden sich nun ganze Straßenzüge stattlicher Häuser, die solide gebaut waren, sowie eine rasch wachsende Zahl Lagerhallen, Speicher und öffentlicher Gebäude. Und waren in den schwierigen Anfangsjahren mit ihren verheerenden Naturkatastrophen und schrecklichen Hungersnöten Häuser aus massiven Ziegelsteinen eine Seltenheit gewesen, so fand man rote Backsteingebäude jetzt überall in der Stadt.

Sydney war nicht länger ein elender, vom Rest der Welt vergessener Ort, sondern das pulsierende Herz einer Kolonie, in die nicht nur Sträflinge strömten; es kamen auch geschäftstüchtige Kaufleute und freie Siedler, um in diesem neuen Land ihr Glück zu machen. So war Sydney zu einer geschäftigen, lärmenden Stadt geworden, durch deren staubige Gassen und Straßen hoch beladene Fuhrwerke und Ochsengespanne rumpelten. Und die vielen Kutschen und offenen Wagen verrieten, dass es in Sydney und in den umliegenden Ortschaften viele vermögende Kolonisten gab. Kleine Werften, Bootsausbesserer, Segelmacher und Schiffsausrüster sowie Handelskontore, die zumeist von Offizieren des Corps betrieben wurden und nach außen hin unter der Leitung willfähriger Strohmänner standen, hatten sich mit ihren Werkstätten und Geschäftshäusern überwiegend auf der Westseite der Bucht niedergelassen, weil der östliche Abschnitt fast gänzlich den regierungseigenen Kaianlagen vorbehalten war.

Hier, auf dem Westufer, befand sich auch das Lasterviertel von Sydney, das *The Rocks* genannt wurde, weil es sich gleich hinter dem Fort und den Unterkünften der Soldaten auf der felsigen Landzunge ausbreitete. Es war ein Labyrinth aus schäbigen Lehmhütten, Bretterschuppen, Zelten und vereinzelten Ziegelhäusern. In diesem Gewirr enger Gassen, die von Unrat, Exkrementen und Erbrochenem stanken, und verwinkelter Hinterhöfe reihte sich eine zwielichtige Taverne neben der anderen an Rum-Spelunken und Opiumhöhlen. Und wen es nach fleischlichen Genüssen gelüstete, fand in den Rocks jede Art der Befriedigung, wie ausgefallen die Wünsche auch sein mochten. Die Rocks waren ein Sumpf menschlicher Abgründe, wo man allen Spielarten des Lasters frönte.

Auf der Westseite hatte auch das New South Wales Corps, das aus ureigenstem Interesse nichts gegen dieses Lasterviertel unternahm, sein Hauptquartier. Von dort drang jetzt ein Trommelwirbel zu Glenn Pickwick herüber.

Er verzog das Gesicht und setzte seinen Weg fort, bog kurz darauf in die Pitt Street ein und stand wenig später vor dem Geschäft, in dem er seit knapp zwei Monaten geschäftsführender Verkäufer war. Praktisch konnte er ganz nach Belieben schalten und walten, dann allein Jessica Brading durfte ihm in seine Arbeit dreinreden, doch die hielt sich auf ihrer Farm am Hawkesbury auf und hatte ihm völlig freie Hand gelassen. Er hätte es wirklich nicht besser treffen können.

Es war ein flaches Gebäude auf rotbraunen Ziegelsteinen. Zwei Fenster, die statt der üblichen Wachstuchbespannung richtige Butzenscheiben hatten, gingen zur Straße hinaus und verrieten auch einem Ortsunkundigen, dass dies kein staubiger Krämerladen war. Richtiges Fensterglas war in der Kolonie noch immer ein Zeichen von Luxus.

Über der Tür hing ein Schild. Es trug die weithin sichtbare Aufschrift: BRADING & SIMONTON – STOFFE UND KOLONIALWAREN. Und darunter stand der Zusatz, der Jessica Brading nach ihrer Übernahme so wichtig gewesen war: JEDERMANN WILLKOMMEN! Das exklusive Geschäft war nicht länger allein den Freien vorbehalten.

Eine kluge Entscheidung, wie Glenn Pickwick fand, denn

in der Kolonie hatte sich längst eine Schicht ehemaliger Sträflinge gebildet, die nach Verbüßung ihrer Strafe etwas aus ihrem scheinbar verpfuschten Leben gemacht hatten und zu beachtlichem Wohlstand gekommen waren.

Er überquerte die Straße, zog den Schlüssel aus seiner Rocktasche und schloss auf. Als er die Tür öffnete, umgab ihn sofort ein herrlicher Duft, der sich aus einer Vielfalt von einzelnen Wohlgerüchen zusammensetzte.

Im Innern herrschte zu dieser frühen Stunde noch Dämmerlicht, und so setzte er zuerst einmal die beiden Öllampen mit den kunstvoll bemalten Porzellanschirmen in Brand, und Augenblicke später war der Laden in helles, warmes Licht getaucht.

Stolz sah er sich um.

Der große rechteckige Raum war in zwei Abteilungen untergliedert. Auf der rechten Seite füllten vertraute und exotische Köstlichkeiten, Gewürze und Riechstoffe die Regale. Sie waren in kleinen Beuteln abgepackt oder in Flaschen abgefüllt, während getrocknete Rosenblätter, Safran, Moschus, Lavendel, Jasmin, Senna und Gelbwurz sowie Ingwer und Pfeffer, Muskatnuss und Zimt, Sultaninen und Bataviatabak in hölzernen oder gläsernen Behältern aufbewahrt wurden. Der intensive Duft, der den vollgestellten Regalen entströmte, schlug den eintretenden Kunden wie eine berauschende Woge entgegen und weckte das Verlangen, von all diesen Kostbarkeiten zumindest ein klein wenig zu besitzen.

Auf der linken Seite des Geschäftes stapelten sich Stoffballen in den Verkaufsregalen. Da gab es Kattun und Haushaltsleinen, Musselin, Brokat und Seide, Madrasgewebe und Organdystoffe, Gabardine und sogar Seide aus Piemont und Brüsseler Spitzen. In anderen Fächern wiederum lagerten Spitzenbänder,

Bonnets, Rüschentücher, Handschuhe und Stoffrosetten sowie Halstücher, Fächer, Nähmaterialien und vieles andere. Es gab wirklich keinen Laden in der Kolonie, der sich mit diesem an Auswahl und Qualität der Waren messen konnte.

Glenn Pickwick ging hinter dem blankpolierten Ladentisch vorbei in sein kleines Büro, das in einer Ecke des Lagerraumes untergebracht war. Es bestand eigentlich nur aus einem einfachen Sekretär mit Aufsatz und einem schon sehr ramponierten Lehnstuhl, der bald durch einen neuen ersetzt werden musste.

Als sein Blick auf die Bücher fiel, verlor sein Gesicht den frohgemuten Ausdruck. Er wusste, dass er ein Problem hatte und dieses schnell lösen musste, wenn er die Stellung auch in Zukunft noch bekleiden wollte, und das wollte er wie kaum etwas anderes auf der Welt. Er hatte einmal eine große Dummheit gemacht, die ihm die Verbannung nach New South Wales eingetragen hatte. Er war glimpflich davongekommen, war er doch schon nach drei Jahren begnadigt worden. Doch erst seit Jessica Brading ihm diese Stellung angeboten hatte, hatte er wieder das Gefühl, festen Boden unter den Füßen und noch einmal eine Chance zu haben, sich etwas Gutes und Dauerhaftes aufbauen zu können. Diese Chance wollte er auf keinen Fall ungenutzt verstreichen lassen.

Er klappte das Lagerbuch auf, das er vor zwei Monaten neu angelegt hatte, als er hier die Führung übernommen und sofort eine Inventur vorgenommen hatte, um zu verhindern, dass die Simontons stillschweigend kostbare Ware verschwinden ließen, um so noch etwas für sich zu retten. Jede Stoffrosette hatte er erfasst, jedes Gramm Senna und Rosenblätter. Und er hatte auch dafür gesorgt, dass die Verbindungstür zwischen dem Laden und den Privaträumen, die die Simontons laut Vertrag mit Jessica Brading noch mehrere Monate bewohnen durften, verriegelt und verschlossen wurde.

Und dennoch war es ihnen gelungen, unter seinen Augen Ware im Wert von vielen Pfund verschwinden zu lassen. Es hatte es erst für unmöglich gehalten und den Fehler bei sich und seinen Zahlen gesucht. Doch es war ganz unmöglich, dass er sich bei der Aufnahme des Lager- und Verkaufsbestandes verrechnet hatte. Dafür war er einfach zu gewissenhaft. Die Zahlen stimmten – und mit ihnen auch der empfindliche Verlust.

»Diese verdammte Hexe!«, murmelte er grimmig und klappte das Buch mit einer heftigen Bewegung zu. Er hegte nicht den geringsten Zweifel, dass Deborah Simonton dahintersteckte. Sie hatte irgendeinen Weg gefunden, teure Stoffe aus dem Laden zu schmuggeln. Doch er wusste nicht, wie sie das anstellte. Und solange er ihr nichts nachweisen konnte, war es sinnlos, sie zur Rede zu stellen. Sollte sie nur glauben, dass er noch immer ahnungslos war. Das würde es ihm leichter machen, herauszufinden, wie sie Jessica Brading unter seinen Augen bestahl. Doch allzu lange konnte er sie auch wieder nicht tatenlos gewähren lassen. Schon bald würde er Jessica Brading davon unterrichten müssen. Gelang es ihm, den Betrug aufzudecken und beweisen zu können, brauchte er wohl kaum um seine Stellung zu bangen. Hatte er damit jedoch keinen Erfolg …

Glenn Pickwick wurde aus seinen trüben Gedanken gerissen, als die Ladentür schlug und Deborah Simonton hereingerauscht kam. Sofort er hob er sich und begab sich in den Verkaufsraum.

Deborah Simonton war eine hagere Frau, die sich so steif und aufrecht hielt wie ein Ladestock. Hohe Wangenknochen beherrschten ihr schmales Gesicht, dessen Mundwinkel einen verkniffenen Zug aufwiesen, in dem viel Verbitterung und Hader mit dem Schicksal lagen. Von ihrer Erscheinung ging Unnahbarkeit aus, ja sogar Ablehnung, was durch ihre durchweg schwarzen, hochgeschlossenen Kleider und die streng nach hinten gekämmten, hochgesteckten Haare noch unterstrichen wurde.

»Einen guten Morgen, Missis Simonton«, grüßte er freundlich, obwohl es ihn einige Überwindung kostete. Doch er wollte sie in Sicherheit wiegen und den Anschein eines arglosen Mannes erwecken, der keinen Blick für das Schlechte im Menschen besaß.

»Ob der Morgen gut ist, muss sich erst noch erweisen, Mister Pickwick!«, gab sie schroff zurück. »Ich bezweifle es. Ich habe es mir abgewöhnt, hier irgendetwas Gutes zu erwarten!«

»Oh, ich bin sicher, dass wir einen wunderbaren Tag bekommen, Missis Simonton, nicht nur, was das Wetter betrifft, sondern auch geschäftlich«, erklärte er unverändert gut gelaunt und zwang sich zu einem Lächeln. Sollte sie ihn nur für einen schwatzhaften Tölpel halten, vielleicht verführte sie das zu größerer Unvorsichtigkeit. »Wir werden heute, wenn mich mein Gefühl nicht trügt, einige sehr gewinnbringende Geschäfte machen.«

»Wir werden ja sehen, wer hier gewinnbringende Geschäfte macht«, erwiderte sie, und in ihrer Stimme schwang kaum merklicher Spott mit.

Glenn Pickwick war der feine Unterton nicht entgangen, ließ sich jedoch nichts anmerken. Er spielte weiterhin den gutgelaunten Unbedarften. »Wissen Sie, ich bin der festen Überzeugung, dass man nur entschlossen genug und mit ganzer Hingabe bei einer Sache sein muss, um etwas zu erreichen.

»So, und was wollen Sie denn erreichen?«, fragte sie herablassend.

»Eine prächtige Bilanz natürlich!«

»Missis Brading kann in der Tat stolz auf Sie sein, Mister Pickwick«, lobte sie ihn scheinbar, doch in Wahrheit war es blanker Hohn. »Sie gereichen ihr wirklich zur Ehre. Wenn sie wüsste, wie gut Sie das hier alles im Griff haben, würde sie sicherlich überrascht sein.«

›Du hinterhältiges Biest!‹, dachte er grimmig, während er sein unbekümmertes Lächeln nach außen hin bewahrte. ›Wenn du glaubst, ich bekäme den Hintersinn deiner höhnischen Bemerkungen nicht mit, hast du dich geirrt. Aber nur weiter so! Fühl dich nur sicher. Wir werden ja sehen, wer hier zuletzt lacht!‹

Und laut sagte er: »Ja, ich gebe mein Bestes.«

»Sie werden es schon schaffen, Missis Brading zu beeindrucken«, versicherte sie.

Glenn Pickwick kochte innerlich vor ohnmächtiger Wut, doch er wusste sich zu beherrschten und den Eindruck gleich bleibender Freundlichkeit zu bewahren.

Wenig später betrat auch Albert Simonton, ein dickleibiger, blassgesichtiger Mann mit Glatze und Zwicker auf der Nase, das Geschäft. Er nickte Glenn Pickwick nur knapp zu und machte sich dann daran, Gewürze und getrocknete Blätter in kleine Beutel abzufüllen. Er war schon immer ein stiller, in sich gekehrter Mensch gewesen, dessen einzige Schwäche seine Spielleidenschaft war, deren Grad in einem ungesunden Verhältnis zu seinem Talent stand. Doch seit sie durch seine Spielschulden fünfundsechzig Prozent des Geschäftes an Jessica Brading hatten abtreten müssen und seine Frau ihn das tagtäglich spüren ließ, war er noch wortkarger und verschlossener geworden.

An diesem Tag versuchte Glenn Pickwick die beiden nicht einen Moment lang aus den Augen zu lassen, was leider nicht immer möglich war. Wenn mehrere Kunden im Geschäft waren und er selber bedienen musste, reichte es kaum für einen flüchtigen Blick. Wenn sich auch weder Missis Breely noch Missis Rutherford blicken ließ, so brauchten sie wahrlich nicht über einen Mangel an Kundschaft zu klagen. Die Tür stand kaum still. Seit sich herumgesprochen hatte, dass bei BRADING & SIMONTON neuerdings tatsächlich jeder bedient wurde, lief das zuvor eher schleppende Geschäft der Simontons ausgezeichnet. Es war eine offensichtliche geschäftliche Dummheit gewesen, nur Freie als Kunden zu akzeptieren.

Es war kurz vor Mittag, als ihm eine innere Stimme sagte, dass irgendetwas nicht stimmte. Da war etwas, das ihn irritierte. Doch er vermochte nicht zu sagen, um was es sich dabei handelte. Es war anfangs nur eine unbestimmte Unruhe.

Er bediente gerade eine wenig ansprechende junge Frau, deren strohiges Haar ungepflegt und deren Kleidung recht verschlissen war. Sie hatte am Hals ein Geschwür und war alles in allem nicht die Art Kundin, die normalerweise das Geschäft betrat. Doch das störte ihn viel weniger als ihre anstrengende Unentschlossenheit. Sie war gekommen, um einen Duftstoff zu erstehen, vermochte jedoch nicht, ihre Wahl zu treffen. Immer wieder nervte sie ihn mit ihren Fragen, was denn dieses und jenes kostete und ob sie vielleicht noch einmal an dem Rosenöl riechen dürfe. Er hegte schon fast den Verdacht, dass es gar nicht in ihrer Absicht lag, irgendetwas zu erstehen.

Zur selben Zeit bediente Deborah Simonton auf der anderen Seite des Raumes eine Frau, eigentlich eher noch ein Mädchen in einem einfachen, aber sauberen Kattunkleid. Sie trug ein weißes Häubchen. Er kannte sie – zumindest vom

Sehen. In den letzten Wochen war sie schon öfter im Geschäft gewesen. Ihr Name war Rosemary Morris, und sie arbeitete als Näherin bei einer Schneiderin namens Eugenia Tilburn, die sie immer schickte, um Besorgungen für sie zu erledigen. So auch an diesem Tag.

Als er zu ihr hinüberblickte, regte sich etwas in ihm. Irgendetwas störte ihn, doch er wusste nicht zu sagen, ob es mit ihrer Person zu tun hatte oder mit irgendetwas anderem. Erinnerungen stiegen dunkel und vage in ihm auf, nahmen jedoch keine klaren Konturen an. Zum Teufel noch mal, was war mit ihm bloß los? Warum kam ihm irgendetwas so vertraut und zugleich doch irritierend vor? Wenn er es doch nur beim Namen zu nennen gewusst hätte.

Seine reizlose Kundin verhinderte, dass er diesen Gedanken länger nachhängen konnte. Ihre derbe, breitgezogene Aussprache verriet ihre einfache Herkunft.

»'n Duft wie in Lady Wexters Wäschetruhe. Ihr Mann war ganz wild drauf. Aber ich hab' für Jasmin auch 'ne Menge übrig, wirklich. Könnt' mich schon daran berauschen!«, schwärmte sie, als er ihr ein kleines Leinensäckchen vorlegte und sie daran roch. »Und so 'n kleines Beutelchen könnt' ich schon im Mieder verschwinden lassen und würd' dann immer durften wie 'n Jasmin-Garten.«

»Dann also Jasmin.«

Er hatte sich zu früh gefreut, denn sie legte den Jasminbeutel mit einem Kopfschütteln auf den Ladentisch zurück und ließ ihren Blick über das wohlsortierte Regal schweifen. »Wissen sie, Mister, ich bin wirklich wild auf Jasmin, aber für Moschus könnt' ich meinen rechten Arm hergeben, hab' da 'ne mächtige Schwäche für das edle Zeug«, sagte sie dann und kratzte sich am Hinterkopf.

»Das ist aber eine sehr kostspielige Schwäche«, gab Glenn Pickwick zu bedenken und machte sie darauf aufmerksam, wie viel mehr eine Unze Moschus-Riechstoff kostete als Jasmin.

Sie grinste. »Manchmal bin ich eben leichtsinnig. Kann ich mal dran riechen?«

»Bitte sehr«, sagte er mit geschäftsmäßiger Höflichkeit und Geduld. Während sie nun den Moschus begutachtete, blickte er wieder zu dem Mädchen und Deborah Simonton hinüber.

»Vier Yards Haushaltsleinen, Miss Morris?«, hörte er Deborah Simonton fragen, während die zweifelhafte Kundin vor ihm unablässig plapperte.

»Ja, und noch sechs Yards von Ihrer Baumwolle«, sagte die Näherin.

»Ich glaube, Moschus kann ich mir doch nicht leisten. Schätze, getrocknete Rosenblätter werden's auch tun«, sagte die Frau vor ihm mit einem bedauernden Seufzer. »Vielleicht später mal …«

»Also einen Beutel«, sagte Glenn Pickwick und unterdrückte seinerseits einen Seufzer der Erleichterung.

Heftig fuchtelte die Frau mit den Armen. »Nein, bitte wiegen Sie mir doch fünf Unzen aus der Dose ab. Sie scheinen mir intensiver zu duften als die im Beutel!«

»Ganz wie Sie wünschen«, sagte er mit stoischer Ruhe. Die Rosenblätter waren dieselben. Albert Simonton hatte sie erst vor wenigen Stunden in die kleinen Beutel gefüllt. Aber er machte sich gar nicht erst die Mühe, die Frau darauf hinzuweisen. Er hatte es sich schon vor Jahren abgewöhnt, bei Kundinnen zu argumentieren, die sich etwas in den Kopf gesetzt hatten. Wenn es ihr Wunsch war, dann würde er ihr eben fünf Unzen Rosenblätter aus der Dose abwiegen.

Während er zur Waage ans andere Ende des Ladentisches hinüberging, verließ ihn jedoch nicht das Gefühl der Unruhe, im Gegenteil, es wuchs fast mit jedem Augenblick. Irgendetwas stimmte nicht. Doch was nur?

Er füllte den kleinen Leinenbeutel mit Rosenblättern. Als er ihn verknotet hatte und aufblickte, sah er, dass Deborah Simonton den Stoff für die Schneiderin soeben einpackte.

»Das macht sieben Shilling und einen Penny, Miss Morris«, sagte sie und händigte der Näherin das Paket aus.

Münzen wechselten die Hand und klirrten leise, als Deborah Simonton sie in die Kassenlade legte. Es hatte alles seine Ordnung. Bisher hatte am Abend nicht einmal ein halber Penny gefehlt, dabei notierte er sich selber jedes Mal die Summe, die Deborah ihren Kunden in Rechnung stellte. Und doch passte irgendetwas nicht zusammen!

Er wandte sich wieder seiner Kundin zu, reichte ihr den Beutel und nannte ihr den Preis.

»Oh, ich dachte, Sie hätten gesagt, die Unze koste nur einen halben Penny!«, rief die junge Frau überrascht.

»Da müssen Sie mich falsch verstanden haben, Miss ...«, begann Glenn Pickwick.

»Besten Dank, Miss Morris, und richten Sie Missis Tilburn meine besten Grüße aus«, verabschiedete Deborah Simonton die Näherin, die sich das Paket unter den Arm geklemmt hatte und zur Tür strebte.

Er stutzte, und plötzlich fiel es ihm wie Schuppen von den Augen. Wie Blitze jagten sich die Gedanken hinter seiner Stirn, löste sich das Rätsel.

Das Paket!

Die Näherin!

Haushaltsleinen und Baumwolle!

Die unschlüssige Kundin!

Das war es!

Er wusste endlich, wie Deborah Simonton es wochenlang angestellt hatte, ihn und Jessica Brading zu betrügen! Er war ihr auf die Schliche gekommen!

»Miss Morris!«, rief er und kam ohne Hast hinter dem Ladentisch hervor. Diesen Sieg galt es genüsslich auszukosten. »Einen Augenblick bitte!«

Das Mädchen, schon in der Tür, zuckte wie unter einem Schlag zusammen und fuhr herum, Erschrecken in den Augen. Es schien unschlüssig, ob es der Bitte Folge leisten oder davonlaufen sollte.

»Was wollen Sie von ihr?«, blaffte Deborah Simonton ihn an, als er auf das Mädchen zutrat.

»Weshalb so ungnädig, Missis Simonton?«, tat Glenn Pickwick verwundert und fasste das Mädchen sanft am Arm, führte es zum Ladentisch der Stoffabteilung zurück. Er spürte, wie verkrampft es war. Insgeheim tat es ihm leid.

»Ich möchte doch nur einige Auskünfte von ihr und mich vergewissern, dass alles seine Richtigkeit hat.«

»Seine Richtigkeit? Auskünfte? Was wollen Sie damit sagen, Mister Pickwick?« Deborah Simonton plusterte sich auf. »Nun hören Sie mir mal zu: Mir gefällt Ihre Art nicht! Und ich habe nicht die Absicht, eine so gute Kundin zu düpieren, was auch immer in Sie gefahren sein mag! Missis Tilburn wartet bestimmt schon ungeduldig auf die Stoffe, und Sie halten das arme Mädchen nur von der Hausarbeit ab.«

»Richtig, Missis Tilburn benötigt ja Haushaltsleinen und Baumwolle, nicht wahr?«, fragte Glenn Pickwick, als erinnerte er sich erst jetzt wieder daran, was Rosemary Morris gekauft hatte.

Rosemary Morris brachte keinen Ton heraus, hielt aber das Paket so fest umklammert, als wollte sie es mit ihrem Leben verteidigen.

»So ist es!«, beschied Deborah Simonton ihn schroff. »Und nun belästigen Sie das Mädchen nicht länger! Rosemary, du kannst gehen.«

»Nein, sie bleibt!«, widersprach er, und seine Stimme hatte nun alle Verbindlichkeit verloren. Sie war scharf und durchdringend.

»Mister Pickwick!« Deborah Simonton lief zornrot an. »Ihr Benehmen ist unverzeihlich.«

Er sah sie kalt an. »Wessen Benehmen unverzeihlich ist, wird sich ja gleich zeigen!«, erwiderte er und nahm Rosemary Morris das Paket ab. Er warf es auf die Platte. »Leinen und Baumwolle, so war es doch, nicht wahr?«

Die Frau mit dem Geschwür am Hals verdrückte sich langsam aus dem Laden. »Ich glaube, ich komme später noch einmal wieder, wenn ich das Geld zusammenhabe«, sagte sie mit einem gequälten Lächeln, als Glenn sie scharf fixierte.

»Ich bin sicher, dass ich Sie nie wieder zu Gesicht bekommen werde! Seien Sie froh, dass ich Sie laufen lasse! Lassen Sie sich bloß hier nicht wieder blicken, wenn Sie nicht auf Norfolk Island landen wollen!«, drohte er ihr.

»Ich weiß gar nicht, wovon Sie reden, Mister! Haben heut wohl 'nen schlechten Tag, he?«

»Raus!«, donnerte Glenn Pickwick.

Die Frau stürzte nach draußen.

Er ging zur Tür, hängte das handgemalte Schild mit der Aufschrift VORÜBERGEHEND GESCHLOSSEN draußen an den Haken und verschloss die Ladentür von innen.

»Jetzt reicht es aber!«, rief Deborah Simonton mit gespielter Empörung. »Sie müssen den Verstand verloren haben! Ich werde nicht zulassen …«

»Halten Sie den Mund!«, herrschte er sie an, packte das Paket und riss es auf. »Haushaltsleinen und Baumwolle, ja?«

Deborah Simonton starrte erschrocken auf die kostbarsten Stoffe, die unter der Baumwolle und dem Leinen zum Vorschein kamen.

»Welch eine Überraschung, nicht wahr?« Glenn Pickwick lachte kurz und grimmig auf. »Was haben wir denn da alles? Das sieht mir nach der teuersten Spitze aus, die wir führen. Allerbeste Ware aus Brüssel. Zwanzig Yards würde ich sagen. Ein kleines Vermögen wert. Aber das ist noch nicht alles. Hier haben wir ja noch gut und gern zwei Kleiderlängen Seide! Himmlisch leicht und so unnachahmlich exquisit gearbeitet, was ja auch nicht verwunderlich ist, kommt sie doch aus Piemont. Für nur sieben Shilling und einen Penny ist das wirklich ein prächtiger Einkauf. Kein Wunder, dass diese angebliche Schneiderin namens Tilburn so oft ihre Näherin schickt, um Haushaltsleinen und Baumwolle zu erstehen – bei dem Wunderpaket, das sie immer für ihre paar Shilling erhalten hat.«

Deborah Simonton war kalkweiß im Gesicht. Sie schluckte. »Ich … ich … versteh' überhaupt nicht, wie das alles da hineingekommen ist«, brachte sie stammelnd hervor.

»Versuchen Sie doch nicht, sich mit Lügen herausreden zu wollen! Es wird Ihnen nicht helfen! Sie allein haben das Mädchen bedient! Und Sie haben diese teuren Waren in das Paket geschmuggelt!«, sagte er ihr ins Gesicht. »Dieses Mädchen ist Ihre Komplizin … genauso wie die Frau, die mich ablenken sollte!«

»Sie sind ja von Sinnen!«, keuchte Deborah Simonton. »Sie reden wirres Zeug!«

Glenn Pickwick musterte sie geringschätzig. »Sicher, darum sind Sie ja auch so kalkweiß im Gesicht, nicht wahr?«, sagte er sarkastisch.

»Es ist Ihre bodenlose Unverschämtheit, die mir die Farbe raubt!«

»Missis Simonton, Ihr hinterhältiges Spiel ist aufgedeckt und vorbei!«, erwiderte er hart. »Leugnen nützt Ihnen nichts mehr. Sie machen sich damit nur noch lächerlich. Ich habe Sie erwischt – endlich, denn ich wusste schon lange, dass Sie mich und Jessica Brading betrogen.«

Sie vermochte nicht, ihr Erstaunen zu verbergen. Ungläubig sah sie ihn an.

»Ich sehe, das ist eine Überraschung für Sie«, sagte er mit einem spöttischen Lächeln. »Sie dachten wohl, ich wäre ein Trottel und würde nicht merken, wie Sie in Ihre eigene Tasche arbeiten, nicht wahr? Nun, das war auch genau das, was Sie denken sollten. Sie sollten sich in Ihrem betrügerischen Tun sicher und unbeobachtet wähnen. Gar nicht schlecht, was Sie sich da ausgedacht haben, Missis Simonton. Doch diesmal waren Sie einfach zu gierig. Für ein paar Längen Leinen und Baumwolle ist das Paket ein wenig zu groß ausgefallen.«

Deborah Simonton schluckte heftig und nestelte nervös an ihrem Kleid herum, während in ihren Augen ein gehetzter Ausdruck lag. Fast konnte man ihr ansehen, wie es hinter ihrer Stirn arbeitete. Sie suchte fieberhaft nach einer Möglichkeit, sich aus der Schlinge zu befreien und ihren Hals zu retten.

Ihr Mann, der die Szene mit stummer Ratlosigkeit und Verwirrung verfolgt hatte, wagte nun einen Protest. »Mister Pickwick! Was hat das zu bedeuten? Ich verstehe kein Wort! Sie beschuldigen meine Frau doch nicht etwa des Betruges!?« Es klang geradezu beschwörend.

»Nein, ich beschuldige sie nicht, sondern ich habe sie soeben dabei auf frischer Tat ertappt!«, erwiderte Glenn Pickwick zornig. »Ihre Frau ist eine Diebin und Betrügerin. Und das geht jetzt schon seit Wochen so, Missis Simonton! Sie haben schon Spitze, Seide und andere teure Waren für mehrere Pfund mit Ihren Komplizinnen aus dem Laden geschmuggelt!«

Deborah Simonton reckte zornig das Kinn. »Lächerlich! Außerdem können Sie mir gar nichts beweisen!«, zischte sie. »Sie haben nichts gegen mich in der Hand. Gar nichts!«

»Deborah, um Gottes willen, hast du wirklich …?«, begann ihr Mann bestürzt, als ihm dämmerte, dass seine Frau tatsächlich fortgesetzten Betrug begangen hatte.

Mit einem funkelnden, durchdringenden Blick brachte sie ihn zum Schweigen. Dann wandte sie sich dem total verängstigten Mädchen zu, das wie gelähmt neben Glenn Pickwick stand. Und hastig sagte sie: »Er kann nichts beweisen. Du musst nur den Mund halten! Du weißt von nichts! Hörst du? Er hat nicht das Geringste gegen uns in der Hand! Lass ihn sich doch mit seinen Anschuldigungen lächerlich machen. In diesem Paket war nie etwas anderes als vier Yards Haushaltsleinen und vier Yards Baumwollstoff. Alles andere ist erlogen! Sie haben keine Zeugen, Mister Pickwick!« Hämisch sah sie ihn an.

Ihr Mann gab bei ihren Worten ein gequältes Aufstöhnen von sich, blieb jedoch stumm.

Glenn Pickwick hatte sich nicht die Mühe gemacht, ihr in die dreiste Rede zu fahren. Er zeigte sich gänzlich unbeeindruckt. »Ich hätte Lust, Ihnen eine Ohrfeige zu verpassen, aber ich will mir nicht die Hand an Ihnen schmutzig machen, habe ich mir doch geschworen, mich von verbrecherischen Subjekten fernzuhalten«, sagte er und sah nicht ohne Genugtuung, dass seine Verachtung sie mehr traf, als es wohl eine Ohrfeige vermocht hätte.

»Wie können Sie es wagen, so mit einer Freien zu sprechen, Sie dreckiger Emanzipist!« Sie spie vor ihm aus.

»Deborah, um Gottes willen! Du treibst es noch auf die Spitze!«, rief ihr Mann nun entsetzt und rang die Hände. »Wie kannst du nur so reden, nach dem, was du angerichtet hast!?«

Mit verzerrtem Gesicht fuhr sie zu ihm herum. »Verschon mich mit deinem Gejammer! Das Einzige, was du kannst, ist Herumhuren und Schulden machen!«, geiferte sie. »Du hast uns doch dieses Brading-Pack ins Haus gebracht, du elender Versager. Kein Wort will ich von dir hören, hast du mich verstanden?«

Die Worte gingen wie Schläge auf Albert Simonton nieder, der wie ein geprügelter Hund den Kopf zwischen die Schultern zog und todelend aussah. Schweiß glänzte auf seiner Stirn, und seine Lippen zuckten unkontrolliert. Doch er nahm die Demütigung wortlos hin. Er war ein gebrochener Mann, der nicht mehr die Selbstachtung und die Kraft besaß, gegen die Behandlung seiner Frau aufzubegehren.

Deborah Simonton glaubte, Glenn Pickwick eingeschüchtert und wieder Oberwasser bekommen zu haben. »Ich glaube, das war alles, Rosemary. Du kannst gehen!«, befahl sie mit herrischem Tonfall, als wäre nichts geschehen.

»Sie geht, wenn ich es sage!«, rief Glenn Pickwick scharf und fasste das Mädchen wieder fest am Handgelenk. »Ihre Dreistigkeit könnte man fast schon bewundernswert nennen, Missis Simonton. Rosemary Morris bleibt, bis wir miteinander fertig sind!«

Deborah kniff argwöhnisch die Augen zusammen. »Sie werden aus der Kleinen nichts herausbekommen!«

»Da würde ich an Ihrer Stelle nicht drauf wetten«, erwiderte er ungerührt und musterte das Mädchen, das vor Angst den Tränen nahe war. »Sie hat ja auch nicht das Geringste zu verlieren, wenn sie die Wahrheit sagt, im Gegensatz zu Ihnen. Sie braucht bloß auszusagen, dass Sie ihr ein paar Pennies gegeben und dafür von ihr verlangt haben, dann und wann diese gewissen Pakete aus dem Geschäft abzuholen, die ganz und gar nicht für die Schneiderin Tilburn bestimmt waren.« Er wandte sich nun direkt dem Mädchen zu. »Wenn du das aussagst, Rosemary, dann hast du damit kein Schuldeingeständnis gemacht. Ein Paket aus dem Geschäft abzuholen und es für Missis Simonton aufzubewahren, bis sie es abholen kommt, ist ja nichts Strafbares. Denn immerhin ist es ja ihr eigenes Geschäft, wie du geglaubt hast, nicht wahr? Dass sie mit deiner ahnungslosen Hilfe Missis Brading betrogen hat, der fast drei Viertel des Geschäftes gehören, wovon du aber nichts gewusst haben kannst, kann dir wirklich keiner anlasten. Du hast einfach angenommen, dass Missis Simonton ein bisschen verschroben ist und wohl dieses oder jenes vor ihrem Mann verbergen wollte. Aber das war ja ihre Privatangelegenheit und konnte dich nicht interessieren. Wer wollte dir da also einen Vorwurf machen? Angst vor einer Bestrafung brauchst du deshalb nicht zu haben. Daran ist auch niemand interessiert. Wichtig ist nur deine Aussage, dass Missis Simonton dich für diese vorgeblichen Freundschaftsdienste bezahlt und zu bestimmten Tagen ins Geschäft bestellt hat. Du warst ahnungslos. Hättest du von dem gemeinen Betrug auch nur etwas geahnt, hättest du selbstverständlich die Finger davon gelassen. Ist es nicht so gewesen, Rosemary?«

Glenn Pickwick hatte dem Mädchen eine goldene Brücke gebaut, die ihr Straffreiheit garantierte. Das hatte auch Deborah Simonton mit Erschrecken erkannt. »Halt bloß den Mund und red dich nicht um Kopf und Kragen!«, rief sie schrill. »Er will bloß, dass du nach Norfolk Island kommst!«

Verstört blickte Rosemary Morris von ihr zu Glenn Pickwick. Sie zögerte, wie sie sich entscheiden sollte.

»Du hast mein Wort, dass dir nichts geschieht, wenn du nur die Wahrheit sagst«, versprach er mit ruhiger Stimme. »Ich bin an deiner Bestrafung nicht interessiert und Missis Brading auch nicht.«

Das Mädchen schluckte schwer. »Ich habe wirklich nicht gewusst, was das alles sollte«, sagte sie schließlich, und Tränen lösten sich aus ihren Augenwinkeln.

»Schweig, zum Teufel noch mal!«, gellte Deborah Simonton in ohnmächtigem Zorn. »Du dummes, einfältiges Ding! Du wirst bald wieder Ketten tragen, wenn du so schwachsinnig bist, alles auszuplappern!«

»Sprich weiter«, forderte Glenn Pickwick das Mädchen sanft auf.

»Es war alles so, wie Sie sagten, Sir«, gestand Rosemary Morris unter Tränen. »Ich hab' mir keine Gedanken gemacht. Missis Tilburn zahlte ja nur einen Hungerlohn, und da kam mir das Geld von Missis Simonton sehr gelegen.«

»Dreckiges Emanzipisten-Flittchen! Die Pest über dich!«, verfluchte Deborah Simonton das Mädchen in ihrer grenzenlosen Wut, als sie sah, wie das Kartenhaus ihrer Lügen zusammenbrach.

Glenn Pickwick trat drohend auf sie zu. »Noch eine derartige Beleidigung, Missis Simonton, und ich werde dafür sorgen, dass Sie schon diese Nacht nicht mehr in Ihrem weichen Bett schlafen werden, sondern auf dem nackten Boden einer Zelle!«, warnte er sie.

Ihr Gesicht wurde noch blasser und schmaler, und ihr Blick

sprühte vor Hass, doch diesmal beherrschte sie sich. »Ich bin eine Freie!«

»Das kann sich schnell ändern!« Glenn Pickwick sah das Mädchen an. »Setz dich drüben auf den Schemel und warte, bis ich fertig bin. Du kannst gleich gehen, keine Sorge.«

Schluchzend leistete Rosemary Morris seiner Aufforderung Folge und kauerte sich in der Ecke des Geschäftes auf den dreibeinigen Schemel.

»Und nun zu Ihnen«, sagte Glenn Pickwick zu Deborah Simonton. »Wir können die Angelegenheit vor Gericht klären, wenn Sie es darauf ankommen lassen möchten, oder aber hier ganz unter uns.«

Deborah Simonton gewann augenblicklich ihre Selbstsicherheit zurück, glaubte sie ihn doch jetzt durchschaut zu haben. Ein befreites Lächeln löste die Spannung um ihren Mund. »Also gut, ich räume ein, dass Sie mich ganz schön an der Nase herumgeführt haben, Mister Pickwick. Ich hielt Sie wirklich für einen Narren. Umso mehr freue ich mich, dass dem nicht so ist. Selbstverständlich können wir die Angelegenheit unter uns regeln.«

»Das freut mich zu hören«, sagte er knapp.

»Ja, bloß kein öffentliches Verfahren«, seufzte Albert Simonton. »Das könnte ich nicht durchstehen.«

Sie warf ihm einen ungehaltenen Blick zu und sagte dann mit einschmeichelnder Stimme: »Sie sind ein junger, tüchtiger Mann, der es zu etwas bringen wird, Mister Pickwick. Es ist immer gut, hochgesteckte Ziele zu haben. Doch ich nehme nicht an, dass dieses Brading-Weibsbild Ihre Dienste richtig zu schätzen und zu honorieren weiß. Darf ich Sie fragen, welches Gehalt sie mit ihr ausgehandelt haben?«

Sieben Pfund im Jahr.«

Sie machte eine verächtliche Geste. »Sieben Pfund! Pah! Mit zehn wären Sie noch unterbezahlt, ein Mann mit Ihren Fähigkeiten. Sie nimmt Sie aus!«

»Ich war mehr als zufrieden damit.«

»Sie sind zu bescheiden, Mister Pickwick. Sie können leicht auf das Doppelte Ihres Gehaltes kommen, ohne dass Sie sich dabei sonderlich anstrengen müssten.«

Er hob die Augenbrauen. »Vierzehn Pfund im Jahr?«

»Mein Gott, ja, auch zwanzig oder dreißig!«

»Sie machen mich neugierig.«

»Kommen Sie mit ins Büro«, raunte Deborah Simonton mit einer vielsagenden Kopfbewegung in Richtung des Mädchens, das wie ein Häufchen Elend auf dem Hocker saß und apathisch vor sich hin starrte.

»Ich höre.«

Deborah Simonton tippte auf das ledergebundene Buch, das auf der Platte des Sekretärs lag. »Hier drin ist doch alles, was sich in diesem Geschäft befindet, genau aufgeführt, nicht wahr?«, fragte sie.

»Richtig, bis zur letzten Nähnadel«, bestätigte er.

»Und nur Sie wissen genau, wie viel Ware da ist.«

»Ich denke, Sie dürften da auch einen sehr genauen Überblick haben.«

»Aber dieses Brading-Weib hat diese Aufzeichnungen noch nicht zu Gesicht bekommen, richtig?

Er nickte. »Damit wollte ich bis zu ihrem nächsten Besuch warten, zumal ich die Inventur ja auch erst vor Kurzem abgeschlossen habe.«

Sie atmete tief durch. »Ausgezeichnet! Mister Pickwick, Sie halten damit ihren Schlüssel zum schnellen Erfolg in der Hand.«

»Ich verstehe nicht ganz. Das müssen Sie mir schon genauer erklären«, stellte er sich begriffsstutzig.

»Aber das liegt doch auf der Hand!«, sagte sie ungeduldig. »Sie werden dieses Warenverzeichnis verschwinden lassen, nein, am besten vernichten wir es, und dann legen wir gemeinsam ein neues an. Sie müssen natürlich mit Ihrer Handschrift die Eintragungen machen, aber ich sage Ihnen, was Sie in die Listen einzutragen haben. Es wird nur ein Bruchteil von dem sein, was im ersten Inventurverzeichnis stand!« Sie lachte höhnisch. Und das überreichen Sie der Brading. Sie wird keinen Verdacht schöpfen. Wie denn auch? Sie versteht ja nichts von dem Gewerbe und weiß überhaupt nicht, was wir alles auf Lager haben. Sie bleiben weiterhin Geschäftsführer, kassieren dankbar Ihre sieben Pfund – und teilen sich mit uns ein Mehrfaches, das wir hinter ihrem Rücken verdienen. Sie kann uns gar nicht auf die Schliche kommen, und in kurzer Zeit werden Sie genug in der Tasche haben, um irgendwo ein eigenes Geschäft eröffnen zu können. Na, was halten Sie davon?«

»Interessanter Vorschlag«, meinte Glenn Pickwick zurückhaltend. »Und wie stellen Sie sich die Aufteilung vor? Wer bekommt welches Stück vom Kuchen?«

»Sechzig Prozent für uns, vierzig für Sie. Das ist nur fair, wo wir doch zu zweit sind«, bot sie ihm ohne Zögern an.

»Das Risiko ist aber dasselbe.«

»Da gibt es überhaupt kein Risiko! Es ist geradezu kinderleicht, die Brading zu hintergehen, wo sie doch der Geschäftsführer und ihr angeblich wachsames Auge sind«, widersprach sie großspurig, doch als er sie nur schweigend ansah, fügte sie verdrossen hinzu: »Also gut, für jeden die Hälfte.«

Albert Simonton schüttelte missbilligend den Kopf. »Nein, nein, Deborah! Das lasse ich nicht zu! Es ist schon genug

Unrecht geschehen. Mit dem Betrug muss endgültig Schluss sein, Deborah!«, beschwor er sie. »Uns ist nicht viel geblieben, aber …«

»Sehr wahr, Albert!«, schnitt sie ihm aufgebracht das Wort ab. »Aber ich habe nicht die Absicht, mich mit dem Wenigen zu begnügen, das deine verheerende Spielsucht uns gelassen hat. Ich werde zusammen mit Mister Pickwick so viel wie möglich von der guten Ware beiseite schaffen und nach und nach mit gutem Gewinn verkaufen. Und du wirst uns nicht davon abhalten, Albert! Du hast schon genug Unheil angerichtet. Wenn du nicht so zügellos gewesen wärst, wäre es erst gar nicht so weit gekommen. Also schweig gefälligst, wenn du schon nichts Hilfreiches beizusteuern hast! Ich bin dein Jammern und reuiges Wehklagen endgültig leid! Ich will eines Tages raus aus diesem Dreckloch von Kolonie, und dazu brauche ich Geld. Genug Geld, um in England ein anständiges Geschäft aufmachen zu können. Es bleibt also dabei, wie ich es gesagt habe, das ist so zwischen mir und Mister Pickwick abgemacht!«

»Da muss ich Ihnen widersprechen«, bemerkte Glenn Pickwick scheinbar beiläufig.

Irritiert sah sie ihn an. »Was ist?«, fragte sie. Dann kniff sie die Augen zusammen, denn sie glaubte zu wissen, was hinter seinem Einwand stand. »Sie glauben doch wohl nicht im Ernst, dass Sie noch mehr Prozente heraushandeln können, oder? Da mache ich nicht mit. Sie sind genauso auf mich angewiesen wie ich auf Sie.«

»Sie werden nicht einen Faden Garn hinter Missis Bradings Rücken verkaufen«, erklärte er nun kalt. »Und in den Büchern wird auch nicht eine Zahl verändert. Alles bleibt so, wie es ist. Bis auf eine Ausnahme: Sie und Ihr Mann werden von Stund' an den Laden nicht mehr betreten. Nie mehr!«

Deborah Simonton starrte ihn verstört an und war sprachlos vor Fassungslosigkeit. »Aber … aber … unsere Abmachung«, kam es dann stockend über ihre Lippen. »Wir … wir … wir wollten das doch unter uns ausmachen … sagten Sie.«

Er sah sie mitleidlos an. »Ja, ich wollte Ihnen und Ihrem Mann eine Anklage und Verurteilung ersparen. Von einer Abmachung, wie Sie Ihnen vorschwebt, war nie die Rede gewesen. Doch Ihr Vorschlag beweist, wie charakterlos Sie sind und wie richtig ich mit meiner Entscheidung liege, Sie das Geschäft nie wieder betreten zu lassen.«

Ihre Hoffnung auf eine einträgliche Komplizenschaft mit Glenn Pickwick zerplatzte wie eine Seifenblase in der Sonne. Ihr war, als könnte sie ihre überschäumende Galle auf der Zunge schmecken. Ihr wurde fast übel vor maßloser Wut darüber, dass ihr Betrug aufgeflogen war.

»Von Ihnen lasse ich mir überhaupt nichts sagen! Dies ist immer noch zu fünfunddreißig Prozent mein Geschäft! Ich komme und gehe, wann es mir passt, hören Sie? Ich lasse mich nicht von einem grünen Jungen Ihrer miesen Sorte gängeln! Nichts können Sie mir verbieten, gar nichts, haben Sie verstanden, *gar nichts*!«, tobte sie und verlor die Kontrolle über sich. Sie wollte sich auf ihn stürzen, doch ihr Mann griff nun ein, packte sie an den Armen und drängte sich zwischen Glenn Pickwick und seine Frau.

»Deborah! Beruhige dich! … Bitte! … Nimm doch Vernunft an! Du machst es doch nur schlimmer!«, versuchte er sie zu beruhigen.

Sie wollte sich losreißen, doch es gelang ihr nicht. »Lass mich los, du Versager!«, schrie sie ihn an. »Loslassen! Ihr seid alle Versager! Bastarde! Abschaum der Gosse! Ihr seid alle Versager! Bastarde! Abschaum der Gosse! Ja, da gehört ihr hin! … Hältst du jetzt auch noch zu dem dreckigen Emanzipisten, ja? Man hätte ihn aufhängen sollen! Wäre er und das Brading-Weib doch im Kerker verrottet!«

»Hören Sie nicht hin, Mister Pickwick!«, flehte Albert Simonton ihn inständig an. Er roch nach Schweiß, nach Angstschweiß. Im Gegensatz zu seiner Frau war er sich nur zu deutlich bewusst, was ihnen drohte, wenn der Geschäftsführer den Konstabler rief und Rosemary Morris ihre Aussage zu Protokoll gab. Das Rum-Corps mochte noch so korrupt sein und selber unverfroren in die eigene Tasche wirtschaften, doch ein betrügerischer Kaufmann, der nicht zu ihrer Clique gehörte, konnte nicht mit ihrer Nachsicht rechnen, wenn sie über ihn zu Gericht saßen. Es machte da auch keinen Unterschied, ob man ein Emanzipist oder ein Freier war. »Sie weiß nicht, was sie sagt, glauben Sie mir! Sie wird schon Vernunft annehmen!«

Glenn Pickwick zog eine Lade des Sekretärs auf und holte ein Schreiben hervor. »Die Beschimpfungen Ihrer Frau kümmern mich nicht. Beleidigungen aus ihrem Munde können mich gar nicht treffen. Ich verlange nur, dass Sie von nun an nicht weiter im Geschäft tätig sind und auch kein Recht mehr haben, es zu betreten. Ich habe hier eine entsprechende Erklärung vorbereitet, die Sie zu unterschreiben haben.«

»Meine Unterschrift bekommen Sie nie!«, keuchte Deobrah Simonton, der die Haare wirr ins Gesicht hingen.

Aber auch sie unterschrieb schließlich, weil sie bei allem Hass und ohnmächtigem Zorn doch wusste, dass ihr gar keine andere Wahl blieb, wollte sie nicht vor Gericht gestellt und verurteilt werden.

Als Glenn Pickwick das Mädchen weggeschickt hatte und endgültig ganz allein im Geschäft war, sank er regelrecht erschöpft auf seinen altersschwachen Stuhl. Er starrte auf das Schriftstück, das Deborah und Albert Simontons Unterschrift trug. Von dem Gefühl grimmiger Genugtuung, ja des Triumphes, das ihn anfangs erfüllt hatte, war nichts mehr geblieben. Er war froh, dass er es hinter sich und mit ihnen in Zukunft nichts mehr zu tun hatte.

Eine Weile saß er so in sich versunken da, dann raffte er sich auf, griff zu Feder und Papier und begann zu schreiben. Selbstzweifel befielen ihn, als er um Formulierungen rang. Ob Missis Brading sein Vorgehen auch billigte?

10

»He! … He! … Werdet ihr Hohlköpfe wohl stehen bleiben?«, rief Jessica und brachte den klobigen Ochsenkarren, der hoch mit Kürbissen geladen war, mit einem kräftigen Ruck der Zügel vor einem der Lagerschuppen zum Stehen. Ian McIntosh kam über den Hof, als Jessica sich von der harten Sitzbank schwang. Er warf einen wohlgefälligen Blick auf die schweren Kürbisse.

»Dieses Jahr werden wir eine prächtige Ernte haben«, sagte Jessica stolz. »Unser Bewässerungssystem hat wahre Wunder vollbracht. Wie gut, dass ich auf Sie gehört habe, als Sie vorschlugen, alle anderen Projekte zurückzustellen.«

»Sie haben mir kaum Gelegenheit gegeben, meine Überredungskunst zur vollen Entfaltung zu bringen, Jessica. Sie waren viel zu schnell einsichtig. Manchmal habe ich das Gefühl, dass Sie mich sehr gut entbehren könnten, ohne dass ich eine große Lücke hinterlassen würde«, sagte er mit einem scherzhaften

Tonfall in der Stimme. Doch in dieser Bemerkung steckte auch ein ernstgemeinter Kern.

»Seien Sie unbesorgt, Ian. Ich werde mich bestimmt schon bald wieder so störrisch und uneinsichtig zeigen, dass von Ihren Zweifeln, ob Sie wohl auch auf SEVEN HILLS gebraucht werden, nicht mehr viel übrig bleibt«, erwiderte sie mit einem fröhlichen Lächeln und knotete das lavendelfarbene Band neu, das ihre volle Haarpracht während der Arbeit im Nacken zusammenhielt.

Er bedachte sie mit einem skeptischen Blick, wurde dann aber von ihrem Lächeln angesteckt und erwiderte es mit einem Schmunzeln. »Da bin ich aber gespannt.«

»Das können Sie auch, Ian. Warten Sie nur ab, bis Sie erfahren, was mir vorhin auf dem Kürbisacker durch den Kopf gegangen ist.«

»Was Ihnen so durch den Kopf geht, interessiert mich immer, Jessica. Was beschäftigte Sie denn zwischen all diesen Kürbissen?«

»Dass der Boden unglaublich fruchtbar ist, wenn er nur genug Wasser bekommt, und die Sonne den Früchten eine wunderbare Süße gibt.«

»Nun, das dürfte Ihnen bestimmt schon jahrelang bekannt sein«, meinte er mit einem fragenden Unterton.

Jessica nickte. »Richtig, aber keiner von uns hat bisher daran gedacht, es einmal mit Weinreben zu versuchen.«

Ian McIntosh sah sie verdutzt an. »Weinreben?«

»Ja, Weinreben! Wir sollten es wirklich einmal versuchen, Ian. Es wird nicht leicht sein, geeignete Weinreben zu finden und zu importieren, aber einen Versuch wäre es doch allemal wert«, sagte Jessica mit der ihr eigenen Begeisterung, mit der sie an neue Ideen und Herausforderungen heranging. »Warum sollen wir bei der guten Erde und den vielen Sonnentagen nicht eine gute Traubensorte anbauen können? Stellen Sie sich mal vor, von SEVEN HILLS würde eines Tages mal ein guter Rotwein kommen. Richtiger australischer Wein! Wäre das nicht wunderbar?«

»Sie haben recht, Jessica«, murmelte er kopfschüttelnd. »Ich werde hier wirklich noch gebraucht! Weinberge am Hawkesbury, das ist wirklich ...« Er suchte nach einem passenden Wort, das drastisch genug war, ohne jedoch verletzend zu sein.

»Na?«, fragte sie herausfordernd.

»Haarsträubend! Jawohl, das ist es! Haarsträubend!«

Jessica begegnete seiner Ablehnung mit fröhlicher Unbekümmertheit. »Mag sein, dass es so *klingt,* Ian, weil wohl bisher noch keiner daran gedacht hat. Aber ob es das auch wirklich ist, kann man doch erst wissen, wenn man es versucht hat. Sie sind doch sonst kein Mann von Vorurteilen.«

»Jessica! Sie haben selbst gesagt, dass allein schon die Auswahl und Beschaffung geeigneter Rebstöcke mit erheblichen Schwierigkeiten verbunden sein wird ...«

»Schwierigkeiten sind dazu da, um überwunden zu werden«, warf sie unbeeindruckt ein. »Als Steve vor nun über dreizehn Jahren in dieses unbesiedelte Gebiet am Hawkesbury kam, um SEVEN HILLS zu gründen, und den ersten Baum fällte, hat so mancher den Kopf geschüttelt und ihm kein halbes Jahr gegeben. Das Land ist zu wild und der Fluss zu unberechenbar, um an seinem Ufer zu siedeln, so hat man doch gesagt, nicht wahr? Doch er hat es geschafft und vielen ein Beispiel gegeben. Eine Geschichte, die ich aus Ihrem Mund so manches Mal gehört habe, Ian.«

»Eine Farm in der Wildnis aufzubauen ist etwas ganz anderes als das, was Ihnen da beim Aufladen der Kürbisse in den Sinn gekommen ist!«, widersprach er. »Steve verstand etwas von der Landwirtschaft, und es war nur eine Frage des Willens und der Energie, dem Land hier Äcker und Felder und Weiden abzuringen. Doch der Weinanbau ist nicht mit dem Aufziehen von Schafen oder dem Anbauen von Mais und Kürbissen zu vergleichen. Er ist ein eigenes, höchst komplizierter Teilbereich der Landwirtschaft, von dem hier keiner auch nur das Geringste versteht!«

»Auch Wissen ist nur eine Frage des Willens und der Energie«, konterte sie mit seinen eigenen Worten. »Man kann alles lernen, wenn man es nur stark genug will.«

»Richtig! Alles, was Sie für den Anfang brauchen, sind ja nur ein paar Jahre Praktikum auf einem guten französischen oder italienischen Weingut«, spottete er, »sowie ein Dutzend Fachkräfte und einige hundert Rebstöcke. Alles andere geht dann von selbst.«

»Ian, jetzt zeigen Sie sich aber von der störrischen, uneinsichtigen Seite!«, tadelte sie ihn, ohne ihre gute Laune zu verlieren. Insgeheim musste sie zugeben, dass sie für neue Projekte und Unternehmungen, die mit Risiken behaftet waren, eine regelrechte Schwäche hatte. »Man muss nicht in allen Dingen Experte sein, um etwas Neues anzugehen. Man kann sich doch einen Experten beschaffen sowie entsprechende Fachliteratur studieren. Es wird sich in der Kolonie vielleicht sogar jemand finden lassen, der in England Erfahrungen im Weinanbau gesammelt hat.«

»Um schlechten Wein anzubauen, braucht man keine Erfahrung«, sagte Ian McIntosh geringschätzig. »Saure Trauben und ausreichend Zucker genügen dazu vollkommen.«

»Aber nun machen Sie doch mal einen Punkt, Ian! Auch in England werden einige recht anständige Weinsorten angebaut, auch wenn sie mit denen vom Festland nicht konkurrieren können. Aber wir haben hier ja völlig andere Voraussetzungen, was die Erde und die Sonnenkraft betrifft. Ich sehe einfach nicht ein, warum wir es nicht zumindest einmal *versuchen* sollten. Was können wir denn groß verlieren?«

»Eine Menge Geld und Zeit!«, antwortete der Verwalter.

»Ach, Ian, so schlecht geht es uns doch nicht, dass wir uns diesen Versuch nicht leisten könnten, ganz im Gegenteil«, sagte sie mit sanftem Vorwurf. »All unsere Unternehmungen werfen doch einen beachtlichen Profit ab.«

»Mag sein«, räumte er widerstrebend ein. »Aber das ist doch noch lange kein Grund, den Gewinn gleich wieder auszugeben, zumal für ein so zweifelhaftes Projekt wie den Weinanbau am Hawkesbury. Es gibt wichtigere Dinge, die darauf warten, von uns in Angriff genommen zu werden.«

»Und woran denken Sie dabei?«

»An die Auborn-Farm, Jessica. Es wird Zeit, dass dort richtig Hand angelegt wird. Die Farm ist in einem noch schlechteren Zustand als New Hope, und das heißt schon was.«

Jessica seufzte. »Damit haben Sie leider nur allzu recht. Auf der Auborn-Farm muss wirklich etwas getan werden«, gab sie zu. Zweihundert Acres umfasste die Farm, die im Südwesten lag und letztes Jahr in ihren Besitz übergegangen war. Die Auborns waren mit dem Land und der Einsamkeit nicht zurechtgekommen und hatten die Farm immer mehr heruntergewirtschaftet. Nur zu gern hatten sie sie an Jessica verkauft. »Nach der Ernte werden wir ein Arbeitskommando zusammenstellen und uns das Land dort vornehmen.«

»Ja, aber noch besser wäre es, wenn die Farm ständig bewohnt wäre«, meinte Ian. »Die Gebäude nämlich wieder instand zu setzen und danach unbewohnt zu lassen hieße Geld zum Fenster hinausschmeißen. Außerdem wäre es auch für die Überwachung der Schafherden, die wir dort in der Gegend haben, von Vorteil, wenn wir auf der Auborn-Farm eine ständige Crew hätten.«

»Haben Sie vielleicht die Absicht, sich auf diesen Außenposten abzusetzen?«, fragte Jessica fast erschrocken.

Er schmunzelte. »Wie könnte ich? Dann wäre ja niemand mehr in Ihrer Nähe, der Sie davor bewahren würde, sich in dieses unmögliche Abenteuer mit dem Weinanbau zu stürzen. Nein, ich habe vielmehr die Absicht, unter den Leuten nach Freiwilligen zu suchen.«

»Gut, tun Sie das«, bestärkte sie ihn in seinem Vorhaben. »Was den Weinanbau betrifft …«

Jessica führte ihren Satz nicht mehr zu Ende, denn in diesem Augenblick tauchte Tim Jenkins auf der Ostseite des Hofes auf und winkte mit seinem speckigen Lederhut.

»Eine Kutsche!«, brüllte er. »Eine Kutsche kommt! Und der Kerl auf dem Bock hat es verdammt eilig, so wie er die Gäule schindet!«

Jessica vergaß, was sie hatte sagen wollen. Schlagartig war die Angst wieder da. Seit Kenneth mit seinen Marineinfanteristen wie ein Schwarm gieriger Heuschrecken über SEVEN HILLS hergefallen war und alle in Furcht und Schrecken versetzt hatte, hatte die Angst sie eigentlich nie völlig verlassen. Mittlerweile waren fast drei Wochen verstrichen, ohne dass sie von Kenneth gehört oder ihn gesehen hätte. Die Angst vor ihm und seiner wahnwitzigen Besessenheit war jedoch nicht von ihr gewichen, wie sie jetzt erkannte.

Sie hatte sie nur unterdrückt und mit jedem Tag leichter zu ignorieren vermocht. Doch jetzt flammte sie wieder in ihr auf wie durch einen Windstoß entfacht, der unter einer trügerischen Schicht Asche glühende Kohlen freilegt und neues Feuer auflodern lässt.

Ian McIntosh lief schnell zu Tim Jenkins hinüber und blickte den sanft nach Osten abfallenden Hang hinunter. Eine mit dunkelbraunem Stoff bespannte Kutsche, von zwei Braunen gezogen, rumpelte über die Landstraße. Die Wagenräder und die Hufe der Pferde wirbelten eine Menge Staub auf.

»Der Lieutenant?«, fragte Tim Jenkins leise.

»Wenn ich das wüsste«, brummte der Verwalter mit finsterer Miene.

Zwanzig bange Minuten wurden sie in der Ungewissheit gelassen, wer denn nun in der Kutsche saß. Dann kam sie endlich die Auffahrt herauf und fuhr in den Hof. Der Kutscher, ein muskulöser Mann mit einem hochroten Gesicht, brachte sein Gespann in einer mächtigen Staubwolke zum Stehen. Die Flanken der Pferde glänzten vor Schweiß.

Die Angst war unbegründet gewesen. Es war nicht Lieutenant Kenneth Forbes, der es so eilig gehabt hatte, nach SEVEN HILLS zu kommen.

»Patrick!«, schrie Jessica vor Freude und Erleichterung, als sie das bärtige Gesicht von Patrick Rourke im Fenster des Kutschenschlages erblickte.

Der Captain der COMET stieß die Tür mit einem derben Stiefeltritt auf und trat wankend ins Freie. »Hölle und Verdammnis!«, fluchte er und spuckte Sandkörner aus, die ihm bei dieser staubigen Fahrt in den Mund gedrungen waren. Unter seiner sonnengebräunten Haut zeigte sich eine ungewöhnliche Blässe.

»Patrick! Mein Gott, Sie sind es wirklich!« Fast wäre Jessica ihm um den Hals gefallen. Sein Kommen bedeutete, dass es Kenneth nicht gelungen war, Mitchells Flucht zu vereiteln. Das musste es einfach bedeuten! Denn Kenneth hätte den Captain gewiss nicht ungestraft laufen lassen, wenn er Mitchell an Bord der Comet gefasst hätte. Patrick brachte Nachrichten von Mitchell. Nachrichten, denen sie wochenlang entgegengefiebert hatte, sodass es ihr jetzt schwerfiel, ihn nicht mit Fragen zu bestürmen. »Wie schön, Sie wiederzusehen, Patrick!«

»Sie sehen irgendwie mitgenommen aus, Captain«, bemerkte Ian trocken.

»Irgendwie mitgenommen? Pah! Das ist wohl die Untertreibung des Jahres, Mister McIntosh!«, schnaubte Patrick Rourke. »Ich fürchtete schon, als gebrochener Mann, als Schatten meiner selbst auf Seven Hills anzukommen! Aber ich sage Ihnen, das ist das letzte Mal, dass ich freiwillig einen Fuß in solch ein Höllengefährt gesetzt habe. Lieber ein ordentlicher Sturm und solide Schiffsplanken unter den Füßen, als sich noch einmal so durchschütteln zu lassen! Ich fühle mich wie besoffen, und dabei habe ich nicht einen anständigen Schluck gehabt, seit wir Sydney in diesem verdammten Schaukelstuhl auf Rädern verlassen haben.« Er warf dem Kutscher einen erbosten Blick zu, als hätte der ihm nach dem Leben getrachtet.

»Zeigen Sie mir, was in Ihren Gäulen steckt, und bringen Sie mich so schnell Sie können nach Seven Hills – genau das waren Ihre Worte, Sir«, erinnerte ihn der Kutscher mit einem breiten Grinsen.

Patrick Rourke verzog grimmig das Gesicht. »Es wäre Ihre gottverdammte Pflicht gewesen, mich zu warnen, dass Sie vor nichts zurückschrecken und keinen Unterschied in Ihrer Fahrweise machen, ob Sie nun einen Passagier befördern oder einen Sack Kieselsteine!«

Der Kutscher zeigte sich vom Gepoltere des Captains nicht im Geringsten beeindruckt. Im Gegenteil. Sein zufriedenes

Gesicht wurde noch um eine Spur breiter. »Sie versprachen mir zu dem regulären Mietpreis noch einen Bonus, wenn wir es in weniger als sechzehn Stunden schaffen. Und meine Uhr sagt mir ...«, er zog eine Taschenuhr aus seiner staubigen Weste und ließ den Deckel aufspringen, »... dass wir gut unter der geforderten Zeit geblieben sind. Fünfzehn Stunden und elf Minuten, Sir. Wenn Sie bitte die Zeit mit Ihrer Uhr vergleichen wollen ...«

»Hol dich der Teufel, ich glaub' dir auch so. Aber das soll mir in Zukunft eine Lehre sein. Erwarte von den Menschen immer gleich das Schlimmste, und du liegst damit meist goldrichtig«, brummte der Ire und schnippte dem Kutscher eine Münze zu, die doppelt so viel wert war, wie er dem Mann als Bonus versprochen hatte. Verdutzt blickte der Kutscher auf das blitzende Geldstück in seiner Hand, und ihm dämmerte nun, dass sein Fahrgast insgeheim doch sehr zufrieden mit ihm war.

»Die Rückfahrt trittst du aber ohne mich an«, fuhr Patrick Rourke ihm grob ins Wort, als sich der Kutscher für seine Großzügigkeit bedanken wollte. »Ich setz' mich nicht mehr in deinen Rüttelkasten, sondern warte lieber, bis die COMET mich holen kommt. So, und jetzt braucht meine Kehle einen vernünftigen Schluck!«

»Natürlich, Captain! Kommen Sie ins Haus!«, forderte Jessica ihn auf, ganz begierig, seinen Bericht über ihre Reise nach Van Diemen's Land zu hören. »Leisten Sie uns Gesellschaft, Ian?«

»Gern«, sagte der Verwalter, den es natürlich auch brennend interessierte, was der Captain zu erzählen hatte, doch bevor er ihnen ins Haus folgte, trug er Tim Jenkins auf, sich um den Kutscher und seine Pferde zu kümmern. »Sieh zu, dass er gut versorgt wird und ein anständiges Quartier für die Nacht bekommt. Er hat sich eine besonders aufmerksame Gastfreundschaft redlich verdient. Schneller als er ist noch keiner mit der Kutsche gewesen.«

Der Kutscher strahlte vor Stolz. »Danke, Sir.«

Jessica hatte indessen Mühe, ihre Ungeduld zu zügeln. Doch sie wartete mit ihren Fragen und schenkte Patrick Rourke erst einmal ein Glas von ihrem besten Rum ein.

Der Captain leerte das Glas mit einem Zug. »Bei allem, was recht ist, aber es geht doch wirklich nichts über einen guten Schluck Rum!«, sagte er mit einem wohligen Seufzer. »Besonders wenn man eine Ewigkeit lang Staub geschluckt hat.«

»Möchten Sie noch einen?«, fragte Jessica und griff zur Karaffe.

Er zögerte, aber nur kurz. »Warum eigentlich nicht. Auf einem Bein steht sich's schlecht. Und nach dieser grässlichen Schüttelpartie dürfte der Rum für meine arg malträtierten Gedärme die beste Medizin sein«, sagte er und hielt ihr das leere Glas hin.

Ian McIntosh betrat den Raum. Er schüttelte nur stumm den Kopf, als Jessica ihn mit der Rum-Karaffe in der Hand fragend ansah.

»Ich hoffe, Ihre Eile, nach SEVEN HILLS zu kommen, ist ein gutes Zeichen, Patrick«, sagte Jessica nun mit angespannter Ruhe.

Patrick Rourke sah sie über den Rand seines Glases hinweg an, als überlegte er, ob er sie noch länger auf die Folter spannen sollte. Doch dann sagte er knapp: »Sie können aufatmen, Jessica. Mister Hamilton befindet sich in Sicherheit.«

»Gott sei Dank!«, flüsterte sie erlöst und hielt sich mit der linken Hand an der Anrichte fest, weil die so lang ersehnte Nachricht für einen kurzen Moment ein Gefühl der Schwäche in ihr auslöste.

Patrick Rourke gab ihnen nun einen knappen Bericht, wie sie den Posten an der Mündung des Hawkesbury buchstäblich bei Nacht und Nebel ungesehen passiert hatten und dann in raue, stürmische See geraten waren.

»Es war eine reichlich ungemütliche Fahrt«, räumte Patrick Rourke ein. »Nie war der Sturm stark genug, um die COMET ernsthaft in Gefahr zu bringen, aber er machte das Leben an Bord für Mister Hamilton doch höchst beschwerlich.«

»Sie meinen, er litt unter Seekrankheit«, machte sich Ian nun bemerkbar.

Ein Lächeln kräuselte Patricks Lippen. »O ja, er litt sogar sehr, Mister McIntosh ... so wie ich die letzten fünfzehn Stunden gelitten habe. Ich kann ihm jetzt gut nachfühlen, wie erleichtert er war, als wir endlich die Küste von Van Diemen's Land erreichten und er die COMET verlassen konnte. Ja, die Reise hatte ihn wirklich mitgenommen.«

»Zu wem haben sie ihn gebracht?«, wollte Jessica wissen.

»Wenn Sie es wünschen, werde ich es Ihnen natürlich sagen«, antwortete Patrick Rourke bedächtig. »Doch bis jetzt bin ich der Einzige, der Mister Hamiltons Versteck auf Van Diemen's Land kennt. Und ich werde dieses Geheimnis auch bewahren. Entscheiden Sie, ob Sie es mit mir teilen wollen. Noch können Sie jedem Offizier oder Richter wahrheitsgemäß versichern, dass Sie nicht wissen, wo sich Mister Hamilton aufhält.«

»Sie haben recht, dabei soll es auch bleiben, Patrick«, pflichtete sie ihm nach kurzem Überlegen bei. So war sichergestellt, dass sie Mitchell nie verraten konnte. »Hauptsache, er ist in Sicherheit. Das ist er dort doch, nicht wahr?«

Der Captain nippte an seinem Rum. »Das absolut sichere Versteck gibt es natürlich nie, dafür ist das Schicksal zu launisch. Es hat schon die unglaublichsten Verkettungen von Zufällen gegeben«, gab er zu bedenken. »Aber wenn er tut, was man ihm sagt, ist es sehr unwahrscheinlich, dass ihm jemand auf die Spur kommt. Sie können also ganz beruhigt sein, Jessica. Er ist dort unten fast so sicher wie in Abrahams Schoß.«

»Wie sicher er dort ist, werden wir wohl erst wissen, wenn Lieutenant Forbes sich Ihre Mannschaft vorgenommen und auch Sie durch die Mühle des Verhörs gedreht hat«, meinte Ian skeptisch.

»Das ist schon längst passiert«, erwiderte Patrick Rourke leichthin.

Jessica fuhr zusammen. »Was? Kenneth hat Sie und Ihre Mannschaft schon verhört?«

Der Ire nickte und zeigte dabei sein strahlendweißes Gebiss. »Kaum waren wir in Sydney eingelaufen, da holte uns dieser arrogante Bursche von der COMET. Er führte sich reichlich selbstherrlich auf und tat so, als hätten wir die Ketten schon wieder an den Beinen, wenn wir nicht mit der Wahrheit herausrückten.«

»Und? Was haben Sie ihm gesagt?«, stieß Jessica aufgeregt hervor.

»Nun, manchmal ist die Wahrheit besser als jede noch so raffinierte Lüge«, erklärte Patrick Rourke lächelnd. »Also habe ich ihm erzählt, dass Mister Hamilton es sehr eilig gehabt hätte, nach Van Diemen's Land zu kommen.«

Erschrocken sah Jessica ihn an. »Um Himmels willen, das haben Sie ihm verraten?«

Er hob beschwichtigend die Hand. »Ja, das habe ich. Aber lassen Sie mich doch erst einmal zu Ende erzählen. Ich tischte dem Lieutenant also auf, dass Mister Hamilton mir gesagt hätte, dass er wichtige Geschäfte auf Van Diemen's Land zu erledigen hätte, ich aber erst nach Zahlung einer beträchtlichen

Summe Geldes bereit gewesen wäre, diese gefahrvolle Reise mit dem Schoner zu unternehmen.«

»Ja, und?«, drängte Jessica.

»Gar nichts und, Jessica. Ich hab' ihm die Reise genauso beschrieben, wie sie auch verlaufen ist, und ich habe ihm gesagt, dass ich Mister Hamilton schließlich wie gewünscht im Schutz der Nacht dort an Land gebracht habe, und meine Männer haben fast auf das Wort dasselbe gesagt.«

Verständnislosigkeit zeichnete sich auf Jessicas Gesicht ab. »Aber jetzt weiß Kenneth doch, wo er nach Mitchell suchen muss, auch wenn Sie ihm das genaue Versteck verschwiegen haben!«

Captain Rourke schüttelte den Kopf. »Ich gehe jede Wette in, dass der verdammte Rotrock überall nach Mister Hamilton suchen wird, nur nicht auf Van Diemen's Land!«

»Und was macht Sie so sicher?«, fragte Ian.

»Die Tatsache, dass Lieutenant Forbes einen Tobsuchtsanfall bekommen und mich mehr als einmal einen gottverdammten irischen Lügner genannt hat«, erklärte Patrick Rourke. »Er hat mir und meinen Männern Kerker angedroht, wenn wir nicht endlich mit der Wahrheit herausrücken. Und er hat mir die Karte um die Ohren gehauen.«

»Karte? Welche Karte?« Jessica begriff jetzt gar nichts mehr.

Ein vergnügliches Lächeln teilte nun das bärtige Gesicht von Patrick Rourke, und in gespieltem Erstaunen hob er die Augenbrauen. »Oh, mir scheint, dass ich das mit der Karte zu erwähnen vergessen habe.«

»Ich glaube nicht, dass Vergesslichkeit zu Ihren Schwächen zählt, Captain«, bemerkte Ian spöttisch. »Also spannen Sie uns nicht länger auf die Folter.«

Patrick gab mit einem entschuldigenden Achselzucken zu

verstehen, dass die Versuchung, diese Geschichte auszukosten, einfach zu groß gewesen sei, er aber der Aufforderung des Verwalters Folge leisten wolle. »Lieutenant Forbes ließ die COMET vom Bugspriet bis zum Heck und vom Mastkorb bis in die Bilgen gründlichst durchsuchen, vor allem natürlich meine Kajüte, womit ich gerechnet hatte. Wie der Zufall es wollte, fiel ihm dabei eine Seekarte in die Hände, die ich unter meinem Kartentisch versteckt hatte, aber eben doch nicht so gut, dass sie nicht gefunden worden wäre.«

»Das heißt, Sie wollten, dass er diese Karte fand«, folgerte Ian McIntosh.

»So ist es«, bestätigte Patrick Rourke. »Es war die einzige Karte an Bord der COMET, die nicht Teilabschnitte von Parramatta oder vom Hawkesbury River zeigte, sondern die Küste nördlich der Hawkesbury-Mündung, also die Gegend um Newcastle und den Hunter River.«

»Und eine Karte von Van Diemen's Land befand sich nicht mehr unter Ihren nautischen Unterlagen?«, fragte Jessica mit einem verstehenden, anerkennenden Lächeln.

»Zumindest nicht in meiner Kajüte«, schränkte der Captain mit einem fröhlichen Lächeln ein. »Es ist nicht leicht, an gute Seekarten zu kommen, Jessica. Deshalb zog ich es vor, sie an einem sicheren Ort aufzubewahren, wo ein verdammter Rotrock sie nie finden wird. Auf jeden Fall ist Lieutenant Forbes jetzt der festen Überzeugung, dass ich ihn mit der Geschichte über Van Diemen's Land in die Irre führen wollte und Mister Hamilton in der Gegend um Newcastle zu finden sein muss. Wissen Sie, gewissenlos Leute wie er erwarten einfach nicht, dass man auf Anhieb die Wahrheit sagt, weil sie sich selbst ständig Lügen, falschen Anschuldigen und Intrigen bedienen. Ich hatte meinen Männern zudem eingeschärft, strikt bei der

Wahrheit zu bleiben, sodass sich alle Aussagen ähnelten wie ein Ei dem andern. Das hat den Lieutenant in helle Wut versetzt. Doch all sein Brüllen und Drohen, uns allesamt in Ketten legen und nach Norfolk Island bringen zu lassen, hat nicht einen von uns dazu gebracht, seine Aussage zu ändern. Und das muss ihn noch darin bestärkt haben, dass wir uns abgesprochen hätten und von Mister Hamilton für unsere Lügen bezahlt würden. Denn er weiß ja, dass wir Partner sind, Jessica, und darüber hinaus eine herzliche Beziehung unterhalten. Deshalb wird er davon ausgehen, dass ich erst einmal alles versuchen werde, um Sie und Mister Hamilton zu schützen. Van Diemen's Land kann da nach seiner Denkungsweise nur ein Täuschungsmanöver sein. Gesetzt den theoretischen Fall, man würde mich und meine Crew unter der Folter befragen, wir würden nur mit der Lüge, Mister Hamilton bei Newcastle an Land gebracht zu haben, unser Leben retten können, denn der Lieutenant würde nichts anderes als Wahrheit akzeptieren. Die Logik eines perversen Geistes. Kurz und gut: Dort, wo Mister Hamilton sich aufhält, wird er nie nach ihm suchen, und wenn doch, dann zuallerletzt.«

Ian McIntosh schmunzelte. »Ich muss gestehen, dass Sie dieses Verwirrspiel überaus geschickt und fast narrensicher eingefädelt haben. Meine Hochachtung!«, zollte er ihm höchstes Lob.

»Ja, ich weiß wirklich nicht, wie ich Ihnen das jemals vergelten soll, Patrick«, sagte Jessica bewegt und umfasste seine Rechte mit beiden Händen. »Doch ich wollte nicht, dass Sie sich meinetwegen so sehr in Gefahr begeben. Ich werde ewig in Ihrer Schuld stehen.«

Der raubeinige Captain wurde angesichts ihrer Dankbarkeit regelrecht verlegen, verlagerte das Gewicht auf das andere

Bein und entzog ihr schnell seine Hand. »Unsinn! Von ewiger Schuld kann gar keine Rede sein, zum Teufel noch mal!«, wehrte er mit aufgesetzter Barschheit ab. »Mister Hamilton hat mich und meine Crew mehr als fürstlich bezahlt. Wenn ich es recht betrachte, war es die einträglichste Fahrt, die ich je gemacht habe. Und Sie haben sie mir verschafft. Also was reden Sie da von vergelten und Schuld, Jessica? Ich hab' die Taschen voll klingender Münzen.«

Jessica schüttelte den Kopf. »Sie sind ein verdammter irischer Dickschädel!«, warf sie ihm vor, doch das warmherzige Leuchten in ihren Augen strafte ihre Zurechtweisung Lügen. Sie konnte ihm gar nicht böse sein.

Er schien das sehr wohl zu wissen, denn er grinste nun entwaffnend. »Ich wusste doch immer, dass Sie ein ausgezeichneter Menschenkenner sind und einen sicheren Blick für die Charakterstärken eines jeden haben«, zog er sie auf. »Doch irischer Dickschädel ist ein wenig verunglückt, Jessica. Ire oder Dickschädel allein reicht. Irischer Dickschädel, das ist so wie weißer Schimmel.«

Ian McIntosh vermochte ein Lachen nun nicht länger zu unterdrücken. »Sie verstehen es, uns Iren treffend zu beschreiben, Captain!«, rief er belustigt.

»Ich tue mein Bestes, Mister McIntosh«, sagte Patrick mit einem Augenzwinkern. »Doch wenn Sie gestatten, werde ich Sie jetzt allein lassen. Nachdem ich mir den Staub aus der Kehle gespült habe, wird es Zeit, dass ich mir den rotbraunen Dreck des Busches auch außen abwasche.«

»Natürlich, Patrick. Wir erwarten Sie dann zum Abendessen. Bestimmt ist Lisa schon längst bei der Zubereitung Ihrer Lieblingsspeise«, sagte Jessica.

»Lammkeule, das wäre in der Tat kein übler Empfang für einen irischen Dickschädel«, spottete er und ging zur Tür. Doch dort blieb er stehen. »Oh, verdammt! Das hätte ich ja beinahe vergessen!«

»Was?«, fragte Jessica.

»Ich habe Post für Sie.« Der Captain zog zwei Briefe unter seiner Felljacke hervor.

»Von Mitchell?«, rief sie freudig.

»Ja, aber nicht nur. Ein Mister Pickwick suchte mich an Bord auf, kaum dass Lieutenant Forbes mich und meine Männer hatte laufen lassen.«

Sie runzelte verwundert die Stirn. »Mister Pickwick leitet mein Geschäft in Sydney.«

»Ja, er sagte etwas in dieser Richtung. Ein sympathischer Mann, will mir scheinen. Kein Freund der Rotröcke. Wir hatten eine sehr angeregte Unterhaltung über dieses unerfreuliche Thema.«

»Aber warum hat er Sie aufgesucht?«, wollte Jessica wissen.

»Er befand sich gerade auf dem Weg von Mister Hutchinson, Ihrem Anwalt, und wollte ihn bitten, dafür zu sorgen, dass Sie schnellstens diesen Brief hier erhalten. Als er dann die COMET und mich an Bord gehen sah, machte er erst mir einen Besuch. Er wusste, dass Sie zur Hälfte an der COMET beteiligt sind, und wollte wissen, ob ich auf dem Weg nach SEVEN HILLS sei, was ich nur bejahen konnte. Und so gab er mir dieses Schreiben für Sie mit. Es sei recht dringend, wie er sagte. Wenn ich ihn recht verstanden habe, gibt es Schwierigkeiten mit Ihren Mitinhabern des Geschäftes.«

Jessica machte eine grimmige Miene. »Ich habe schon damit gerechnet, dass die Simontons ihm das Leben nicht gerade leichtmachen werden«, seufzte sie und nahm die beiden Briefe entgegen. Glenn Pickwick hatte bestimmt schlechte Nachrichten für sie. Doch das vermochte ihre Freude zu diesem Zeitpunkt nicht zu trüben. Ein Brief von Mitchell war ein wunderbares und so kostbares Geschenk, das alles andere mehr als aufwog. Und sie konnte es nicht erwarten, allein zu sein und sich in seine Zeilen zu vertiefen.

»Mister Hamilton gab mir übrigens auch einen Brief für seinen Partner, Mister Hawkley, mit«, fügte der Captain noch hinzu. »Ich habe ihn aber nicht persönlich zugestellt, sondern ihn per Boten nach Mirra Booka geschickt.«

Jessica nickte ganz in Gedanken. Mitchells Brief brannte ihr förmlich in den Fingern. »Ja, er musste wohl informiert werden«, sagte sie abwesend.

Patrick Rourke verließ das Zimmer.

Ian McIntosh spürte, dass Jessica jetzt allein sein wollte, und zog sich ebenfalls zurück.

Mit dem Brief eilte Jessica nun in ihr Schlafgemach, machte es sich auf dem Bett bequem und öffnete ihn mit fieberhafter Ungeduld.

Ihre Liebe schlug eine Brücke über Hunderte von Seemeilen, von Seven Hills zu irgendeinem einsamen Ort auf Van Diemen's Land, als sie seinen Brief las und in Gedanken wieder mit ihm vereint war. Ihre Augen füllten sich mit Tränen, als sie seine zärtlichen, wehmütigen Zeilen immer wieder las und bald schon fast auswendig vor sich hin flüsterte.

Sehnsucht schnürte ihr die Kehle zu, als sie schließlich seinen Brief sinken ließ und sich vorzustellen versuchte, wie es ihrem geliebten Mitchell gehen mochte. Die Sonne versank im Westen über dem Hawkesbury, und das Licht im Zimmer wurde immer dämmriger, während sie unter dem Baldachin des Himmelbettes saß und sich im schmerzhaften Gefühl der Einsamkeit zu verlieren drohte.

Es kostete sie große Überwindung, endlich Glenn Pickwicks Schreiben zur Hand zu nehmen und sich den Problemen zu stellen, die er zu vermelden hatte.

Jessica war nicht überrascht, als sie von Deborah Simontons Machenschaften las. Sie hatte von Anfang an gewusst, dass diese Frau sich mit ihrer Niederlage nicht abfinden, sondern versuchen würde, sich auf irgendeine Weise an ihr zu rächen. Das Versprechen, sich niemals mit den neuen Eigentumsverhältnissen abzufinden und nur auf eine Gelegenheit zum Zurückschlagen zu warten, hatte ihr damals deutlich im Gesicht gestanden. Glenn Pickwicks Bericht traf sie deshalb nicht unvorbereitet. Und doch flammte Zorn in ihr auf, als sie von Deborahs Betrügereien und dem verbrecherischen Angebot las, das sie ihm unterbreitet hatte.

»Was regen Sie sich so auf, Jessica?«, fragte Ian McIntosh verwundert, als sie ihm wenig später Pickwicks Schreiben zu lesen gab. »Sie haben doch immer gewusst, dass diese Frau so wenig Skrupel kennt, wie sie arrogant ist.«

»Ich kann es nicht ändern, Ian! Sie hat mich um etliche Pfund Sterling betrogen, und ich kann sie dafür nicht einmal vor Gericht bringen!«, erregte sie sich.

Ihr Verwalter warf einen Blick auf den Brief und nickte. »Tja, diese Möglichkeit steht Ihnen leider nicht mehr offen, es sei denn, Sie fühlen sich nicht an das Versprechen gebunden, das Mister Pickwick diesem Schneidermädchen gegeben hat. Vor Gericht könnte das Mädchen als Komplizin verurteilt werden.«

Jessica schüttelte den Kopf. »Ich bin nicht an diesem Mädchen interessiert, das Deborah für sich eingespannt hat. Und ein Versprechen ist ein Versprechen.«

»Sehr vernünftig. Es wäre nämlich sehr zweifelhaft, ob das

Mädchen seine Aussage vor Gericht überhaupt wiederholen würde. Niemand schneidet sich so ohne Weiteres selber die Kehle durch, nicht wahr?«

Jessica schaute zornig drein. »Aber ich kann mich einfach nicht damit abfinden, dass Deborah Simonton so billig davonkommen soll!«

Er zuckte die Achseln und reichte ihr das ausführliche Schreiben zurück. »Dieser Vorfall hat auch sein Gutes, Jessica, hat er doch bewiesen, dass Sie einen erstklassigen und vertrauenswürdigen Mann eingestellt haben. Ein Angebot, wie Deborah Simonton es ihm gemacht hat, ist eine ungeheure Versuchung für einen Mann, der sich bisher nur mit Gelegenheitsarbeiten durchgeschlagen hat. Doch er hat nicht nur Charakterstärke bewiesen, sondern war auch so vorausschauend, sozusagen die Gunst der Stunde zu nutzen, um die Simontons aus den Geschäftsräumen zu bekommen – und zwar für immer. Und das ist eigentlich ein gar nicht mal so schlechter Gegenwert für das, was Deborah Simonton Ihnen an finanziellem Schaden zugefügt hat. Gut, sie hat etliche Pfund Sterling in die eigene Tasche gewirtschaftet, aber das bessere Geschäft dabei haben letztlich immer noch Sie gemacht. Sie wollten sie doch von Anfang an aus dem Laden haben, nicht wahr?«

Jessicas Augen blitzten kurz auf.

»Sicher. Obwohl ich auf das Ladenschild habe schreiben lassen, dass nun wirklich jeder als Kunde willkommen ist, betreten dennoch viele Emanzipisten nicht das Geschäft, weil sie um Deborah Simontons Verachtung für sie wissen.«

»Nun, das Problem dürfte ja endgültig gelöst sein. Mister Pickwick war zum Glück klug genug, sich die Verzichtserklärung schwarz auf weiß geben zu lassen. Es wird sich also bald herumsprechen, dass die Simonton-Ära der Vergangenheit angehört. Das immerhin hat Deborah Simonton mit ihrem Tun erreicht, und dabei hatte sie bestimmt genau das Gegenteil im Sinn. Ich schätze, Sie hätten ihr das Doppelte dessen, was sie unterschlagen hat, anbieten können, ohne dass sie auch nur daran gedacht hätte, dafür das Geschäft zu verlassen.«

Jessicas Zorn legte sich. »Freiwillig hätte sie ihren Platz hinter dem Ladentisch nie geräumt, da haben Sie recht«, stimmte sie ihm zu.

»Sie hat sich also ganz tief ins eigene Fleisch geschnitten. Aber damit noch nicht genug«, fuhr Ian fort. »Aufgrund der Tatsache, dass die Simontons darauf verzichtet haben, ihren Anteil am Geschäft hinter der Ladentheke abzuleisten, sind Sie jetzt berechtigt, Jessica, sie zur Kasse zu bitten, was das Gehalt von Mister Pickwick betrifft. Da sie noch gut zu einem Drittel Miteigentümer sind, werden sie auch ein Drittel der allgemeinen Kosten bezahlen müssen.«

Jessica schmunzelte. »Daran habe ich noch gar nicht gedacht.«

»Ich bin sicher, dass Sie nicht lange gebraucht hätten, um selber darauf zu kommen«, sagte er trocken. »Dafür liegt Ihnen die Geschäftstüchtigkeit viel zu sehr im Blut.«

»Ich nehme an, Sie haben das als Kompliment gemeint, Ian.«

»Wie sonst, Jessica? Eigentlich müssten Sie doch längst wissen, dass ich nicht zu denjenigen Männern zähle, die die Ansicht vertreten, eine bewunderungswürdige Frau müsse hübsch, fügsam und gesellschaftlich gewandt, ansonsten aber strohdumm sein«, erwiderte er ernst.

Jessica fühlte sich unter seinem merkwürdigen Blick, in dem sie neben Zuneigung auch eine Art von Schmerz zu lesen meinte, unruhig, und schnell brachte sie das Gespräch in unverfänglichere Bahnen zurück. »Glenn Pickwick hat sich wirklich ausgezeichnet bewährt und eine Gehaltserhöhung verdient, die er auch umgehend bekommen wird.« Ein nachdenklicher Zug trat auf ihr anmutiges Gesicht. »Aber mein Gefühl sagt mir, dass die Angelegenheit damit noch längst nicht ausgestanden ist.«

Er pflichtete ihr bei. »Solange der Dorn im Fleisch sitzt, sind Entzündungen und Schmerzen gewiss. Und solange die Simontons auch nur zu einem Prozent am Geschäft beteiligt sind, wird Deborah der Dorn in Ihrem Fleisch sein, Jessica. Es gibt nur eine Möglichkeit: Sie müssen sehen, dass Sie alleinige Eigentümerin werden.«

Jessica verzog das Gesicht. »Das sagt sich so leicht, Ian. Ich hätte nichts dagegen, sie auszuzahlen, und zwar zu einem mehr als fairen Preis. Aber ich fürchte, dass sie mein Angebot ablehnen werden. Zumindest Deborah Simonton. Ihr Hass ist einfach zu groß, als dass sie der Vernunft folgen wird.«

»Dennoch sollten Sie es versuchen. Mit einem Klotz am Bein kommt man schlecht voran«, mahnte er sie. »Und wenn sie nicht freiwillig verkaufen will, müssen Sie sie eben auf andere Weise dazu bringen, sich auszahlen zu lassen.«

»Und wie soll ich das anstellen?«, wollte Jessica wissen.

Er zuckte mit nachdenklicher Miene die Achseln. »Keine Ahnung, aber Sie werden sich einfach etwas einfallen lassen *müssen.* Sie haben gar keine andere Wahl. Deborah Simonton will Ihnen an die Kehle, und wenn Sie nicht schneller sind, hat sie das nächste Mal mehr Glück.«

Kurz darauf gesellte sich Captain Rourke zu ihnen, und eine erhitzte, aber strahlende Lisa Reed tischte ihnen ein vorzügliches Essen auf.

Als das Gespräch auf die unsichere politische Lage in der Kolonie kam, zog sich Jessica aus der Unterhaltung zurück und überließ es den beiden Männern, darüber zu diskutieren, wie lange sich das Rum-Corps an der Macht halten und wie man in London auf den ungeheuerlichen Umsturz reagieren würde.

»Man wird sie hängen!«, behauptete Captain Rourke, der den abgesetzten Gouverneur Bligh allein schon wegen seiner außergewöhnlichen seemännischen Leistungen bewunderte. »Und zwar alle ohne jede Ausnahme. Am Galgen werden sie hängen!«

Ian McIntosh dagegen zeigte sich skeptisch. »Die Offiziere sind nicht auf den Kopf gefallen, Captain. Schon gar nicht John MacArthur, der Drahtzieher dieser Rebellion und Kopf des Rum-Monopols. Dieser Mann hat Macht, und zwar nicht nur hier in Australien, sondern auch in England. Es heißt, die Wollindustrie und andere einflussreiche Männer ständen hinter ihm. Und haben Sie vergessen, dass vor Jahren Gouverneur King schon einmal vergeblich versucht hat, ihn in London vor ein Kriegsgericht zu stellen? Wissen Sie noch, was das Ergebnis war?«

»Ich weiß, er kam ungeschoren davon, und Gouverneur King stand hinterher als der Blamierte da«, sagte Patrick Rourke missmutig. »Doch immerhin musste MacArthur damals die Uniform ausziehen und seine Offizierskarriere beenden.«

»Was für ein großes Opfer!«, sagte Ian sarkastisch. »Er hätte den Offiziersrock früher oder später sowieso an den Nagel gehängt. Aber schändlicher noch als die Tatsache, dass er ungestraft nach New South Wales zurückkehren konnte, war die Landschenkung, mit der ihn das Kolonialamt in London *gestraft* hatte! Tausende Acres bestes Weideland hatte man ihm geschenkt, statt ihn für seine Umtriebe zur Rechenschaft zu ziehen! Und genau das ist die Macht, auf die John MacArthur und seine Komplizen auch diesmal bauen!«

»Diesmal liegen die Dinge anders!«, entgegnete Patrick Rourke vehement. »Es hat einen regelrechten Umsturz gegeben, eine *Rebellion* gegen den Gouverneur und damit gegen die Krone! Der König muss diesmal mit voller Härte darauf reagieren – und das bedeutet, dass der Henker Arbeit bekommt!«

Ein bitteres Lächeln lag auf dem Gesicht des Verwalters, als er sein Glas hob und sagte: »Ja, das müsste eigentlich der Lauf der Dinge sein, Captain, da stimme ich völlig mit Ihnen überein. Also warum trinken wir nicht auf den König und die glorreiche britische Gerichtsbarkeit, deren Unbestechlichkeit und Gerechtigkeit wir alle zur Genüge am eigenen Leib erfahren haben.«

Captain Rourke starrte ihn finster an. Doch dann entspannte sich sein Gesicht, und auch er hob sein Glas: »Sie haben das verdammte Talent, einem die Illusionen zu nehmen, Mister McIntosh!«

»Das verdanke ich dem König und dem Rum-Corps, Captain.«

»Zum Teufel mit dem König, und zum Teufel mit dem Rum-Corps!«, rief Patrick Rourke mit einem breiten, freundschaftlichen Grinsen.

»Das ist ein Toast, der mir noch um einiges besser gefällt als meiner«, sagte Ian spöttisch.

»Dann sollten wir darauf auch trinken! Was ist, Jessica? Schließen Sie sich unserem Trinkspruch an?«, fragte Patrick Rourke heiter.

»Gewiss doch, Captain«, antwortete Jessica höflich. Sie hatte nur mit halbem Ohr hingehört und war mit den Gedanken ganz woanders. Und als sie nun ihr Glas hob und mit ihnen anstieß, fasste sie den Entschluss, sobald wie möglich nach Sydney zu reisen und sich mit ihrem Anwalt und Glenn Pickwick zu beraten. Ian hatte völlig recht: Deborah Simonton war ein gefährlicher Dorn in ihrem Fleisch, und sie musste sich von ihm befreien. So schnell wie möglich!

11

Hugh Burnett verdunkelte das Zimmer mit seiner beeindruckenden Körperfülle. Er stand am Fenster seines Hauses, das er auf einer Anhöhe am östlichen Ortsrand hatte errichten lassen. Von hier aus bot sich dem Geschäftsmann ein unvergleichlicher Ausblick auf Parramatta.

Im Gegensatz zum vierzehn Meilen entfernten Sydney war diese rasch aufstrebende Siedlung planmäßig angelegt worden. Umschlossen von fruchtbarem Weide- und Ackerland lag die Ortschaft in einem sanft geschwungenen Bogen am Fuße eines Hügels, auf dessen Kuppe sich die stattliche Sommerresidenz des Gouverneurs erhob, denn das Klima war hier während der glutheißen Sommermonate bedeutend verträglicher als im schwülen Sydney.

Hugh Burnett stopfte seine Tonpfeife und ignorierte seinen Besucher, dem er den Rücken zukehrte. Er hatte ein Gespür für gute Geschäfte, und dieses hier roch sogar nach einem sehr guten Geschäft.

›Nur nicht zu schnell zu starkes Interesse zeigen!‹, mahnte er sich selbst, während seine fleischigen Hände den Tabak in seiner Tonpfeife festdrückten und sein Blick wohlgefällig über die Weinberge glitt, die einen Großteil des Hügels unterhalb der Gouverneursresidenz bedeckten. Dass der Wohlstand auch in Parramatta Einzug gehalten hatte, erkannte man schon an den zahlreichen öffentlichen Gebäuden und Häusern, die aus Backstein gebaut waren. Es gab viele Kornspeicher und Lagerhäuser, wo ein Großteil der Ernte, die die Regierung zur Sicherung der Kolonie alljährlich aufkaufte, eingelagert wurde. Es gab einen regen Handel zwischen Parramatta und Sydney, der überwiegend über den Parramatta River abgewickelt wurde. Rund um die aufblühende Ortschaft gab es zahllose Farmen, die zum Wohlstand dieser Region einen bedeutenden Beitrag leisteten. Und unter diesen Farmen zählte MIRRA BOOKA zu den schönsten und ertragreichsten.

»Was ist, Mister Burnett? Können Sie mir nun helfen, oder verschwende ich hier nur meine Zeit?«, fragte sein Besucher mit harscher, ungeduldiger Stimme.

Gemächlich drehte sich der fettleibige Geschäftsmann um, nahm die Tonpfeife zwischen die wulstigen Lippen und setzte ein Zündholz in Brand. »Niemand verschwendet bei mir seine Zeit, wenn er weiß, was er will«, antwortete er und hüllte sich in graublaue, würzige Rauchwolken ein. »Doch um Ihnen von Nutzen sein zu können, müssen Sie mir schon nähere Auskünfte erteilen, Mister Hawkley.«

»Verdammt noch mal, ich hab' Ihnen doch gesagt, warum ich gekommen bin!«, blaffte John Hawkley.

»Sie sagten, Sie bräuchten einen Verwalter …«, sagte Hugh Burnett und ließ sich in seinem lederbezogenen Lehnsessel nieder.

»Richtig! Also können Sie mir nun einen beschaffen oder nicht?«

Burnett nickte, verstand jedoch dabei den Eindruck zu erwecken, als bedürfe es dazu ganz besonderer Anstrengungen, deren Erfolgsaussichten noch im Dunkel lagen. »Sicher kann ich das, und es wird mir ein Vergnügen sein, Ihnen mit meinen

Diensten zur Verfügung zu stehen. Doch fürchte ich, dass Sie sich die Abwicklung ein wenig zu leicht vorstellen.«

John Hawkley kniff die Augen ungehalten zusammen. »Man hat mir gesagt, Sie könnten so etwas arrangieren. Aber das scheint wohl eine Übertreibung gewesen zu sein.«

»Keine Sorge, Sie sind an der richtigen Adresse. Nur, Sie müssen verstehen, dass ich etwas zurückhaltend reagiere, denn immerhin handelt es sich bei MIRRA BOOKA ja nicht um irgendeine x-beliebige Farm im Busch, mein verehrter Mister Hawkley«, sagte Hugh Burnett mit einer entschuldigenden Geste, die wohl einstudiert war wie auch jede andere Geste und jedes Lächeln im Rahmen eines solchen Gespräches.

»Wenn sich hinter Ihrer unentschlossenen Haltung die Absicht verbirgt, den Preis in die Höhe zu treiben, dann können Sie sich die Mätzchen sparen!«, sagte John Hawkley unverhohlen aggressiv. »Ich habe für solche Kindereien nichts übrig. Jedem, der mich kennt, ist hinreichend bekannt, dass ich eine gute Arbeit gut bezahle. Nennen Sie mir Ihren Preis, damit wir endlich zur Sache kommen können!«

Das joviale Lächeln, das Hugh Burnett seinem Besucher bisher geschenkt hatte, wich einem kühlen Ausdruck. »Mir scheint, man hat Sie über meine Person offensichtlich nur sehr lückenhaft informiert, Mister Hawkley! Sie wüssten sonst, dass ich prinzipiell nicht mit mir handeln lasse. Ich bestimme den Preis meiner Leistungen und niemand sonst! Das Honorar, das ich verlange, steht nicht zur Diskussion. Meine Kunden können entweder akzeptieren – oder aber ihr Glück woanders versuchen!«, erwiderte er scharf.

John Hawkley hatte Mühe, seinen Groll, der ihm wie bittere Galle hochstieg, unter Kontrolle zu halten. Mit leicht gekrümmtem Rücken saß er Hugh Burnett gegenüber, ein stämmiger Mann Anfang fünfzig von irgendwie eckiger Statur. Sein grobflächiges Gesicht, dessen hervorstechendstes Merkmal die kantige Kinnpartie war, trug einen verkniffenen Ausdruck. Und in seinen klaren Augen lag ein stechender, feindseliger Blick, der nun auf den fetten Geschäftsmann ihm gegenüber gerichtet war.

Am liebsten hätte er Burnett eine Verwünschung entgegengeschleudert und sein Haus auf der Stelle verlassen. Wie sehr hatte er sich überwinden müssen, dass überhaupt zu ihm zu kommen! Allein die Tatsache, dass er sich gezwungen sah, sich zu Hugh Burnett zu begeben und seine Dienste in Anspruch zu nehmen, schmerzte ihn wie Salz in einer offenen Wunde. Dazu kam, dass ihn die ganze Art dieses Fettwanstes abstieß. Doch er brauchte einen Verwalter, zum Teufel noch mal, wenn MIRRA BOOKA nicht vor die Hunde gehen sollte.

›Dreimal die Pest über Jessica!‹, dachte er hasserfüllt und rang sich dann zu den einlenkenden Worten durch: »Natürlich haben Sie recht, wenn Sie darauf hinweisen, dass MIRRA BOOKA nicht irgendeine x-beliebige Farm im Busch ist. Deshalb werden Sie wohl auch verstehen, dass es mir ein dringendes Anliegen ist, so schnell wie möglich einen fähigen Verwalter zu bekommen.«

Jetzt lächelte Hugh Burnett wieder und sog genüsslich an der Pfeife. »Gewiss, gewiss, Mister Hawkley, doch erlauben Sie mir eine Frage, die Ihnen möglicherweise indiskret und ungebührlich erscheinen mag, jedoch von größter Wichtigkeit ist.

»So? Und was ist es, was Sie wissen wollen?«, forderte Hawkley ihn argwöhnisch auf, seine Frage zu stellen.

»Wenn ich recht informiert bin, gehört MIRRA BOOKA schon seit geraumer Zeit zur Hälfte Mister Hamilton …«

»Sie sind richtig informiert!«

Hugh Burnett nickte. »Ein tüchtiger Mann, wie es heißt, der in der Schafzucht eine geschickte Hand bewiesen und den Ertrag der Farm erheblich gesteigert hat …«

»Sie brauchen mir Mister Hamiltons Qualitäten nicht zu schildern!«, fuhr Hawkley ihm schroff in die Rede. »Wir sind seit vielen Jahren Partner und schätzen einander. Doch aufgebaut habe ich MIRRA BOOKA, um das klarzustellen. Ich nahm Mister Hamilton vor acht Jahren, als er in die Kolonie kam, auf und brachte ihm alles bei. Drei Jahre später nahm ich ihn als Partner ins Geschäft.«

»Aber in letzter Zeit hat Mister Hamilton die Farm doch praktisch allein geführt, nicht wahr?«, zeigte sich Hugh Burnett ausgezeichnet informiert.

»Ja, seit mich die verdammte Gicht mehr und mehr an den Rollstuhl fesselt«, knurrte Hawkley ungehalten. »Aber was sollen diese Fragen?«

»Das liegt doch auf der Hand, mein verehrter Mister Hawkley! Ohne die Zustimmung Ihres Partners kann kein Verwalter rechtmäßig auf MIRRA BOOKA tätig werden. Außerdem muss ich wissen, für wie lange Sie seiner Dienste bedürfen?«

»Mister Hamilton hat mich bevollmächtigt, auch für ihn geschäftlich tätig zu werden.«

»Gut, das ist also geklärt. Wie sieht es nun mit der Dauer der Anstellung aus? Zwei, drei Monate? Ein halbes Jahr? Oder mehrere Jahre?«

John Hawkley zögerte. »So genau kann ich Ihnen das im Augenblick nicht sagen. Es können wirklich nur ein paar Monate sein, vielleicht aber auch ein, zwei Jahre.« Der Teufel mochte wissen, wie lange sich das Rum-Corps an der Macht halten konnte und Mitchell sich verstecken musste. Er würde alles in seiner Macht Stehende tun, um diese lächerliche Anklage gegen Mitchell zu Fall und vom Tisch zu bringen, aber noch war es sehr fraglich, ob seine Beziehungen weiter reichten als die von Lieutenant Forbes.

»Ach so, ich verstehe«, sagte Hugh Burnett und nahm sich vor, Nachforschungen anzustellen, um wirklich zu verstehen, was es mit dem plötzlichen Verschwinden von Mitchell Hamilton auf sich hatte. Aber das war von untergeordneter Wichtigkeit. Er konzentrierte sich nun darauf, mit John Hawkleys Hilfe den Aufgabenbereich und die Kompetenzen einzugrenzen, die der neue Verwalter von MIRRA BOOKA haben sollte. Dabei stellte sich heraus, dass Hawkley eigentlich noch einen zweiten, nicht minder wichtigen Mann brauchte, nämlich einen Vormann. Dessen Arbeit hatte Mitchell Hamilton bisher mit verrichtet.

Eine halbe Stunde später waren sie endlich handelseinig geworden. Hugh Burnett würde ihm einen fähigen Verwalter und einen anständigen Vormann besorgen und dafür eine satte Vermittlergebühr einstreichen.

John Hawkley hatte es eilig, aus dem Haus dieses Mannes zu kommen, der mit Menschen genauso erfolgreich handelte wie mit Waren aller Art.

Dumpfe Wut tobte in ihm, während sein Kutscher die prächtige Equipage durch Parramatta, hinaus auf die Landstraße und dann über die kleine Anhöhe namens Trebble Hill lenkte, hinter der sich das Tal erstreckte, das das Herzstück von MIRRA BOOKA bildete. Diesmal hatte er keinen Blick für die Schönheit der Landschaft, die mit saftigen Weiden und wogenden Getreidefeldern vor Fruchtbarkeit nur so strotzte. Seine Gedanken galten nur Jessica, und sie waren alles andere als freundlicher Natur.

Er verfluchte den Tag, an dem Mitchell an Bord der TRA-

DEWIND auf Jessica aufmerksam geworden war und sich für sie, die Deportierte, zu interessieren begonnen hatte. Hätte er damals auch nur geahnt, dass Mitchell ihm wie ein Sohn ans Herz wachsen und später sein Lebenswerk, MIRRA BOOKA, übernehmen und zu noch größerem Ansehen führen würde, er hätte bei all seiner sonstigen Großzügigkeit dafür gesorgt, dass Mitchell sie nicht wieder zu Gesicht bekommen hätte. Doch er hatte sich allein auf höfliche Ratschläge und Mahnungen zu kluger Zurückhaltung beschränkt, die Mitchell in seiner Ungestümheit alle in den Wind geschlagen hatte. Er hatte erst aus einer Wettlaune heraus Partei für die geknechtete Deportierte ergriffen, sich dann jedoch schnell immer tiefer in eine leidenschaftliche Beziehung zu ihr verstrickt, und damit hatte das Verhängnis seinen Lauf genommen.

Ja, mit Jessica war das Verderben gekommen. Sie war für Mitchell wie ein langsam wirkendes Gift. Das hatte er schon vor sieben Jahren erkannt, als sich ihre Wege in Sydney wieder gekreuzt hatten, und sich deshalb auch nicht gescheut, Jessica zu zwingen, Mitchell aufzugeben und den Heiratsantrag dieses Farmers vom Hawkesbury, Steve Brading, anzunehmen. Sie hatte damals keine andere Wahl gehabt, denn die Alternative wäre der Galgen gewesen. Mitchell, der in jener Zeit schwer krank in seinem Haus darniederlag, hatte davon nie etwas erfahren und war tief getroffen gewesen, als er nach seiner Genesung von Jessicas Heirat gehört hatte.

Bitterkeit zog John Hawkleys Mundwinkel nach unten. Er erinnerte sich noch zu gut, wie stolz er auf seinen Schachzug gewesen war. Und er war felsenfest davon überzeugt gewesen, dass dies das Ende der unseligen Beziehung der beiden war. ›Er wird über die Enttäuschung und verletzten Gefühle schon hinwegkommen‹, hatte er damals gedacht und zuversichtlich in die Zukunft geblickt. ›Er wird diese Jessica vergessen, wenn ich ihn erst in die bessere Gesellschaft der Kolonie eingeführt habe, und sich gewiss bald der Tochter eines freien Siedlers oder Händlers zuwenden und eine standesgemäße Ehe eingehen. Damit werden ihm alle Türen offen stehen, die ihm mit einem Sträfling als Ehefrau verschlossen geblieben wären. Und seine Nachkommen werden vom Makel verschont bleiben, eine ehemalige Deportierte zur Mutter zu haben. Ja, Mitchell wird mir und MIRRA BOOKA alle Ehre machen!‹

»Von wegen!«, zischte John Hawkley, als er daran dachte, wie sehr er sich getäuscht hatte. Mitchell hatte ihm und MIRRA BOOKA wirklich Ehre gemacht, was die Arbeit auf der Farm betraf. Er hatte atemberaubend schnell gelernt und seinen Meister schon nach wenigen Jahren überflügelt. In dieser Hinsicht hatte er all seine geheimen Erwartungen weit übertroffen. Doch was Jessica betraf, da hatte er ihn bitter enttäuscht. Er hatte keiner noch so reizenden jungen Frau mehr als nur die Aufmerksamkeit geschenkt, die die Höflichkeit gebot.

Wie oft hatte er sich als Kuppler versucht und Mitchell mit reizenden jungen Damen bekannt gemacht, von denen er wusste, dass sie und ihre Eltern einer Verbindung mit Mitchell sehr zugeneigt waren. Wirklich reizende Geschöpfe waren darunter gewesen, gute Partien in jeder Beziehung. Doch Mitchell hatte sie alle ohne Ausnahme auf Distanz gehalten, und allein darüber war es dann so manches Mal zu einem heftigen Disput zwischen ihnen beiden gekommen.

Sieben Jahre Warten. Eine lange Zeit, aber er hatte doch nie die Hoffnung aufgegeben, dass Mitchell Vernunft annehmen und schon aus pragmatischen Gesichtspunkten eine Ehe eingehen würde, denn nun, da er etwas geschaffen hatte und MIRRA BOOKA ihm eines Tages ganz gehören würde, musste er auch daran denken, einen Erben und Nachfolger zu zeugen, denn immerhin stand er schon im dritten Lebensjahrzehnt. Eine Ehe, und wenn auch nur aus der Vernunft geboren, war unausweichlich.

Und zu einer vernünftigen Verbindung mit einer jener jungen Damen aus gutem Hause wäre es sicherlich auch in nächster Zukunft gekommen, wenn es auf SEVEN HILLS nicht den Zwischenfall gegeben hätte, der Jessicas Mann das Leben gekostet hatte. Damit waren auch seine letzten Hoffnungen geplatzt. Und nichts hatte geholfen, was er auch versucht hatte, um Mitchell zur Vernunft zu bringen und von dieser Frau fernzuhalten, die ihm wie das personifizierte Unheil erschien.

Ja, sie brachte Mitchell Unheil. Wenn sie nicht gewesen wäre, wäre Mitchell schon längst glücklich verheiratet und Vater mehrerer Kinder. Es hätte auch das Duell zwischen ihm und Lieutenant Forbes nicht gegeben, das Mitchell beinahe den Tod gebracht hätte. Und er hätte die Kolonie nicht wie ein Verbrecher bei Nacht und Nebel verlassen müssen, um sich vor den Nachstellungen von Jessicas Halbbruder zu schützen.

Jessica trug an allem die Schuld!

»Ich hasse dich! Wärst du doch im Kerker krepiert oder mit der TRADEWIND von der See verschluckt worden!«, murmelte er hasserfüllt, während die Kutsche in den Hof von MIRRA BOOKA rollte. Er wünschte inständig, er hätte noch die Macht über Jessica wie damals vor sieben Jahren. Doch das war leider nicht der Fall. Jessica war längst begnadigt worden und zu allem Unglück auch noch erfolgreich in allem, was sie unternahm, wie er wusste.

Der Schlag wurde aufgerissen, und Stuart Dunn, sein persönlicher Diener, streckte ihm seine Hand hilfreich entgegen. Er hatte den Rollstuhl für alle Fälle schon in den Hof gefahren, als er die Kutsche durch das hohe Tor hatte kommen sehen. Manchmal vermochte sich John Hawkley nach einer Ausfahrt vor Schmerzen kaum zu bewegen. Und gerade jetzt, wo der Herbst vor der Tür stand und das Wetter umzuschlagen begann, machte ihm die Gicht gewöhnlich besonders stark zu schaffen.

»Ich hoffe, die Fahrt hat Sie nicht zu sehr angestrengt, Sir«, sagte Dunn und half ihm aus der Kutsche. »Möchten Sie im Rollstuhl Platz nehmen, Sir?«

»Ja«, antwortete John Hawkley kurz angebunden und mit finsterer Miene. »In mein Zimmer!«

»Sehr wohl, Sir.« Stuart Dunn fuhr ihn in das Haus, das mit kostbaren Möbeln, Teppichen und Gemälden eingerichtet war. Nicht ein Stück der Einrichtung war in der Kolonie angefertigt worden. Alles kam aus England, was ihn ein Vermögen gekostet hatte.

John Hawkley entließ seinen Diener, nachdem dieser ihn an seinen Sekretär aus Rosenholz gerollt und ihm ein Glas Portwein eingeschenkt hatte. Als Stuart Dunn die Tür behutsam hinter sich ins Schloss gezogen hatte, zog Hawkley einen Schlüssel aus seiner Rocktasche und öffnete eine der Schubladen. Sie enthielt auf den ersten Blick nichts weiter als rotbraunen Siegellack. Doch als er eine Leiste an der seitlichen Verkleidung drückte, ließ eine verborgene Feder den doppelten Boden im hinteren Teil hochklappen und offenbarte ein Geheimfach. Ihm entnahm er Mitchells Brief.

Er kannte ihn längst auswendig, doch jedes Mal drohte ihn der Zorn zu übermannen, wenn er las, wie Mitchell auch jetzt noch die Schuld für das, was ihm widerfahren war, jedem anderen, nur nicht Jessica gab und sich nicht von ihr zu lösen vermochte. Ja, er war sogar so verblendet, dass er ausgerechnet ihm ans Herz legte, Verständnis für Jessica zu haben und ihr alle seine Hilfe zukommen zu lassen.

»Narr! Gottverdammter Narr!«, fluchte er und knüllte Mitchells Brief zusammen und schleuderte ihn in eine Ecke. »Wie kannst du nur so blind sein und nicht erkennen, dass sie dein Untergang, dein gesellschaftlicher und finanzieller Ruin ist! Mein Gott, wenn man dich lässt, küsst du noch deinen Henker!«

Aber nein, das würde er nicht zulassen! Zwar hatte er nicht länger Gewalt über Jessica, doch das sollte ihn nicht daran hindern, ihrem verderblichen Einfluss auf Mitchell ein für allemal ein Ende zu bereiten. Ihm würde schon etwas einfallen.

Grübelnd saß er vor seinem Sekretär, zermarterte sich das Hirn nach einer Möglichkeit, Mitchell vor den gefährlichen Nachstellungen des Lieutenants zu schützen und Jessica aus dem Leben seines Partners zu verbannen. Leider waren seine Beziehungen zum Rum-Corps nicht gut genug, um Forbes die Stirn bieten zu können und von höherer Stelle zurückbeordern zu lassen. Seine Gicht hatte ihn in letzter Zeit dazu verurteilt, ein eher zurückgezogenes Leben zu führen. Vor sechs, sieben Jahren hätte er noch etwas bewirken können. Doch diese Zeit gehörte der Vergangenheit an, wie er mit Bitterkeit erkennen musste. Mitchells Widersacher hatte gute Freunde in zu hohen Positionen, als dass er direkt gegen ihn hätte vorgehen können.

Und was Jessica betraf, so war sie seiner direkten Einflussnahme gleichfalls entzogen. Die ertragreiche Farm SEVEN HILLS sowie ihre Beteiligung an der COMET und dem Geschäft in Sydney hatten ihr nicht nur finanzielle Sicherheit gebracht, sondern auch ein gewisses Ansehen, wie er widerwillig eingestehen musste. Um an sie heranzukommen und sie sich gefügig zu machen, bedurfte es schon eines überragendes Planes.

Mehr als zwei Stunden saß John Hawkley in seinem Zimmer, ohne sich von der Stelle zu bewegen und ohne das Glas Port anzurühren.

Dann begann sich eine vage Idee hinter seiner Stirn zu formen. Es waren Gedankenfragmente, die sinnlose Teile eines Puzzles zu sein schienen, von denen er aber instinktiv wusste, dass sie nur richtig zusammengesetzt werden mussten, um das Bild zu ergeben, nach dem er stundenlang gesucht hatte.

Er griff zu Feder und Papier. In die linke Ecke des Blattes setzte er Mitchells Namen, in die rechte den von Jessica. Etwas darunter in die Mitte schrieb er seinen eigenen Namen.

Nach kurzem Zögern listete er unter John Hawkley mit etwas Abstand zwei weitere Namen auf: Lieutenant Kenneth Forbes und Deborah Simonton. Er erinnerte sich noch gut an den peinlichen Zwischenfall bei dem Neujahrsball auf Mirra Booka. Er war Zeuge gewesen, wie diese Frau Jessica ihren Wein ins Gesicht geschleudert hatte. Sie verachtete Emanzipisten im Allgemeinen und hasste Jessica im Besonderen aus tiefster Seele, daran bestand für ihn nicht der geringste Zweifel, und deshalb gehörte sie auf diese Liste.

Nachdem diese Namen nun auf dem Bogen standen, begann er Querverbindungen zu ziehen. Er malte Pfeile in Form von Blitzen von John Hawkley zu Jessica, von Kenneth Forbes zu Mitchell und Deborah Simonton zu Jessica. Diese gezackten Linien symbolisierten Hass und Abneigung.

Dann zog er wellenförmige Linien, die Zuneigung darstellen sollten. Sie verbanden Mitchell mit ihm und Jessica mit Lieutenant Forbes und Mitchell. Hawkley, Forbes und Simonton verband er untereinander mit Wellenlinien, die ein Fragezeichen trugen und besagen sollten, dass sie sich auf jeden Fall nicht feindlich gesinnt waren, auch wenn sie dem Schaubild nach teilweise konträre Interessen zu vertreten schienen. Es war eine scheinbar konfuse, nutzlose Darstellung. Doch das täuschte.

Je länger John Hawkley die Namen und Linien studierte, desto klarer zeichneten sich vor seinem geistigen Auge die Konturen für einen Plan ab. Es war wie eine komplizierte Schachpartie. Man musste schon ein halbes Dutzend Züge im Voraus denken, um den Wert einer bestimmten Position oder einer Figur richtig einschätzen zu können. Das traf auch auf Mitchell, Jessica, den Lieutenant, Deborah Simonton und ihn zu, den Strategen.

Ja, er wusste jetzt, was er zu tun hatte, um Mitchell vor Lieutenant Forbes zu retten und Jessica diesmal endgültig aus seinem Leben zu streichen! Dass es sich bei diesem Plan um ein Verbrechen handelte, bereitete ihm keine Gewissensbisse. Er hatte jetzt einfach keine andere Wahl mehr, wenn er Mitchell retten wollte. Er hatte Jessica zudem mehr als einmal gewarnt, sich von ihm fernzuhalten, ohne dass es bei ihr Wirkung gezeigt hätte. Nun würde sie den Preis für ihre Rücksichtslosigkeit, mit der sie Mitchell ins Verderben gezogen hatte, bezahlen müssen!

Mit einem gelösten Lächeln griff John Hawkley nun zum Glas und ließ den schweren Port auf der Zunge zergehen. Dann zog er an der Klingelschnur.

Augenblicke später stand der Diener im Zimmer. »Ja, Sir?«

John Hawkley warf ihm einen kleinen Leinenbeutel zu, der mit Münzen gefüllt war. Verdutzt sah Stuart Dunn ihn an. Der von Gicht geplagte Farmer war nicht gerade ein Mann, der mit seinem Geld um sich warf.

»Ich möchte, dass du einen Mann für mich suchst und zu mir bringst, ohne dass irgendjemand etwas davon erfährt. Wahrscheinlich treibt er sich irgendwo in den Rocks von Sydney herum. Finde ihn und bring ihn her!«, trug John Hawkley ihm auf. »Wenn er Fragen stellt oder sich störrisch zeigt, sag ihm, dass ich ihm ein lukratives Geschäft anzubieten habe. Ich bin sicher, dass er dir dann folgen wird.«

Stuart Dunn wog den Geldbeutel mit Wohlgefallen in der Hand. Die Rocks waren nicht gerade der Ort, an dem er sich heimisch fühlte, doch er würde sich schon zurechtfinden. Er war in Bath Diener in einem großen Haus gewesen und verdankte seine Verbannung nach New South Wales der Versuchung, eine goldene Nadel an sich zu nehmen, die er in der Kutsche seines Herrn gefunden hatte, ohne zu merken, dass ein Stallbursche ihn dabei beobachtete. Die fünf Jahre, die er bis zu seiner Begnadigung Sträflingsarbeit in der Kolonie geleistet hatte, hatten ihn so manches gelehrt, wovon er in seiner sicheren Stellung als neunzehnjähriger Diener in Bath nicht zu träumen gewagt hatte. Er würde den Mann schon finden, an welch üblem Ort er sich auch aufhalten mochte.

»Ich werde mein Bestes tun, Sir«, versicherte er mit ernster Entschlossenheit. »Um wen handelt es sich denn?«

John Hawkley nannte ihm den Mann, dessen Name auf seine Liste gehörte, jedoch noch fehlte. Aber dieser Name würde dort auch nie auftauchen. Es gehörte zu seinem Plan, dass dieser Mann nirgends offen in Erscheinung trat.

12

Major Charles Robertson war in eine dicke Prozessakte vertieft, als Lieutenant Kenneth Forbes an einem bezogenen Märztag das Büro seines Vorgesetzten in der Garnison von Parramatta betrat.

»Oh, sieht man Sie auch mal wieder, Lieutenant«, bemerkte der Major mit spöttischem Unterton und lehnte sich zurück. Er war ein großer, schlanker Mann mit einem ansprechenden Gesicht und dunklem Haar, das schon von Grau durchzogen war. Wenn ihn die Natur auch nicht mit bestechenden äußeren Attributen überschüttet hatte wie Kenneth Forbes, so konnte man ihn doch als eine attraktive Erscheinung bezeichnen, der die Offiziersuniform ausgezeichnet zu Gesicht stand, unterstrich sie doch die Gradlinigkeit seines Wesens. Dass er sich am Rum-Geschäft und an der Rebellion gegen Gouverneur Bligh beteiligt hatte, stand dabei in keinem Widerspruch zu seinem Ehrenkodex, der längst nicht so anfällig für opportunistischen Sinneswandel war wie der von Kenneth Forbes. Das eigene Interesse stets im Auge zu behalten war eine Maxime, die er mit jedem teilte, der als Soldat Karriere machen wollte. Und was den Umsturz betraf, so wäre es ihm persönlich lieber gewesen, es hätte sich eine weniger spektakuläre Lösung finden lassen. Doch es wäre ihm nie in den Sinn gekommen, seine Offizierskameraden im Stich zu lassen, nachdem der Entschluss für die Absetzung Blighs gefallen war.

»Sie gestatten?«, fragte Kenneth Forbes und deutete auf den freien Stuhl vor dem Schreibtisch.

»Aber bitte«, antwortete der Major und musterte ihn mit einem schwer zu deutenden Lächeln. »Sie haben schon mal besser ausgesehen. Mir scheint, Sie schlafen zu wenig. Kommen Sie gerade aus Newcastle zurück?«

Kenneth nickte. »Es war eine anstrengende Reise.«

»Und nicht sehr ergebnisreich, wie ich vermute. Oder ist es Ihnen vielleicht doch gelungen, diesen Hamilton aufzustöbern?«

»Nein, er ist nirgends gesehen worden«, räumte Kenneth

widerwillig ein. »Er muss ein ausgezeichnetes Versteck haben, denn er ist wie vom Erdboden verschluckt.«

Der Major hob die Augenbrauen. »So, wie vom Erdboden verschluckt. Nun, das tut mir leid für Sie«, sagte er, doch seine gleichgültige Stimme strafte seine Worte Lügen.

»Ich brauche einfach mehr Informationen!«

Robertson zuckte die Achseln. »Mag sein, Lieutenant. Doch bei mir werden Sie die bestimmt nicht finden.«

»Aber dieser verdammte irische Captain kann sie mir geben. Er weiß, wo sich Hamilton verkrochen hat!«

»Schon möglich, aber Captain Rourke wird Ihnen kaum auf die Nase binden, wo er seinen Passagier nun wirklich abgesetzt hat.«

»Aber wir können ihn zum Reden bringen!«, rief Kenneth Forbes und ballte eine Faust. »Wir müssen ihn nur richtig verhören, dann wird er schon mit der Wahrheit herausrücken!«

»Wir?«, wiederholte der Major irritiert, und eine Falte teilte seine Stirn.

»Ich meine damit nur, dass ich dafür Ihre Unterstützung benötige«, erklärte Kenneth eifrig. »Was das Verhör betrifft, so haben Sie damit selbstverständlich nichts zu tun. Das übernehme ich natürlich.«

»Ihnen schwebt ein Verhör unter Anwendung von Daumenschrauben und ähnlichen Mitteln vor, nicht wahr?«

»Nun ja, anders kriegt man aus diesen verstockten irischen Aufrührern ja die Wahrheit nicht heraus«, verteidigte sich Kenneth.

»Das schlagen Sie sich mal gleich aus dem Kopf, Lieutenant. Auf meine Unterstützung können Sie bei diesem vorhaben nicht zählen, nicht einmal auf meine stillschweigende Billigung, um das gleich klarzustellen«, erklärte Major Robertson mit schroffer Ablehnung. »Ich kann nicht behaupten, ein Freund der Iren zu sein. Aber ich denke nicht daran, diesen Captain Rourke der Folter auszuliefern. Er hat sich nichts zuschulden kommen lassen.«

»Er hat Hamilton zur Flucht verholfen!«, wandte Kenneth erregt ein.

Major Robertson beugte sich vor, und sein Blick war von eisiger Kälte. »Jetzt hören Sie mir mal gut zu, Forbes! Ich habe Ihnen einen Gefallen getan, als ich den Haftbefehl für Mister Hamilton veranlasste, ohne mich besonders darum zu kümmern, ob er sich wirklich der Verfehlungen schuldig gemacht hat, die Sie ihm zur Last legen. Ich habe gute Gründe zu der Annahme, dass eine kritische Untersuchung der Motive, weshalb Sie Mister Hamilton unbedingt hinter Gittern wissen möchten, nicht in Ihrem Interesse sein dürfte, oder irre ich mich da?«

Kenneth Forbes schoss das Blut heiß ins Gesicht, und er musste erst schlucken, bevor er zu einer ausweichenden Antwort fähig war: »Ich wäre Ihnen zu großem Dank verpflichtet, wenn Sie diese Angelegenheit weiter vertraulich und wohlwollend behandeln würden!«

Ein kühles, spöttisches Lächeln glitt über Major Robertsons Gesicht. »Dafür bin ich auch, Lieutenant. Vertraulich und wohlwollend sind genau die richtigen Worte für die Behandlung, die ich Ihnen angedeihen ließ … nicht nur was Ihre Aufnahme in unseren Zirkel betrifft«, sagte er und meinte damit das Rum-Monopol, dem er schon lange Jahre angehörte. »Ich war und bin jederzeit dafür, einen Kameraden nach besten Kräften zu unterstützen und zu fördern, doch diese Kameradschaft auf Gegenseitigkeit hat auch ihre Grenzen, und diese haben Sie soeben überschritten.«

»Aber es geht mir doch nur darum …«, begann Kenneth in

dem Versuch, sich nicht nur zu verteidigen, sondern auch Major Robertson umzustimmen.

Doch dieser brachte ihn mit einer knappen Handbewegung zum Schweigen. »Sparen Sie sich Ihre Worte! Es interessiert mich nicht, worum es Ihnen *wirklich* geht. Mir genügt schon, was ich mir an zehn Fingern abzählen kann. Doch ich will Ihnen damit nicht zu nahe treten. Jeder von uns hat seine ganz persönlichen Interessen, über die der andere nicht leichtfertig sein Urteil fällen sollte. Um es ganz deutlich auszudrücken: Es interessiert mich nicht, welcher Art Ihre Beziehungen zu Mister Hamilton und Missis Brading sind. Und dass Sie mich dazu veranlasst haben, einen Haftbefehl für Mister Hamilton ausstellen zu lassen, möglicherweise aufgrund falscher Behauptungen … nun, egal. Wir alle nutzen unsere Position für unsere privaten Interessen, weshalb hätte ich Ihnen also den Gefallen nicht tun sollen? So weit, so gut, Lieutenant. Aber wenn Sie jetzt noch weitere Personen in Ihre ganz persönliche Fehde hineinziehen wollen, so kann und will ich Ihnen da nicht weiter behilflich sein. Schon aus politischen Gründen nicht. Nach unserem Vorgehen gegen Bligh haben wir im Corps schon genug Schwierigkeiten. Wir können es uns auf keinen Fall leisten, in den Verdacht zu kommen, wie Nero oder Caligula gegen vermeintliche Widersacher vorzugehen. Einen Haftbefehl für Captain Rourke wird es daher nicht geben, geschweige denn ein Verhör unter Folter. Lassen sie sich etwas weniger Spektakuläres einfallen, um das zu erreichen, was sie sich vorgenommen haben. Ich hoffe, ich habe mich klar ausgedrückt, Lieutenant.«

Kenneth Forbes beherrschte seinen Groll über die Zurechtweisung. Er erhob sich mit steinernem Gesicht und nahm militärische Haltung an. »Das haben Sie, Major.«

»Gut, dann handeln Sie bitte auch entsprechend«, entließ er ihn versöhnlich und wandte sich wieder seiner Akte zu.

Kenneth murmelte einen unverständlichen Gruß, drehte sich abrupt um und verließ das Zimmer seines Vorgesetzten mit einer Wut im Bauch, wie er sie schon lange nicht mehr empfunden hatte.

Er wusste, dass Major Robertson ihm vor zwei Monaten noch sehr gewogen gewesen war und nie so wie eben reagiert hätte. Doch seit dem verfluchten Duell mit Mitchell Hamilton hatte sich ihre Beziehung, die einmal fast freundschaftlicher Natur gewesen war, merklich abgekühlt. Robertson hatte ihm insgeheim wohl nicht verziehen, dass er seinem Duellgegner vorschriftswidrig seine Seite zugekehrt hatte und sogar etwas zurückgewichen war, nachdem er seine Kugel auf Hamilton abgefeuert und ihn fast tödlich getroffen hatte. Doch weshalb hätte er Hamilton auch ein gutes Ziel bieten sollen, zum Teufel noch mal? Irgendwie hatte er geahnt, dass sein Gegner ein Meisterschütze war. Und der Schuss, mit dem Hamilton absichtlich seine viel weiter entfernt hängende Uniformjacke durchlöchert und ihn vor Robertson blamiert hatte, hatte das ja auch bewiesen.

Ja, das war der wirkliche Grund, weshalb der Major ihm seine Unterstützung versagte. Dabei hatte er selber nicht gerade eine weiße Weste. Edward Chambers, der ihm Aufnahme in das Rum-Monopol verschafft hatte, hatte ihm Geschichten über so manch dubiose Machenschaften erzählt, in die auch Major Robertson verwickelt gewesen war. Und gehörte er nicht zu denjenigen, die am schärfsten und skrupellosesten gegen Konkurrenten aus dem Lager der Händler vorgingen, die nicht dem Monopol angehörten und dessen beherrschende Stellung anzukratzen drohten? Er sollte sich also bloß nicht so aufplustern und so tun, als hätte er nicht auch seine dunklen Geheimnisse.

»Verdammter Heuchler!«, murmelte er wütend, während er das Gebäude verließ und sich in den Sattel seines Pferdes schwang. Aber sosehr er Major Robertson auch verfluchte, es änderte doch nichts an der Tatsache, dass von dieser Seite keine Hilfe zu erwarten war.

Was sollte er jetzt also tun? Mitchell Hamilton war tatsächlich wie vom Erdboden verschluckt. Dabei musste er sich doch irgendwo in der Gegend um Newcastle versteckt halten! Er war fest davon überzeugt, dass Captain Rourke ihn dort an Land gesetzt hatte, auch wenn er ihm hatte weismachen wollen, Hamilton sei nach Van Diemen's Land geflohen. Nein, auf diese Lüge wäre er nicht einmal dann hereingefallen, wenn er die Karte, die den Küstenstrich um Newcastle zeigte, nicht an Bord der COMET gefunden hätte.

»Ich finde dich, Hamilton«, stieß er gepresst hervor. »Ich kriege dich! Früher oder später kriege ich heraus, wo du dich verkrochen hast, und dann … dann gehört Jessica mir! Mir!«

Er trieb seinen prächtigen Hengst zum Galopp an und ließ ihn mit trommelnden Hufen über die Landstraße dahinfliegen, als zöge ihn etwas zurück nach THREE WELLS. Dabei war die Farm bis auf die Arbeiter verwaist. Seit er Rosettas Drängen nachgegeben und ein Haus in Sydney erstanden hatte, hielt sich seine Frau dort auf. Und sie hatte nicht nur Kate Mallock und Maneka mitgenommen, sondern ihn auch noch dazu gebracht, eine Köchin und einen Stallburschen anzustellen. Vielleicht war es ein Fehler gewesen, ihr den Wunsch mit dem Haus zu erfüllen, obwohl er es sich finanziell leisten konnte, denn er war nun mal in Parramatta stationiert und nicht in Sydney, und Robertson hatte ihm schon vor seinem Aufbruch nach Newcastle zu verstehen gegeben, dass er vorerst auch in Parramatta bleiben würde. Das kam Rosetta sicherlich sehr gelegen. Aber sie sollte ihren Willen haben, solange sei sich an ihren Teil der Abmachung hielt. Sie hatte ihm einen Erben zu schenken, zu repräsentieren und sich nicht dafür zu interessieren, wo und wie er sich die fleischlichen Genüsse holte, die sie ihm verwehrte.

Nun, sie befand sich allem Anschein nach auf dem besten Wege, ihre Vereinbarung zu erfüllen. Diesmal schien sogar ihre Schwangerschaft problemlos zu verlaufen. Hatte sie bei allen vorhergehenden Schwangerschaften stets unter erheblichen Beschwerden gelitten und wirklich elend ausgesehen, so war das diesmal nicht der Fall. Es schien ihr sogar ausgesprochen gut zu gehen, was er als gutes Omen wertete.

Auf Three Wells angekommen, überließ er sein Pferd wortlos dem Stallknecht Calvin Henders, begab sich in den Salon und genehmigte sich erst einmal einen großzügig bemessenen Brandy, den er hinunterkippte wie ein Glas Wasser. Dann ließ er sich mit Brandy-Karaffe und Glas in einem der schweren Sessel am Fenster nieder, legte die dreckigen Stiefel auf die Lehne des gegenüberstehenden Sessels und starrte grübelnd vor sich hin, während er am Brandy nippte und sein Glas immer wieder auffüllte.

Er musste Mitchell Hamilton finden und ihn in seine Gewalt bringen. Das war der einzige Weg, um Jessicas Widerstand zu brechen und sie sich zu Willen zu machen. Und es verlangte ihn mehr denn je nach ihr!

In Newcastle und hinterher in Sydney hatte er Freudenhäuser aufgesucht und sich hemmungslos seinem Trieb hingegeben. Doch so hübsch und willfährig die Frauen auch gewesen waren, mit denen er das Bett für wollüstige Stunden geteilt hatte, irgendetwas in ihm war trotz ihrer Raffinesse doch unbefriedigt geblieben.

Er kam von Jessica einfach nicht los. Er musste sie haben, und er war bereit, für ihre Hingabe so gut wie jeden Preis zu zahlen und vor keinem Verbrechen zurückzuschrecken. Doch im Augenblick war er ratlos und seinem Ziel ferner als je zuvor.

Kenneth begann sich systematisch zu betrinken, um so die Besessenheit, die ihn manchmal um den Verstand zu bringen drohte, betäuben zu können.

13

»Ich habe mich entschlossen, Ian. Es wird Zeit, dass ich nach Sydney reise. Gleich morgen breche ich auf«, sagte Jessica am zweiten Sonntag im April zu ihrem Verwalter, als sie gemeinsam das reichhaltige Frühstück einnahmen. Es war kein freundlicher Morgen. Die Sonne verbarg sich hinter bleigrauen Wolken, die sich schon am Tag zuvor zusammengeballt hatten und nun mit ihrer schweren Regenlast wie eine schmutzige, ausgebeulte Decke tief über den Hügeln von Seven Hills hingen. Von den Gebirgszügen der Blue Mountains war im Westen nichts mehr zu erkennen, so diesig war das Wetter.

Ian McIntosh machte eine bedenkliche Miene und deutete mit der Gabel zur Zimmerdecke, meinte damit jedoch den Himmel, als er sagte: »Da kommt noch mehr runter, Jessica. Kein guter Zeitpunkt, um der Farm den Rücken zu kehren.«

Der Herbst hatte den trockenen, heißen Sommer mit Macht verdrängt. Die Nächte wurden jetzt schon empfindlich kühl, und die Sonne brauchte morgens sehr lange, um das Gras zu trocknen.

Die ersten schweren Regenfälle waren über das verbrannte Land niedergegangen und hatten dabei nicht nur ausgetrocknete Wasserstellen, Brunnen und Bachläufe wieder mit kostbarem Nass gefüllt, sondern auch zu Überschwemmungen geführt. Nach der langen Zeit der Dürre war der Boden so hart gebacken, dass er nicht in der Lage war, die plötzlichen Wassermassen aufzunehmen und in die Tiefe durchzulassen. Doch das war erst der Anfang. Man musste darauf gefasst sein, besonders als Siedler am Hawkesbury River, dass die wirklich gefährlichen Überschwemmungen noch ausstanden. Es hatte Jahre gegeben, da war der Fluss um dreißig, vierzig Fuß gestiegen und meilenweit über seine Ufer getreten. Dann wurde der Strom zu einer verheerenden Naturgewalt, die alles mit sich riss und vernichtete, was sich den reißenden Fluten in den Weg stellte. Doch mit solchen Naturkatastrophen war eher im Frühling, wenn die Schneeschmelze hoch oben in den Bergen einsetzte, als im Herbst zu rechnen.

Jessica lächelte über seinen Einwand. »Aber, Ian«, sagte sie mit sanftem Tadel, »einen wirklich günstigen Zeitpunkt gibt es für einen Farmer doch nie, das wissen Sie genau. Zu jeder Jahreszeit gibt es Gründe, die es ratsam erscheinen lassen, eine länger Abwesenheit von seinem Anwesen zu vermeiden. Im Sommer ist es die extreme Trockenheit und die ständige Angst vor einem Buschbrand, und im Winter ist es die Furcht vor Überschwemmungen. Dazu kommen die Zeiten der Aussaat, der Ernte, des Lammens und der Schafschur, um nur einige zu nennen, wo man eigentlich auch nicht weg könnte. Mein Gott, wenn es danach ginge, bekäme ich Sydney wohl nie mehr zu Gesicht.«

Er lachte unwillkürlich. »Ein vertrautes Bild, das Sie da von den Zwängen eines Farmers entworfen haben, Jessica. Ich hätte es nicht besser gekonnt.«

»Sie wissen, dass ich in Sydney nach dem Rechten stehen muss, Ian«, sagte Jessica ernst. »Ich habe es schon lange genug vor mir hergeschoben. Glenn Pickwick hat in seinem letzten Brief an mich schon fast einen vorwurfsvollen, ungeduldigen Ton angeschlagen, und ich kann es ihm nicht einmal verdenken, bin ich es doch, die die Entscheidungen treffen muss.«

»Bei allem Respekt für Ihr Engagement in Sydney, aber Seven Hills scheint mir doch vorzugehen, zumal während der Erntezeit, und Sie waren in den letzten Wochen ja nun nicht gerade müßig«, wandte er ein.

»Die Ernte ist eingebracht«, erwiderte Jessica und fügte dann mit einem herzlichen Lächeln hinzu: »Außerdem gibt es auf Seven Hills einen Verwalter, dessen Fähigkeiten und Erfahrungen über jeden Zweifel erhaben sind. Sie können deshalb versichert sein, dass ich nicht mit einem unguten Gefühl aufbrechen werde, sondern mit der Gewissheit, alles in besten Händen zurückgelassen zu haben.«

Ian McIntosh stöhnte auf, doch in seinen Augen leuchtete Stolz. »Sie verstehen es wahrhaftig, einem den Wind aus den Segeln zu nehmen, Jessica. Also gut, reisen Sie nach Sydney und bringen Sie die unerfreuliche Angelegenheit mit den Simontons hinter sich. Hoffentlich ist das auch der richtige Weg, für den Sie sich entschieden haben.«

Sie zuckte mit den Achseln. »Ob ich einen Fehler gemacht habe oder nicht, werde ich wohl erst wissen, wenn ich Deborah Simontons Antwort kenne.«

»Sie sollten sich aber auf jeden Fall vorher noch mit Ihrem Anwalt beraten.«

»Seien Sie unbesorgt, Ian. Mein erster Gang wird mich zu Mister Hutchinson führen«, versicherte sie und brachte das Gespräch auf ein anderes Thema. Nach dem Frühstück verwandten sie noch mehrere Stunden darauf, den Arbeitsplan für die nächsten Wochen abzustecken und Entscheidungen zu treffen, die bei einer so großen Farm wie SEVEN HILLS ständig anfielen.

»Wie steht es übrigens mit Freiwilligen für die Auborn-Farm?«, wollte Jessica wissen, als ihre Besprechung abgeschlossen war und sie ihn hinausbegleitete. »Wir haben jetzt doch Zeit, um uns dort etwas eingehender mit der Rodung des Landes und der Ausbesserung der Gebäude geschäftigen zu können.«

»Nun, es tut sich was«, antwortete er so vage, dass Jessica aufhorchte.

»Und darf ich fragen, *was* sich da tut?«, fragte sie verwundert über seine unpräzise Antwort, die so gar nicht seiner Art entsprach.

»Sie werden es erfahren, wenn Sie aus Sydney zurück sind«, erklärte er.

Sie stemmte die Fäuste in die Hüfte. »Sie sind mir wirklich einer, Ian! Sie geben sich geheimnisvoll und wecken meine Neugier, damit ich bloß schnell wieder nach SEVEN HILLS zurückgeeilt komme! Das ist nicht fair! Haben sie vielleicht vergessen, dass Sie als mein Verwalter mich über alles zu informieren haben? Sie riskieren Ihre Stellung, Ian!«, drohte sie im Scherz.

Er reagierte darauf mit einem breiten Grinsen. »Ich denke, darauf werde ich es ankommen lassen, Missis Brading«, neckte er sie. »Aber soviel kann ich Ihnen jetzt schon verraten: Was ich Ihnen zu sagen habe, wird Ihnen gefallen.« Er nickte nachdrücklich. »Ja, es wird Ihnen sogar sehr gefallen. Und nun entschuldigen Sie mich. Der alte Baker wartet bestimmt schon ungeduldig darauf, dass ich ihm an der Hobelbank zur Hand gehe.«

Kopfschüttelnd, doch mit einem Lächeln auf dem Gesicht sah sie ihm nach, wie er forschen Schrittes über den Hof ging und in der Werkstatt von Jeremy Baker verschwand. Was mochte es wohl mit dieser geheimnisvollen Andeutung auf sich haben? Nun, wie sie Ian kannte, würde er sich nicht erweichen lassen, sein Geheimnis noch vor ihrer Abreise zu lüften. Sie würde sich also wirklich bis zu ihrer Rückkehr gedulden müssen.

Am späten Nachmittag, als Jessica gerade aus den Stallungen kam und sich die Stiefel mit einer Handvoll Stroh säuberte, hörte sie den hellen, klaren Klang der Glocke auf der anderen Seite des Hawkesbury.

»Jemand will mit der Lady Jane übersetzen!«, rief einer der Männer, die vor der Schmiede standen.

»Das kann nur Lydia sein!«, rief Jessica voller Freude. »Na los, holt sie rüber!«

Es war in der Tat Lydia. Eine knappe halbe Stunde später kam sie den gewundenen Pfad herauf, der von der Anlegestelle zum Farmhaus von Seven Hills hochführte. Sie hatte sich ihre schwarze Haarpracht zu einem Zopf zusammengebunden und trug eines ihrer besseren Kleider. Ihr Gesicht, das längst nicht mehr so von Sorge und Kummer gezeichnet war wie noch vor zwei Monaten, zeigte eine gesunde Farbe. Und obwohl sie schwer an ihrem großen, geflochtenen Weidenkorb trug, der bis oben hin mit Einmachgläsern gefüllt war, ging ihr Atem doch kaum schneller als normal. Den Hang hochzulaufen bedeutete für sie keine besondere Anstrengung.

»Lydia! Wie schön, dich zu sehen!« Ihr letztes Zusammentreffen lag, bedingt durch die arbeitsreiche Zeit der Ernte, schon gut drei Wochen zurück.

Lydia strahlte sie an und reichte ihr den Korb. »Hier! Für dich und die Kinder.«

»Um Himmels willen, Lydia! Das sollst du doch nicht tun!«, protestierte Jessica.

»Ach was, ich weiß doch, wie sehr Edward und Victoria mein Apfelgelee mögen. Nimm es, bitte! Es kommt von Herzen, das weißt du. Und das ist das Einzige, was Lisa Reed nicht so gut hinkriegt wie ich.«

»Na, dann schönen Dank, Lydia. Die Kinder werden sich freuen, und nicht nur sie«, versicherte Jessica gerührt.

Lydia hakte sich bei ihr ein, während sie auf das Wohnhaus zugingen. Begeistert berichtete sie, dass die Ernte auf New Hope dieses Jahr so gut ausgefallen sei wie noch nie zuvor, und sie ließ keinen Zweifel, wem sie das gute Ergebnis zu verdanken hatte.

»Du hättest es auch ohne unter Zutun geschafft, Lydia«, wehrte Jessica ab.

»Sicher hätte ich es geschafft – bloß wie. Nein, nein, ohne das Bewässerungssystem wäre mir der Halm auf dem Feld verdorrt. Ich glaube, diesmal werden wir auf New Hope zum ersten Mal gut über den Winter kommen.«

Jessicas Gefühle waren zwiespältig. Sie teilte nur zu gern Lydias Freude über die gute Ernte. Doch in diese Freude mischte sich ein bitterer Beigeschmack, weil es sich dabei eben nur um eine *verhältnismäßig* gute Ernte handelte. New Hope hatte in den wenigen Jahren ihres Bestandes noch nie gute Erträge gebracht, was nicht so sehr am Boden gelegen hatte als an seiner unzureichenden Bestellung. Als Lydias Mann noch das Sagen auf der Farm gehabt und seine Energie in erster Linie darauf verwandt hatte, sein hartes Siedlerlos zu beklagen und seine selbstverschuldete Misere in Rum zu ertränken, da hatte es auf New Hope vorn und hinten nicht gereicht, und Schulden hatten die Randells erdrückt.

In diesem Licht gesehen war die diesjährige Ernte für Lydia natürlich ein gewaltiger Fortschritt, auch wenn die Erträge noch längst nicht alle Bedürfnisse abdeckten. Dafür war die Farm zu lange heruntergewirtschaftet worden und das Bewässerungssystem zu spät gekommen und noch nicht ausreichend genug. Doch es ging spürbar aufwärts, und die Farm begann ihrem Namen gerecht zu werden: Lydia hatte allen Grund, stolz und voll neuer Hoffnung zu sein.

Bei einer Tasse Tee, die sie auf der hinteren Veranda einnahmen, tauschten sie Erfahrungen und Neuigkeiten aus und genossen die vertraute Gegenwart der anderen.

Ein sehnsüchtiger Ausdruck trat auf Lydias Gesicht, als Jessica ihr sagte, wie gut sie ihren Besuch auf Seven Hills geplant habe, da sie doch am kommenden Morgen nach Sydney aufbrechen werde, um die Simonton-Affäre endlich aus der Welt zu schaffen. »Ich glaube, ich würde Sydney gar nicht wieder erkennen, so lange ist es her, dass ich das letzte Mal dort gewesen bin.«

»Warum begleitest du mich denn nicht?«, schlug Jessica spontan vor. »Die Keltons haben ein großes Haus und würden sich bestimmt freuen, auch dich als Gast begrüßen zu dürfen. Es sind wirklich liebe Freunde, wenn ihre Gastfreundschaft auch manchmal recht anstrengend ist.«

Lydia seufzte. »Wenn ich könnte, würde ich dein Angebot auf der Stelle annehmen, aber leider geht es nicht. Minna wird in den nächsten Tagen kalben.« Minna war ihre Milchkuh. »Es ist das erste Mal, dass sie ein Kalb kriegt, und du weißt, wie leicht es dabei Schwierigkeiten geben kann. Da möchte ich mich doch nicht darauf verlassen müssen, dass meine Leute auch das Richtige zur rechten Zeit machen.«

Jessica nickte verständnisvoll, wusste sie doch, wie wertvoll Minna und ihr Ungeborenes für Lydia waren. Wieder einmal plagte sie ihr Gewissen, als sie daran dachte, wie lächerlich gering der Viehbestand in New Hope im Vergleich zu dem von Seven Hills war. »Ich bin sicher, dass es ein prächtiges Kalb wird«, sagte sie.

Einen Augenblick saßen sie in verbundenem Schweigen, tranken ihren Tee und blickten über den breiten Hawkesbury, dessen Fluten schon im Schatten der einsetzenden Dämmerung lagen.

»Hast du von Mister Hamilton gehört?«, fragte Lydia dann. »Weißt du, wie es ihm geht?«

»Nein«, sagte Jessica leise. »Nichts. Es gibt auch keine Möglichkeit, Kontakt zu halten. Es wäre zu gefährlich.«

Lydia griff nach der Hand ihrer Freundin und drückte sie mitfühlend. »Es muss schlimm sein, nicht zu wissen, wie es ihm ergeht, wo immer er auch sein mag.«

»Er ist in Sicherheit. Und das ist das Wichtigste.«

»Gibt es denn keine Möglichkeit, gegen diesen Haftbefehl vorzugehen und diese irrwitzigen Anschuldigungen gegen Mister Hamilton als die Lügen eines gekränkten Nebenbuhlers zu entlarven?«, fragte Lydia zornig.

»Du vergisst, dass Kenneth nicht irgendwer ist«, erwiderte Jessica bitter. »Er ist Offizier und zählt offenbar zum Kreis derer, die Gouverneur Blighs Sturz vorangetrieben haben. Und an wen sollte ich mich auch wenden? Soll ich vor Gericht gehen? Es sind doch die Offiziere des Corps, die dort auf der Richterbank sitzen. Nein, solange die Rum-Rebellen an der Macht sind, werde ich nicht viel ausrichten können. Deshalb bleibt nur zu hoffen, dass London schnell auf die Rebellion reagiert, die Offiziere zur Verantwortung zieht und einen neuen Gouverneur nach New South Wales schickt.«

»Bis dahin wird aber noch so einiges Wasser den Hawkesbury hinunterfließen«, meinte Lydia bedrückt.

»Ja, wir werden uns in Geduld üben müssen. Doch ich bin zuversichtlich. Weißt du, dass ich von Kenneth seit seinem hässlichen Auftritt, als er nach SEVEN HILLS kam und Mitchell verhaften wollte, weder etwas gesehen noch gehört habe? Das ist ein gutes Zeichen. Bestimmt hat er geglaubt, Mitchells Versteck im Handumdrehen finden und ihn in Ketten legen zu können. Aber das war ein Irrtum«, sagte Jessica mit grimmiger Zufriedenheit.

Die ersten Wochen hatte sie täglich mit der Angst gelebt, Kenneth könnte es doch gelingen, herauszufinden, wohin Mitchell geflüchtet war. Doch nach Captain Rourkes Bericht hatte sich diese Angst allmählich gelegt und war neuer Zuversicht gewichen.

Doch so wie das Vertrauen in Mitchells Sicherheit wuchs, wuchs auch das Gefühl der Verlassenheit. Die Trennung von ihrem Geliebten erfüllte sie mit Schmerz und brennender Sehnsucht, die ihr nachts häufig den Schlaf raubte und sie mit tränennassen Augen in die Dunkelheit starren ließ.

Auch in dieser Nacht vor ihrer Abreise wollte sich der Schlaf lange nicht einstellen. Unruhig wälzte sie sich von einer Seite auf die andere, während ihre Gedanken nicht weniger unstet von Glenn Pickwick und den Simontons zu Mitchell und Kenneth wanderten.

Doch als der neue Tag anbrach, die Wolkendecke aufriss und

helles Sonnenlicht wie eine warme, belebende Woge über das Land am Hawkesbury flutete, warf auch Jessica die bedrückenden Schatten der Nacht ab.

Die Kutsche stand schon abfahrbereit im Hof, als sie noch nicht mit ihrer Morgenwäsche fertig war. Und Craig, der alte, halbtaube Kutscher, der es als sein ganz persönliches Privileg betrachtete, das er sich von keinem nehmen ließ, die Herrin von SEVEN HILLS in diesem Prunkstück von einer Kutsche nach Sydney zu bringen, polierte noch hier einen Messinggriff und dort eine Leiste, obwohl alles makellos glänzte.

Jessica war froh, dass es endlich nach Sydney ging. Und sie war so voller Ungeduld, dass sie auf das Frühstück am liebsten verzichtet hätte. Doch da Lydia über Nacht auf SEVEN HILLS geblieben war, zwang sie sich dazu, immerhin noch eine knappe halbe Stunde am Frühstückstisch auszuharren.

Sie hasste lange Abschiede, und nachdem sie ihre Kinder noch einmal liebevoll an sich gedrückt und sie ermahnt hatte, sich nicht ständig zu zanken und auf Anne, ihr Kindermädchen, zu hören, bestieg sie die Kutsche.

»Viel Erfolg, Jessica!«, wünschte Ian ihr.

Craig löste auf Jessicas Ruf hin die Bremse und schnalzte mit der Zunge, und im nächsten Moment ruckte die Kutsche an und rollte mit knirschenden Rädern über den sandigen Hof. Jessica winkte ein letztes Mal, und als sie Lydia so neben Ian stehen sah, dachte sie unwillkürlich, dass die beiden ein gutes Paar abgeben würden.

Ob es das wohl war, was Ian ihr erst nach ihrer Rückkehr erzählen wollte, fragte sie sich, als Craig die Kutsche den Hang hinunterlenkte und SEVEN HILLS schnell kleiner wurde. Nun, das wäre in der Tat eine Überraschung, sogar eine sehr angenehme. Darüber lohnte es sich nachzudenken.

Jessica hatte auf dieser Fahrt viel Zeit zum Nachdenken. Bis nach Sydney brauchte man mit der Kutsche, wenn man bequem reisen wollte und nicht das Letzte aus den Pferden herausholte, wie Patrick es von seinem Kutscher verlangt hatte, gut zwei Tage.

Sie hatten Glück mit dem Wetter, das sie nicht mit Regenfluten überschüttete, sodass sie gut vorankamen und nicht einmal steckenblieben, was um diese Jahreszeit sonst häufig der Fall war. Die Temperaturen waren angenehm, und der Himmel zeigte die meiste Zeit des Tages ein freundliches pastellfarbenes Blau. Die dunklen Wolken, die sich am zweiten Tag der Reise am östlichen Horizont zusammenzogen, brachten zwar einen kurzen Regenschauer, als sie sich kurz vor Parramatta befanden, doch als sie Sydney am späten Nachmittag erreichten, hatten sich die Wolken wieder aufgelöst, und ein wunderbarer Regenbogen spannte sich über die Windmühlen, die auf den Hügelkuppen vor der Stadt standen.

Wie immer fand Jessica bei ihren Freunden Martha und Robert Kelton herzliche Aufnahme. Es wurde ein geselliger Abend, und Jessica überließ das Reden nur zu bereitwillig den Keltons und ließ sich über alles unterrichten, was ihre Freunde berichtenswert fanden.

Am nächsten Morgen begab sie sich, wie sie es Ian versprochen hatte, zu Mister William Hutchinson, um sich mit ihm zu besprechen, während zur selben Zeit ein Bote Glenn Pickwick im Geschäft aufsuchte und ihm ein kurzes Schreiben zustellte, in dem Jessica ihn von ihrer Ankunft in Sydney unterrichtete. Weiterhin bat sie ihn, sich gegen Mittag zu ihrer Verfügung zu halten und die Simontons zu einer wichtigen geschäftlichen Besprechung zu bitten.

Ein Lächeln kräuselte seine Lippen, als er ihr Postscriptum

las: »Sollten sie Ihnen irgendwelche Schwierigkeiten machen und sich weigern, sich um ein Jahr im Geschäft einzufinden, so weisen Sie sie doch bitte auf Paragraph 16 unseres Teilhabervertrages hin. Sie werden dann ganz sicher erscheinen!« Jessica Brading war also endlich nach Sydney gekommen, um reinen Tisch zu machen. Was hielt sie wohl für einen Plan in petto? Er hoffte schon aus ureigenstem Interesse, dass sie irgendeine Möglichkeit gefunden hatte, die Simontons aus dem Geschäft zu bekommen. Denn wenn sie sich auch zähneknirschend an ihre Verzichtserklärung hielten und sich dem Verkaufsraum fernhielten, so ließen sie doch keine Gelegenheit ungenutzt, ihm in allen anderen Dingen dreinreden und Vorschriften machen zu wollen. Er hoffte sehr, dass Jessica Brading alldem ein Ende machte.

Jessica besprach sich indessen mit William Hutchinson, der von ihrem Kommen schon unterrichtet gewesen war und sie daher erwartet hatte.

Der Anwalt war ein hagerer Mann in den Fünfzigern von wenig ansprechendem Äußeren. Blass und schlaff war seine Gesichtshaut, die an den Wangen herunterhing, als hätte er Hamsterbacken. Er trug eine schon arg ramponierte und nur nachlässig gepuderte Perücke und machte im Ganzen einen müden, kraftlosen Eindruck, als wäre er den Anforderungen seines Berufes nicht mehr gewachsen oder nicht gewillt, sich ihnen länger zu stellen. Ein Eindruck, wie er trügerischer nicht sein konnte. Hinter der scheinbar müden Maske verbargen sich scharfe Beobachtungsgabe, ein regsamer Geist und fachliches Können. Seine Kanzlei hatte in Plymouth einmal zu den ersten Adressen gehört. Seine Beliebtheit bei der zahlungskräftigen Klientel hatte sich dabei nicht unwesentlich auf sein außerordentliches Talent gegründet, Erbschaftsverträge und Dokumente von finanzieller Bedeutung im Sinne seiner Klienten zu manipulieren und zu fälschen. Diesem besonderen Talent und der Missgunst eines seiner Klienten, der sein erschwindeltes Erbe verspielt und ihn dann verraten hatte, verdankte er auch seine Anwesenheit in New South Wales. Nach Verbüßung seiner Strafe vor vier Jahren hatte er es vorgezogen, in Australien zu bleiben und hier einen neuen, ehrlichen Anfang zu machen, statt nach England zurückzukehren und sich im vergeblichen Kampf aufzureiben, den Makel der Bestechlichkeit und des ehemaligen Sträflings loszuwerden.

»Das überrascht mich nicht im Geringsten, Missis Brading. Ich wusste doch von Anfang an, dass Deborah Simonton nichts unversucht lassen würde, Sie bei der erstbesten günstigen Gelegenheit übers Ohr zu hauen«, sagte der Anwalt mit beinahe heiterer Genugtuung, als hätte jemand seine Urteilsfähigkeit infrage gestellt. Dabei hatte Jessica ihm gerade einen detaillierten Bericht von Deborah Simontons Unterschlagungen und ihrem Angebot an Glenn Pickwick, sich tatkräftig an ihren verbrecherischen Machenschaften zu beteiligen, gegeben.

Jessica wusste jedoch, wie seine scheinbar unverständliche Reaktion auf ihre Enthüllungen zu deuten war. »Ja, ohne Ihre Voraussicht und Mister Pickwicks Ehrenhaftigkeit und Scharfsinn hätte sie mich vermutlich langsam ausbluten lassen«, gab sie unumwunden zu.

Er lächelte stolz. »Ja, ja, ich empfahl Ihnen den guten Glenn wahrlich nicht ohne Grund, nicht wahr? Ich weiß nicht, was Sie ihm zahlen, aber er ist jeden Penny wert. Aber das wissen Sie inzwischen ja selber, und Sie haben die Strapazen der Reise wohl kaum auf sich genommen, um von einem alten Besserwisser wie mir in Ihrem Urteil noch einmal bestätigt zu werden, nicht wahr?«

»Nein, es geht mir darum, einen Weg zu finden, die Simontons loszuwerden!«, kam Jessica sofort zur Sache. »Und zwar so schnell und sauber wie möglich.«

Er legte die Handflächen unter dem Kinn aneinander, dass sich die Fingerkuppen berührten, und nickte bedächtig, als fürchtete er, eine zu hastige Bewegung könnte seine Perücke verrutschen lassen. »Dass diese Partnerschaft zwischen Ihnen und den Simontons nicht von Dauer sein würde, war abzusehen. Aber es ist nicht leicht, einen Partner zum Aussteigen zu bewegen, wenn dieser dazu nicht gewillt ist. Und ich nehme an, dass Deborah Simonton ihre Teilhaberschaft an dem Geschäft nicht so ohne Weiteres aufgeben wird.«

»Sie und ihr Mann halten fünfunddreißig Prozent, das entspricht in etwa einem Wert von vierhundert Pfund«, sagte Jessica. »Ich werde ihnen jedoch hundert Pfund mehr als Kaufsumme für ihren Geschäftsanteil bieten. Damit dürften sie in der Lage sein, wieder ein eigenes Geschäft zu eröffnen, wenn auch in kleinerem Rahmen.«

»Mhm, fünfhundert Pfund sind mehr als nur ein angemessener Preis. Mister Simonton wird sich bestimmt glücklich schätzen, solch ein Angebot und damit, wie Sie schon anführten, eine neue Chance zu erhalten. Aber wie ich seine Frau kenne, wird sie Ihnen und ihrem Mann einen Strich durch diese eigentlich doch sehr vernünftige Rechnung machen, die nur für beide Parteien von Vorteil wäre. Aber Deborah Simonton wird sich darauf nicht einlassen, weil sie Leute wie Sie und mich hasst. Nein, ich glaube nicht, dass Sie mit dieser Methode Erfolg haben werden. Sosehr es Ihnen auch widerstreben mag, aber Sie werden schon schwere Geschütze auffahren müssen, um diese Frau loszuwerden«, erklärte er. »Kurz gesagt: Sie müssen sie zum Verkauf zwingen!«

Jessica seufzte. »Nun, wenn sei mir keine andere Wahl lässt, wird mir wohl nichts anderes übrig bleiben …«

»Ich könnte sie unter Druck setzen, indem ich ihr androhe, sie wegen ihrer Unterschlagungen vor Gericht zu stellen«, schlug William Hutchinson vor.

Jessica schüttelte den Kopf. »Nein, das wird keine Wirkung haben. Ganz abgesehen davon, dass Mister Pickwick der Näherin versprochen hat, sie nicht vor Gericht zu zitieren, weiß Deborah ganz genau, dass das Mädchen nicht so dumm sein würde, sich selbst zu belasten und einer empfindlichen Strafe auszusetzen. Nein, das können wir vergessen.«

William Hutchinson runzelte die Stirn und schürzte die Lippen zum Zeichen, dass er angestrengt überlegte. »Dann bleibt uns wohl nichts anderes übrig, als …«

»… Paragraph 16 in Anwendung zu bringen«, vollendete sie den Satz für ihn.

Mit offenkundiger Verblüffung blickte er sie an. »Heiliger Federkiel!«, rief er. »Sie scheinen den Teilhabervertrag, den ich damals für Sie und die Simontons aufgesetzt habe, nicht nur gründlich gelesen, sondern auch verstanden zu haben!«

Sie lächelte zurückhaltend. »Ich muss gestehen, dass mir die Bedeutung Ihrer kunstvollen juristischen Formulierungen erst nach mehrmaligem Lesen und einigen Stunden des Grübelns klargeworden ist.«

»Sie wollen die Simontons also mithilfe von Paragraph 16 zum Ausscheiden zwingen!«

»Ja. Sie wussten doch ganz genau, weshalb Sie diesen Paragraphen in den Vertrag eingeflochten haben – eben für diesen Fall. Und ich bin Ihnen dafür genauso dankbar wie für die Vermittlung von Mister Pickwick. Ich bin wirklich froh, dass Sie mein Anwalt sind – und nicht der von Deborah Simonton.«

Er lächelte geschmeichelt. »Es ist die Aufgabe eines jeden gewissenhaften Anwalts, die Interessen seines Klienten über den aktuellen Tag hinaus abzuschätzen und möglichen Problemen mit einer reichlichen Anzahl von juristischen Hintertüren oder auch Falltüren vorzubeugen.«

»Nun, mit Paragraph 16 ist Ihnen ja eine wunderbare Hintertür für diese scheinbar ausweglose Situation eingefallen«, sagte Jessica.

»Ich würde diesen Absatz eher ein zweischneidiges Schwert nennen«, widersprach der Anwalt ernst. »Und solche Klingen haben gelegentlich die üble Eigenschaft, denjenigen zu treffen, der mit dieser Klinge zum ersten Streich ausgeholt hat. Sie gehen ein nicht geringes Risiko ein, Missis Brading!«

Jessica zuckte die Achseln. »Mag sein, aber ich will Deborah Simonton aus dem Geschäft haben. Und wenn das die einzige Methode ist, dann werde ich das Risiko eben eingehen müssen«, sagte sie fest entschlossen.

»Gut. Diese Entscheidung ist also gefallen. Ich muss gestehen, dass es nicht die todsicheren Geschäfte sind, denen mein besonderes Interesse gilt, sondern die, die eine gewisse Portion Nervenkitzel mit scharfsinniger Vorplanung verbinden«, sagte er, und seine Stimme hatte einen fast erleichterten Tonfall, als hätte er befürchtet, Jessica könnte sich nach seiner Warnung doch noch anders besinnen und einen weniger riskanten Weg einschlagen.

Sie tauschten ein Lächeln, in dem gegenseitige Anerkennung lag. »Dann sollten Sie sich an die Arbeit machen, Mister Hutchinson. Ich beabsichtige, den Simontons die Papiere schon am Mittag vorzulegen.«

»Kein Problem, Missis Brading«, versicherte der Anwalt. »Darf ich Sie jetzt fragen, an welche Summe sie bei dieser Kapitalerhöhung gedacht haben?«

Jessica zögerte nur ganz kurz. »Es wäre sinnlos, nur zweihundert, dreihundert Pfund anzugeben, denn dann bräuchten sie ihrerseits nur hundert Pfund aufzutreiben, um gleichzuziehen und meinen Übernahmeversuch abzublocken.«

»Richtig. Wie viel immer sie als Kapitalerhöhung ansetzen, die Simontons müssen nur ein Drittel dessen zuschießen, um weiterhin Teilhaber zu bleiben«, bestätigte William Hutchinson und sah sie erwartungsvoll an.

»Ja, das ist mir klar. Doch ich bezweifle, dass sie in der Lage sind, sechshundert Pfund zu beschaffen.«

Sein Erstaunen zeigte sich darin, dass er die Hände flach auf die Tischplatte fallen ließ und sich weit nach vorn beugte, als hätte er Schwierigkeiten, sie zu verstehen. »Sagten Sie sechshundert Pfund?«

Sie nickte. »Das dürfte reichen, nicht wahr?«

»Mein Gott, das hoffe ich doch. Aber ist Ihnen auch bewusst, dass Sie dann tausendzweihundert Pfund in das Geschäft investieren müssen? *Tausendzweihundert Pfund!*«, wiederholte William Hutchinson diese gewaltige Summe noch einmal und schluckte dann. »Das ist mehr, als unser unseliger Gouverneur Bligh als Jahressold erhalten hat. Tausendzweihundert Pfund sind ein Vermögen!«

»Wem sagen Sie das?«

»Ich frage Sie nicht, ob Sie das Geld auch beschaffen können, Missis Brading. Ich nehme an, Sie haben das schon selber durchkalkuliert und sind zu dem Ergebnis gekommen, dass es Ihnen möglich ist …« Es schwang ein fragender Unterton in seiner Stimme mit.

Sie lächelte. »Sagen wir mal so: Es lässt sich bewerkstelligen, wenn es auch einiger Kraftanstrengungen bedarf.«

Er atmete tief durch. »Gut, gut, Sie können es also zusammenbekommen. Aber was viel wichtiger ist: Können Sie es sich auch leisten, eine so gewaltige Summe aus Ihrer Farm herauszuziehen und in dieses Geschäft zu stecken? Und seien Sie versichert Deborah Simonton wird mit Argusaugen darüber wachen, dass Sie auch wirklich die tausendzweihundert Pfund in das Geschäft stecken – und keinen Penny weniger! Ich muss Sie warnen. Kaufmännisch gesehen macht es nicht den geringsten Sinn, so viel Geld in das Geschäft zu investieren. Das Geld würde dort brachliegen und lange Zeit keinen Profit bringen, es sei denn, Sie investierten das alles in Charterverträge. Aber auch das ist ein verdammt unsicheres Geschäft. Die Meere sind unsicher, und so mancher hat schon ein Vermögen verloren, das in Schiffsfrachten investiert war.«

Jessica gebot ihm mit einer Handbewegung Einhalt. »Mir ist bewusst, dass tausendzweihundert Pfund im Geschäft sinnlos angelegt sind, Mister Hutchinson. Doch ich glaube nicht, dass ich gezwungen sein werde, es zu tun. Die Simontons werden die sechshundert Pfund kaum zusammenbekommen, und damit sind sie aus dem Rennen, und ich kann als alleinige Eigentümerin des Geschäftes tun und lassen, was mir gefällt.«

»Richtig, das können Sie, vorausgesetzt, sie müssen passen. Aber vergessen Sie nicht, dass die Simontons drei Tage Zeichnungsfrist haben!«, gab er zu bedenken. »Wer weiß, ob es ihnen in dieser Zeit nicht doch gelingt, einen Geldgeber zu finden. Und dann haben Sie sich mit dem Schwert selbst getroffen. Denn obwohl die Simontons in dem Fall immer noch über nur fünfunddreißig Prozent verfügen, ist ihre Kapitaleinlage doch von rund vierhundert auf eintausend Pfund gewachsen. Und das bedeutet, dass Sie bei einem nächsten Übernahmeversuch eine noch gewaltigere Summe als jetzt benötigen, um zum Ziel zu kommen, denn auszahlen müssen Sie sie ja in jedem Fall.

Und wo wollen Sie so schnell eintausend Pfund hernehmen, nachdem Sie schon tausendzweihundert fest an das Geschäft gebunden haben?«

»Was sagten Sie vorhin über Nervenkitzel und Scharfsinn?«, fragte sie lächelnd und mit hochgezogenen Augenbrauen. »Sehen Sie zu, dass Sie die Papiere fertigkriegen, Mister Hutchinson. Alles andere ergibt sich dann schon von selbst.«

»Eines ist sicher: Es werden drei spannungsgeladene Tage vor Ihnen liegen«, sagte er, ihr Lächeln erwidernd, denn dies waren genau die Transaktionen, die er liebte: legal, aber auf gewisse Weise doch hintertrieben und als Ausgleich mit einem hohen Risiko für den Initiator behaftet.

Jessica erhob sich. »Wer weiß, vielleicht geben sie sich auch gleich auf Anhieb geschlagen und nehmen mein Kaufangebot für ihren Anteil sofort an.«

»Ich glaube nicht, dass Deborah Simonton Ihnen auch nur eine Minute von ihrer Bedenkzeit schenkt. Sie wird erst zu Kreuze kriechen, wenn alle Versuche, Ihren Übernahmeversuch zum Scheitern zu bringen, misslungen sind«, prophezeite William Hutchinson.

Er sollte recht behalten.

14

Glenn Pickwick strahlte über das ganze Gesicht, als Jessica ihn gegen zwölf im Geschäft aufsuchte und ihm höchstes Lob aussprach.

»Das haben Sie alles ausgezeichnet gemacht, Mister Pickwick. Ein weniger aufgeweckter und aufmerksamer Mann als

Sie hätte die Unterschlagungen möglicherweise nie bemerkt. Sie haben mich wirklich vor großem Schaden bewahrt.«

»Ich hätte ihr schon viel eher auf die Schliche kommen müssen«, meinte er bedauernd. »Aber sie hat es seht geschickt angestellt, das muss ich leider zugeben. Entschuldigen Sie den Ausdruck, aber sie ist wirklich ein gemeines Biest. Ich habe nicht geglaubt, dass ich auch jetzt noch so viel Ärger mit ihr haben würde. Sie betritt zwar die Geschäftsräume nicht mehr, doch das hindert sie nicht daran, mir das Leben tagtäglich durch tausend gemeine Behelligungen schwerzumachen.«

»Und welcher Art sind diese?«, wollte Jessica wissen, während sie sich wohlgefällig umsah. Im Laden herrschte eine peinliche Ordnung und Sauberkeit. Er hatte das Geschäft zweifellos sicher im Griff.

Er lachte freudlos auf. »Ich möchte nicht den Eindruck erwecken, als könnte ich mit ihr nicht fertig werden, aber das Geschäft leidet unter ihrer ständigen Einmischung. Sie versteht es, mich immer wieder aus der Arbeit zu reißen. Da sie ja immer noch Teilhaberin ist, steht es ihr eben auch zu, Einblick in die Bücher zu nehmen. Und von diesem Recht macht sie ständig Gebrauch, denn wie ich erfahren habe, ist nirgends schriftlich fixiert, wann und wie oft ihr dieses Recht zusteht. Also nervt sie mich täglich damit, sodass ich ihr die Bücher vorlegen muss.«

»Sie haben recht, sie ist ein gemeines Biest«, sagte Jessica mitfühlend.

»Aber das ist noch nicht einmal das Schlimmste«, fuhr Glenn Pickwick mit seiner Klage fort. »Viel ärgerlicher ist es, wenn sie Kunden vor dem Geschäft abfängt und aushorcht, ob sie von ›diesem Emanzipisten‹, wie sie mich nennt, auch gut bedient und nicht übervorteilt worden sind. Und das aus ihrem Mund! Ich könnte Ihnen ein Dutzend andere Belästigungen nennen, die sie sich hat einfallen lassen, um nicht nur mir das Leben schwerzumachen, sondern auch dem Geschäft Schaden zuzufügen.«

»Tut mir leid, dass ich Sie so lange diesen unerfreulichen Arbeitsbedingungen ausgesetzt habe. Es war nicht leicht, einen Weg zu finden, um diesem unerträglichen Zustand ein Ende zu bereiten. Aber wenn wir auch nur ein Quäntchen Glück haben, ist diese Angelegenheit in ein paar Tagen ausgestanden, Mister Pickwick. Deborah Simonton wird keine Gelegenheit mehr bekommen, Schaden anzurichten und Ihnen Knüppel zwischen die Beine zu werfen«, versicherte Jessica.

»Werden Sie die Simontons auszahlen?«, erkundigte er sich mit einem hoffnungsvollen Ausdruck auf seinem jugendlichen Gesicht.

»Ja, ich werde es versuchen. Und wenn sie nicht freiwillig das Feld räumen, werde ich sie dazu zwingen!«, antwortete Jessica entschlossen.

In diesem Augenblick tauchte Deborah Simonton in der Tür auf. Sie hielt sich steif und aufrecht, und ihre elegante Kleidung war dem Anlass unangemessen. Sie trug ein grauseidenes Kleid, als wollte sie den Klassenunterschied zwischen ihr und Jessica auch rein äußerlich unterstreichen. Ihr Mann dagegen hielt sich mit gebeugtem Rücken und schwitzendem Gesicht in ihrem Schatten, als sie nun in das Geschäft trat und ihre Widersacherin naserümpfend von oben bis unten musterte, als hätte sie noch nie ein erbarmungswürdigeres Geschöpf zu sehen bekommen.

»Wozu wollen Sie, eine hochgekommene Emanzipistin, uns zwingen?«, fragte sie scharf und voller Verachtung.

»Ich werde Sie dazu zwingen, Ihre dreckigen Geschäfte in Zukunft nicht auf meine Kosten zu führen«, antwortete Jessica mit gleicher Schärfe.

»Wagen Sie ja nicht, uns zu beleidigen!«, zischte Deborah Simonton.

Jessica gab sich betroffen. »Oh, habe ich Sie beleidigt, Missis Simonton? Das tut mir aber aufrichtig leid. Bisher war ich der Meinung, dass Unterschlagung und Betrug, wie Sie sie wiederholt mit Ihren Handlangern begangen haben, unter die Rubrik ›dreckige Geschäfte‹ fallen«, höhnte sie. »Aber Sie haben natürlich recht, dass dem nicht so ist. Es sind keine leicht entschuldbaren dreckigen Geschäfte, sondern Verbrechen! Wirklich sehr aufmerksam von Ihnen, dass Sie die Dinge und sich selbst zurechtrücken!«

Flammende Röte verjagte nun die kränkliche Blässe von Deborah Simontons Gesicht. »Lächerlich … Lügen! Dreckige Lügen, die Sie von Ihrem Sträflingsfreund haben! … Aus der Luft gegriffene Anschuldigungen, für die Sie nicht die geringsten Beweise haben!«

»Deborah! Bitte! Zähme deine Zunge!«, beschwor ihr Mann sie mit kummervoller Miene, wusste er doch, dass er letztlich machtlos war. Seit er sie durch seine verhängnisvolle Spielleidenschaft in die Situation gebracht hatte, eine Emanzipistin als bestimmende Teilhaberin zu akzeptieren, hatte seine Frau jeden Respekt vor ihm verloren und er die Kraft, sich zu behaupten.

Deborah machte sich nicht einmal die Mühe, auf seine Ermahnung einzugehen. Sie funkelte Jessica herausfordernd an. »Glauben Sie ja nicht, uns einschüchtern zu können! Wir sind Ihrer unverschämten Aufforderung, zu dieser Stunde hier im Geschäft zu erscheinen, nur gefolgt, weil wir unsere Rechte als Teilhaber wahrnehmen.«

Jessica lächelte. »Richtig. Aber auch sonst wären meine Beschlüsse für Sie bindend gewesen.«

Deborah Simonton rümpfte die Nase. »Also sagen Sie schon endlich, was sie zu sagen haben, damit dieses Zusammentreffen schnell ein Ende findet!«, forderte sie Jessica gebieterisch auf.

Jessica war in diesem Moment frei von Wut und dem Verlangen nach Rache. Ruhe und die Gewissheit, dass die gänzliche Übernahme des Geschäftes auch in kaufmännischer Hinsicht eine dringende Notwendigkeit war, erfüllten sie. Deborah Simonton vermochte sie mit ihren gemeinen Bemerkungen nicht mehr zu verletzen. Sie wunderte sich nur, woher diese Frau in ihrer Lage noch die Frechheit und Arroganz nahm, sich auf das hohe Ross zu schwingen. Aber sollte sie nur, wenn es sie danach verlangte. Um so tiefer und schmerzhafter würde ihr Fall sein!

»Ich möchte Ihnen ein Angebot machen«, sagte Jessica ganz sachlich.

Deborah verzog abfällig das Gesicht. »*Sie* wollen *uns* ein Angebot machen?«

»Ja«, bestätigte Jessica. »Ich möchte unsere Partnerschaft auflösen. Und bei allen Meinungsunterschieden, die uns trennen, wäre ich doch ganz froh, wenn wir diese Angelegenheit in Ruhe und kühler Geschäftsmäßigkeit erledigen könnten.«

Schadenfreude loderte in Deborahs Augen auf, als sie eine völlig falsche Schlussfolgerung aus Jessicas Worten zog und spöttisch fragte: »Ihnen ist wohl endlich bewusst geworden, dass es mit ein bisschen Geld nicht getan ist und nicht jeder Dahergelaufene«, sie warf dabei Glenn Pickwick einen vernichtenden Blick zu, »solch ein Geschäft, wie ich es mit meinem Mann aufgebaut habe, führen kann.«

Jessica schüttelte den Kopf. »Missis Simonton, davon habe ich kein Wort gesagt. Das Angebot, das ich Ihnen …«

Ihre Widersacherin fiel ihr ins Wort, meinte sie doch, nun das Heft wieder fest in der Hand zu haben. »Sicher, sicher, das eigene Versagen spricht man ungern aus. Aber die Dinge liegen nun mal so. Nun, das war abzusehen. Sie hätten von vornherein die Finger davon lassen und sich auf Vieh und Getreide beschränken sollen, wovon Sie ja etwas verstehen sollen. Jeder hat seinen Platz, und der Ihre liegt bestimmt nicht hier«, dozierte sie. »Aber glücklicherweise haben Sie Ihren Fehler ja noch früh genug eingesehen, Missis Brading. Bevor wir jedoch zum Finanziellen kommen, möchte ich Ihnen gleich klipp und klar sagen, dass ich nicht mit mir handeln lasse, was Glenn Pickwick anbetrifft. Dieser aufgeblasene und unfähige Kerl, der sich nicht gescheut hat, die schändlichsten Lügen über mich zu verbreiten, kommt mir nicht mehr über die Schwelle! Das ist meine erste Bedingung!«

Jessica hatte sie ungehindert ausreden lassen und antwortete nun gelassen: »Sie befinden sich im Irrtum, Missis Simonton. Bedingungen haben Sie keine zu stellen. Und was mein Angebot betrifft, so handelt es sich dabei um ein *Kaufangebot*! Ich möchte Sie nicht länger als Partner in meinem Geschäft haben. Deshalb biete ich Ihnen für Ihre fünfunddreißig Prozent fünfhundert Pfund.«

Der selbstsichere, triumphierende Ausdruck erlosch jäh auf Deborahs Gesicht. Fassungslosigkeit flackerte in ihren Augen, die sich nach dem ersten Schock zu schmalen Schlitzen verengten. »Wie … wie … können Sie es wagen!?«, stieß sie heiser und stockend hervor. »Sie werden das Geschäft nie bekommen! Nicht mal über meine Leiche! Nicht ein Prozent werden wir Ihnen verkaufen. Sie werden uns nicht kleinkriegen. Nein, vor dem Dreck der Gosse geht eine Simonton nicht in die Knie! Nie, haben Sie mich verstanden, Sie Emanzipistenschlampe!«

Jessica zeigte sich unbeeindruckt von Deborahs Ausbruch. »Ihr Anteil am Geschäft ist bestenfalls dreihundertfünfzig

Pfund wert, nachdem Sie Ihre Arbeitskraft nicht mehr einbringen. Eine dementsprechende Verzichtserklärung haben Sie ja beide unterschrieben«, sagte sie zu Albert Simonton gewandt, der ganz grau im Gesicht war. »Fünfhundert Pfund sind deshalb ein vorzügliches Angebot. Damit wären Sie in der Lage, an anderer Stelle wieder etwas Eigenes zu eröffnen.«

In Albert Simontons Augen zeigten sich stumme Zustimmung und ernstes Interesse an dem Angebot. »Deborah, wir sollten es uns wirklich ...«

Sie schnitt ihm eisig das Wort ab. »Nein! Kein Wort mehr, Albert! Wir verkaufen nicht! Das ist unser letztes Wort, und damit ist diese ... unerträgliche Unterredung wohl beendet!«

»Ganz und gar nicht«, widersprach Jessica. »Da Sie nicht bereit sind, mein wirklich großzügiges Übernahmeangebot anzunehmen und unsere fürwahr unerträgliche Partnerschaft im Guten zu beenden, sehe ich mich gezwungen, andere Mittel anzuwenden!«

»Pah!«, machte Deborah Simonton voller Verachtung. »Wollen Sie uns vielleicht drohen?«

Jessica schüttelte den Kopf und trat an den Ladentisch, wo sie die von William Hutchinson vorbereiteten Papiere und eine Kopie des Teilhabervertrages abgelegt hatte. Sie nahm Letztere auf und sagte betont förmlich: »Ich unterrichte Sie hiermit, dass ich von meinem Recht gemäß Paragraph 16 unseres Teilhabervertrages Gebrauch mache und das Geschäftskapital erhöhen werde – und zwar um tausendzweihundert Pfund.«

»Wenn Sie glauben, uns mit Ihrem Geld beeindrucken zu können, dann täuschen Sie sich!«, blaffte Deborah Simonton nach einem ersten Moment der Verblüffung.

»Sie scheinen sich über Ihre Rechte und Pflichten nur unvollständig informiert zu haben«, sagte Jessica mit aufreizender

Ruhe. »Da ich eine Kapitalerhöhung vornehme, sind Sie gezwungen, sich Ihren Geschäftsanteilen gemäß daran zu beteiligen. Das bedeutet, dass Sie sechshundert Pfund in das Geschäft investieren müssen.«

»Wir haben keine sechshundert Pfund«, sagte Albert Simonton leise, »und damit haben wir den Laden also endgültig verloren.«

»Was redest du da für wirres Zeug?«, fuhr seine Frau ihn wütend an. »Soll sie doch so viel Geld in das Geschäft stecken, wie sie will, von uns wird sie keinen Penny zu sehen bekommen.«

»Du verstehst nicht …«, begann Albert Simonton.

»Ich verstehe sehr gut!«, zischte Deborah. »Wir lassen uns doch nicht von einer Emanzipistin vorschreiben, was wir mit unserem Geld zu machen haben!«

Jessica zuckte die Achseln. »Sicher, es ist Ihr gutes Recht, sich an der Kapitalerhöhung nicht zu beteiligen. Doch in dem Fall sieht Paragraph 16 Ihre Auszahlung vor.«

»Das hätten Sie wohl gerne so!«, erwiderte Deborah Simonton harsch, doch in ihre Augen trat ein Ausdruck von Verunsicherung.

»Das sind die Teilhabervereinbarungen, die Sie und Ihr Mann unterschrieben haben«, sagte Jessica kühl. »Entweder zahlen Sie mir sechshundert Pfund ein, oder aber Sie werden von mir ausbezahlt. So steht es hier drin.«

»Sie hat recht, Deborah«, sagte Albert Simonton mit müder Stimme. »Wir können ihre Übernahme nicht verhindern. Also warum nehmen wir ihr Kaufangebot nicht an? Wir können ja doch nichts mehr dagegen unternehmen.«

»Nein, nein, das glaube ich einfach nicht!«, keuchte Deborah und riss Jessica die Vertragskopie förmlich aus der Hand. Ihr Gesicht verlor jegliche Farbe, als sie den betreffenden Absatz durchlas. Dann blitzte es plötzlich in ihren Augen auf. »Drei Tage! Wir haben drei Tage Zeit!«, stieß sie fast triumphierend hervor. »Noch ist gar nichts verloren! Wir werden das Geld zusammenbekommen!«

Albert schüttelte den Kopf. »Aber Deborah! Nimm doch Vernunft an!«, beschwor er sie. »Wo sollen wir denn sechshundert Pfund hernehmen?«

»Ich weiß es noch nicht, doch wir werden es schaffen! Wir haben drei Tage Zeit. Und jetzt komm. Ich halte diese verpestete Luft nicht länger aus!«, stieß sie mit atemloser Wut und zugleich wilder Entschlossenheit hervor. Grob packte sie ihren Mann am Ärmel und zog ihn zur Tür. Dort angekommen, wurde ihr bewusst, dass sie noch immer die Kopie des Teilhabervertrages in der Hand hielt. Sie zerknüllte sie und schleuderte sie Jessica vor die Füße. »Sie haben sich zu früh gefreut! Doch ich werde Ihnen einen Strich durch die Rechnung machen. Sie werden das Geschäft nicht bekommen, Sie dreckige Schlampe!«

»Sechshundert Pfund, Missis Simonton«, erwiderte Jessica ruhig und ohne auf ihre Beleidigung einzugehen. »Sechshundert Pfund und keinen Penny weniger.«

Deborah bedachte sie noch mit einer lästerlichen Verwünschung und stürzte dann aus dem Geschäft.

»Puh, diese Frau kann einen wirklich an den Rand der Selbstbeherrschung bringen!«, stieß Glenn Pickwick grimmig hervor und atmete tief durch. »Ich an Ihrer Stelle wäre kaum so ruhig geblieben.«

Jessica lächelte angespannt. »Ja, es kostet viel Kraft, die Ruhe zu bewahren«, räumte sie unumwunden ein. »Aber gerade gegenüber einer Frau wie Deborah Simonton hat unerschütterliche Gelassenheit eine bessere Wirkung als von Wut diktierte Erwiderungen. Wissen Sie, ein Lächeln kann manchmal schmerzvoller sein als eine Ohrfeige.«

Er fuhr sich grübelnd über das Kinn. »Was meinen Sie, ob sie es schaffen, das Geld zusammenzubekommen?«

Sie zuckte die Achseln. »Ich bete zu Gott, dass es ihnen nicht gelingt. Doch wissen werden wir es erst in drei Tagen.«

15

Drei Tage warten!

Drei Tage bangen!

Jessica wünschte, sie hätte die drei Tage auf SEVEN HILLS verbringen können. Dort hätte sie vielfältige Gelegenheiten gehabt, ihren Geist abzulenken und ihren Körper müde zu arbeiten. Doch in Sydney war sie zu nervenzehrender Untätigkeit verdammt, zumal Martha Kelton nicht im Traum daran dachte, sei auch nur eine Handreichung im Haus machen zu lassen. Sie war ihr Gast, und sie hätte es geradezu als Schmach empfunden, wenn Jessica ihr im Haushalt zur Hand gegangen wäre.

Um die schrecklich langen Stunden mit sinnvoller Beschäftigung zu füllen, verbrachte sie einen Gutteil des Tages damit, sehnsuchtsvolle Briefe an Mitchell zu verfassen, von denen sie nicht wusste, wann und wie sie ihn erreichen sollten, Fahrten mit der Kutsche zu machen und in den Abendstunden trockene Abhandlungen in Zeitungen und Büchern zu studieren, die sich mit der Führung eines Geschäftes und mit allen kaufmännischen Aspekten beschäftigten. William Hutchinson hatte ihr diese Fachlektüre beschafft.

Sie traf sich auch mehrmals mit Glenn Pickwick, um sich mit ihm über die Umgestaltung des Geschäftes, so wie sie ihr vorschwebte, zu besprechen. Des Weiteren versuchte sie in Sydney mit jemandem in Kontakt zu kommen, der sich mit dem Weinanbau auskannte. Doch diese Bemühungen blieben fruchtlos.

Zäh dehnten sich die Stunden des Tages, die schon quälend und zermürbend genug waren. Doch noch viel schlimmer waren die Nächte, wenn nichts sie ablenkte und sie in der Dunkelheit ihres Zimmers völlig allein mit sich und ihren Ängsten war. Bis in den Morgen hinein lag sie wach, geplagt von nagenden Zweifeln, ob sie sich diesmal nicht vielleicht doch übernommen hatte, und erfüllt von verzweifelter Sehnsucht nach Mitchell.

Wie groß war daher ihre Freude, als sie am Morgen des dritten Tages erfuhr, dass die COMET in den Hafen eingelaufen war und an der Wellington-Pier Fracht entlud. Patrick Rourke war ein Mann, mit dem sie über alles reden konnte und der es wie Ian McIntosh verstand, sie auf andere Gedanken zu bringen.

Der Captain freute sich ebenso wie sie über das Wiedersehen, und sie verbrachten fast den ganzen Tag zusammen. Jessica übergab ihm auch die Briefe an Mitchell.

Er wog das zusammengeschnürte Bündel in der Hand, als müsste er es abwiegen. »Wissen Sie, Jessica, die COMET ist ja nun kein Postboot…«, begann er.

Verlegene Röte trat auf ihr Gesicht. »Patrick, ich habe auch wirklich nicht erwartet…«

Er hob die Hand und sagte mit gespielter Zurechtweisung: »Einem Captain fällt man an Bord seines Schiffes nicht ins Wort, junge Frau! Also, wo war ich stehen geblieben. Ach ja: Die COMET ist wie gesagt kein Postboot, Jessica, und wir sind

Partner in einem Geschäft, das von gutbezahlter Fracht lebt. Briefe dieser Art dagegen füllen kaum den Bauch unseres Schoners, und ein leerer Bauch ist meistens gleichbedeutend mit einem leeren Geldbeutel. Für einen Mann, der die klingende Münze so liebt wie ich, ist das ein deprimierender Zustand«, sagte er ernst, fügte dann aber mit einem verschmitzten Lächeln hinzu: »Doch mir ist da letzte Woche, als ich mit dem Vormann von der kleinen Morton-Werft sprach, ein Gedanken gekommen, wie man beides unter einen Hut bekommen könnte.«

»Sprechen Sie, Patrick! Spannen Sie mich nicht auf die Folter!«, drängte Jessica mit leuchtenden Augen.

»Vielleicht wissen Sie, dass das Holz, das es hier in der Gegend gibt, für den Bau von Booten nicht sehr geeignet ist. Es ist entweder zu hart oder zu weich«, erklärte er. »Dagegen ist die Zeder auf Van Diemen's Land genau das Richtige für Planken und Spanten. Ich denke, wir könnten damit so manches Pfund Profit machen.«

»Heißt das, dass Sie vorhaben, wieder nach Van Diemen's Land zu segeln?«, fragte sie aufgeregt.

Er lächelte und strich über die Briefe. »Ja, ich schätze, wir brechen schon übermorgen auf. Wissen Sie, mich hält nichts im Hafen, wenn das Wetter einigermaßen passabel ist und ein gutes Geschäft winkt«, sagte er.

»O Patrick!«, rief Jessica und drückte ihm einen Kuss auf seine bärtige Wange. Sie kümmerte sich nicht darum, dass ihn so etwas immer entsetzlich verlegen machte. »Sie sind ein Goldstück!«

»Schon gut, schon gut! Mein Gott, erdrücken Sie mich bloß nicht, Jessica! Ich weiß gar nicht, was Sie haben. Ich bin ein geschäftstüchtiger Ire und sonst gar nichts!«, wehrte er ihren

Dank brummig ab, lachte dann jedoch, als er ihren Blick sah, und fügte achselzuckend hinzu: »Na ja, und auch ein bisschen sentimental. Aber welcher Ire ist das nicht!«

Der dritte Tag verstrich.

Am Morgen des vierten Tages fuhr Jessica zusammen mit William Hutchinson zum Geschäft. Glenn Pickwick erwartete sie schon. Er war ein wenig blass um die Nasenspitze, doch das war das einzige Anzeichen seiner inneren Anspannung. »Einen guten Morgen, Missis Brading.«

»Ja, den erhoffe ich mir auch, Mister Pickwick.«

Der Anwalt erwiderte den Gruß des jungen Mannes mit einem freundlichen Kopfnicken und zog dann seine Taschenuhr hervor, deren Deckel er aufspringen ließ. »Die Zeit ist gleich abgelaufen«, stellte er fest. »Wenn die Simontons nicht gleich erscheinen ...«

Er führte seinen Satz nicht zu Ende, denn in diesem Augenblick betraten Deborah und Albert Simonton das Geschäft. Jessica forschte in ihren Gesichtern nach einem Hinweis, der ihr verraten konnte, ob es ihnen gelungen war, das Geld zu beschaffen.

Als Deborah Simonton näher trat und der Schein der Öllampe auf ihr versteinertes Gesicht fiel, wusste Jessica, dass sie gewonnen hatte. Das war alles, was sie gewollt hatte. Deshalb unterließ sie es jetzt auch, das Gespräch zu eröffnen und Deborah Simonton nach den sechshundert Pfund zu fragen. Jedes Wort von ihr musste dieser hasserfüllten, verbitterten Frau wie Hohn in den Ohren klingen, wie sachlich es auch gemeint sein mochte, und die Niederlage für sie und ihren Mann noch bitterer machen.

William Hutchinson fing einen kurzen, auffordernden Blick

von Jessica auf, verstand und brach nun das feindselige Schweigen, das mit dem Erscheinen der Simontons eingetreten war, indem er auf seine scheinbar müde, kraftlose Art sagte: »Die Frist von drei Tagen, wie sie Paragraph 16 vorsieht, ist verstrichen. Ich nehme an, Sie sind inzwischen zu einem Entschluss gekommen, wie Sie sich zu der von Missis Brading geplanten Kapitalerhöhung stellen werden.« Fragend blickte er Missis Simonton an.

Doch diese presste nur die Lippen zu einem schmalen, blutleeren Strich ohnmächtigen Hasses zusammen und blieb stumm, während ein wildes Feuer in ihren Augen loderte.

»Ja, wir haben uns entschieden«, antwortete ihr Mann. Er sah übernächtig aus, und seine blutunterlaufenen Augen ließen die Vermutung zu, dass er dem Alkohol übermäßig zugesprochen hatte.

»Würden Sie uns Ihre Entscheidung dann bitte mitteilen?«, fragte der Anwalt.

»Wir … wir werden uns an der Kapitalerhöhung nicht beteiligen«, murmelte Albert Simonton, ohne den Kopf zu heben.

Jessica verzog nicht einen Muskel und ließ sich durch keine Regung anmerken, wie unendlich erleichtert sie war, dass ihr riskantes Spiel aufgegangen war!

Glenn Pickwick hatte sich nicht so gut unter Kontrolle. Er gab unwillkürlich einen Seufzer von sich, der seine Erleichterung verriet.

Der Anwalt war genauso selbstbeherrscht wie Jessica. Sein faltiges Gesicht zeigte auch nach Albert Simontons Eingeständnis, den Kampf um das Geschäft hiermit endgültig verloren zu haben, nichts weiter als vorgetäuschte Langeweile und Desinteresse. »So, keine Beteiligung«, nuschelte er und sortierte die Papiere. »Dann hat Missis Brading das Recht, Sie auszuzahlen.«

»Ja, das … das ist uns bekannt«, sagte Albert Simonton.

William Hutchinson nickte und sagte dann mit deutlicher Missbilligung: »Meine Mandantin bleibt bei Ihrem Angebot von fünfhundert Pfund für Ihren Anteil am Geschäft, obwohl eine Wertschätzung sicherlich kaum mehr als vierhundert ergeben würde. Sie haben nun die Wahl, dieses Angebot anzunehmen und die vorbereiteten Kaufverträge jetzt und hier zu unterschreiben. Für diesen Fall bin ich ermächtigt, Ihnen die fünfhundert Pfund sogleich auszuzahlen. Wenn Sie jedoch darauf bestehen, dass Ihr Geschäftsanteil von einem Gutachter geschätzt wird, dann werden Sie nur das erhalten, was diese Schätzung erbringt. Ich bitte Sie, sich zu entscheiden. Nehmen Sie Missis Bradings Angebot an oder nicht?«

Albert Simonton blickte seine Frau fragend an, und als sie knapp nickte, sagte er fast erlöst: »Ja, wir nehmen an.«

»Sehr vernünftig von Ihnen«, brummte der Anwalt und bat Glenn Pickwick, Feder und Tinte aus seinem Büro zu holen, damit die Kaufverträge von den beteiligten Parteien gleich hier an Ort und Stelle unterschrieben werden konnten.

Keine zehn Minuten später waren die Formalitäten abgeschlossen, der großzügige Kaufpreis ausgezahlt und Jessica nunmehr alleinige Eigentümerin des Geschäftes.

Deborah Simonton hatte bis zu diesem Moment nicht ein einziges Wort gesagt. Als ihr Mann das Geld und seine Ausfertigung des Kaufvertrages an sich genommen hatte, trat sie mit den steifen Bewegungen einer hölzernen Puppe auf Jessica zu. Ihr Gesicht war grau, und ein mörderischer Hass glomm in ihren Augen.

Einen Augenblick starrte sie Jessica stumm an, als wollte sie sie kraft ihres Blickes vernichten. Doch Jessica hielt ihrem Blick ohne mit der Wimper zu zucken stand. Und sie verzog keinen Muskel, als Deborah Simonton ihr plötzlich ins Gesicht spuckte und mit bebender Stimme hervorstieß: »Du hast das Geschäft bekommen, du Dreckstück, aber du wirst dir noch wünschen, mir niemals begegnet zu sein, das schwöre ich dir! Du wirst bezahlen!«

Jessica gab Glenn Pickwick und dem Anwalt mit einer beherrschten Geste zu verstehen, dass sie ihr nicht zu Hilfe zu eilen brauchten. Mit dem Handrücken wischte sie sich den Speichel von der Wange, ohne den Blick von Deborah zu wenden. Und ihre Stimme war ganz ruhig, als sie Deborah Simonton aufforderte: »Ich bin mit Ihnen fertig. Verlassen Sie *mein* Geschäft.«

»Aber ich bin noch lange nicht mit Ihnen fertig!«, zischte Deborah Simonton.

»Das ist Ihr Problem«, erwiderte Jessica achselzuckend und wandte ihr den Rücken zu.

Deborah Simonton ballte die Fäuste, als wollte sie sich jeden Augenblick auf Jessica stürzen. Doch dann drehte sie sich abrupt um und verließ das das Geschäft so steif und aufrecht, wie sie gekommen war.

»Meinen Glückwunsch!«, rief Glenn Pickwick, außer sich vor Freude. »Das haben Sie prächtig hingekriegt!«

»Ja, prächtig kostspielig«, brummte William Hutchinson. »Sie hätten mindestens sechzig, siebzig Pfund sparen können.«

Jessica schüttelte den Kopf und atmete tief durch. »Nein, es war richtig so. Ich wollte es endgültig hinter mich bringen. Danke für Ihre Hilfe, Mister Hutchinson.«

Der Anwalt lächelte zurückhaltend und griff nach seinem Hut. »Es war mir ein Vergnügen, Missis Brading, Ihnen zu Diensten stehen zu können. Wir sehen uns ja noch, nicht wahr?«

Sie erwiderte sein Lächeln. »Selbstverständlich, Mister Hutchinson. Ich werde meine Rechnung bei Ihnen noch heute begleichen.«

»Damit hat es keine Eile«, versicherte er und empfahl sich.

Jessica besprach noch Einiges mit Glenn Pickwick, dann verließ auch sie das Geschäft, das nun ganz allein ihr gehörte. Craig wartete mit der Kutsche auf sie. Doch sie war innerlich noch so aufgewühlt, dass sie jetzt frische Luft und Bewegung brauchte. Deshalb schickte sie Craig schon vor.

»Warten Sie bei der Wellington-Pier, Craig«, wies sie ihn an, denn sie wollte sich noch von Patrick verabschieden, bevor sie nach Seven Hills zurückkehrte. »Es kann aber etwas dauern, bis ich komme.«

»Ist schon recht, Missis Brading«, nuschelte der Kutscher und fuhr los.

In Gedanken versunken spazierte Jessica durch die belebten Straßen und Gassen von Sydney. Sie empfand einen gewissen Stolz, dass es ihr tatsächlich gelungen war, das Geschäft hundertprozentig in ihren Besitz zu bekommen und Deborah Simonton eine vernichtende Niederlage zuzufügen. Es war ein gutes Gefühl, bei einem so riskanten Unterfangen die Oberhand gewonnen zu haben. Ian hatte damals recht gehabt, als er gesagt hatte, dass ihr das Kaufmännische im Blut lag. Es machte ihr in der Tat Vergnügen, ein geschäftliches Ziel zu erreichen – ganz besonders dann, wenn der Weg dorthin mit scheinbar unüberwindlichen Hindernissen gepflastert war.

Andererseits mischte sich in ihre Genugtuung auch ein Gefühl des Unbehagens, denn obwohl sie gegenüber Deborah nicht die geringsten Gewissensbisse empfand, so tat Albert ihr doch leid. Es war sein Geschäft gewesen, und sie hatte es ihm aus Rachedurst weggenommen.

›Mach dich doch nicht lächerlich!‹, sagte sie sich dann jedoch. ›Du hast keinem auch nur einen Penny weggenommen! Beide tragen für das, was mit ihnen und dem Geschäft geschehen ist, die Verantwortung. Wenn du Alberts Schuldscheine nicht aufgekauft hättest, hätten die Simontons schon vor Monaten Konkurs gemacht und nichts behalten. Du hast ihnen mehr bezahlt, als es jeder andere Geschäftsmann an deiner Stelle getan hätte. So gesehen bist du sogar ihr Glück gewesen. Ihnen ist zumindest genug geblieben, um etwas Neues auf die Beine stellen zu können. Doch das beste und auswahlstärkste Geschäft der Kolonie wird von nun an BRADING's sein!‹

Jessica lächelte bei dem Gedanken. Sie und Glenn Pickwick hatten noch so viel vor mit dem Geschäft. Es war an der Zeit, die Verkaufsräume zu vergrößern und das Warenangebot noch zu erweitern. Vielleicht sollten sie außer Stoffen und Kolonialwaren auch noch Porzellane, Bestecke und Kristallgläser in ihr Angebot aufnehmen? Glenn meinte, dass es mittlerweile genug zahlungskräftige Kunden gebe, die für erstklassige Ware fast jeden Preis zu zahlen gewillt waren, wenn es ihnen die Mühe ersparte, diese Dinge selbst aus England per Schiff kommen zu lassen. Das erforderte aber erst einmal eine gewaltige Investition. Ob das zu diesem Zeitpunkt ratsam war, erschien ihr zweifelhaft. Die Zeiten waren recht unsicher. Auf der anderen Seite stimmte es natürlich, was Glenn gesagt hatte: Wer die Nase im Geschäftsleben vorn behalten wollte, musste seiner Konkurrenz immer zwei Schritte voraus sein. Und BRADING's wäre dann das erste Geschäft in der Kolonie, das solch exklusive Waren in seinen Räumen anbot, ohne dass ein Kunde vorhereine Bestellung aufgegeben hätte. Allein das war schon ein wichtiges Argument.

Jessica war so in ihre Überlegungen vertieft, dass sie beinahe an der herrlichen braunlackierten Kutsche vorbeigegangen wäre, ohne den Kopf zu heben. Doch als ein Mann vor ihr aus der Tür eines Möbellagers auf die Straße trat und sie für einen Moment blockierte, weil der Gehweg zwischen Hauswand und Kutsche nur einer Person Platz bot, blieb sie stehen. Dabei registrierte sie die Kutsche zu ihrer Rechten und warf unwillkürlich einen Blick ins innere, denn der Vorhang vor dem kleinen Fenster war zurückgezogen.

Sie erschrak.

Eine schmale blasse Frau in einem extravaganten Kleid aus cremefarbenem Satin saß auf der samtgepolsterten Bank. Die kastanienbraunen stoffbespannten Innenwände, die mit goldenen Lilien bestickt waren, bildeten einen starken Kontrast zur Blässe ihrer Haut und der Farbe ihres Kleides.

Rosetta Forbes!

Die Frau ihres Halbbruders!

Ihre Blicke trafen sich, und langsam ließ Rosetta den Seidenfächer, den sie mehr aus Nervosität als aus Notwendigkeit in der Hand hielt, in den Schoß sinken.

Rosettas Anblick löste eine wilde Flut verschiedenartigster Gedanken in Jessica aus. Rosetta war es gewesen, die sie vor Kenneth' Absicht, Mitchell zu verhaften, gewarnt hatte. Ihr hatten sie es zu verdanken, dass er jetzt nicht in einem feuchten Kerkerloch saß, sondern nach Van Diemen's Land hatte fliehen können. Doch was mochte Rosetta Forbes nur dazu veranlasst haben, dieses Risiko auf sich zu nehmen und sie zu warnen? Was waren ihre wahren Motive? Und was wusste sie über das, was sich in England vor über acht Jahren zwischen Kenneth und ihr zugetragen hatte?

Sie wollte sich schon abwenden und schnell weitergehen, da sie annahm, dass Rosetta nicht im Gespräch mit ihr gesehen werden wollte. Zudem musste sie davon ausgehen, dass auch Kenneth nicht weit war, und ihm wollte sie unter keinen Umständen in die Arme laufen.

Doch da sprach Rosetta sie an, als hätte sie ihre Gedanken gelesen. »Er ist nicht hier, Missis Brading«, sagte sie mit ihrer eigentümlichen Stimme, die etwas Träumerisches und Abwesendes an sich hatte. »Er ist in Parramatta.«

»Oh, das ist gut«, antwortete Jessica unwillkürlich und mit unverhohlener Erleichterung.

»Wie geht es Mister Hamilton?«, erkundigte sich Rosetta.

Jessica zögerte, trat dann näher an den Kutschenschlag und sah nun, dass sich Rosettas Leib unter dem cremefarbenen Satinkleid wölbte. Sie war schwanger! »Ich weiß es nicht, doch ich nehme an, es geht ihm gut«, sagte sie.

Rosettas schmales Gesicht zeigte die Andeutung eines Lächelns. »Er ist auf jeden Fall in Sicherheit«, erklärte sie. »Kenneth hat sich längere Zeit in der Gegend um Newcastle aufgehalten, ohne ihn jedoch ausfindig zu machen. Doch ich bin sicher, dass er sich ganz woanders aufhält.«

Jessica verdankte ihr Mitchells gelungene Flucht und brachte ihr Sympathie entgegen, nicht jedoch blindes Vertrauen. Daher gab sie darauf keine direkte Antwort. »Ich weiß nicht, wo er sich verborgen hält, Missis Forbes.«

»Aber Captain Rourke weiß es, nicht wahr?«

Jessicas Gesicht verschloss sich unwillkürlich.

»Entschuldigen Sie, ich wollte wirklich nicht neugierig sein, Missis Brading«, sagte Rosetta sogleich. »Ich … ich nehme an Mister Hamiltons Schicksal nur Anteil. Mir kommt dann und wann einiges zu Ohren, was ich Ihnen gern mitteilen möchte.«

Fragend hob Jessica die Augenbrauen.

»Mein Mann hat versucht, den Captain verhaften zu lassen,

um die Wahrheit aus ihm herauszupressen. Doch Major Robertson hat ihm den Haftbefehl verwehrt«, informierte Rosetta sie mit gedämpfter Stimme. »Major Robertson ist der Vorgesetzte meines Mannes …«

»Ja, ich kenne ihn … vom Sehen«, sagte Jessica und hing aufgeregt an ihren Lippen.

»Den Haftbefehl für Mister Hamilton hat er nicht zurückgezogen«, fuhr Rosetta nun fort, »aber er hat meinem Mann klar zu verstehen gegeben, dass er auf weitere Unterstützung nicht rechnen könne. Ich glaube, der Major ist nicht mehr sehr gut auf meinen Mann zu sprechen … seit dem Duell. Auf jeden Fall sind Captain Rourke und seine Mannschaft sicher. Sie brauchen keine Angst zu haben, willkürlich eingekerkert zu werden. Diese Macht hat mein Mann nicht … jedenfalls nicht, solange Major Robertson sein Vorgesetzter ist. Ich denke, das dürfte für Sie nicht ohne Interesse sein.«

»Es … es … ist die erfreulichste Nachricht seit langem, Missis Forbes«, antwortete Jessica, die Mühe hatte, ihre Freude unter Kontrolle zu halten. Captain Rourke war vor Kens Nachstellungen sicher, und das bedeutete, dass auch Mitchell vor ihm sicher war – solange seine Flucht nach Van Diemen's Land und sein Versteck dort als Geheimnis gewahrt blieben. Kenneth' scheinbar grenzenlose Macht und Willkür hatten also doch eine Grenze! Ihr war, als hätte man ihr eine zentnerschwere Last von der Seele genommen. »Ich weiß gar nicht, wie ich Ihnen danken soll. Wenn Sie uns damals nicht rechtzeitig gewarnt hätten …«

Rosetta schüttelte leicht den Kopf. »Sie brauchen sich nicht zu bedanken, Missis Brading. Jeder Mensch muss seiner eigenen inneren Stimme folgen und tun, was ihm sein Gewissen sagt … sofern man ein Gewissen hat.« Ein dunkler Schatten legte sich über ihr Gesicht. »Es bleiben dann immer noch genug dunkle Abgründe …«

»Wir werden nie vergessen, was Sie für uns getan haben!«, versicherte Jessica und fügte dann einer inneren Eingebung folgend eindringlich hinzu: »Wenn einmal der Tag kommen sollte, was Gott verhüten möge, wo Sie fremder Hilfe bedürfen, denken Sie bitte daran, dass ich immer für Sie dasein und alles in meiner Macht Stehende tun werde, um Ihnen zu helfen. Ich werde ewig in Ihrer Schuld stehen.«

Ein trauriges, schmerzliches Lächeln huschte über Rosettas Gesicht. »Schuld, ja, Schuld haben wir alle genug auf uns geladen«, murmelte sie, dann erfasste ihr Blick etwas hinter Jessica, und sie raunte: »Meine Zofe kommt! Gehen Sie! Es ist nicht gut, wenn man uns zusammen sieht! Alles Gute!«

»Gott möge Sie beschützen, Missis Forbes«, flüsterte Jessica hastig und ging dann schnell weiter, ein glückliches Lächeln auf dem Gesicht. Sie brauchte nicht länger um Mitchells Sicherheit zu bangen.

Zwanzig Minuten später ging sie an Bord der COMET und suchte Patrick Rourke in seiner Kabine auf. »Der Tag scheint ja von Erfolg gekrönt zu sein, Jessica, so strahlend, wie Sie aussehen«, begrüßte er sie, als er sie erblickte. Jessica hatte ihm von ihrem gewagten Unternehmen mit der Kapitalerhöhung erzählt. »Darf ich Ihnen zur Übernahme des Geschäftes gratulieren?«

Sie lachte ausgelassen. »O ja, das dürfen Sie!«

»Nun, das schreit doch nach einem Glas Sherry für Sie und einen Schluck Rum für mich«, meinte er.

Wenig später stießen sie auf Jessicas Erfolg an.

»Das ist nicht die einzige gute Nachricht, die ich bringe«, sagte Jessica. »Ich habe noch zwei weitere für Sie.«

»Prächtig, prächtig, dies scheint unser Glückstag zu sein«, scherzte er. »Erzählen Sie.«

Sie berichtete ihm, was sie von Rosetta erfahren hatte, und Patrick Rourke verzog das Gesicht zu einem breiten, erleichterten Grinsen. »Das ist in der Tat eine gute Nachricht, denn ich muss gestehen, dass sich einige meiner Männer im Stillen doch so ihre Gedanken gemacht haben. Zwar kann ich mich blind auf sie verlassen, denn sie hassen nichts mehr auf der Welt als Rotröcke, zumal wenn sie Offiziere sind. Aber wer von uns könnte schon für seine Verschwiegenheit garantieren, wenn ihm Kerker und Folter drohen? Es ist beruhigend zu wissen, dass dieser Kenneth nicht die Macht hat, jedes Recht zu beugen. Doch sprachen Sie nicht von *zwei* weiteren guten Nachrichten? Wie lautet die andere?«

Jessicas Augen blitzten fröhlich. »Dass ich Ihnen auf der Fahrt nach Van Diemen's Land Gesellschaft leisten werde!«, erklärte sie. Sie hatte diesen Entschluss nach dem Gespräch mit Rosetta gefasst.

Verblüfft sah er sie an. »Ja, aber …«

»Versuchen Sie bloß nicht, mich davon abbringen zu wollen. Und kommen Sie mir nicht damit, dass die Reise unbequem, zeitraubend und nicht ungefährlich ist!«, kam sie seinen Einwänden zuvor. »Ich werde die Reise antreten, und Sie wissen, dass mich nichts umstimmen kann, wenn ich mich erst einmal zu etwas entschlossen habe.«

»Heilige Jungfrau!«, stöhnte Captain Rourke auf und griff zur Rumkaraffe. Jetzt brauchte er einen wirklich kräftigen Schluck. »Denken Sie doch nur an Seven Hills. Wer soll denn da während Ihrer Abwesenheit nach dem Rechten sehen?«

Sie lachte vergnügt. »Ach, Patrick, jetzt spielen Sie aber den Vergesslichen. Ian McIntosh braucht mich nicht, um die Farm vorbildlich zu verwalten. Ich werde Craig einen Brief für ihn mitgeben. Und von Glenn Pickwick kann ich noch zehnmal mehr lernen, als er von mir. Sie sehen, ich werde im Augenblick hier nicht gebraucht. Außerdem ist es an der Zeit, dass ich mit *unserer* COMET endlich mal eine längere Reise antrete, um mir ein Bild von Ihren Fähigkeiten als Captain zu machen. Auf dem Hawkesbury herumzuschippern ist ja wohl kein großes Kunststück«, scherzte sie.

»Ich wusste es: Ein Weiberrock als Partnerin bringt nichts als Probleme mit sich«, brummte er, doch ein Lächeln zuckte um seine Mundwinkel.

»Sie werden dieser außerordentlichen Belastungsprobe gewiss standhalten!«, versicherte sie.

»Tja, aber ist es nicht ein Sicherheitsrisiko für Mister Hamilton, wenn bekannt wird, dass Sie mit der COMET eine längere Reise angetreten haben?«, fragte er ernsthaft besorgt. »Ich meine, es könnte irgendeinen Spitzel auffallen und Kenneth dazu bringen, uns ein Schiff hinterherzuschicken, um zu sehen, wohin wir segeln.«

Sie hatte mit diesem Einwand gerechnet und sich schon Gedanken darüber gemacht. »Niemand wird wissen, dass ich an Bord der COMET bin. Zumindest die ersten Tage nicht. Und dann wird es zu spät sein, um noch die Verfolgung aufzunehmen. Wir werden mögliche Spitzel hier in Sydney über unsere wahren Absichten täuschen.«

»Und wie wollen Sie das bewerkstelligen?«

»Sind Sie segelbereit?«

»Nun, bis auf ein paar Kleinigkeiten, die noch zu erledigen sind, steht unserem Aufbruch eigentlich nichts mehr im Wege.«

»Gut, dann schlage ich Ihnen Folgendes vor, Patrick«, sagte

Jessica. »Sie werfen gegen Abend die Leinen los, nachdem Sie überall haben verlauten lassen, dass Sie wieder den Hawkesbury hinauffahren wollen. Sie laufen aus Sydney Cove aus, passieren die Beobachtungsposten und wenden sich auch wirklich nach Norden, als wollten Sie zur Mündung des Hawkesbury. Doch sowie die COMET außer Sichtweite der Posten ist, drehen Sie ein, zwei Meilen vor der Küste bei, löschen alle Lichter an Bord und schicken Ihr Beiboot an Land, um mich abzuholen. Craig kennt sich hier gut aus. Ich werde Sie nicht verfehlen. Und während er angeblich mit mir nach SEVEN HILLS zurückkehrt, nehmen wir Kurs auf Van Diemen's Land.«

Captain Rourke schwieg einen Augenblick, dann räumte er widerwillig ein: »Mhm, ja, das klingt vernünftig. Es gibt da bei Portland Point einen kleinen Küsteneinschnitt, wo ich mit der COMET warten könnte. Doch der Teufel soll mich holen, wenn mir das schmeckt, Jessica.«

Sie erhob sich mit einem entwaffnenden Lächeln. »Also abgemacht, Patrick. Ich sehe Sie heute Nacht bei Portland Point. Und jetzt will ich Sie nicht länger aufhalten. Wir haben bald ja genug Zeit zum Plaudern.«

Kopfschüttelnd sah er ihr nach. Es war nicht richtig, was sie da vorhatte. Dennoch regte sich in ihm auch das Gefühl der Freude. Jessica war eben nicht nur eine willensstarke und gelegentlich regelrecht störrische Frau, sondern auch eine überaus erregende und faszinierende Person, deren Gesellschaft in jeder Beziehung anregend wirkte – auf Geist und Gefühle. So gesehen freute er sich darauf, sie an Bord zu haben.

Jessica verschwieg Martha und Robert Kelton, was sie vorhatte, und begründete ihren fast überstürzten Aufbruch damit, dass wichtige Aufgaben auf SEVEN HILLS ihrer harrten. Zwar verstanden die Keltons nicht, weshalb sie unbedingt noch am

Abend aufbrechen musste, doch Jessica wusste sie mit einer Bemerkung abzulenken, der nach sie noch einer Bekannten in Parramatta einen Besuch abstatten wolle und es bis dahin ja nur ein paar Stunden Fahrt auf einer recht guten Landstraße seien.

Craig zeigte sich überhaupt nicht überrascht, als Jessica ihn in ihre wahren Pläne einweihte, kaum dass sie die letzten Häuser von Sydney hinter sich gelassen hatte. Es erfüllte ihn vielmehr mit Freude und Stolz, dass sie ihm zutraute, sich auch bei Nacht zurechtzufinden und sie sicher nach Portland Point zu bringen.

Die COMET lag in der kleinen Bucht vor Anker, und Captain Rourke wartete schon mit dem Beiboot am Ufer, als sie gegen halb eins Portland Point mit der Kutsche erreichte.

»Eine gute Reise und gesunde Rückkehr, Missis Brading«, wünschte Craig ihr.

»Ihnen auch, Craig. Sie haben Ihre Sache wirklich ausgezeichnet gemacht«, lobte sie und drückte ihm ein reichlich bemessenes Trinkgeld in die Hand. Dann stieg sie zu Patrick in das Ruderboot, der sie zur COMET hinüberbrachte.

Der Marssegelschoner lichtete den Anker, nahm Kurs auf die offene See und pflügte bald unter vollen Segeln auf südöstlichem Kurs durch die pechschwarze See, in der nur hier und da ein paar weiße Schaumkronen aufleuchteten.

Jessica stand mit einem verträumten Lächeln an der Reling und blickte in die Nacht hinaus, während der frische Wind ihr Gesicht rötete und ihre Haare wehen ließ. Drei Monate waren vergangen, seit Mitchell Hals über Kopf hatte flüchten müssen. Drei schrecklich lange Monate. Doch nun würden sie sich bald wieder sehen, sich anschauen und berühren können, sich lieben und zumindest für ein paar Tage zusammensein.

Captain Rourke trat zu ihr. »Mister Hamilton ist ein beneidenswerter Mann«, sagte er nach einer Weile gemeinsamen nachdenklichen Schweigens. »Sie riskieren eine ganze Menge für ihn.«

Mit einem ernsten Lächeln sah sie ihn an. »Ja, das tue ich wohl, Patrick. Doch ich liebe ihn. Und wofür lohnt es sich mehr, etwas zu riskieren, ja sogar sein Leben aufs Spiel zu setzen, als für den einen Menschen, den man liebt?«

Er gab einen leisen Seufzer von sich, der wortlose Zustimmung ausdrückte.

Jessica blickte wieder auf die dunkle See hinaus. Jeder Augenblick ließ die Entfernung zwischen ihr und Mitchell zusammenschrumpfen, jeder Windstoß brachte sie ihm näher. Bald würde sie bei ihm sein und in seinen Armen liegen.

Ja, das Leben war leer und sinnlos, wenn man sich nicht Liebe und Hoffnung bewahrte.

Epilog

Jessica befand sich schon drei Tage auf See, als Stuart Dunn aus Sydney zurückkehrte und endlich Erfolg vermelden konnte: Er hatte den Mann aufgestöbert, den John Hawkley ihm zu finden aufgetragen hatte.

»Ein heruntergekommenes, versoffenes Subjekt, das eine der übelsten Rum-Spelunken in den Rocks betreibt«, berichtete Stuart Dunn nicht ohne Verachtung. »Mir scheint, er ist selbst sein bester Kunde, Sir.«

»Ausgezeichnet!«, sagte John Hawkley zufrieden und schob den Rollstuhl näher an das Feuer, das im Kamin aus schweren Feldsteinen loderte.

Der Diener verstand nicht, was daran ausgezeichnet sein sollte, doch die ganze Angelegenheit war ihm ein Rätsel, das er auch mit noch so intensivem Grübeln nicht zu lösen vermochte. Aber was machte das, solange sein Herr ihn so großzügig für diese befremdlichen Dienste entlohnte.

»Bring ihn hierher. Ich muss mit ihm reden. Sag ihm, dass ich ihm ein lukratives Geschäft anzubieten habe«, sagte John Hawkley nach kurzem Überlegen. »Doch er hat sauber und ordentlich zu erscheinen. Kauf ihm Kleidung, falls das nötig sein sollte, und achte darauf, dass er nicht wie aus der Gosse gezogen stinkt.«

»Sie können sich auf mich verlassen, Sir«, versprach Stuart Dunn und zog sich zurück.

Zwei Tage darauf traf John Hawkley mit diesem Mann zusammen. Es kostete ihn einige Überwindung. Unter normalen Umständen hätte er sich nie mit ihm an einen Tisch gesetzt, geschweige denn ihn auf MIRRA BOOKA empfangen. Doch die Umstände waren eben leider ganz und gar nicht normal, und er war auf die besonderen, zweifelhaften Qualitäten dieses Mannes angewiesen, wenn er seinen Plan in die Tat umsetzen wollte.

»Wie weit sind Sie zu gehen bereit?«, wollte John Hawkley wissen, nachdem er ihn gründlich über sein Vorleben ausgehorcht und sich ein Bild von seinem Gegenüber gemacht hatte. »Oder anders gefragt: Wovor würden Sie zurückschrecken?«

»In diesem Fall vor gar nichts!«, kam die hasserfüllte Antwort wie aus der Pistole geschossen. »Wenn nur die Bezahlung stimmt.«

John Hawkley lächelte fein. »Sie werden keinen Grund haben, sich zu beklagen«, versicherte er, und kurz darauf wurden sie handelseinig.

Am nächsten Tag überbrachte Stuart Dunn Deborah Simonton und Lieutenant Forbes ein Schreiben von John Hawkley, in dem er sie zu einem Gespräch nach MIRRA BOOKA einlud. Er habe etwas Dringendes mit ihnen zu besprechen, was ihre Beziehung zu Jessica Brading beträfe.

Beide nahmen die Einladung an.

Ungeduldig wartete John Hawkley auf das Zusammentreffen mit Deborah Simonton und dem Lieutenant, das in zwei Tagen stattfinden sollte. Dem Komplott gegen Jessica stand nichts mehr im Wege. Er musste jetzt nur noch ihre verschiedenen Interessen zu einem starken Band knüpfen, das Jessica zum Verhängnis werden sollte …

sus parientes, que también murieron en la lucha contra Roma.

Lisias acudía a los campos y a los ganados; pero sabía que su presencia ya no era necesaria en el hogar de Norisus, y volvió a pensar en personas y lugares distintos, en la emoción de marchar y en la alegría de volver. Únicamente Imilce le retenía en Edeta.

Por aquellos días Noranus comenzó el aprendizaje de la escritura y continuó ejercitándose con el arco y la honda. Lisias observaba sonriendo que el pequeño gran guerrero hallaba mayor placer grabando su nombre en el plomo o en el barro que tirando la flecha cien veces sobre el mismo punto.

—¡Vamos, gran guerrero!, que habrás de ser tú quien expulse a los romanos de nuestras tierras —lo animaba Ater—. Baja al recinto de los animales y trae aquí a *Uardhā* —le dijo una tarde en la que honda y arco parecían serle especialmente pesados.

Noranus lo miró asombrado, como si no hubiera comprendido. Desde que regresó de combatir contra Roma, Ater no se había ocupado del caballo; era Lisias el que se encargaba de él. ¿Para qué lo querría ahora? De nuevo lo miró, y los ojos de su hermano dijeron: «Ve.» Se volvió a Lisias desconcertado:

—Haz lo que te dice —dijo Lisias.

Noranus marchaba al recinto de los animales caminando lentamente; se decía que, cuando Ater viera a *Uardhā*, recordaría los tiempos en los que podía cabalgar sobre él y pensaría en campos abiertos y extensas llanuras. «Volverá a entristecerse, y quizá caiga nuevamente en desánimo y llame a la muerte por su nombre.» Sus pasos se hicieron más y más lentos, y por fin se detuvo en el camino... Tras un momento de duda volvió sobre ellos.

—¡Trae aquí a *Uardhā*! —gritó Ater, y lo dijo de tal modo que Noranus corrió hacia el recinto de los animales.

Regresó, llevando a *Uardhā* de la brida, sumido en amargas reflexiones: «Volverá a entristecerse, estoy seguro...»

—*Uardhā*! —llamó Ater emocionado. El caballo se desprendió de la mano que lo llevaba con tanta desgana y acudió a la voz amiga que lo llamaba, dejando, sueltos en el aire, pedazos de alegría.

Lisias se adelantó para sostenerlo, y, una vez calmado, Ater le habló y lo acarició como lo hacía en otros tiempos. Noranus advirtió, con alivio, que no había en su voz ni desesperación ni resentimiento, sino únicamente una suave tristeza.

—Te he tenido olvidado durante mucho tiempo, *Uardhā*, caballo mío... pero de ahora en adelante he de verte todos los días.

Noranus volvió a mirarlo sin entender, y Ater, advirtiéndolo, dijo algo que le hizo gritar de asombro.

—¡Vamos!, ¿a qué esperas para montarlo?

—¡Montarlo!... ¿pero de verdad permites que lo monte?

—Cómo no iba a permitirlo, si ahora es tu caballo.

—¡Mi caballo! ¿Tú dices que *Uardhā* es mi caballo?... ¿Que *Uardhā* es mío? —preguntaba sin acabar de creer lo que oía.

Uardhā es tuyo —respondió Ater, indicándole con un gesto que lo montara.

—Ten cuidado, el caballo es grande y bravo, y

hace tiempo que nadie lo monta —advirtió Lisias, sujetando fuertemente al animal.

—Yo también soy grande y bravo —respondió el pequeño gran guerrero Noranus.

Temblaba de emoción cuando Lisias lo alzó hasta *Uardhā*; pero el caballo, sintiéndolo sobre su cuerpo, se revolvió, agitando la cabeza y pateando el suelo; y como Noranus insistiera, se alzó de manos, y ni las órdenes de Ater, ni los intentos de Lisias, fueron suficientes para calmarlo.

—Hace mucho que no soporta peso alguno —exclamó Lisias, observando el rostro entristecido del niño.

—Háblale con palabras calmadas y, mientras lo haces, acaricia su frente; de este modo sabrá que eres su amigo —añadió Ater.

Noranus llamó a *Uardhā* por su nombre, lo acarició y le ofreció en su mano abierta un puñado de heno fresco. El caballo aceptó palabras, caricias y heno, pero cuando el muchacho quiso montarlo, lo rechazó de nuevo.

—Móntalo tú en primer lugar, Lisias; quizá necesite sentir una mano firme, capaz de conducirlo y dominarlo —dijo Ater.

Pero, sintiendo *Uardhā* el cuerpo de Lisias sobre el suyo, volvió a alzarse de manos, y no hubo órdenes ni riendas capaces de dominarlo. Sin embargo, cuando oyó a Ater que lo llamaba, acudió a su lado con mansedumbre y prontitud.

—Es tu caballo, Ater, y no habrá de aceptar otro dueño —exclamó Lisias, pero observando de nuevo el rostro entristecido del pequeño Noranus, se volvió a él—. Mañana, apenas amanezca, tú y yo iremos al in-

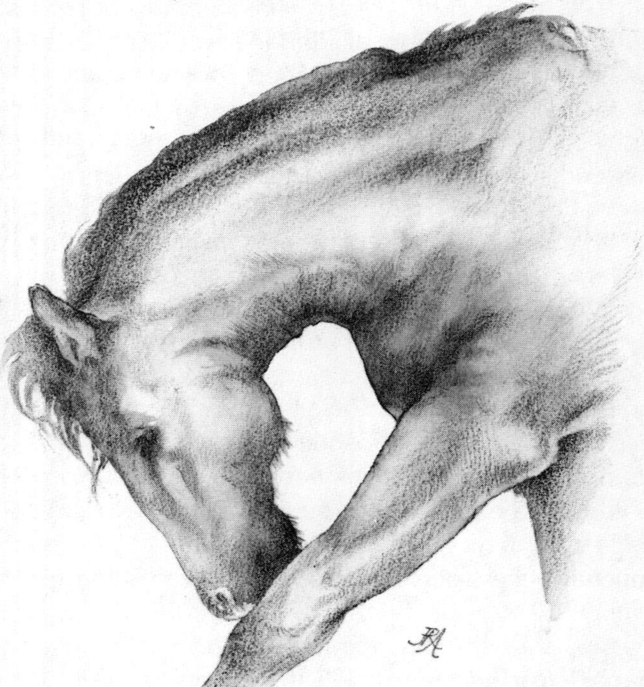

terior del bosque y, con lazo o con red, según prefieras, cazaremos un potro de este año. Tú lo adiestrarás, y no habrá para él otra voz que tu voz ni otras órdenes que no sean las tuyas, porque él será tu caballo.

—Y yo te ruego que también mañana tomes a *Uardhā* y lo dejes libre allí donde libre nació. De ahora en adelante no tendrá otro dueño que el viento —dijo Ater acariciando la frente negra del animal—. Pero antes he de modelar la figura de su cuerpo, sin bocado ni riendas, para que tú, Lisias, la deposites en mi nombre sobre el altar del dios de los caballos; así, protegido de peligros de lobos, tormentas y malas hierbas, no hallará en el bosque sino libertad y gozo.

De desvelos fue la noche para Ater y Noranus. El primero pensando en el amigo que iba a perder, y el segundo en aquel que iba a encontrar. Para el niño fue un día de esfuerzo y emociones: partió con Lisias muy de mañana hacia el bosque que se extendía tras los huertos, los viñedos y las tierras de pastos. No podía contener la excitación de su ánimo, por ello saltaba a cada paso y no cesaba de hablar. Había ido al monte muchas veces, pero ninguna para cazar su propio caballo.

No era Noranus el único en alterarse aquella mañana; *Uardhā*, a quien Lisias conducía, se revolvía y tiraba de la brida, presintiendo galopes de libertad. *Leukon*, sin embargo, conducía mansamente la carreta a la que habrían de atar luego el caballo que cazaran.

Regresaron al comenzar la tarde con un potro negro manchado en blanco, que tenía, en la estampa y en el temperamento, tanto de *Uardhā* como de *Leukon*. Lo ataron en el recinto de los animales, y hasta el

crepúsculo no consintió Noranus moverse del lado de *Argent*, que ese era el nombre que le había dado, porque veía sobre su grupa reflejos de plata.

Como hacía calor y estaba la luna crecida, la familia se reunió a la puerta de la casa, que durante el verano las jornadas se alargaban, y más aquella que había estado tan llena de acontecimientos. Oyendo al pequeño Noranus hablar de su caballo, Ater no hacía sino pensar en *Uardhā*: ¿por dónde andaría ahora?, ¿habría hallado un lugar recogido para pasar la noche o estaría aún galopando entre las viejas encinas? En cualquier caso estaba donde siempre había querido estar. ¡Cuántas veces lo había encontrado junto a las piedras del cercado, tratando de derribarlas con las patas, vueltos los ojos hacia los bosques en los que había nacido! Mucho tiempo le había costado adiestrarlo, y mucho tiempo tardó en acudir a su voz. Pero pasados los días de su desconfianza, no hubo otro como él en toda Edeta, ni más noble, ni más fiel, ni más ligero, ni más inteligente... Interrumpió sus pensamientos el galope alegre y suelto de un caballo que se acercaba, libre de peso y riendas.

Ater volvió la cabeza con emocionado apresuramiento y el corazón saltó en su pecho, porque le pareció reconocer aquel repique de cascos y alegría sobre las piedras de la calle; antes de que *Uardhā* doblara la esquina, ya estaba él gritando su nombre.

Largo fue el tiempo que necesitó el caballo para calmarse, y más largo aún el que necesitó su dueño; cuando uno y otro estuvieron sosegados, Ater miró a *Uardhā*: «¿Podría montarlo todavía? ¿Se lo permitiría el caballo? Rechazó a Noranus y rechazó a Lisias. ¿Lo rechazaría también? Él, que era tan fuerte y tan inquieto, ¿sería ahora tan dócil y tan manso como ha de ser el caballo que en las piernas de su dueño no encuentra fuerza ni mando? ¿Podría marchar únicamente al paso, él que era hijo del viento?... Pero era su caballo, atendía a su voz, se dejó los bosques olvidados...» Lo miró de nuevo; allí estaba, resoplando libertad, pero junto a él... Se volvió a Lisias y le preguntó con la mirada lo que en voz alta no se atrevía a preguntar. Y Lisias, entendiéndolo, le aproximó el caballo, para que lo montara.

Uardhā, dócilmente, permaneció con las manos dobladas mientras Lisias, Attia y Noranus alzaban a Ater hasta su cuerpo.

—¡Arriba, *Uardhā*! —ordenó Ater con voz quebrada de emoción.

Lisias sostuvo con temor las riendas del caballo; pero el animal se alzó sin una protesta.

—Al paso, *Uardhā*.

Y *Uardhā* marchó al paso, tan suave y tan alegremente como si nunca hubiera conocido galopes violentos.

Noranus comenzó a saltar, porque no podía contener dentro de su cuerpo, tan pequeño, el gran júbilo que sentía; la sonrisa de Attia estaba mojada de lágrimas.

—¡Es tu caballo, Ater! —exclamó Lisias libre ya de inquietudes.

Ater asintió con el gesto, porque no le era posible pronunciar palabra alguna.

—De ahora en adelante tú serás mis piernas —exclamó al fin emocionado, acariciando el cuello de *Uardhā*. En su voz había una esperanza nueva, porque los caminos de Edeta volvían a abrirse para él.

17
La elección de Imilce

TRES veces salió durante la primavera Tobulcos, hijo de Edeco, sobre el más hermoso de sus caballos para solicitar en matrimonio a Imilce, la hija de la sacerdotisa. No creía tener rival alguno, puesto que Atilus, hijo de Chalbús, el de los extensos campos, y Apilio, hijo de Ampáramo, el de la espada nunca vencida, habían muerto. En cuanto a aquel Ater, el de la mirada alta, que en otro tiempo había osado enfrentársele, apenas podía ahora mantenerse sobre el caballo.

Tres veces insistió la sacerdotisa a su hija para que aceptara sus requerimientos, no sólo porque Tobulcos era hijo de Edeco, el primero entre los primeros, sino también porque, habiendo muerto Cexaecus, su esposo, y Cormobás, su hijo, las tierras y los ganados estaban necesitados de una mano de hombre que los dirigiera. Pero tres veces respondió Imilce que aún no deseaba tomar esposo.

Cuando Tobulcos salió por cuarta vez, el más próximo de los parientes varones de Imilce recordó a la joven que tenía ya dieciocho años, y que Dorquia, Ataerna y Nise, sus amigas, y como ellas tantas otras, habían tomado marido mucho tiempo atrás. Debía, por tanto, tomarlo ella también, porque si no lo hacía, sería él quien arreglara sus bodas con el varón justo con el que habría de compartir tristezas y gozos, hogar y dioses.

Por aquellos días, habiendo sabido Ater de las salidas de Tobulcos, volvió a pensar en las victorias que nunca obtendría y en las tierras que nunca podría ofrecer a Imilce, y su espíritu se inundó de tristezas. Lisias se angustiaba también, preguntándose quién sería aquel cuya imagen estaba en el corazón de Imilce. No era Tobulcos, hijo de Edeco, aquel que tantas cosas podía ofrecerle. ¿Sería pues Ater, hijo de Norisus, el que de sí mismo se hallaba prisionero? ¿O sería Lisias, hijo de Licos, que no tenía para ofrecer otra cosa que su corazón? De ambos era igualmente amiga, y los dos, del mismo modo, la amaban desde niños. En otros tiempos Imilce hallaba mayor placer estando a su lado, porque Ater solía ser inquieto y apresurado con las palabras y los hechos; pero Ater ya no era aquel que había sido, aunque su corazón siguiera siendo igualmente valeroso.

Imilce hizo su elección una hermosa mañana en la que, tras una lluvia mansa, el sol se derramaba colina abajo, dorando suavemente prados y huertos. Todo parecía estar en calma: los campos, la ciudad de Edeta, sus habitantes, que procuraban olvidar a los romanos acampados al pie de sus murallas... Sin embargo, el corazón de Lisias temía y se agitaba oyendo las palabras que Imilce le decía, sentada a la sombra protectora de la encina sagrada.

—Durante mucho tiempo, Lisias, he estado preguntándome quién era aquel a quien sentía en mi interior... y durante largo tiempo no he sabido hallar respuesta, porque, al cerrar los ojos, del mismo modo veía tu rostro que otro igualmente querido.

—¿Y ahora ya lo sabes? —preguntó Lisias interrumpiéndola angustiado.

—Veo los mismos rostros que veía, Lisias —dijo Imilce bajando los ojos—. Pero Ater pertenece a Edeta y yo pertenezco a Edeta; los dos estamos atados a nuestra tierra. En cambio tú sigues teniendo los caminos abiertos..., aún puedes conocer gentes distintas y ciudades diferentes, sentir la emoción de marchar y la alegría de volver... Lisias sintió que su corazón se colmaba de amargura, que su sangre corría más deprisa y se alzaba en el interior de su cuerpo. Deseaba gritar, dar golpes, destrozar alguna cosa... ¡Ater!, ¡siempre Ater marchando dos pasos por delante!, aun ahora que las piernas no le sostenían. Ater organizando los juegos cuando eran niños; el primero con la lanza y el arco; el del caballo más veloz y la espada más alta; el primero junto a Roma y el primero contra ella... Y él, Lisias, siempre en segundo lugar, siguiéndolo como lo seguía su sombra, apoyándolo como si fuera el portador de su escudo o el cantor de sus hazañas... Era dolor lo que sentía, pero era también ira y resentimiento... No podía dejar de advertirlo, del mismo modo que Imilce lo advertía mirando con ojos doloridos sus uñas clavadas en las palmas de sus manos y sus labios apretados.

—Hubiera querido no crecer nunca..., hubiera deseado seguir siendo niña; los tres niños, Lisias, siempre juntos... —susurró Imilce con tristeza.

Oyéndola, Lisias recordó los días ya lejanos en los que Ater y él la ocultaron en la cueva del monte sagrado. Volvió a verla con la flauta en la mano o el perro entre los brazos; corriendo hacia el árbol viejo donde vivía la mujer de los pies de pájaro; la vio también atemorizada y temblorosa como el día que regresó a Edeta con la cierva a su lado y la paloma sobre el hombro. Viéndola en sus recuerdos, recordó también a Ater y a él mismo, niños ambos, siempre al lado de Imilce. Fueron aquellos, días alegres y días tristes, vividos hombro junto a hombro; Ater siempre su amigo, siempre su hermano, aunque marchara dos pasos por delante. Recordándolos, Lisias comenzó a olvidar su ira y resentimiento. De nada era culpable Ater. Por fuerza, si uno era elegido, el otro tendría que sufrir; y de los dos, Ater era el más desafortunado. Pensando en ello, sintió vergüenza de sí mismo. Ater e Imilce, ambos seguían siendo sus amigos, y ¿no estaba la amistad por encima de todas las otras cosas?...

Miró a Imilce; ella lo miraba también, y Lisias, con una sonrisa, trató de ocultarle el gran dolor de su espíritu.

Siguieron días difíciles y duros para Lisias e Imilce. Para Imilce porque, tras su elección, hubo de enfrentarse a toda su familia y a los constantes reproches de Tobulcos, hijo de Edeco. Éste se quejaba con ira de no poder retar a duelo a quien, para alzarse, necesitaba la ayuda de otros.

La sacerdotisa y sus parientes más próximos amenazaban y suplicaban, y continuamente repetían que habría de ser de más provecho para todos que fueran ellos quienes, como solía hacerse, concertaran sus bodas, porque Tobulcos, además de poseer tierras y ganados, podía mantener su espada en alto contra Roma. Pero Imilce respondía que solían concertarse las bodas de aquellas que por sí mismas no sabían o no podían concertarlas; que su elección ya estaba hecha, y que Ater había sido y seguía siendo un héroe para Edeta, y que, aun estando sentado, su voz se alzaba contra Roma mucho más alto que se alzaría nunca la espada de Tobulcos. Y que, si de algún modo impedían su matrimonio, la ira de los dioses habría de volverse contra ellos, porque los dioses no eran olvidadizos como lo eran los hombres, y su amistad permanecía por encima de la fortuna o la desdicha... y ellos mismos habían dicho, en días no muy lejanos, cuando los guerreros volvieron de la Turdetania, que no había en Edeta otro hombre a quien los dioses fueran más afectos que aquel Ater, hijo de Norisus, de quien ahora no querían oír hablar. De forma que, oyendo sus palabras y viéndola determinada, la sacerdotisa, que tenía gran temor a los dioses, cesó en sus quejas y reproches; aunque continuamente le mostraban sus ojos disgusto y desacuerdo.

Tampoco fueron fáciles y alegres aquellos días para Lisias, pues le era más difícil sonreír cuando Ater e Imilce sonreían y más duro poner su mano sobre sus dos manos unidas, que antes le había sido alzar espada y lanza para luchar contra púnicos y romanos. Pero era hijo de Licos, el comerciante, el que siempre cantaba y sonreía, lloviera o hiciera sol, fueran buenos los tiempos o fueran malos, y también procuraba, aunque con grandes esfuerzos, mostrar sosiego y alegría.

Mientras libraba contra sí mismo aquella batalla que sólo Imilce conocía, comenzó a preparar su partida. Y aquel era un nuevo motivo de dolor, pues aunque deseaba desde mucho tiempo atrás conocer otros lugares y continuar el oficio y la vida que con su padre había tenido, su corazón le decía a gritos que todos los cielos ya no eran para él igualmente hermosos, y que no habría de encontrar caminos más amables que aquellos que conducían a Edeta.

Se preguntaba a qué lugares podía ir que no conociera. ¿En dónde podría hallar personas diferentes y aprender nuevas cosas? En las tierras de los iberos había estado con su padre, también en las de los celtíberos, y aun en las más lejanas y menos conocidas de los lusitanos. Únicamente le quedaban por conocer las tierras del norte; pero aquellas eran tierras ásperas y duras, como ásperos y duros eran los caminos que conducían a ellas. Por esta causa, los hombres que las habitaban vivían alejados de los hombres de otros pueblos, y no conocían la escritura ni utilizaban monedas. Era gente recia y brava, de costumbres austeras, que podían durante tres estaciones completas alimentarse solamente con harina de bellotas, leche y carne de cabra. Licos había deseado visitar aquellas tierras del norte, porque decía que los pueblos que se afanaban únicamente por vivir, y cuya única cultura era la de los prados, las lluvias y los soles, aún podían enseñarle muchas cosas. Lisias pensaba del mismo modo; pero se dijo que poco podría comerciar en aquellos lugares; habría pues de esperar a mejor ocasión, cuando su bolsa y sus arcas estuvieran llenas.

Decidió, pues, tomar los caminos de la Vía Heráklea que llevaban a Emporion, la ciudad en la que había nacido. Allí embarcaría para Massalia, donde nacieron sus padres, y después, una por una, recorrería todas las ciudades de la Hélade. Más tarde, visitaría las tierras de la Libye y las de Asia Menor, hasta llegar al extremo del mundo.

Desde el día de su nacimiento había vivido en la Iberia, y hacía ocho años que, estando en Edeta, sentía y se portaba como un edetano; pero su padre había dicho que en su espíritu había tanto de heleno como de ibero, y Lisias necesitaba saber si ambas partes eran realmente iguales. Sin embargo, su corazón se entristecía pensando en la marcha.

La tarde que precedió a su partida, Lisias subió con Ater e Imilce a la cueva del monte sagrado. Ater había insistido en hacerlo sin atender a los ruegos de Imilce y Lisias, que temían que, siendo el camino alto y abrupto, *Uardhā* pudiera llegar a lastimarlo. Pero *Uardhā* marchaba con tanto cuidado que no llegó a rozar un matorral o una piedra.

Lisias sentía el corazón oprimido por los recuerdos: el arroyo de las ninfas, el árbol viejo, la fuente sagrada... Cuando penetraron en el interior del antiguo refugio, los días de su niñez volvieron, hermosos, a su espíritu... Allí estaban los escudos de corteza de árbol,

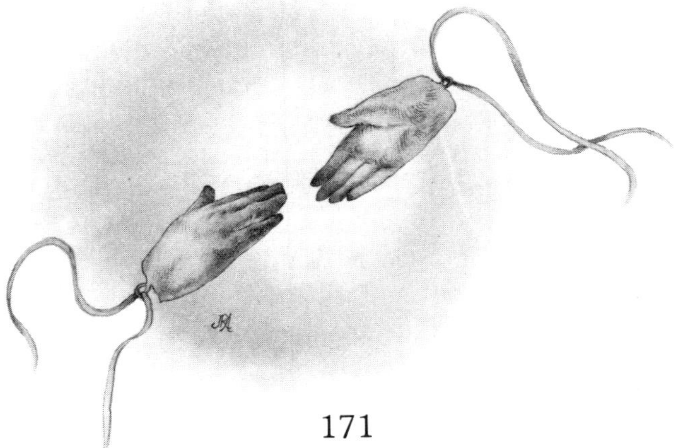

la lanza de palo, el lecho de ramas y matorral seco, la vieja manta de la Celtiberia, las piedras pulidas y las raíces de formas extrañas que solía llevar a Imilce... Cuando Ater le rogó que lo llevara junto al viejo horno de ceramista, sus manos, temblorosas, apenas podían ayudarlo.

Ater tomó, de entre las piezas de cerámica que se hallaban alrededor, aquellas que representaban ser téseras de hospitalidad con las manos unidas.

—Si deseas partir, yo deseo que partas, aunque a causa de ello esté mi corazón entristecido; pero cuando hayas visto cuanto deseas ver y hayas hallado lo que deseas obtener, no te retrases, Lisias, porque las manos que ahora se desunen, tiemblan ya de impaciencia por unirse de nuevo —exclamó Ater separando las manos que durante ocho años habían estado juntas.

—Regresa pronto, Lisias, que aún te ven nuestros ojos, y nuestros espíritus han comenzado ya a desear tu regreso —añadió Imilce, con voz emocionada.

Al anochecer fue Lisias con el pequeño Noranus al recinto de los animales. Como todos los días, *Leukon* se acercó sin que lo llamara. Su alegre confianza le hizo daño.

—¿Lo cuidarás por mí de ahora en adelante? —preguntó.

El niño asintió con la cabeza.

—Pero mi voz sonará extraña en sus oídos, y el roce de mi mano será áspero sobre su frente. Ha de echarte en falta, Lisias, del mismo modo que he de echarte yo —añadió con tanta pesadumbre que hubo de darse la vuelta para que no advirtiera sus lágrimas.

—¿Quieres partir conmigo, Noranus? —preguntó de súbito Lisias—. Seguramente Ater habría de consentirlo.

Los ojos de Noranus se agrandaron de alborozo y asombro. ¡Viajar junto a Lisias! ¡Conocer todos los puertos y ciudades del mar Interior! ¡Llegar hasta el extremo del mundo! ¡Regresar luego con obsequios, y quizá con riquezas!... Era mucho más de cuanto hubiera podido llegar a suponer... Sin embargo, su alegría desapareció tan súbitamente como había comenzado.

—No puedo, Lisias —respondió entristecido—, tengo ya ocho años y debo ejercitarme con la honda y el arco... Pero algún día, cuando no queden romanos en las tierras de Edeta, tú y yo habremos de marchar juntos al extremo del mundo.

Lisias partió antes del alba. Se alzó del lecho sin hacer ruido y, sin hacer ruido, tomó cuanto Attia había preparado para su viaje. Se aseguró de que el amuleto que Imilce le había entregado pendía de su cuello, y se dirigió hacia la puerta. Al pasar junto al camastro de Noranus, lo miró estremecido; le hubiera gustado abrazarlo una vez más; pero el pequeño gran guerrero dormía, y no quería despertarlo.

Nadie había aún en las calles de la ciudad. El silencio de la madrugada, únicamente roto por los cascos de la mula, y la última luz fría y pálida de la luna cayendo sobre las murallas acrecentaba la triste soledad que lo envolvía. Se arrepentía ahora de no haber permitido a ninguno de sus amigos que lo acompañaran. Apesadumbrado descendió lentamente las faldas de la colina de Edeta.

Antes de tomar el sendero que conducía a la Vía Heráklea, se volvió en el camino. Había comenzado a amanecer y, en la distancia, veía confusamente las casas del poblado; a la tímida luz del alba se confundían unas con otras. Pero entre ellas había dos que podía distinguir aun con los ojos cerrados, la una era aquella de la parte alta en la que vivía la sacerdotisa con Imilce, su hija; y la otra, aquella de la parte baja que durante tantos años había sido su casa.

Hermosos y anchos eran los caminos que conducían a Edeta, Lisias acababa de dejarlos y ya deseaba más que ninguna otra cosa volverlos a ver.

Se dijo que no tardaría en regresar más que el tiempo suficiente para adquirir la tranquilidad necesaria a su espíritu. Pensando en el regreso comenzó a alegrarse, y, pensando en el regreso, penetró en la Vía Heráklea con una sonrisa.

A medida que se alejaba, volvían a su mente antiguas palabras de Licos: «Los helenos llevamos a la Hélade entre los pliegues de nuestras túnicas, por esta causa todos los caminos nos parecen hermosos. Para los iberos, sin embargo, no hay más caminos que los que vuelven a sus tierras, porque en ellas se dejan el espíritu. Por esta causa, cuando parten, ni oyen ni ven, únicamente pueden sentir ausencias y tristezas, y no han comenzado a marchar cuando, en sus deseos, comienzan ya a volver.»

Pensando en los hermosos caminos de Edeta, Lisias recordaba a su padre y se decía que en su corazón había ciertamente dos partes, pero una y otra ya no eran iguales.

Estos son los 15 pueblos ibéricos
más conocidos

PYRENE
INDIKA
EMPORIAE
RIO IBER
COSSE
ARESACEN
EDETA
RIO TIRIUS
RIO SOVRON
SAITIBI
ILICI
KARCHENDON NEA

NOMBRES DE LA GEOGRAFÍA IBERA Y SUS EQUIVALENTES ACTUALES

Anas: río Guadiana.
Arsesacen: Sagunto.
Astapa: Estepa.
Auringis: Jaén.
Baitis: río Betis o Guadalquivir.
Bécula: Bailén.
Cástulo: ciudad próxima a Linares y La Carolina.
Cosse: Tarragona.
Edeta: Liria de Valencia.
Emporion: Ampurias.
Gadeira: Cádiz.
Iber: río Ebro.
Idoúbeda: cordillera Ibérica, pero sólo el tramo que va desde los montes de Oca hasta las estribaciones mediterráneas del macizo de Teruel.
Ilici: Elche.
Ilipa: Alcalá del Río.
Illiturgi: ciudad cercana a Andújar.
Indika: ciudad muy próxima a Ampurias.
Itálica: actual Itálica, a pocos kilómetros de Sevilla.
Karchendón Nea: es el nombre griego de Nueva Cartago, hoy Cartagena. Ciudad fundada por los púnicos en el solar de la ciudad ibera de Mastia.
Libye: Libia. Los griegos llamaban Libia a África.
Massalia: la ciudad francesa de Marsella.
Pyrené: Pirineos.
Saitibi: Játiva.
Segóbriga: ciudad celtíbera a orillas del Cigüella, en la provincia de Cuenca.
Soukrón: río Júcar.

Tirius: río Turia.

Vía Heráklea: vía muy antigua que unía por tierra, bordeando la costa mediterránea, Italia con la Turdetania.

GLOSARIO

Artemisa: diosa griega de la caza.
baliarides: habitantes de las islas Baleares.
belenos: palabra de origen celta que significa brillante.
beribraces: celtas vecinos de los edetanos.
crátera: vasija grande y ancha donde se mezclaba el vino con agua.
estadio: medida de longitud equivalente a 185 metros.
falcata: especie de sable de hoja curva.
falárica: lanza arrojadiza.
garum: especie de salsa o condimento hecho con el hígado y los intestinos de ciertos pescados.
guardas: correas que ciñen el pecho de las cabalgaduras.
ilergetes: pueblo ibero asentado en una zona muy amplia de la orilla izquierda del Ebro.
legado: jefe de una legión.
leukon: palabra de raíz celta que significa blanco.
lucernaria: recipiente en el que se enciende fuego para alumbrar.
mercenarios: guerreros que luchaban con pueblos que no eran los suyos a cambio de un sueldo.
tésera: pieza metálica que se usaba como contraseña o prenda de un pacto.
torques: collar de una sola pieza.
tribuno: oficial romano.
turboletas: celtíberos vecinos de los edetanos.
uardhā: palabra de origen celta que significa tempestad.

OTROS TÍTULOS PUBLICADOS

1
EL MISTERIO DE LA ISLA DE TÖKLAND
AUTOR: JOAN MANUEL GISBERT
ILUSTRADOR: ANTONIO LENGUAS

2
INTERCAMBIO CON UN INGLÉS
AUTORA: CHRISTINE NÖSTLINGER
ILUSTRADOR: GERARDO AMECHAZURRA
TRADUCTOR: LUIS PASTOR

3
LA HABITACIÓN DE ARRIBA
AUTORA: JOHANNA REISS
ILUSTRADORA: M.ª JESÚS SANTOS
TRADUCTORA: FLORA CASAS

4
SEIS HISTORIAS EN TORNO A MARIO
AUTOR: JORDI SIERRA I FABRA

5
LA MANSIÓN DE LOS ABISMOS
AUTOR: JOAN MANUEL GISBERT
ILUSTRADOR: JUAN RAMÓN ALONSO

6
LA TIERRA DEL SOL Y LA LUNA
AUTORA: CONCHA LÓPEZ NARVÁEZ
ILUSTRADOR: JUAN RAMÓN ALONSO

7
UN EXTRAÑO ENTRE NOSOTROS
AUTORA: BIANCA PITZORNO
ILUSTRADOR: JUAN BALLESTA
TRADUCTOR: CARLOS ALONSO

8
¡PELIGRO! PLAYA RADIACTIVA
AUTORA: BARBARA VEIT
ILUSTRADOR: TINO GATAGÁN
TRADUCTORA: M.ª JOSÉ ENRÍQUEZ

9
EL MUSEO DE LOS SUEÑOS
AUTOR: JOAN MANUEL GISBERT
ILUSTRADOR: FRANCISCO SOLÉ

10
LA COLINA DE EDETA
AUTORA: CONCHA LÓPEZ NARVÁEZ
ILUSTRADOR: JUAN RAMÓN ALONSO

11
FEDERICO, FEDERICO, FEDERICO
AUTOR: EMILIO TEIXIDOR
ILUSTRADOR: JUAN RAMÓN ALONSO

12
¡ATENCIÓN! RÍO CONTAMINADO
AUTORA: BARBARA VEIT
ILUSTRADOR: TINO GATAGÁN
TRADUCTORA: M.ª JOSÉ ENRÍQUEZ

13
SHAKESPEARE CUENTA...
AUTOR: CHARLES Y MARY LAMB
ILUSTRADOR: JUAN RAMÓN ALONSO

14
FILO ENTRA EN ACCIÓN
AUTORA: CHRISTINE NÖSTLINGER
ILUSTRADOR: TINO GATAGÁN
TRADUCTOR: LUIS PASTOR

15
LAS PREGUNTAS DE BINGO BROWN
AUTORA: BETSY BYARS
ILUSTRADOR: TINO GATAGÁN
TRADUCTOR: MIGUEL ÁNGEL MENDIZÁBAL

16
EL MANUSCRITO GODO
AUTOR: JOSÉ LUIS VELASCO
ILUSTRADOR: JOSÉ M.ª ÁLVAREZ

17
HISTORIAS POLICIACAS DIVERTIDAS
AUTOR: WOLFGANG ECKE
ILUSTRADOR: GERHARD BRINKMANN
TRADUCTOR: ANTONIO LEGUAS

18
LYDDIE
AUTORA: KATHERINE PATERSON
ILUSTRADOR: JUAN CARLOS SANZ
TRADUCTORA: ROSA BENAVIDES

19
LA PUERTA OCULTA
AUTORA: ROSEMARY WELLS
ILUSTRADORA: ARACELI SANZ
TRADUCTOR: JUAN LUQUE

20
¿QUIÉN CUENTA LAS ESTRELLAS?
AUTORA: LOIS LOWRY
ILUSTRADOR: JUAN CARLOS SANZ
TRADUCTOR: JUAN LUQUE